TROISIÈME ÉDITION

LÉOPOLD STAPLEAUX

LES

COCOTTES

DU GRAND MONDE

11048

PARIS

E. DENTU, ÉDITEUR

LIBRAIRE DE LA SOCIÉTÉ DES GENS DE LETTRES

PALAIS-ROYAL, 15-17-19, GALERIE D'ORLÉANS

LES

COCOTTES

DU GRAND MONDE

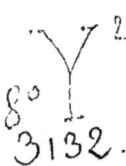

AVIS IMPORTANT

LES COCOTTES DU GRAND MONDE quoique appartenant à la série des *Compagnons du Glaive*, se composent d'épisodes entièrement séparés, formant un roman complet.

———

Chateauroux. — Typog. et Stéréotyp. A. Nuret et Fils.

OUVRAGES DU MÊME AUTEUR

ROMANS

THÉATRE

AU LECTEUR

Pour les initiés aux secrets de la chronique mondaine parisienne des quinze dernières années, ce roman paraîtra ce qu'il est, c'est-à-dire une histoire vraie; car s'ils ne retrouvent pas dans le livre, toutes les circonstances qui ont accompagné le drame dans la vie, il ne leur sera pas difficile, à l'aide de certains détails trop caractéristiques pour être omis sans nuire à la terrible étrangeté de l'action, de reconstituer les faits tels qu'ils se sont passés, et de mettre des noms véritables à la place de ceux donnés par l'auteur à ses personnages.

Ceci dit pour ceux qui veulent savoir la fin des choses et dont le plus grand plaisir serait d'avoir la clef de ce roman de mœurs qui se déroule dans un monde étrange entre tous.

Paris, 31 mars 1879.

L. S.

LÉOPOLD STAPLEAUX

LES

COCOTTES

DU GRAND MONDE

PARIS

E. DENTU, ÉDITEUR

LIBRAIRE DE LA SOCIÉTÉ DES GENS DE LETTRES

PALAIS-ROYAL, 15-17-19, GALERIE D'ORLÉANS

1879

LES COCOTTES

DU GRAND MONDE

I

UNE INTRIGUE

Un soir d'hiver de l'année 184... un voyageur descendit d'une voiture chargée de bagages devant la porte d'un hôtel de la rue de la Paix et y pénétra.

— Je voudrais un appartement, dit-il au garçon qui se précipitait au-devant de lui.

Celui qui parlait ainsi était un jeune homme, grand, mince, au visage distingué, à la tournure aristocratique, à la mise élégante.

Lorsqu'il fut invité à inscrire son nom et sa profession sur le registre de l'hôtel, il traça d'une main ferme les mots suivants :

Baron Karl Stein-Steiner, capitaine autrichien des dragons de Windischgraetz, arrivant de Vienne.

Le jeune officier venait à Paris pour la première fois, muni des meilleures lettres de recommandation, qu'il n'avait eu aucune peine à obtenir, grâce aux nombreuses protections dont il disposait, protections très

1

influentes, qu'il devait autant à son grade qu'à son mérite personnel.

Disons tout de suite que le baron Karl était le plus jeune officier de l'armée autrichienne.

Très naïf, très novice et surtout très ignorant de la grande vie parisienne, ce n'était pas sans une émotion vive que le jeune officier avait fait son entrée dans Paris.

Si Vienne est une ville charmante, ce que reconnaissent tous ceux qui l'ont visitée, Paris sera toujours une ville sans pareille, splendide entre toutes, remplie de prestige pour les étrangers comme pour les provinciaux.

Muni des avantages que nous venons d'énumérer, auxquels avait été jointe une lettre de crédit, d'un chiffre respectable, sur la maison Isaac Schunberg, le jeune officier, à l'aide de son ambassadeur, et surtout des secrétaires de ce dernier, se créa en quelques jours des relations aussi agréables que nombreuses.

Il fut admis d'emblée dans le monde qui s'amuse, courut les théâtres, les concerts, les bals et les soupers, passant son temps le plus agréablement possible dans tous les endroits joyeux, n'ayant d'autres préoccupations que celle de se divertir.

Six semaines s'écoulèrent avec une rapidité vertigineuse pour le jeune baron. On ne comptait plus ses succès chez les lorettes à la mode.

L'époque du carnaval arriva en ce moment.

Les bals de l'Opéra avaient alors la vogue.

Tout le monde y allait pour son plaisir, l'administration n'en était pas à louer des danseurs et à charger Clodoche et ses acolytes de chercher à égayer une foule de messieurs moroses qui semblent avoir mis l'habit noir et la cravate blanche plutôt pour un enterrement que pour une fête carnavalesque.

On s'amusait aux bals de l'Opéra et on s'y amusait beaucoup.

L'intrigue y florissait dans toute sa fantaisiste splendeur.

Certaines femmes du monde osaient s'y cacher sous un loup à barbe d'épaisse dentelle, offrant à la jeunesse bien douée et généralement à tous les hommes à bonne fortune, l'irrésistible attrait d'une intrigue véritable aussi inattendue que mystérieuse, intrigue adorable entre toutes, à laquelle le masque, ennemi de la pudeur et de la contrainte, faisait faire en quelques heures des pas de géants.

Les jeunes gens du meilleur monde se déguisaient s'ils en avaient envie.

Tout le monde dansait, causait, riait.

Nulle femme ne venait là pour récolter quelques louis ou demander vingt sous aux passants, sous prétexte de retirer un châle ou un manteau du vestiaire.

Il résultait de ces conditions si favorables à la gaîté générale un brio et un entrain dont ne peuvent avoir aucune idée ceux qui n'ont pas vu le bon et le beau temps des bals de l'Opéra.

Ces bals ayant été décrits des milliers de fois, la différence existant entre ceux de l'époque dont nous parlons et les derniers qui eurent lieu rue Le Peletier étant établie, nous pénètrerons, sans entrer dans d'autres détails préliminaires, dans l'avant-scène de droite des couloirs des premières.

Cette loge très vaste, qu'un salon divisait en deux, était occupée par six jeunes gens et cinq femmes.

Chacune de celles-ci s'était emparée d'un cavalier et assise à ses côtés causait avec lui tout bas, flirtant à l'américaine, au bruit de l'orchestre et à celui du bal, ce qui permettait à chaque couple de parler assez haut sans avoir à craindre que sa conversation parvînt aux oreilles de ses voisins.

Le petit salon, autour duquel courait un large divan de velours, n'était occupé que par deux personnes ; les quatre autres groupes étaient dans la loge même.

Le sixième titulaire de cette loge qu'avaient louée des habitués de l'Opéra, respectant le tête-à-tête des autres, regardait d'un œil distrait ce qui se passait dans le couloir, attendant tout du hasard, c'est-à-dire d'une bonne pensée féminine.

C'était le baron Karl Stein-Steiner.

Comme il avait beaucoup ri, beaucoup parlé, beaucoup dansé, il ne put réprimer un bâillement qui n'était point dépourvu peut-être d'une certaine coquetterie, car le baron possédait des dents magnifiques, admirablement rangées, et d'une blancheur remarquable.

A peine avait-il fermé la bouche qu'un domino lui lança ces mots.

— Tu t'ennuies donc bien ?

Karl baissa les yeux et en une seconde comprit que celle qui venait de lui adresser cette question méritait une attention toute spéciale.

Le domino ou plutôt la femme qui venait de s'adresser au baron était d'une rare élégance et tout ce qu'on pouvait découvrir ou, pour mieux dire, deviner d'elle, était adorable.

Des flots de la dentelle noire qui encadrait son capuchon, s'échappaient de petites mèches soyeuses et blondes comme n'en possèdent que quelques créatures aussi rares que privilégiées. L'œil était grand, limpide, d'azur, frangé d'un velours de même nuance que la chevelure. Les mains admirablement gantées, dont l'une tenait un bouquet de violettes de Parme, étaient d'un enfant, si petites qu'on craignait instinctivement de voir couler des bras sur le parquet, les riches bracelets serrés autour de leurs fines attaches.

De taille moyenne, admirablement prise, l'opulence de ses formes se laissait deviner et, n'était au cou certain sillon qui ne se creuse qu'à l'approche de la trentaine, on eût pu prendre la nouvelle venue pour une très jeune femme, tant son organe clair et limpide avait de fraîcheur et de charme.

Aussitôt que l'ensemble de tous ces attraits eut frappé le baron, saisissant vivement la main libre du domino, il lui dit :

— C'est vrai, tu n'étais pas là !

— Tiens ! on est galant en Autriche !

— Tu me connais donc ?

— Je ne suis pas femme à adresser la parole aux gens que je ne connais pas.

— Au bal masqué, cela se fait.

— Je le sais, mais, sur ce point, je n'imite pas les autres.

— Ah ! tu me connais !

Et Karl, scrutant d'un œil avide le capuchon de son interlocutrice, fit un vain effort pour la dévisager.

— Que vous importent mes traits ! Vous ne m'avez jamais vue, reprit la douce voix, ou, du moins, vous ne m'avez jamais remarquée.

— Voilà un *vous* bien grave pour l'endroit où nous nous trouvons.

— Je n'ai pas l'habitude de tutoyer les personnes auxquelles je parle pour la première fois.

— Même sous le masque ? oh ! vous avez tort.

— Vous voyez bien le contraire, puisque vous ne me tutoyez plus.

Stein-Steiner s'aperçut seulement alors que, subissant certaine influence; il s'était mis de lui-même à dire *vous* au charmant domino.

Tout cela s'était passé si rapidement que le baron, vraiment ému malgré lui, garda le silence pendant quelques secondes.

Puis, maître de lui au bout de ce temps, et flairant, en fin limier, une adorable créature dans cette femme vraiment ravissante qui venait de l'aborder, il reprit :

— Vous ne m'avez jamais parlé ?

— Non.

— Et vous me connaissez ?

— Oui.

— Cela s'accorde bien mal.

— Cela est ; je ne déguise nullement ma voix, je vous le jure.

— Cela s'entend ; votre voix est d'une suavité...

— La connaissez-vous ?

— Si jamais je l'ai entendue, c'est dans un rêve d'or ; elle descendait du ciel et m'apportait de divines promesses.

— Vous êtes poète ?

— A mes heures, parfois.

— Laissez-moi traduire votre madrigal en prose : vous ne connaissez pas ma voix.

— Non, je vous l'avoue.

— Eh bien ! je sais, moi, que vous êtes le baron Karl Stein-Steiner, lieutenant autrichien.

— Vous ne me connaissez pas, beau masque.

Et, reprenant l'air enjoué qu'il avait d'abord :

— Beau masque, tu ne me connais pas, reprit Karl.

— Vous n'êtes pas le baron Karl Stein-Steiner ?

— Si, mais je ne suis pas lieutenant.

— Vous êtes officier pourtant.

— Je suis capitaine.

— Tant mieux, je vous en félicite. Eh bien, capitaine, bonsoir.

Et le domino voulut dégager sa main de l'étreinte du jeune homme.

— Me croyez-vous donc assez fou pour vous laisser partir ainsi ? dit-il en faisant un pas en avant, ce qui laissa libre la porte de la loge.

En ce moment deux couples en sortirent.

Tout au domino, le baron Karl n'y prêta qu'une médiocre attention, en se promettant de mettre l'incident à profit ; mais un des deux dominos qui venaient de quitter la loge parut reconnaître celui qui intriguait le capitaine, car après un rapide examen, il murmura :

— Elle aussi, pourquoi pas ?

— Qu'avez-vous donc ? demanda son cavalier.

— Rien. Je viens de voir mon banquier.

— Où çà ?

— Vous êtes trop curieux.

— Et comment donc me laisserez-vous partir ? reprit l'inconnue en s'adressant à Stein-Steiner.

— Rassurez-vous, je suis incapable de faire violence à n'importe qui.

— Je n'ai pas peur.

— C'est bien, cela ; décidément vous êtes parfaite. Vous me demandiez comment je vous laisserais partir. Le plus facilement, le plus librement du monde.

— Sans chercher à me connaître ?

— A une condition.

— Laquelle ?

— C'est que vous consentirez à causer une heure avec moi et que, pendant cette heure, il me sera permis, pendant cinq minutes, de vous supplier de ne point vous éloigner sans m'avoir confié qui vous êtes.

— Une heure, tant que cela ? fit le domino avec un petit rire charmant.

En ce moment l'extrémité du couloir fut envahie par une bande de masques, qui, criant, riant, se démenant comme de vrais diables, produisirent une énorme bousculade.

Poussés par la foule, le baron et sa compagne entrèrent machinalement dans l'avant-scène, dont le jeune homme referma immédiatement la porte.

— Vous êtes ici chez moi, madame, dit-il ; faites-moi la grâce de prendre place là pendant quelques instants.

Et il désigna à la femme masquée le divan du petit salon.

Celle-ci s'y installa sans répondre, Karl s'assit à côté d'elle.

Alors commença entre eux une de ces causeries dont le souvenir reste bien longtemps dans la mémoire de ceux qui y ont pris part.

Causerie pleine d'émotion et de prières d'un côté, remplie de promesses vagues et d'habiles restrictions de l'autre : adorable prélude d'un hymne à l'amour chanté à l'unisson par deux cœurs mutuellement enivrés.

Certains fragments que nous allons transcrire feront comprendre toute notre pensée.

...— Oh ! je ne suis point coquette.

— Pourquoi nier une qualité ? car la coquetterie est une qualité véritable chez une aussi adorable personne que vous.

— Vous défendez donc Célimène ?

— Dieu m'en garde : Célimène ne dit oui que pour finir par dire non.

— Eh bien ! c'est une coquette.

— C'est une infâme !

— Qu'entendez-vous donc par coquetterie ?

— Qu'on dise d'abord : peut-être, pour dire un jour : oui.

— J'avais raison de vous affirmer que je ne suis pas coquette, moi. Je ne dis ni peut-être, ni oui, je dis : non !

Ces paroles n'étaient guère encourageantes ; mais l'inconnue avait abandonné sa main au jeune homme, et comme pour démentir ce *non* désespérant qu'elle venait de prononcer, ses doigts se serrèrent légèrement sur ceux du baron Karl.

1.

Celui-ci, tout au charme du moment, savourait avec une véritable volupté le parfum subtil qui s'échappait des cheveux blonds de la femme masquée.

— Tant mieux si vous n'êtes pas Célimène, vous que je n'oublierai plus à présent. Tant mieux mille fois, mais prouvez-le moi par un peu de franchise.

— Par une franchise entière. Je m'engage à la professer avec vous.

— Qu'êtes-vous venue faire au bal de l'Opéra ?

— Causer avec vous.

— Ne plaisantez pas.

— Rien n'est plus sérieux. Je suis venue ce soir au bal pour vous.

— Est-ce bien vrai ?

— Pourquoi vous le dirais-je si cela n'était pas ?

— Pour voir si j'aurais la naïveté de le croire, et cela fait, vous éloigner à tout jamais en vous disant que je suis un fat.

— Non ; je ne suis venue au bal ce soir que pour vous, et si vous en doutez : quand avez-vous pris l'engagement de vous rendre ici ce soir ? Vous le rappelez-vous ?

— Mais, il y a deux ou trois jours.

— C'était avant-hier.

— Vous croyez ?

— J'en suis sûre. C'était avant-hier, à trois heures du matin, à l'ambassade d'Autriche.

— Comment savez-vous ?... demanda Karl au comble de l'étonnement.

— Vous veniez de monter dans votre coupé, reprit l'inconnue sans répondre à la question du baron; un jeune homme s'approcha de la portière et vous dit :

— Ainsi, mon cher baron, on peut vous inscrire ?— Pour le bal de l'Opéra ? interrompîtes-vous ? — Oui, répondit le jeune homme.—Nous avons l'avant-scène de droite ? — Précisément — Je ferai volontiers le sixième.

Et votre coupé s'éloigna rapidement.

— Cela est parfaitement exact.

— N'est-ce pas ? ce sont là les paroles qui ont été échangées entre vous et votre ami pendant la nuit d'avant-hier ?

— J'en conviens. Mais qui vous a dit ? comment savez-vous ?...

— J'étais là ; j'ai entendu moi-même ce fragment de conversation ; je connais même l'ami avec qui vous causiez, et la preuve, c'est qu'il se nomme le vicomte Maurice de Séran.

Cela fut dit simplement, sans affectation, avec un accent de véracité naturelle qui ne pouvait admettre le moindre doute.

Celle qui venait de parler ainsi était donc une femme du monde, et du meilleur, puisqu'elle était admise dans les salons de l'ambassade d'Autriche.

— Vous étiez là ? répéta le baron, qui venait de faire la réflexion précédente non sans une véritable émotion.

— J'étais là, oui, tout près de vous ; et vous ne m'avez pas vue ; oh ! j'en suis bien certaine, sans cela je n'aurais pas osé vous dire tout ce que je viens de vous raconter.

Karl fit un appel à ses souvenirs.

Il se rappela bien que quelques personnes stationnaient sur le perron que protégeait une marquise, au moment où il s'était mis en voiture dans la cour de l'ambassade, et que parmi ces personnes se trouvaient deux ou trois femmes, qui attendaient leurs équipages, enveloppées dans leur sortie de bal, mais ce fut tout.

— Il est impossible que je sois passé si près de vous sans vous avoir remarquée, dit-il néanmoins, assez diplomatiquement pour un novice.

— Cela est pourtant ; en voici la preuve : Avez-vous remarqué ceci, monsieur le baron Karl Stein-Steiner ?

Et l'inconnue, soulevant la bande de dentelle de son loup de velours, mit à découvert, dans la pénombre de la loge, un bas de visage au galbe charmant, qu'illuminait le plus adorable et le plus parfait sourire que puissent dessiner des lèvres sanguines et voluptueuses sur une rangée de dents remarquablement belles.

— Je vous aime, murmura le baron, ébloui, en essayant d'imprimer un ardent baiser sur cette bouche d'ange.

Mais la barbe du masque fut baissée d'une main leste, et le domino, se dégageant de l'étreinte du jeune officier, se leva brusquement.

— Par grâce ! je vous ai fâchée ; ne m'en veuillez pas, reprit-il après un moment.

— Me prenez-vous donc pour une des femmes de chambre de l'ambassadrice ? répondit l'inconnue d'une voix plus remplie de raillerie que de véritable irritation.

— Ah ! madame, vous êtes cruelle ; mais vous me rendez fou ! Est-ce ma faute, à moi, si vous êtes si belle ?

Et, doucement, le baron la força à se rasseoir.

Il y eut un silence, puis la conversation devint banale.

On parla du bal et des masques.

Trois heures du matin sonnèrent.

Les amis du baron se disposèrent à quitter le bal.

— Nous allons souper au café de Paris ; êtes-vous des nôtres, mon cher baron ? demanda l'un deux à Karl.

— Non, répondit-il, veuillez m'excuser.

— Suivez donc vos amis, dit l'inconnue à Stein-Steiner.

— Vous quitter ? Jamais !

— Bonsoir ! dirent les autres.

Karl et l'inconnue restèrent seuls.

Aussitôt celle-ci quitta le divan, se leva, et gagnant le devant de la loge, s'installa dans un fauteuil, au bourrelet.

Le baron la suivit.

Il prit place à côté d'elle, aussi près que possible, et put contempler mieux qu'il ne l'avait fait encore l'inconnue, qui se trouva alors en pleine lumière.

En relevant la barbe de son loup, le domino avait entr'ouvert légèrement son capuchon.

Le baron y avait plongé les yeux.

La joue, légèrement empourprée par la chaleur de la salle, était dessinée dans la perfection ; l'oreille était si petite qu'on pouvait craindre que la dormeuse ornée d'un diamant de grand prix qui la parait ne la fît se détacher de la tête.

— Que vous êtes jolie ! reprit Karl au bout d'un moment.

L'inconnue le regarda en riant.

A travers son masque, l'œil rempli de malice disait clairement :

— Je le sais bien.

— Qu'en savez-vous ? demandèrent pourtant les lèvres au fin contour.

— J'en suis sûr, répondit Karl ; absolument sûr.

— J'ai un nez horrible, baron.

— Je n'en crois rien.

— Et si cela était ?

— Cela n'est pas.

— Décidément, vous êtes très galant.

L'orchestre faisait rage ; Musard, le grand Musard, venait d'entamer je ne sais quel galop plus ou moins infernal, et la foule de danseurs se ruait dans un tourbillon fiévreux qu'accompagnaient des cris de joie.

— Que de bruit ! dit la femme masquée.

Et elle se leva de nouveau.

— Va-t-elle me quitter ainsi ? se demanda Stein-Steiner, en tremblant,

Il fut bientôt rassuré.

L'inconnue avait repris sa place sur le devant de la loge.

Il saisit une de ses mains, releva doucement la manche au-dessus du gant et y mit ses lèvres.

Le domino retira doucement sa main, mais sans irritation.

— Ainsi, vous m'aimez ? reprit-elle d'une voix émue.

— De toutes les forces de mon âme ! répliqua le baron avec feu.

— Vous êtes un jeune fou et j'espérais beaucoup mieux que cela de vous. Je vous le dis en toute franchise.

— Qu'espériez-vous donc ?

— Plus de réserve et surtout de sincérité, je vous l'avoue.

— Je suis sincère, je vous le jure ; et quant à la réserve dont vous parlez, si j'y ai manqué, madame, c'est votre faute et non la mienne.

— Bah ! vous eûtes agi de même avec toutes les femmes qui vous auraient fait voir leurs dents.

— Ne le croyez pas.

— Ce que vous croyez aimer en moi, ce n'est pas moi, c'est l'occasion, l'inconnu, une nouvelle conquête entrevue ; votre amour n'est qu'un caprice et un caprice de bal masqué.

— Vous blasphémez ; vous n'êtes pas tout le monde. Une autre femme m'aurait-elle dit, comme vous l'avez fait, qu'elle était venue à ce bal pour me rencontrer ?

— Vous savez que vous m'avez demandé une heure il y a une heure et un quart que nous causons ensemble, je vais vous quitter.

Et elle se leva une troisième fois.

— Je vous en supplie ; restez encore.

— Non. Il faut que je rentre. Que diraient mes gens ? que dirait mon mari ?

— Vous êtes mariée ? dit le baron en bondissant.

— Oui ; d'où vient votre étonnement ? Vous savez que j'appartiens au monde ; jeune fille, serais-je ici ?

Adieu ! baron. Peut-être quelque jour vous rappel-
lerai-je cette nuit.

— Que vous êtes cruelle !

— Merci.

— Eh oui ! madame ; dans six semaines, mon congé
expire ; dans six semaines, je partirai pour Vienne.

— Eh bien ! nous nous reverrons à votre prochain
voyage.

— Sais-je quand je pourrai revenir ? Je vous ai demandé une heure et vous me l'avez donnée. Je vous
en serai, quoi qu'il arrive, éternellement reconnaissant,
je vous le jure ; mais vous m'avez promis que pendant
cinq minutes, il me sera permis de vous supplier de me
dire qui vous êtes.

— Vous voyez si je suis assez indigne de votre
amour. Je vous ai promis cela pour ne point rendre
notre causerie impossible, mais résolue d'avance à ne
pas céder à vos prières, dit-elle en riant.

— Je vous en supplie. Je serai discret ; je vous le
jure sur mon honneur de gentilhomme, sur mon épée
de soldat, reprit Stein-Steiner.

— En quoi ai-je à redouter votre indiscrétion, mon
cher baron ? voilà de bien grands mots qui, dans le
cas présent, ne signifient absolument rien, répliqua
l'inconnue en s'appuyant des deux mains sur la poitrine de Karl, qu'elle enveloppait dans un regard
rempli de promesses.

Il y avait évidemment de la courtisane, de la sirène même dans cette femme, qui savait enivrer froidement sans livrer rien au hasard.

— Je vous aime, je n'aimerai jamais que vous,
murmura Karl, en proie à une de ces émotions com-

municatives qui ont leur puissance même sur les natures les plus froides et les plus rétives.

— A quoi bon ? Je suis mariée, vous dis-je.

— Ah ! pourquoi vous ai-je rencontrée ?

— Des reproches !

— Ne les méritez-vous pas ? A quoi bon venir ici,
venir à moi pour me faire entrevoir un bonheur irréalisable, un inaccessible ciel ?

— Vous m'aviez plu ; je voulais savoir si je ferais
bien de vous connaître. Je suis fort difficile dans le
choix de mes amitiés.

— Eh bien ! laissez-moi devenir votre ami ?

— Non.

— Vous me craignez donc ?

— Je me crains peut-être moi-même.

— Ah ! fit Karl, dis-moi ton nom ; fais-moi voir ton
visage, aime-moi un jour, une heure, et que j'expire
s'il le faut.

— Mon visage ! dit-elle.

Et enlevant brusquement son masque :

— Regarde ! ordonna-t-elle, avec un accent indéfinissable d'orgueil et de provocation.

Une merveille s'offrait aux regards du baron.

Pendant une seconde il fut ébloui, car l'inconnue
se remasqua immédiatement.

— Êtes-vous content ? demanda-t-elle.

— Je t'adore ! reprit le baron, d'une voix pleine de
désirs et d'émotion amoureuse.

— Adieu ! fit le domino en se dégageant brusquement des mains du jeune officier, qui avait tenté d'enla-
cer sa taille souple, et elle regagna rapidement le
couloir.

Karl la rejoignit, saisit sa main et doucement la força à accepter son bras.

Ils traversèrent ainsi le couloir des premières et pénétrèrent dans le foyer, qui commençait à se dégarnir.

— Vous m'avez parlé tout à l'heure en gentilhomme de votre épée de soldat, reprit le domino.

— Oui madame.

— Eh bien ! sur cette épée et sur cet honneur, monsieur le capitaine, jurez-moi de m'obéir, quoi qu'il arrive.

Le baron garda le silence.

— Vous hésitez ?

— Non, je vous jure, reprit Karl au bout d'un moment, je vous jure sur mon épée et sur mon honneur de gentilhomme de vous obéir en tout, quoi qu'il arrive, mais à partir de demain seulement.

— Pourquoi cette restriction ?

— Parce que je suis absolument résolu à ne pas vous quitter ce soir sans savoir qui vous êtes et par quel moyen je pourrai vous revoir.

— Jurez à partir de demain, alors, soit.

— A partir de demain, madame, le baron Karl Stein-Steiner jure sur son épée et sur son honneur de gentilhomme de vous obéir en tout, quoi qu'il arrive !

— Je suis contente de vous, baron, et pour vous le prouver, puisque vous tenez tant à savoir mon nom, je m'appelle Hermine. Ne m'en demandez pas davantage.

En causant ainsi, ils étaient descendus par le grand escalier et se trouvaient dans le péristyle, entre les deux vestiaires du bas.

Le baron allait protester encore, lorsque le domino lui dit, en lui présentant un petit carton rouge
sur lequel se trouvait un numéro :

— Prenez mon manteau.

Karl fit un pas vers le vestiaire.

— Pas là, au premier ; l'ouvreuse de droite.

Cette ouvreuse était celle à qui le jeune capitaine
avait également remis son peletot, en arrivant à
l'Opéra.

— Allez ! allez ! je vous attends ici, poursuivit
l'inconnue comme pour éviter toute objection.

Le baron remonta.

Avisant alors un petit débardeur à l'air affable,
qui se disposait à se rendre au vestiaire :

— Mon enfant, lui dit Hermine, reconnaîtrais-
tu le jeune homme blond qui vient de me quitter et
qui monte le grand escalier ?

— Oui, Madame, répondit le masque, après avoir
jeté un rapide regard sur Stein-Steiner.

— Veux-tu gagner cinq louis honnêtement ? reprit le domino.

— Certainement, que faut-il faire ? parlez.

— Remettre à ce jeune homme, qui va redescendre
dans un instant, deux mots que je vais tracer au
crayon sur une des pages de mon carnet. Me le
promets-tu ?

— Oui, madame.

— Bien.

L'inconnue avait agi tout en parlant.

— Tiens, voilà mon message et ta récompense,
joli messager, dit-elle au bout d'un moment, en donnant un billet de cent francs au débardeur ainsi

qu'une feuille d'un petit carnet d'écaille à son chiffre, au-dessus duquel se trouvait une couronne princière, feuille sur laquelle, comme elle venait de le dire, Hermine avait tracé quelques mots au crayon.

— Merci, beau et bon masque, comptez sur moi.

Alors, allant vers un grand laquais vêtu d'une élégante lévite, Hermine, appelons-la ainsi de confiance, disons même la princesse Hermine, ordonna :

— Jean, la voiture.

Aussitôt le laquais se précipita au dehors.

Hermine souriait de loin au petit débardeur, qui ne perdait pas l'escalier des yeux.

Le valet, portant un manteau de soie, doublé d'une opulente fourrure de renard bleu, reparut.

Aidée par lui, la princesse s'en enveloppa.

A un signe que lui adressa le petit débardeur, elle comprit que le baron Karl venait de reparaître au haut de l'escalier.

Suivie du laquais, Hermine franchit la porte en biais, qui était garnie de carreaux à la hauteur de l'œil ; de là, elle put voir que sa confiance avait été bien placée, car, dès que le baron fut descendu, le petit débardeur courut à lui, et là princesse le vit s'acquitter de sa commission.

Sans perdre une seconde, Hermine monta dans un équipage, que Jean avait fait avancer, et elle lui dit :

— A l'hôtel vivement ! je crains d'être suivie.

Certes, le baron Karl était à cent lieues de se douter de la déconvenue qui l'attendait au vestiaire.

Il avait remonté l'escalier le cœur plein d'espérance, et presque convaincu que celle qui disait s'ap-

peler Hermine lui permettrait de la reconduire jusqu'à sa porte.

Une première contrariété l'attendait au haut de
l'escalier.

A peine lui eut-il remis le petit carton que venait
de lui donner Hermine, que l'ouvreuse lui dit :

— Ce n'est pas à nous. Nous n'avons que des
cartons blancs, monsieur.

— C'est aux secondes, alors ?

— Non, monsieur ; ces dames des secondes ont
des cartons blancs comme les nôtres. Ce carton
rouge n'est pas d'ici.

Karl prit son paletot et se hâta de redescendre
pour expliquer à Hermine ce qui venait de se
passer.

Il la cherchait en vain, lorsque le petit débardeur
s'approcha de lui.

— Monsieur ?

— Ah ! laissez-moi, dit Karl en le poussant avec
une légère brusquerie.

— Mais, j'ai une commission pour vous !

— Pour moi ?

— Oui. Tenez, ce billet.

Un secret pressentiment fit comprendre au baron
que ce message ne pouvait venir que d'Hermine.

Il saisit vivement le papier et lut :

« Mon esclave,

» Je vous défends de chercher à savoir qui je suis.
» Si le hasard vous l'apprend jamais et nous remet
» en présence, je vous défends de me reconnaître.

» H***. »

— Où est la personne qui t'a remis cela ?

— Partie !

Et le petit débardeur désigna du geste la porte par laquelle la princesse avait disparu.

Le baron s'élança.

La rue était déserte.

A droite du théâtre, tête d'une longue rangée de voitures de louage qui s'étalait jusqu'à la rue de Provence, un cocher dormait sur le siège de son fiacre numéroté.

Tout était calme, silencieux, sauf du côté du boulevard, d'où, diminuant de seconde en seconde, retentissait, sur le pavé, le pas hâtif de deux superbes chevaux qui entraînaient, au triple galop, le somptueux landau de la princesse Hermine.

Un coureur d'aventures, rompu à leurs plus probables péripéties et connaissant à fond la multiplicité des caprices féminins, ne se fût pas ému plus que de raison de la fin inattendue de cette nuit rapide, bondée des plus douces émotions, et que l'espoir le plus charmant semblait devoir terminer quelques minutes auparavant encore. Mais le baron Stein-Steiner était jeune, ardent, et, se voyant joué, se mit dans une colère d'autant plus violente, qu'il ne pouvait raisonnablement la faire passer que sur lui-même.

— Oh ! cette femme, cette Hermine, je la maudis ! Elle s'est jouée de moi, ce n'est point une femme du monde. Une femme du vrai monde est incapable d'agir comme elle l'a fait. Eh ! j'y songe, ce n'est vraiment peut-être qu'une des femmes de chambre de l'ambassadrice, car elle ne m'a point menti en me disant qu'elle avait entendu la conversation que j'aie eue avec le vicomte Maurice, dans la cour de l'ambassade l'autre soir.

Cette supposition ne fit que passer comme un éclair dans l'esprit du baron Karl.

— Non, c'est une femme du monde, mais une coquette. J'ai été son jouet, mais je la retrouverai et alors...

Il s'arrêta.

— Et mon serment ? car je l'ai juré. Bah ! serment d'amour, serment d'ivrogne ; autant en emporte le vent ! J'ai juré sur mon épée, sur mon honneur de gentilhomme de lui obéir et, m'appelant « son esclave », elle m'ordonne de ne point chercher à la revoir et même, si Dieu la remet sur ma route, de feindre de ne trouver en elle qu'une étrangère. « Son esclave ! » Eh oui, je le suis !

Il rouvrit le billet d'Hermine qu'il tenait froissé dans ses mains et le relut à la lueur des gerbes de gaz qui couraient le long de la marquise de l'Opéra.

La feuille du carnet de la princesse était empreinte de ce parfum dont Karl avait déjà subi le charme dans l'avant-scène.

Au bout d'un instant, d'un geste instinctif il approcha le papier de son visage et y colla ses lèvres.

— Ah ! comment ferais-je maintenant pour oublier cette femme ?

Il se mit à marcher tout droit devant lui et arriva bientôt devant le café de Paris.

Irrité, fiévreux, avide de chasser toutes les pénibles pensées qui, depuis la disparition d'Hermine, hantaient son esprit, il se souvint que ses amis sou-

paient dans ce restaurant alors célèbre et se décida
à y pénétrer.

Il fut bientôt introduit dans le cabinet du vicomte
Maurice de Séran.

— Ah ! voilà Steiner !

— Voilà le baron !

— Aïe, aïe, aïe !

— Mieux vaut tard que jamais !

Ces diverses exclamations, parties de tous les
points de la table, accueillirent l'entrée du capitaine.

— J'ai trop faim pour vous répondre, fit-il d'un
air maussade.

— Venez ici, monsieur le baron, dit un des convives en offrant une place au jeune officier.

— Je vous remercie, monsieur d'Avilar, répondit
ce dernier en s'asseyant.

II

LA PRINCESSE HERMINE

Rodolphe d'Avilar [1], qui dévorait alors l'héritage paternel, avait acquis dans le monde qui s'amuse une notoriété dont la recherche constante de sa compagnie par tous les riches désœuvrés de l'époque était le résultat.

Généralement, la présidence des agapes nocturnes lui était conférée, à moins qu'un homme plus autorisé encore que lui ne s'y trouvât.

Cet homme, nous le connaissons depuis longtemps sous le nom du duc d'Ambre; mais à l'époque dont nous parlons, il s'appelait le marquis Olivier de Beaupré.

Plus âgé que Rodolphe d'Avilar d'une dizaine d'années, le marquis n'inspirait aucun ombrage au futur négrier qui, sentant venir à grands pas l'époque terrible à laquelle il devrait, faute d'argent, céder à tout jamais le sceptre du roi des plaisirs à plus riche ou plus prudent que lui, voyait dans M. de Beaupré le successeur certain de sa gloire éphémère, gloire qui s'effaçait déjà devant ce dernier par une raison de déférence toute à la louange de d'Avilar.

Cela se passait six mois avant l'époque où l'oncle

1. Voir le Marchand de Bois d'Ébène (*Histoire d'une nuit*).

du marquis Olivier de Beaupré, le duc Jean d'Ambre, devait laisser à son neveu, son unique héritier, son titre et sa fortune.

Le cabinet auquel le vicomte de Séran, arrivé le premier au sortir de l'Opéra, avait donné son nom pour la nuit, vaste pièce carrée au milieu de laquelle se trouvait une table dressée, était tapissé d'un papier rouge, sombre, à deux teintes, dont l'une imitait le velours et l'autre, mate, le gaufrement de l'étoffe.

De larges baguettes dorées encadraient les panneaux nus, sauf un seul, où une grande glace avait été suspendue, au-dessus d'un large canapé qui faisait face à la cheminée. Sur celle-ci une autre glace, moins grande que celle du panneau, de forme oblongue, et dont le cadre était recouvert par un velours qui devait avoir eu la même couleur que celle du velouté du papier, était au tiers cachée par une haute pendule flanquée de candélabres, garniture tapageuse d'un goût douteux qui avait dû passer sous le bâton du commissaire-priseur avant de venir se dresser là.

Un grand lustre au gaz pendait du milieu du plafond légèrement noirci par son voisinage, ainsi que par la quantité de boîtes de cigares qu'avaient vidées là les dîneur et les soupeurs depuis plusieurs années.

Le lustre ne brûlait pas.

Sur l'ordre du marquis Olivier de Beaupré, on avait allumé les bougies des candélabres de la cheminée. Deux autres candélabres, pris dans un cabinet voisin, se trouvaient également placés, tout allumés, sur la table, ce qui avait empêché l'air du cabinet de monter à ce degré de fournaise qui grise presque autant les convives que les vins capiteux, alors que le gaz étale ses longues flammes dans l'atmosphère, qu'il brûle en l'éclairant.

Flattées par la lueur des bougies, toujours favorable à la beauté, les femmes, dont le visage était légèrement empourpré par le loup qu'elles avaient supporté pendant plusieurs heures, semblaient posséder toutes une sorte de fraîcheur naturelle, qui rehaussait l'éclat de leurs yeux, surexcités par la fièvre de la veille, ainsi que celui de leurs dents, qui paraissaient, dans leurs sourires, plus nacrées et plus blanches, à cause du ton foncé qu'avait pris la pourpre de leurs lèvres.

Les cheveux, froissés par le capuchon, les bras sillonnés de légères lignes rosées, marqués par les boutonnières serrées de leurs gants longs, décolletées à moitié pour la plupart, dans des costumes sombres s'harmonisant avec la couleur noire de leur domino, quoique séparées entre elles par les cavaliers, elles semblaient, pour le moment, beaucoup plus affamées qu'aimables, ce dont les hommes n'avaient l'air de se soucier que fort médiocrement, fumant, buvant, ou mangeant, chacun d'après sa fantaisie, avec l'indifférence d'un pacha sûr d'avance de pouvoir jeter son mouchoir entre deux bras ouverts.

Les pécheresses qui se trouvaient là étaient néanmoins celles les plus à la mode du moment.

Le Lion et la Madone, placées aux côtés de d'Ambre, animaient les convives, la première par son esprit, la seconde par sa beauté.

Les cristaux et l'argenterie au milieu de laquelle un surtout extraordinairement riche pour un surtout de restaurateur, brillait d'un ancien éclat ; les fleurs,

la blancheur de la nappe et les reflets des vins, rubis
ou topazes, formaient un tableau bien fait pour charmer l'œil des assistants.

Nous avons dit que d'Avilar, en voyant entrer le
baron Karl Stein-Steiner, lui avait galamment offert
une place auprès de lui.

Le jeune officier se trouva ainsi en face de la Madone.

Les beaux yeux et l'admirable chevelure de la pécheresse, joints à l'air d'ineffable candeur qui lui
avait valu son surnom virginal, étaient bien faits pour
captiver l'attention de Karl, qui la voyait pour la première fois. Mais le baron, tout à Hermine qu'il maudissait en l'adorant, était absolument incapable, sous
l'impression de tout ce qui venait de se passer entre
lui et la séduisante princesse, de ressentir autre chose
qu'une profonde indifférence pour toutes les femmes
qui n'étaient point sa belle inconnue du bal de l'O-
péra.

L'entrée du baron Karl dans le cabinet du comte
de Séran, ainsi que son installation auprès de Rodol-
ple d'Avilar, prirent moins de temps encore à s'opé-
rer que nous n'en avons mis à les décrire.

Le souper en arriva bientôt à cette animation qui
donne le pas à la causerie et aux cris sur l'appétit et
la consommation des liquides.

L'air absorbé, maussade même du jeune officier,
qui s'était mis à boire de pleines rasades de vin de
Champagne, n'avait pas d'abord été remarqué.

Mais, au milieu du bruit général, le vicomte Maurice lui adressa la parole.

— Qu'avez-vous fait de votre joli domino, baron?
lui demanda-t-il.

— Joli ! qu'en savez-vous ? répliqua celui-ci, sans répondre à la question du vicomte, question légèrement irritante pour le jeune officier.

— Je vous crois un garçon de trop de succès et de trop d'expérience pour passer deux heures en tête-à-tête avec une femme masquée sans être sûr que cette femme est ravissante.

— Vous me jugez trop bien, répliqua Stein-Steiner, afin de terminer une conversation complétement dépourvue d'attraits pour lui : le domino cachait une vieille femme.

Tout le monde partit d'un éclat de rire.

— Riez, vous avez raison ; riez à mes dépens ; je le mérite, reprit bravement Karl, se réfugiant de lui-même derrière l'ironie générale qu'il venait de provoquer tout exprès afin d'avoir le loisir de faire le bougon à son aise.

D'Ambre, ou plutôt le marquis Olivier de Beaupré, prit la parole à son tour.

— Le baron est trop modeste, dit-il.

— Pourquoi cela, marquis ?

— Parce que votre domino de cette nuit n'était pas une vieille femme.

— Qui vous l'a dit ?

— Elle-même.

— Vous lui avez parlé ?

— Oui, baron.

— Quand cela ?

— Au bal, avant vous. Mais, ne craignez rien, je serai discret.

— Oh ! fit le Lion qui de son vrai nom s'appelait Esther Perlin, une femme du monde, alors ?

2.

— Il y en avait au bal de l'Opéra ?

— Certainement.

— Elles y viennent pour nous prendre nos amants.

— Et nous n'avons pas besoin d'aller chez elles pour leur prendre leurs maris.

— Il y en a même qui sont enchantées de la chose, dit la Madone.

— Oh ! se récria le baron Karl, vous me permettrez de n'en rien croire.

Le souper tirait à sa fin.

On se levait, on changeait de place, celui-là fumait debout, un autre avait placé sa chaise derrière celle d'une soupeuse et, promenant son haleine le long de la nuque de celle-ci, lui glissait de galants propos à l'oreille ; Esther s'était levée et fumait une cigarette, action des plus osées, même de la part d'une femme galante, à cette époque.

On se débandait en attendant le café et les liqueurs.

La Madone, qui voyait Karl d'un œil fort tendre, lui fit un signe.

— Venez près de moi, baron, dit-elle, je vais vous convaincre que certaines femmes du monde, loin de nous en vouloir si nous accueillons leurs maris, nous encouragent à les captiver.

Et elle accompagna cette invitation d'un signe des plus aimables et des plus engageants.

Impossible de ne pas obéir.

Le jeune officier se leva ; la Madone l'imita bientôt et, s'emparant de la main du jeune homme, elle l'entraîna sur le canapé en lui disant :

— Asseyons-nous là, nous serons mieux. Je ne

veux pas que ce que je vais vous dire soit entendu. C'est une confidence.

Dans la mauvaise disposition où se trouvait Stein-Steiner après sa mésaventure de l'Opéra, cette annonce devait être très froidement accueillie par lui.

La Madone affecta de ne prendre pas garde à son air indifférent, et elle ajouta :

— Je veux vous convaincre par une histoire des plus vraies, que je connais à merveille par l'excellente raison que j'en suis l'héroïne.

— Je vous écoute, repondit Karl avec résignation.

— Vous ne pouvez ignorer que depuis deux ans je suis avec le prince ?

Le baron n'en savait pas un traître mot. De quel prince s'agissait-il, du reste, et que lui importait que l'amant de la Madone fût prince, garde-champêtre ou chef de claque, — qu'il s'appelât Pierre ou Paul, Jean ou Jacques ?

Néanmoins il répondit par un signe de tête d'une affirmation excessive qui pouvait être traduit par :

— Certainement, mais comment donc, je ne sais que cela, je serais le plus grand coupable si je l'ignorais.

— Le prince, poursuivit la Madone, sans douter le moins du monde de la sincérité de Karl, le prince est un homme très comme il faut, très généreux, mais la majeure partie de sa fortune lui vient de son mariage, vous ne pouvez l'ignorer non plus !

Un second signe de tête tout aussi éloquent que le premier fut la réponse du jeune capitaine.

— Je mène assez grand train, et dès le commencement de ma liaison, je m'aperçus que j'étais, pour le

prince, une charge trop lourde. Que vous dirai-je ?
La question était délicate. Me restreindre ? impossible ; me partager ? ennuyeux. Ma foi ! je m'étais
fait une raison et j'étais bien résolue de rompre avec
mon pauvre gentilhomme, lorsque le marquis de
Beaupré m'invita à déjeuner dans son petit hôtel de
la rue de l'Arcade. Vous m'écoutez ?...

— Certainement.

— Nous sortions de table et nous allions passer
dans un petit salon, lorsque Olivier me dit : Ma
chère, veuillez, je vous prie, vous rendre dans mon
boudoir ; vous y trouverez une personne que vous
avez le plus grand intérêt à connaître et qui m'a prié
de lui ménager un tête-à-tête avec vous.

— Qui est-ce ? lui demandai-je.

— Cette personne vous le dira elle-même, curieuse.

— En parlant ainsi, le marquis avait piqué ma curiosité ; j'abandonnai les convives et je me rendis dans le
boudoir. Jugez de ma surprise, la personne en question
n'était pas un homme comme j'en étais persuadée,
mais une femme, et une femme des plus élégantes.
Si grand que fût mon étonnement en me trouvant en
face d'elle, cet étonnement devait grandir encore
dès le début de notre entretien.

— Mademoiselle, me dit cette dame, vous êtes la
maîtresse de mon mari. Oh ! ne le niez pas, ce serait
inutile et ne servirait de rien, car je ne viens pas ici
pour vous le réclamer, au contraire.

— Je balbutiai quelques mots, assez embarrassée de
me trouver ainsi en face de la princesse que je ne pus
m'empêcher de trouver fort belle. Sans doute surprit-
elle dans mon regard le sentiment d'étonnement mêlé

d'admiration qui s'était emparé de moi, car elle daigna me dire :

— Vous êtes très jolie, mademoiselle ; et j'en voudrais moins au prince après vous avoir vue qu'avant, s'il m'était donné de pouvoir lui en vouloir un seul instant pour ces sortes de choses. Le surnom qu'on vous donne est bien porté et nullement ironique ; vous êtes une vraie madone, reprit-elle, et mon amitié pour le prince m'interdit de le priver d'une relation aussi agréable que peut être la vôtre pour lui.

— Vous devez comprendre, mon cher baron, à quel point ces paroles me surprenaient ; mon étonnement, ainsi que je vous l'ai dit déjà, devait grandir encore.

— Le prince n'a que cent mille livres de rente, reprit-elle ; c'est un parfait gentilhomme, qui voudra toujours tenir son rang et apporter sa part dans la communauté, aussi s'il vous donne vingt-cinq mille francs, doit-il se gêner beaucoup et ne pas faire assez pour le train que vous menez ordinairement ; j'ai là-dessus des renseignements précis. Oui, continua-t-elle en me souriant, je m'intéresse à vous. Puis, après quelques secondes d'hésitation :

— Mademoiselle, continua-t-elle, je désire que vous conserviez le prince. Je le veux même. Tant qu'il sera votre amant, mon intendant vous versera tous les mois six mille francs.

— Votre intendant ? interrompis-je, car je croyais avoir mal compris, tellement cette promesse me parut bizarre.

— En effet, fit Karl, que le récit de la Madone commençait à intéresser.

— Oui, mon intendant, reprit la princesse. Avec ce

que fait pour vous le prince, vous aurez ainsi près de cent mille francs à dépenser, et vous pourrez lui faire honneur.

— Mais, madame...

— Pas d'objection et ne me questionnez pas ! reprit-elle avec une certaine morgue despotique ; il me convient que mon mari vous ait pour maîtresse ; il me convient que cette maîtresse soit élégante et lui fasse honneur. Voilà tout ce que vous devez savoir. Acceptez-vous ?

— Oui, madame.

— J'espérais ce résultat, dit-elle.

Et, tirant un élégant petit portefeuille de la poche de son manteau :

— Tenez, mademoiselle, reprit-elle, voici le premier mois ; ce portefeuille contient six mille francs ; gardez-le en souvenir de moi. Adieu !

— Merci et adieu, madame.

— Encore un mot, me dit-elle. Êtes-vous loyale, c'est-à-dire capable de tenir un serment fait à une femme, bien entendu, car les autres ?...

Un sourire indéfinissable acheva sa phrase.

— Oui, Madame ; je n'ai jamais donné le droit à personne d'en douter.

Et elle s'aperçut seulement alors que sa brusque question m'avait froissée.

— Je n'ai pas voulu vous offenser, croyez-le bien, reprit-elle, et votre fierté me plaît ; elle m'est un garant de plus. Jurez-moi que le prince ignorera toujours cet entretien et ne saura jamais, quoi qu'il arrive, la source de l'augmentation de vos revenus.

— Je vous le jure !

— Mais comment expliquerez-vous leur provenance ?

— En les attribuant à des spéculations heureuses...

— Bien trouvé. Adieu.

— Et elle me quitta. — Qu'en dites vous ? baron.

— Je dis que le marquis de Beaupré a des amies bien originales. Quel était le but de la princesse ?

— Comment ! vous ne l'avez pas encore deviné ? Êtes-vous jeune !

— Je l'avoue. Ne soyez pas trop sévère pour moi, ma chère.

— Eh bien ! la princesse a voulu tout bonnement s'assurer une liberté dont elle use largement à son tour.

— Et le prince ?

— Le prince, reprit la Madone en riant, le prince m'adore et ne se doute de rien.

— Il est heureux, alors ?

— Momentanément, oui.

— Songeriez-vous à le quitter ?

— Non ; mais un jour ou l'autre, quelque frasque de sa femme arrivera à ses oreilles, et il les a trop chaudes pour ne pas prendre la chose au tragique.

— Mais il me semble que la conduite du prince...

— Justifie celle de la princesse.

— Non, mais l'excuse en grande partie.

— Aux yeux du monde, c'est possible ; mais non pas à ceux du prince.

— Il est donc jaloux ?

— De moi, oui ; mais pas de sa femme.

— Et il vous permet de venir à l'Opéra ?

— Il est en Bourgogne depuis trois jours. Il chasse. C'est pourquoi la princesse était aussi à l'Opéra ce soir.

— La princesse ?

— Oui ; vous le savez mieux que moi. Ne faites donc pas le malin.

Karl tressaillit.

Un secret pressentiment lui dit que le plus heureux des hasards venait de le mettre sur une piste nouvelle.

— Je ne comprends pas, je vous le jure.

— Mon cher baron, je possède le don tout particulier de pouvoir reconnaître sous le masque les personnes qui m'intéressent. Inutile donc de faire le cachottier avec moi : j'ai parfaitement reconnu la princesse Hermine lorsque je suis sortie de votre loge.

Ce mot produisit sur le jeune officier un effet réellement magique.

Le plus ravissant de tous les espoirs envahit instantanément son cœur et sa pensée.

— Hermine ! mon inconnue, ce mystérieux domino qui m'a fui au moment où j'espérais que son masque allait tomber pour moi, je puis savoir son nom ! Bénie sois-tu, divine Madone ! allait-il s'écrier ; mais il se contint, et redevenant maître de lui, il dit :

— J'en conviens, c'était elle ; mais, gardez-lui le secret.

Le marquis Olivier s'approcha du canapé.

— Je le dirai à Nestor, ma chère Armande, dit-il à la Madone, en la menaçant du doigt en riant.

Nestor était le prénom du prince.

— Vous le pouvez ; nous parlons de lui.

— Et Armande vient de m'en faire un tel éloge, que je vous serais fort obligé de me présenter au prince, dit le capitaine au marquis.

— Ah ! fit la Madone.

— Y voyez-vous un inconvénient ? demanda Karl à la maîtresse du mari d'Hermine.

— Aucun, répondit-elle, après quelques secondes de réflexion.

— Alors, mon cher baron, reprit de Beaupré ; comptez sur moi.

III

TOUS LES BONHEURS

Le baron, comme les autres soupeurs de la nuit qui s'étaient joints au vicomte Maurice dans le cabinet du restaurant, n'en devait sortir qu'au petit jour.

Le vent du nord s'était mis à souffler avec assez de violence, et un froid piquant régnait aux premières lueurs de l'aurore brumeuse d'un matin d'hiver.

En quittant le café de Paris, le capitaine, qui habitait place de la Madeleine, dédaignant les offres importunes des cochers dont les voitures stationnaient devant le restaurant en vogue, prit la résolution réconfortante de rentrer pédestrement chez lui.

Fumant et marchant, il songeait à Hermine et cherchait à se tracer une ligne de conduite qui, tout en lui permettant de ne point trahir son serment, serait la meilleure à suivre pour assurer le triomphe de ses galants projets.

« Je vous défends de chercher à savoir qui je suis ; » si le hasard vous l'apprend jamais et nous remet en » présence, je vous défends de me reconnaître. »

Tels étaient les ordres de la princesse, ordres précis, formels, que le baron Karl avait acceptés d'avance, jurant de leur obéir.

Jusqu'alors il se trouvait admirablement servi par le hasard, car s'il avait découvert aussi vite la trace d'Hermine, il ne le devait, somme toute, qu'à une circonstance aussi imprévue qu'extraordinaire.

Sans qu'il eût manqué à sa parole de gentilhomme et d'officier, l'histoire de la Madone était arrivée à lui comme un véritable bienfait du ciel, bienfait d'autant plus complet quelle lui avait appris sur les mœurs et les idées de la princesse des détails inestimables pour un amoureux.

Et, malgré tout cela, le baron en était encore à se demander :

— Comment se nomme son mari ?

Car, ayant feint d'être parfaitement au courant devant la Madone, il n'avait pu se démentir quelques instants après en demandant à l'un des convives le nom de l'amant de la belle pécheresse, sans faire naître peut-être des soupçons inutiles et sans sortir de sa promesse de ne point chercher à savoir qui était le mystérieux domino du bal de l'Opéra, cette femme séduisante qui cachait son nom et montrait son visage, cette épouse fantasque qui entretenait aux trois quarts la maîtresse de son mari pour être libre aussi, à ce qu'on affirmait ; cette créature pleine de franchise ou cette épouvantable coquette qui n'avait pas craint de dire au jeune officier, avec une véritable effronterie de grande dame :

— Je suis venue ce soir au bal pour vous.

Qu'importait, du reste, à Karl le nom de l'époux de la belle inconnue ? Ne le saurait-il pas bientôt ?

Le marquis ne lui avait-il pas promis de le présenter au prince ?

Pour l'instant, le baron Stein-Steiner ne pouvait véritablement pas en exiger davantage.

Son aventure se corsait, prenait des proportions remplies de charmes et grosses de promesses ; du plus ravissant des rêves, il pouvait caresser l'espoir enivrant de faire bientôt une réalité. Depuis une heure tout avait changé pour lui :

La princesse était une vraie grande dame, digne de la *Tour de Nesle*, le drame à la mode de l'époque, la Madone, la bonne fée qui avait guidé les pas de Karl dans un labyrinthe où il se croyait égaré pour bien longtemps.

Aux charmes de la princesse venait aussi se joindre, au dire de la Madone, certain côté chevaleresque qui résultait du danger que couraient les soupirants d'Hermine, se trouvant en face des soupçons de son mari, c'est-à-dire d'un gentilhomme qui, tout en trompant sa femme, était résolu de faire respecter son blason.

Karl, en se disant tout cela, se riait à lui-même, heureux autant qu'on peut l'être lorsqu'on est jeune, beau, noble, libre, riche et qu'on aime, avec la quasi-certitude d'être bientôt payé de retour.

Arrivé chez lui il se coucha, songea à la princesse, et, vers neuf heures du matin, finit par céder à un sommeil peuplé des rêves les plus charmants.

Le jeune officier était persuadé qu'il venait d'entrer dans une des époques les plus radieuses de sa vie et en savourait d'avance tout le charme les yeux fermés.

Il dormit fort tard, prit un bain, s'habilla, alla chez son coiffeur, fit à cheval un tour au bois et gagna ainsi l'heure du dîner.

La solitude dans laquelle il s'était confiné, depuis le matin, avait été des plus agréables au baron Karl Stein-Steiner.

Il en profitait pour se souvenir, c'est-à-dire pour se remémorer tout ce qui s'était passé à l'Opéra entre lui et la princesse Hermine.

Le marquis Olivier de Beaupré était du cercle de la Concorde, où le capitaine avait été inscrit par l'ambassadeur d'Autriche lui-même.

La Concorde était alors le cercle diplomatique par excellence.

Le premier projet de Karl fut d'aller dîner solitairement au café de Paris; mais, après avoir réfléchi que probablement il y rencontrerait des camarades qui viendraient familièrement s'asseoir à sa table, ce qui troublerait fort sa douce rêverie, il y renonça, et, passant immédiatement à un autre ordre d'idées, se décida pour le cercle de la Concorde, où il avait quelque chance de rencontrer le marquis de Beaupré.

Son espoir ne fut point déçu, le marquis était au cercle.

Le futur duc d'Ambre jouissait déjà, à cette époque, d'une notoriété en toutes choses, qui faisait rechercher sa compagnie.

Karl l'aborda avec un double plaisir dont il est inutile de redire les causes.

Le marquis, qui n'était pas seul, accueillit admirablement le jeune officier.

— Eh, bonjour, Stein, lui dit-il. Vous venez dîner ici ?

— Oui.

— Fort bien, cela se trouve à merveille.

Et Olivier, s'adressant au membre du cercle avec lequel il causait au moment où le baron Karl était entré, lui dit :

— Mon cher Nestor, permettez-moi de vous présenter le baron Karl Stein-Steiner, capitaine des dragons de Windischgraetz.

Puis, s'adressant à Karl :

— Mon cher baron, ajouta-t-il, le prince de Chagny, auquel vous m'avez manifesté cette nuit le désir d'être présenté.

Très surpris de la rencontre, à laquelle il ne s'attendait nullement, le jeune officier fit un effort pour cacher son trouble.

— En effet, monsieur, dit-il au prince, en s'inclinant, et M. de Beaupré, en me faisant l'honneur de me présenter à vous, comble un de mes plus chers désirs et me cause un profond étonnement, car on vous disait en Bourgogne.

— J'en arrive, il y a une heure, monsieur, et je repars demain pour Chagny. Hier, à la chasse à courre, un de mes invités s'est foulé l'épaule, dans une chute, et j'ai voulu moi-même le conduire jusque chez Dupuytren.

On parla du chasseur et de l'accident pendant quelques instants et le signal du dîner ayant été donné par un des valets de pieds du cercle, le prince de Chagny prit place à la table commune, entre le baron Karl et le marquis de Beaupré.

Pendant le repas, le jeune officier put examiner le mari d'Hermine à loisir.

C'était un homme blond, de taille moyenne, qui

pouvait avoir de quarante-huit à cinquante ans, aux traits réguliers, à l'œil fin, au sourire ironique, vigoureusement taillé des épaules, ni gras, ni maigre, et possédant cette souplesse que conservent, à l'âge mûr, les exercices du corps.

Mis avec une simplicité élégante, à la dernière mode, les cheveux coupés ras, il ne portait qu'une longue moustache légèrement teintée et qui devait être l'objet de soins tout particuliers, à en juger par la régularité avec laquelle tous les poils, harmonieusement rassemblés dans un pli relevé, formaient deux crocs qui révélaient l'ancien garde du corps.

L'air affable du prince contrastait avec ce détail, et, malgré l'animation de son teint qui accusait, par son hâle, le chasseur enragé, son visage était doux et distingué, quoique énergique dans son ensemble.

On comprendra sans peine que le baron fut des plus aimables avec le prince.

En sortant de table, la glace était tout à fait rompue entre eux, et, après le café et les cigares, le marquis proposa au prince et au baron une partie de whist avec un mort.

— Impossible, répondit de Chagny, c'est le jour de la princesse, il faut que je rentre à l'hôtel. Songez que je ne suis ici que pour vingt-quatre heures et que je tiens beaucoup à finir ma soirée chez Armande. Laissez-moi aller m'ennuyer chez ma femme.

Et comme Olivier et Karl se récriaient poliment :

— Ou plutôt, faites mieux, ajouta le prince, venez vous y ennuyer avec moi, la princesse sera enchantée et nous ferons notre mort chez elle.

— J'accepte avec le plus grand plaisir, prince,

dit Karl, que cette proposition inattendue comblait de joie.

De Beaupré aimait beaucoup la princesse.

Avait-il été, pendant un certain temps, du dernier mieux avec elle ? C'était possible, probable même ; mais nul n'aurait pu affirmer l'existence de cette liaison dans laquelle le marquis avait déployé autant de prudence que de discrétion.

Nous n'insisterons pas sur ce détail qui nous forcerait à remonter trop loin et qui n'a aucune importance sur les événements que nous racontons.

Par le récit de la Madone, on l'a vu rendre à la princesse, à laquelle il avait ménagé un tête-à-tête chez lui avec la pécheresse, un de ces services qu'une femme du monde, si excentrique qu'elle soit, ne peut demander qu'à un intime discret et dévoué.

La proposition du prince fut favorablement accueillie par de Beaupré.

Le prince offrit une place à Karl dans son coupé, celui du marquis le suivit de près, et un quart d'heure après l'acceptation de l'invitation de M. de Chagny, les deux voitures déposaient les trois membres du cercle de la Concorde dans la cour de l'hôtel du prince, situé rue de Bourgogne.

La réception de la princesse de Chagny ce soir-là, était une petite soirée intime qui se reproduisait hebdomadairement tous les mercredis ; aussi ne comptait-elle guère qu'une soixantaine de personnes, parmi lesquelles, comme toujours chez certaines femmes qui affichent une grande liberté d'allures, les hommes étaient en majorité.

Hermine savait satisfaire tous les goûts de ses

hôtes : Il y avait un salon consacré à la danse, un autre à la causerie, un troisième au jeu, et un quatrième à la lecture. Une serre-fumoir complétait l'ensemble des petits appartements, les autres ne s'ouvrant que les soirs de grand bal.

Le buffet dressé dans la salle à manger, grande pièce très vaste où l'on pouvait se faire servir assis ou debout, offrait encore aux invités un attrait dont le charme était affirmé par les nombreuses stations qu'y faisaient les invités de la princesse.

Fille d'un banquier qui lui avait laissé six cent mille livres de rente, gagnés par lui aussi honnêtement que peuvent le comporter les opérations financières auxquelles s'était jointe la fourniture des armées pendant les guerres du premier Empire, Hermine, dont tout le monde admirait la beauté, avait ébloui le prince de Chagny qui, ruiné en grande partie par la Révolution, ne conservait de l'héritage paternel que des ressources relativement assez minces pour un homme de son titre et son rang.

En épousant Hermine, il avait fait néanmoins, avant tout, un mariage d'amour, et les premières années de leur union avaient été des plus heureuses.

Puis, grisée par sa situation nouvelle, harcelée par les flatteurs et les galants, stimulée par quelques fâcheux exemples, envers lesquels le monde s'était montré plus qu'indulgent, il s'était opéré en elle certaine perturbation morale, plus réelle qu'apparente aux yeux du prince, mais qui n'en avait pas moins produit entre sa femme et lui un considérable refroidissement.

Ce serait exagérer que de dire qu'ils faisaient pour

3.

cela ce qu'on appelle un mauvais ménage ; très d'accord en apparence, même vis-à-vis d'eux-mêmes, ils semblaient avoir fait succéder l'amitié à l'amour en suivant une pente douce dont ils n'avaient compris la force de déclinaison qu'en en atteignant l'extrémité.

Nestor de Chagny était resté un ami plein d'égards pour Hermine et cela suffisait complétement à cette dernière, on en a eu la preuve.

Lorsqu'il pénétra, suivi du marquis et du baron Karl, dans les salons de sa femme, le prince la trouva très entourée.

Tout à son monde, la princesse n'aperçut Nestor qu'au moment où il fut près d'elle.

— On m'a appris votre arrivée, je vous attendais ; bonsoir, comment va le blessé ?

— Aussi bien que possible. Dans quinze jours il sera tout à fait rétabli, mais pardon, ma chère, je ne suis pas seul.

Et, démasquant Karl :

— Le baron Karl Stein-Steiner, capitaine autrichien, dit-il.

Hermine était une femme très forte.

Pas une fibre de son visage souriant ne fut contractée par la surprise ou l'émotion.

— Soyez le bienvenu chez moi, monsieur, dit-elle ; vous ne pouviez trouver un meilleur introducteur dans mon salon que mon mari, dont les amis sont toujours accueillis par moi avec un véritable plaisir.

Tout cela fut dit avec un sang-froid prodigieux, un tact parfait, un ton de bonne compagnie dans lequel perçait un acquis du monde de premier ordre.

Plus ému qu'Hermine, Karl la contemplait en silence, admirant sa beauté radieuse qu'encadrait à ravir, ce soir-là, une toilette d'une richesse et d'un goût remarquables, faite de soie rose tendre et de dentelles blanches d'un grand prix, sur lesquelles se détachaient des fleurs naturelles artistement disposées sur la jupe et sur le corsage, dont l'échancrure hardie laissait apercevoir des épaules et une gorge capables d'arracher des cris d'admiration au plus exigeant des sculpteurs, par leur galbe parfait, au plus difficile des peintres, par leurs tons éclatants et nacrés.

— Votre charmant accueil m'inspire une profonde reconnaissance, madame, et je sais doublement gré au prince d'avoir bien voulu me présenter à vous.

— Très bien, murmura le marquis, en serrant, à l'anglaise, la main d'Hermine. Maintenant au whist.

Ô whist maudit ! Karl l'avait déjà oublié, mais il fallait se résigner et s'éloigner de la belle Hermine.

Cinq minutes après, le prince, Karl et le marquis étaient installés dans le salon de jeu.

Dire que le baron Karl se montra aussi fort ce soir-là que lord Folkston ou Morkly, les plus fameux whisteurs du café de la Couronne, en Bedfort-Row à Londres, serait exagérer de beaucoup sa science et son sang-froid.

Le prince, qui était un partner de première force, lui signala deux ou trois fois des fautes énormes, qui rendaient facile la victoire du marquis.

Karl convint de ses torts et s'exécuta le mieux qu'il put.

Il était au supplice et devait faire des efforts sur-

humains pour que le prince et M. de Beaupré ne s'a-
perçussent point que son esprit était bien loin de la
partie qu'il faisait avec eux.

A onze heures, Chagny se leva.

— Six robres, dit-il ; messieurs, c'est la bonne
mesure.

— Certainement, approuva Stein-Steiner, qui aban-
donna la table de jeu avec un ineffable plaisir.

Quelques minutes après, le prince quittait les salons d'Hermine en entraînant le marquis chez la Madone.

— Et le baron ? demanda Olivier.

— Laissez-le ici. Il faut des danseurs à la princesse, répondit Nestor.

Pendant ce temps, le jeune capitaine avait pénétré
dans le salon où on dansait, après avoir constaté que
Mme de Chagny ne se trouvait pas dans les autres.

Il la vit dès qu'il eut franchi le seuil de cette pièce.

Hermine dansait un quadrille.

Karl attendit impatiemment qu'il fût terminé.

La princesse, dès que l'orchestre, composé d'un
piano et de trois autres musiciens, eut cessé de jouer,
après avoir causé quelques secondes avec son danseur,
s'avança vers la porte auprès de laquelle Karl ne la
quittait pas des yeux.

— Je voudrais boire, dit-elle en s'adressant moitié
directement à lui.

— Voudriez-vous me faire la grâce de m'accepter
pour cavalier jusqu'au buffet, madame ?

Elle ne répondit pas, mais passa son bras sous
celui que lui tendait le baron.

Ils traversèrent le salon où l'on causait et pénétrèrent dans la salle à manger sans s'être dit un mot.

A l'air d'Hermine, Karl comprenait qu'elle affectait de le traiter comme si elle le voyait pour la première fois.

Près du buffet, tandis que la princesse buvait un verre d'orgeat :

— Je vous admire vraiment, dit Karl. Qui pourrait se douter, en vous voyant si fraîche, si gaie, que vous ne vous êtes couchée qu'au jour ?

Le compliment était mérité.

Hermine appartenait à cette catégorie nombreuse de femmes de plaisirs qui lasseraient dix forts de la Halle en soupers, danses et veilles, avant de crier grâce.

Aux paroles du baron, le visage de la princesse devint tout à coup d'une gravité imprévue.

— Monsieur, lui dit-elle, vous êtes un parjure et je ne vous connais plus.

Et elle tenta de s'éloigner.

Karl la retint doucement.

— Votre accusation est absolument injuste, madame ; j'ai juré ce matin, il est vrai, d'être l'esclave de certaine personne ; mais, à partir de demain seulement. Or, cette personne m'a donné un ordre, et j'aurais obéi dès demain, fidèle à mon serment, mais je suis trop heureux de l'heure de liberté qui me reste encore.

Et il tira sa montre.

— Voyez, madame, il n'est qu'onze heures : je suis trop avare de cette heure bénie pour n'en pas profiter.

— Je vous pardonne, reprit Hermine, avec un sourire, non pour le raisonnement, mais pour votre adresse. Je vous fuis ce matin, et, dès ce soir, vous parvenez à vous faire introduire chez moi par le prince, cela mérite une récompense. Vous avez droit à une heure de liberté encore, venez-vous de me dire; c'est vrai. Je me souviens parfaitement des termes de votre serment : « A partir de demain, madame, le baron Karl Stein-Steiner jure, sur son épée de gentilhomme, de vous obéir en tout, quoi qu'il arrive. » Or, nous sommes encore aujourd'hui ; c'est vrai. Ah ! vous allez vite, et c'est pourquoi cette heure de liberté qui vous appartient, je vous la donne tout entière, puisque vous semblez tant y tenir.

Le jeune officier était ravi.

S'oubliant, il saisit la main d'Hermine pour la porter à ses lèvres.

Mais elle, échappant à cette étreinte, d'un geste rapide, lui dit :

— Nous ne sommes plus au bal de l'Opéra, capitaine.

— C'est vrai ; mais je suis libre de vous en parler, de ce bal féerique, magique même pour moi, qui a laissé dans mon souvenir des racines si profondes que rien jamais ne pourra l'en arracher et que je me souviendrai toujours de ses douces heures, dussé-je vivre aussi longtemps que la terre.

— Calmez-vous, je vous en conjure, vous êtes trop brûlant, vous gesticulez trop, lui dit-elle moitié rieuse, moitié grondant ; tenez, on nous regarde.

Et reprenant le bras du jeune homme, elle l'entraîna, radieuse de beauté et de joie, ravie vraiment autant que belle, en jetant de temps en temps à quelque cavalier qui semblait jalouser le sort de Karl, une des phrases suivantes :

— Je me dois à monsieur, c'est la première fois qu'il vient ici ; je lui montre l'hôtel ; puis monsieur est étranger, il est officier, son congé est fort court, il partira bientôt, tandis que vous, vous êtes un vieil ami et vous restez ; laissez-moi me montrer vraiment hospitalière.

Et elle riait en disant tout cela.

Chacune de ses paroles charmait le baron, qui, au comble de la joie, mettait à son profit toutes les circonstances heureuses qui s'offraient à lui.

L'heure lui appartenait, la princesse Hermine l'avait reconnu. Karl l'entraîna vers la serre, qui alors était déserte, dernière chance heureuse, dernier bonheur pour le jeune capitaine.

Une fontaine où frétillaient des poissons rouges sur lesquels retombait, en pluie, l'eau qui jaillissait d'un jet partant du sommet, répandait une fraîcheur des plus agréables dans cet endroit parfumé.

Tous ceux qui se sont trouvés dans une circonstance semblable à celle que le baron Karl cherchait à mettre à son profit, sous l'empire d'une irrésistible séduction, comprendront à merveille ce qui se passa d'abord entre le capitaine et la princesse Hermine.

Le masque qu'elle portait avait donné la veille à son langage une liberté d'allures qu'elle ne pouvait, qu'elle ne voulait plus lui prêter.

Karl, enhardi de son côté par les privilèges du bal masqué et les privautés de l'intrigue, se sentait vraiment intimidé, car il se demandait en vain par quel adroit stratagème il pourrait ramener la conversation

avec Mme de Chagny au même diapason que la
nuit précédente.

Songez donc que la princesse avait été jusqu'au
tutoiement.

Ne lui avait-elle pas dit, presque majestueuse de
coquetterie provocante et de féminin orgueil, au moment où, arrachant son loup, pour quelques secondes,
elle avait étalé tous les charmes de son adorable visage aux yeux curieux et avides du baron :

— Regarde !

L'accent avec lequel ce *regarde !* triomphant avait
été prononcé, était allé droit au cœur et restait in-
crusté dans le souvenir du jeune capitaine.

Et maintenant, il pouvait contempler la belle princesse à loisir, admirer ses traits et son teint, scruter
les expressions séduisantes de ses yeux et de ses sourires, chercher enfin à définir si cette femme si désirable resterait bien longtemps à désirer.

Karl l'examinait et l'étudiait en silence.

— Eh bien ! dit-elle, légèrement embarrassée par
la persistance du mutisme du baron.

— Eh bien ! je vous regarde, dit-il en soulignant le
mot.

Hermine n'avait pas oublié non plus pourquoi et
comment ce mot avait été prononcé.

Elle rougit légèrement.

— Nous ne sommes plus à l'Opéra, baron, répéta-t-elle.

— C'est vrai, mais je ne suis pas encore votre
esclave.

— Cela voudrait-il dire que vous vous croyez mon
maître ? dit-elle ironiquement.

— Est-on jamais le maître de ce qu'on aime.

— Ainsi, vous m'aimez ?

— A la folie.

— Et vous osez me le dire ici, chez mon mari ?

Elle fermait les yeux à demi en disant cela d'un ton légèrement persifleur.

— Oh ! pardon, je suis ici chez vous ; le prince lui-même me l'a dit.

— Le fait est... dit-elle sans achever sa pensée.

— C'est bien pour cela que j'y suis venu, insista-t-il.

— Seriez-vous jaloux de Nestor, par hasard ?

Il allait répondre :

— Je connais la Madone, elle m'a tout raconté.

Mais une rapide réflexion lui fit comprendre que ce serait une maladresse et qu'il valait bien mieux profiter de la situation sans avouer la connaître, que de provoquer une résistance, même feinte, en révélant que le mystérieux arrangement de la femme avec la maîtresse lui avait été dévoilé par cette dernière.

— Certainement, dit-il, je suis jaloux du prince, comme de tous ceux qui vous approchent.

— Déjà ? dit-elle, en enveloppant le jeune capitaine dans un regard de femme vaincue.

— Ah ! par grâce, ne raillez pas, madame, je vous en conjure, reprit Karl d'une voix émue.

— Mais vous me connaissez à peine.

— Lorsqu'un aveugle aperçoit le jour pour la première fois, il ne lui faut qu'une seconde pour adorer la lumière.

— Décidément, j'avais bien raison de vous dire cette nuit que vous êtes poète.

— Poète ou non, princesse, vous êtes pour mon cœur la lumière radieuse qui l'a ébloui, enivré ; l'impression que vous avez produite sur moi restera éternellement dans mon souvenir comme une des émotions les plus enivrantes que j'aurai jamais ressenties.

— Que d'exagération !

— Je vous jure, madame, que je n'exagère rien ; laissez-moi poursuivre ; cette heure m'appartient et j'ai tant de choses à vous dire !

— Et il n'y a qu'un instant que vous vous taisiez avec une obstination marquée ; décidément vous êtes un original, mon cher capitaine.

— Je suis un homme fasciné, madame, et comme je vous le disais, vous m'avez mis au cœur un si précieux souvenir qu'il eût été éternel, même si jamais je n'avais pu découvrir le nom de cette fée séduisante qui m'avait fait jurer d'être son esclave en m'imposant les plus dures conditions qui puissent être faites à un homme dans les circonstances où nous nous trouvions vis-à-vis l'un de l'autre.

— Vous interprétez fort solennellement un incident sans gravité aucune.

— Comment cela ?

— Eh ! certes, reprit Herminé d'un ton léger, la rencontre d'une femme comme moi, à l'Opéra, ne se fait pas toutes les nuits, c'est certain. Mais comme ces bals ont la vogue, qu'ils ont surtout pour les femmes du monde un attrait dont notre curiosité de la vie des autres femmes constitue le principal élément, parce que je suis venue à vous, masquée, dans ce milieu plus singulier que terrible, mon cher baron, il n'en faut pas tirer d'aussi graves conséquences que celles que semble vous fournir votre imagination et parler d'éternité de souvenir pour une heure passée dans une causerie sans conséquence.

— Sans conséquence pour vous, peut-être, mais non pas pour moi, madame.

— Laissez donc ; tous les hommes disent cela à la première femme qui a causé pendant quelques instants avec eux d'une façon plus ou moins intime.

— Si vous me croyez capable, non de mentir, je n'ai jamais menti, madame, mais seulement d'exagérer les conséquences qu'a eues et surtout qu'aurait pu avoir pour moi notre rencontre de cette nuit, chassez-moi à l'instant de chez vous, faites-moi jeter dehors par vos laquais.

— Vous parlez comme à l'Ambigu, mon cher baron, et rien ne justifie votre tragique discours, puisque je ne vous cache pas qu'en vous voyant ce soir chez moi, amené par M. de Chagny, j'ai été...

Elle s'arrêta un moment.

Beaucoup de mots lui venaient aux lèvres : ravie, enchantée, contente, charmée, heureuse, mais tous lui parurent trop expressifs ; aussi finit-elle sa phrase en disant :

— ... Agréablement surprise en vous voyant.

— Vous ne voulez donc pas comprendre que vous avez troublé ma vie ?

— Des reproches ?

— Non pas, mais une vérité terrible pour mon repos ; vous me trouvez exagéré, mais depuis la nuit dernière, je suis un autre homme, je n'ai plus qu'une pensée : vous ! qu'un espoir : vous !

— Mon cher capitaine, vos paroles ne me touchent guère.

— Que dites-vous ?

— Oui, car il m'est impossible de ne pas douter de leur sincérité.

— Quoi ! vous doutez de moi ? Mais regardez-moi donc, lisez dans mes yeux, vous y verrez un éternel amour.

Il lui avait pris la main.

Hermine se tourna doucement vers lui ; leurs regards se croisèrent, et bientôt elle sembla partager l'émotion véritable à laquelle le baron Karl était en proie.

Il fit un geste brusque pour l'attirer à lui ; mais aussitôt celle qui s'était tant défendue la nuit précédente de ressembler à Célimène reprit :

— Et vous ne me connaissez que depuis cette nuit ?

— Et depuis cette nuit je vous adore.

— Eh bien, adorez-moi, dit-elle en se levant et en rentrant dans les salons avant que le jeune capitaine ait eu le temps de la retenir.

IV

UN BOBO

Six semaines après cette conversation, le colonel des dragons de Windischgraetz reçut une lettre du baron Karl Stein-Steiner le suppliant de faire en sorte que son congé fût prolongé de trois mois encore.

Afin d'obtenir cette faveur, le jeune capitaine alléguait une foule de raisons très-discutables.

Le colonel ne se tira pas la moustache, vu qu'elle n'était pas d'uniforme, mais certain sourire qui n'apparaissait sur ses lèvres que dans des circonstances toutes spéciales, illumina joyeusement son large visage.

— Les Parisiennes n'en font pas d'autres, se dit-il, voilà mon joli blanc-bec pincé ! Bah ! il faut bien que jeunesse se passe! Stein-Steiner est un bon officier, un gentil garçon, un parfait gentilhomme, il ne peut faire qu'honneur à l'Autriche là-bas. Accordons-lui une prolongation de congé.

Et aussitôt il répondit au baron Karl :

« Mon cher capitaine,

» Les raisons que vous alléguez pour demander
» une prolongation de trois mois à votre congé sont
» tellement mauvaises qu'elles en cachent évidem-
» ment une autre excellente, que vous ne pouvez
» pas dire.

» Aimez en paix, mais n'oubliez pas que dans
» trois mois à pareil jour, vous devrez avoir rejoint
» le régiment.

» Agréez, mon cher capitaine, etc. »

La demande de Karl nous fait comprendre ce qui
s'était passé entre la princesse Hermine et lui à la
suite de leur rencontre à l'Opéra.

La princesse avait alors la trentaine, cet âge adorable des femmes, où elles offrent dans leur plénitude
tous les charmes qui puissent nous captiver.

Karl, plus jeune qu'elle, mais beau, ardent, fait
vraiment pour plaire, réalisait pour Hermine, un
idéal cherché vainement près d'une année.

Ils s'aimèrent avec ardeur et le capitaine devint
un des hôtes les plus assidus de l'hôtel de la rue de
Bourgogne.

La princesse, on doit s'en douter, n'était pas à sa
première aventure ; mais le monde, rempli d'indul-
gence pour elle, avait passé sur certains soupçons
éveillés par des circonstances fortuites, nées de ses
intrigues précédentes et sans gravité suffisante pour
qu'ils puissent se traduire par un ostracisme rigou-
reux.

Nous n'accuserons pas Hermine d'hypocrisie pour
cela ; le respect qu'elle avait des autres et d'elle-
même l'avait rendue prudente par convenance plus
encore que par crainte, et du reste, elle était toujours restée assez maîtresse d'elle-même pour demeu-
rer dans les limites où aucun scandale ne pouvait
l'atteindre.

Avec Karl, entraînée petit à petit sur une pente
si douce qu'elle ne s'y sentait même pas glisser,

Mme de Chagny se compromit réellement et dès le commencement même de leur liaison.

Ainsi qu'elle l'avait avoué au jeune officier, le soir du bal de l'Opéra, c'était bien pour lui, pour lui seul qu'elle y était venue.

Après avoir aperçu, trois nuits avant, le baron Karl au bal de l'ambassade d'Autriche, le hasard lui avait appris qu'au prochain bal de l'Opéra le jeune capitaine occuperait l'avant-scène de droite des premières. Dès ce moment, l'image séduisante de l'élégant Autrichien avait dominé sa pensée, et, cédant à l'empire d'impressions secrètes, nouvelles et puissantes, elle avait résolu de venir, masquée, relancer Stein-Steiner jusqu'au seuil de l'avant-scène en question.

Le serment qu'elle avait exigé du jeune homme n'était qu'un accident sans grande importance à ses yeux.

Les femmes ont toutes soif de domination.

La plupart d'entre elles n'ont pas la force nécessaire, ni le jugement indispensable pour l'exercer.

Cela fait naître en elles un despotisme qui n'est qu'apparent, et dont la reconnaissance seule, sans aucun exercice même, suffit à les contenter.

De là cette déclaration fort habile de la part de tout homme qui cherche à plaire :

— Je suis votre esclave !

Quant au stratagème employé par Hermine pour fuir, sans se faire connaître au dernier moment, sans prévoir que cette fuite se relierait au serment encore ignoré du capitaine, elle se l'était ménagée d'avance, ne se dissimulant pas que sa démarche, du succès de

laquelle elle ne pouvait presque pas douter, l'entraî-
nerait peut-être beaucoup plus loin qu'elle ne voulait
aller tout de suite.

Ce qui l'avait charmée au delà de toute expression
était la promptitude réellement extraordinaire que
Stein-Steiner avait mise, non-seulement à découvrir
qui elle était, mais encore à franchir le seuil de son
salon, sous les auspices de M. de Chagny.

Karl, fort habilement, lui avait toujours laissé
ignorer à la suite de quelles circonstances, aussi heureuses qu'imprévues, il avait pu s'imposer à elle aussi
promptement.

— Le ciel m'a protégé, mon Hermine ; le ciel, qui
voulait que nous nous aimions.

La phrase plut à la princesse.

Rien encore, aux yeux des femmes, de plus logi-
que que l'intervention divine dans leurs fautes.

Les païennes d'autrefois avaient Vénus.

Celles d'aujourd'hui ont mieux :

Elles ont Dieu !

Nous avons dit que la princesse, véritablement
affolée par une passion qu'elle ne soupçonnait même
pas pouvoir aussi violemment ressentir, s'était compromise cette fois pour de bon.

L'assiduité du jeune capitaine, la préférence marquée qu'Hermine lui témoignait, leurs causeries fré-
quentes au milieu du monde, causeries bien longues
pour tout, excepté pour eux, furent remarquées et
les commentaires allèrent leur train.

On raconta bientôt, sous le sceau du plus grand
mystère, que le baron Stein-Steiner avait loué, rue
Chauveau-Lagarde, un petit entresol qu'il avait fait

meubler avec un goût exquis et un luxe princier, pour y recevoir certaine personne qui n'y venait jamais que voilée, et que cette visiteuse craintive n'était autre qu'Hermine.

Certains intimes, à qui l'ancienneté de leur amitié pour Mme de Chagny donnait d'exceptionnels privilèges, osèrent même la plaisanter sur le jeune capitaine et son nid d'amour.

Quoique se sentant gravement accusée, rien que par ces allusions, Hermine se défendit mollement, perdant, sous l'empire de son amour, la mesure exacte de prudente conduite qu'elle s'était toujours imposée en pareille circonstance.

Deux mois après le triomphe de Karl, sa liaison avec Hermine ne fut plus ce qui s'appelle un secret ; aussi Mme de Chagny vit-elle pour la première fois certains vides se former autour d'elle et bon nombre de désertions féminines attrister ses salons.

Que lui importait ?

Karl ne remplissait-il pas à lui seul tout son hôtel comme il emplissait tout son cœur ?

Les autres n'étaient que des indifférents et des importuns pour Hermine.

Elle devint moins mondaine afin d'être plus à Karl.

Le nombre de ses réceptions diminua.

M. de Chagny ne s'en plaignit pas, au contraire ; il préférait beaucoup, de son côté, le boudoir de la Madone aux salons de sa femme. Les modifications apportées par Hermine dans sa vie tombaient fort mal pour la pécheresse.

La chasse étant fermée en Bourgogne, M. de Cha-

4

gny, revenu aussitôt à Paris, se mit à passer beaucoup plus de temps chez la Madone qu'il n'avait
l'habitude de le faire auparavant.

Or, pendant son absence, la Madone s'était
éprise d'un chanteur comique très en vogue.

M. de Chagny, à cent lieues de se douter de la
liaison de sa femme avec le baron, auquel il témoignait beaucoup d'amitié, ce qui ne laissait pas que
d'être pénible à la loyauté et à la délicatesse du
jeune capitaine, s'aperçut bientôt de certains changements chez la Madone, lesquels l'amenèrent à établir immédiatement autour d'elle une surveillance
des plus actives.

Vouloir, c'est savoir; le prince sut bientôt ce qu'il
eût préféré ignorer, mais il espérait tant ne rien découvrir qu'il avait fébrilement poursuivi son enquête.

Une scène violente eut lieu entre sa maîtresse et
lui.

L'ange blond était de son naturel nerveuse et colère.

Le prince avait acquis des preuves convaincantes.

Froissé plus encore dans son orgueil de gentilhomme que dans son amour-propre d'amant, en découvrant à quel rival on l'avait sacrifié, il signifia net-
tement à la pécheresse que leurs relations étaient
rompues.

C'était cent mille francs par an de moins pour
Armande.

Sous le poids d'un coup aussi terrible, on comprend aisément qu'une femme perde en même temps
toute prudence et tout sang-froid.

— Ma chère, lui dit le prince, vous me trompez.

— Moi !

L'attaque était brusque, mais l'accent avec lequel ce *moi* fut prononcé par la Madone était à lui seul une admirable parade.

Sans s'émouvoir, le prince, qui savait parfaitement à quoi s'en tenir, répliqua :

— Oui, vous, vous me trompez, et si votre choix était tombé sur un homme du monde, peut-être serais-je porté à la clémence, mais vous me trompez avec un histrion.

Histrion était cruel.

Ce mot fit l'effet d'un coup de poignard sur la Madone qui, avec une dignité réelle, quoique éminemment comique par le sentiment qui l'inspirait, s'écria :

— Prince, M. Jolibois est un artiste.

— Oui, dit le prince, comme mon pédicure.

— Insolent !

— Ma chère, pas de gros mots. Un homme comme moi n'admet pas de partage avec un M. Jolibois. Je vous aimais beaucoup, je vous aime encore, mais je me retire. Demain, mon intendant vous fera parvenir vingt-cinq mille francs. Adieu !

Armande était atterrée.

Elle resta muette, indécise, sans remarquer d'abord que M. de Chagny gagnait la porte du petit salon dans lequel avait lieu cette dernière explication, ne songeant même pas à le retenir, abrutie par un véritable coup de massue.

Le prince s'arrêta.

Il ne se trouvait pas assez vengé.

— Je ne vous donne pas davantage, reprit-il, parce qu'il me serait fort désagréable de défrayer le

luxe de M. Jolibois pendant un temps trop prolongé.

Cette nouvelle attaque rendit à la Madone une
partie de son énergie.

Une insulte à Jolibois, à son Arthur !

Elle bondit :

— Je suis la victime d'une calomnie infâme, dit-
elle ; je connais M. Jolibois qui veut bien me donner
des leçons de chant, mais comme un ami, un artiste,
je le répète, et rien de plus !

— Vraiment !

— Oui, vous voulez rompre et vous prenez un prétexte ; soit, je ne vous retiendrai pas, mais je m'attendais, qu'en une pareille circonstance, vous agiriez
en véritable gentilhomme, et que, pour vous débarrasser de moi, vous n'auriez recours ni au mensonge
ni à la calomnie.

Pour toute réponse, le prince tira un portefeuille
de sa poche ; de ce portefeuille, il sortit une petite
aquarelle coquettement encadrée qui n'était autre
que le portrait très ressemblant de la Madone, dans
un décolleté qui n'allait qu'au menton, mais qui commençait par le bas.

— Connaissez-vous ceci ?

Et retournant l'aquarelle, au dos de laquelle quelques mots étaient écrits, le prince lut :

— A Arthur, à mon amour ! Armande.

La Madone baissa la tête.

— Et savez-vous, ma chère, comment il se fait que
ce précieux gage d'amour se trouve entre mes mains ?
C'est que je l'ai fait acheter cent louis, ce matin, à
M. Jolibois lui-même.

Il y a des amours dans lesquels le mépris égale la passion.

La Madone fut instantanément persuadée que le prince ne mentait pas.

Décidément, Jolibois n'était pas encore l'idéal rêvé.

Quelle désillusion !

Elle fut si terrible et si poignante à la fois que, cédant au dépit ainsi qu'à une aveugle colère, la pécheresse haletante, furieuse, l'œil en feu, la bouche contractée, s'écria :

— Vous feriez bien mieux de surveiller votre femme que de vous inquiéter de ce qui se passe chez les autres. Trompé que vous êtes !

La Madone ne dit point *trompé ;* elle employa le mot crû que Molière a rendu presque possible.

Cette virulente réplique ne produisit pas d'abord tout l'effet qu'en attendait la pécheresse.

— Décidément vous n'êtes qu'une fille ! reprit le prince d'un ton froid.

— Comme votre femme ; oui, j'en conviens.

— Malheureuse, une telle calomnie !

— Tenez, mon cher, en voilà assez, quittez-moi, je ne demande pas mieux, reprit la Madone, écumante ; mais apprenez ce que tout Paris sait depuis trop longtemps déjà, que la princesse Hermine, votre femme, est la maîtresse du baron Karl Stein-Steiner, le beau capitaine autrichien.

— Misérable, infâme ! murmura le prince.

— Georges Dandin, répliqua Armande, adieu !

Et elle disparut.

Sous cette dernière injure, M. de Chagny demeura atterré pendant quelques secondes.

4.

Il se sentit mordre au cœur par un sentiment qu'il ne connaissait pas encore et qui lui causait une véritable torture.

Ce sentiment, c'était la crainte du ridicule.

Trompé par sa femme et par sa maîtresse à la fois, que de gens devaient rire à ses dépens !

Le hasard avait voulu parfois que le prince et Hermine se trouvassent dans une loge avec le baron Karl, écoutant Jolibois que la Madone dévorait des yeux du fond d'une baignoire.

Et ce que la Madone avait appelé tout Paris, ce tout Paris terrible qui devait connaître mieux encore l'intrigue d'Armande avec Jolibois que celle de la princesse avec Stein-Steiner, était là riant sous cape du prince, que deux femmes rendaient en même temps ridicule.

Livré aux graves réflexions que lui inspirait le souvenir de ces rapprochements si fatals pour lui, M. de Chagny sortit lentement de chez la Madone, sans nul esprit de retour.

Ainsi qu'il l'avait dit à la pécheresse, il n'était pas homme à pardonner un Jolibois, et sa maîtresse ne devait plus le revoir.

Là n'était pas l'important.

Il se trouvait du côté d'Hermine, et les pensées du prince, en se tournant vers elle, disons-le pour lui rendre justice, n'étaient point exemptes de remords.

Stein-Steiner n'avait-il pas été la conséquence de la Madone ? Hermine, avant de céder au jeune capitaine, n'était-elle pas informée des préférences de son mari pour la pécheresse ?

Celle-ci n'avait-elle pas calomnié Hermine pour

se venger sur quelqu'un de voir que toutes ses ruses
étaient dévoilées, et surtout que l'irrésistible Jolibois
avait vendu son portrait cent louis !

Misère et profanation !

Il était près de dix heures du soir lorsque le prince
tourna le coin de la rue Caumartin, où demeurait
Armande, pour suivre le boulevard.

La soirée était fraîche.

Le vent du nord glaçait l'atmosphère sous un ciel
limpide, dans lequel la lune brillait de tout son éclat,
dominant celui des étoiles lointaines.

Cette fraîcheur de la soirée fut salutaire à M. de
Chagny.

Après un quart d'heure de promenade sans but, il
redevint complètement maître de lui et arrêta bientôt
un plan qui devait l'éclairer entièrement sur sa situation véritable, c'est-à-dire lui faire découvrir si l'accusation de la Madone était fondée, et, dans ce cas,
le mettre à l'abri du scandale, tout en tirant vengeance de l'amant de sa femme.

Le prince monta au cercle de la Concorde, qui
était situé boulevard de la Madeleine, après être
entré dans une pharmacie, où il avait fait une acqui-
sition des plus singulières :

Un bandage fait d'une sorte de gant découpé à
l'usage de l'index et du médium de la main droite, et
pour quelques sous de coton.

Dans l'antichambre du cercle, M. de Chagny,
qui avait entouré ses deux doigts de coton et les avait
ensuite glissés dans le bandage, pria un des garçons
du cercle de nouer les cordons autour de son poignet.

Cela fait, il pénétra dans les salons.

Le vicomte de Séran, ainsi que le marquis de Beaupré, étaient là.

Le prince se mit à causer avec eux le plus tranquillement du monde, effleurant tous les sujets avec une liberté d'esprit qui dénotait chez lui une force de caractère incontestable.

— Vous êtes blessé, remarqua de Beaupré.

— Non, j'ai un doigt blanc qui me fait beaucoup souffrir.

M. de Séran indiqua d'excellents remèdes, ce dont le prince le remercia avec une effusion convaincante.

Deux heures se passèrent pour le prince en une vaine attente, car on a dû comprendre qu'en affublant sa main droite, pour monter au cercle, du bandage que nous avons décrit, il s'était rendu à la Concorde dans un autre but que celui d'y causer avec le marquis et le vicomte.

A minuit, le baron Karl entra.

Le prince le vit du coin de l'œil apparaître sur le seuil du salon et aussitôt, sans se presser, sans nulle affectation, il gagna le salon de lecture, où se trouvaient tous les journaux, ainsi que tout ce qu'il faut pour écrire, ce qui permettait aux membres du cercle de faire là leur correspondance.

De ce salon, par la porte à deux battants, on pouvait voir parfaitement ce qui se passait dans la première salle que M. de Chagny venait de quitter.

Il glissa une feuille de papier à lettre dans une enveloppe, et sans perdre des yeux le baron Karl qui, après avoir causé un instant avec le marquis et le vicomte, s'était assis à la bouillotte, il se mit à lire les journaux.

Au moment où le baron se levait pour faire place à un autre joueur, un des valets du cercle vint le prier, de la part du prince, de vouloir bien aller rejoindre celui-ci dans le salon de lecture.

— Eh quoi ! vous êtes là, cher prince ? dit Karl en abordant M. de Chagny, au désir duquel il s'était immédiatement rendu, je l'ignorais, sans cela je serais déjà venu vous serrer la main.

Et le jeune capitaine, joignant le geste à la parole, s'empara des doigts de M. de Chagny, qui, retirant brusquement sa main, poussa un cri d'une vérité qui dénotait en lui de véritables aptitudes de comédien.

— Qu'avez-vous ?

— Un doigt blanc.

— Ah !

— Je souffre beaucoup, et c'est même à cause de cela que je vous ai fait prier de venir un instant près de moi.

— De quoi s'agit-il ? demanda Stein-Steiner.

— Rendez-moi le service d'écrire une adresse sur cette lettre.

Et le prince, tout en parlant, plaça devant le capitaine l'enveloppe dans laquelle il avait glissé une feuille blanche.

— Très volontiers, dit Karl en prenant une plume ; dictez.

— « Madame la princesse de Chagny, 30, rue de Bourgogne, » dicta le mari.

— Vous écrivez à votre femme ?

— Je prépare une lettre pour elle ; c'est en l'écri-

vant tout à l'heure que j'ai décuplé mon mal. Peut-
être cette lettre sera-t-elle inutile, mais il se peut
que je sois forcé de partir pour Chagny demain par
le premier train. Je saurai cela demain matin à la gare,
et dans ce cas, je ferai porter ce mot à la princesse
pour l'informer de mon absence et lui apprendre les
motifs qui la rendront indispensable.

— Je comprends parfaitement ; rien de grave ?

— Non. Ennuis de propriétaire simplement.

— Voilà qui est fait.

Et Karl passa au prince la lettre sur laquelle il
avait tracé l'adresse de Mme de Chagny.

— Ce n'est pas tout, répéta le mari d'Hermine.

— Parlez.

— Si je ne pars pas, j'enverrai mon intendant en
Bourgogne demain soir, et il faut que j'aie avec lui un
entretien dans la journée ; or, comme il sort généralement de très bonne heure, il importe que, dès ce
soir, je donne au besoin un mot pour lui à mon valet
de chambre. Reprenez donc la plume, je vous prie,
mon cher baron ; je serai bref.

— M'y voici, dit Karl au bout d'un instant, la
main sur le papier.

— « Il faut que je vous parle absolument. Venez
à trois heures. Affaire grave, » dicta le prince.

— C'est fait ! reprit Karl.

— Donnez-moi cette lettre, je la signerai tout à
l'heure, si c'est absolument nécessaire. Maintenant,
l'adresse ?

Et M. de Chagny redicta :

— « M. Herbaut, 44, rue du Mail. »

Lorsque le baron eut terminé :

— Il me reste à vous remercier, mon cher baron. Je me sauve, car peut-être serai-je forcé de me lever au petit jour. Pardonnez-moi de ne pas vous serrer la main : mais je souffre trop.

Et le prince quitta le cercle et se fit conduire à son hôtel.

Au lieu de regagner immédiatement ses appartements particuliers, M. de Chagny s'arma d'une bougie et entra dans un petit salon où se trouvait une coupe de Sèvres d'un très grand prix, dans laquelle on jetait les cartes de visite.

Il se mit à fouiller dans leur tas et n'eut pas grand'-peine à en découvrir bientôt une sur laquelle les noms, prénoms, titres et qualités du baron Karl Stein-Steiner, capitaine aux dragons de Windischgraetz, étaient lithographiés.

Il la prit, rentra chez lui, et ayant tiré de son enveloppe la lettre que le baron Karl croyait avoir adressée à M. Herbaut, il se livra pendant quelques minutes à l'étude de l'écriture du capitaine.

Suffisamment édifié, il signa à l'encre la lettre d'un K parafé, et au lieu de la remettre dans la première enveloppe, il la glissa dans celle qui portait l'adresse de la princesse, après en avoir retiré la feuille blanche.

Puis, prenant un crayon, il traça sur la carte du capitaine :

« Prière de faire monter le porteur dans mon appartement. »

Ces divers préparatifs étant terminés, le prince se coucha, et, après avoir vainement appelé le sommeil à son aide pendant un temps assez long, il finit par s'endormir d'une façon aussi calme que peut le faire un mari, dans un cas semblable, même lorsqu'il n'est plus amoureux de sa femme.

Le lendemain, il déjeuna avec la princesse, ainsi qu'il avait coutume de le faire.

Le temps était beau et propice à la promenade.

M. de Chagny s'était montré d'une humeur charmante et d'une amabilité complète pendant le repas.

— Le beau ciel ! dit-il en jetant un regard sur le jardin de l'hôtel. Sortirez-vous aujourd'hui, ma chère ?

— Certes, je profiterai du beau temps.

— Vous sortez sans but, alors ?

— Oui, pour aller au bois.

— Me permettez-vous de vous accompagner ?

— Très volontiers.

— A trois heures, voulez-vous ?

— A trois heures, soit.

Et M. de Chagny, après avoir déposé un respectueux baiser sur la main d'Hermine, se retira le sourire aux lèvres.

Une fois rentré chez lui, le prince se mit à réfléchir au plan qu'il avait adopté pour surprendre les coupables, et après un minutieux et froid examen, il fut convaincu qu'il possédait toutes les chances de réussite.

Depuis la veille, d'ailleurs, en se remémorant certaines circonstances bien innocentes en apparence, sans être absolument convaincu de la véracité de la terrible accusation de la Madone contre sa femme, il n'en doutait plus que faiblement.

Pendant le déjeuner, il l'étudia d'une manière toute spéciale, cherchant sur son visage, dans son regard, dans son sourire, jusque dans sa voix, ces

effluves de la passion qui débordent parfois même
devant les indifférents par des nuances presque imperceptibles, mais qui peuvent être pourtant saisies
par un observateur connaissant parfaitement la personne qu'il analyse tout entière, afin de surprendre
ses sensations les plus intimes.

Cet examen, sans être concluant, condamna aussi
Hermine à ses yeux.

De Chagny crut deviner que des vibrations nouvelles, qu'il n'avait jamais remarquées chez la princesse, même au temps de leurs amours, étaient éclo-
ses en elle.

Il découvrit de vagues regards, de douces langueurs
à peine accusées, des sons de voix d'une tendresse
ineffable.

C'était bien là la femme amoureuse, heureuse de
son amour, transformée par sa domination.

Mais, comme nous l'avons vu, M. de Chagny n'a-
vait rien laissé paraître, et Hermine ne se doutait
guère être aux trois quarts devinée.

— Stein-Steiner ne peut la recevoir chez lui, ce
serait trop imprudent, se dit le prince. Ici leurs en-
trevues ne peuvent être bien tendres, il y a trop de
monde autour d'elle ; donc, le capitaine doit avoir
créé quelque part un de ces nids discrets où les gens
de notre monde vont cacher leurs amours. Si une fatalité extraordinaire ne vient pas renverser toutes
mes combinaisons, ce nid charmant, ce nid maudit, je
le découvrirai aujourd'hui même.

A deux heures, quelques minutes après la sortie
de M. de Chagny, qui avait dit à son valet de chambre en quittant l'hôtel :

5

— Je rentrerai bientôt. La princesse et moi nous sortirons en voiture à trois heures, — un commissionnaire remit au concierge de l'hôtel une lettre pour Hermine, sans réponse, et s'en alla.

Cette lettre n'était autre que celle que le baron Karl avait écrite la veille, au cercle de la Concorde, sous la dictée de M. de Chagny, sans se douter que l'enveloppe portant l'adresse de la princesse servirait à faire parvenir à celle-ci les quelques mots prétendument adressés à Herbaut, l'intendant du prince.

A trois heures moins un quart, M. de Chagny, qui n'avait pas quitté la rue de Bourgogne, afin de surveiller l'hôtel, rentra.

On attelait le coupé de la princesse dans la cour.

Son cocher particulier, prêt à prendre les guides, surveillait l'opération en mettant ses gants de coton blanc.

— Pourquoi n'a-t-on pas attelé le landau à quatre ? demanda M. de Chagny, je croyais que la princesse vous en avait donné l'ordre.

— Son Altesse, en effet, m'avait donné cet ordre, et j'allais l'exécuter lorsqu'elle a contremandé le landau et demandé le coupé.

— C'est bien ! dit le prince.

Et il rentra chez lui.

Aussitôt qu'il parut, son valet de chambre lui remit un pli cacheté en disant :

— De la part de Mme la princesse.

M. de Chagny fit sauter l'enveloppe, et voici ce qu'il lut :

« Ne comptez pas sur moi aujourd'hui, mon cher Nestor ; la duchesse me prie de me rendre immédia-

tement à la Madeleine, où nous devons voir le curé
pour notre œuvre de charité.

» Mille regrets.

» HERMINE. »

— Allons ! se dit le prince, Armande avait dit vrai,
et il faudra que je tue le baron Karl.

Sur cette réflexion, conséquence fatale de ce qui
se passait, sans perdre un instant, M. de Chagny fit
atteler également son coupé.

— Qu'on soit prêt dans cinq minutes, ordonna-t-il.
Mettez-vous quatre s'il le faut, mais qu'on soit prêt.

Et le nez collé contre la vitre de son cabinet de
travail, il se mit à surveiller les cochers et les garçons
d'écurie.

Ceux qui étaient chargés d'atteler la voiture du
prince y mirent une promptitude rare, aussi son cocher put-il monter sur son siège en même temps que
celui de la princesse.

Les deux voitures furent conduites sous la vaste
marquise qui surplombait le perron de l'hôtel.

Hermine et M. de Chagny s'y rencontrèrent.

— Vous ne m'en voulez pas ? dit-elle.

— Aucunement ; je vais au bois sans vous, vous le
voyez, ma chère.

— Il paraît que c'est très urgent, et les pauvres
n'ont pas le moyen d'attendre. A ce soir ! dit Hermine d'un ton qu'elle s'efforçait de rendre calme,
mais sous lequel perçait une émotion dont son mari
connaissait trop bien la cause pour s'en étonner.

— A ce soir ! répondit M. de Chagny en aidant
Hermine à prendre place dans sa voiture.

— A l'église de la Madeleine ! dit Hermine au groom.

Le prince monta dans sa voiture, et lorsque celle de sa femme s'ébranla, abaissant une des glaces du devant, il dit :

— Jean, suivez la voiture de madame.

Quelques secondes après les deux coupés roulaient rapidement dans la rue de Bourgogne.

Ayant annoncé à sa femme qu'il allait faire tout seul, au bois, la promenade qu'ils avaient projetée ensemble, il était fort naturel que M. de Chagny suivît la voiture d'Hermine jusqu'à la place de la Concorde.

Arrivé là :

— Au bois ! lança Nestor.

Le cocher appuya sur la gauche et gagna rapidement l'entrée de l'avenue des Champs-Élysées, tandis que le coupé de la princesse, suivant droit son chemin, avait atteint l'entrée de la rue Royale.

— Jean, rue Royale et vivement ! dit alors M. de Chagny.

Le coude qu'il venait d'exécuter n'avait pour but, on doit le comprendre, que de dépister la princesse au cas où, par impossible, le soupçon qu'elle était suivie pouvait lui venir.

Mais Hermine, émue, tremblante, ne songeait pas plus au coupé de son mari, ni à M. de Chagny lui-même qu'au Grand-Turc.

Karl ne lui avait-il pas écrit :

« Il faut absolument que je vous parle, venez à trois heures. Affaire grave. »

Et ces deux derniers mots, le prince avait pris soin

dè les souligner, afin de piquer au dernier point la curiosité de sa femme.

Hermine avait vu Karl la veille.

Ils s'étaient donné rendez-vous pour le surlendemain.

Qu'était-il arrivé ?

Rappelait-on le capitaine en Autriche ?

Pourquoi ce billet si pressant, et par quel manque de précaution, forcé sans doute, l'avait-il fait parvenir à l'hôtel en plein jour, à l'heure où l'arrivée d'un message pour la princesse, dans de semblables conditions, pouvait la compromettre, la perdre peut-être ?

Insolubles questions, causes de l'anxiété vague d'Hermine, qui brûlait de les résoudre en rejoignant Karl le plus tôt possible.

Dans cette situation d'esprit, les précautions prises par M. de Chagny étaient inutiles, mais il n'avait pu s'en douter, et d'ailleurs, il tenait tellement à suivre la piste sur laquelle il avait eu l'adresse de lancer Hermine, qu'il ne pouvait, selon lui, agir avec trop de prudence.

Rapidement mené par Jean, le coupé du prince regagna du terrain, et à peine fut-il entré dans la rue Royale, que M. de Chagny aperçut la voiture de sa femme à vingt mètres en avant.

— Ralentissez ! cria-t-il à Jean.

Et les deux voitures continuèrent leur marche pendant quelques secondes.

A la grande stupéfaction de M. de Chagny, le coupé de la princesse, qu'il ne perdait pas des yeux, après avoir décrit une courbe régulière, malgré l'affluence des voitures en ce moment, s'arrêta devant les grilles de l'église.

— Stop ! dit le prince.

Et il suivit du regard sa femme, qui, après être descendue de son coupé, montait rapidement les marches de l'escalier du temple.

— La Madone aurait-elle menti ? se demanda M. de Chagny en mettant pied à terre.

Mais tout à coup cette pensée :

Le baron Karl Stein-Steiner habite place de la Madeleine — traversa son cerveau comme un éclair, et tout aussitôt, d'un pas rapide, il gagna l'extrémité opposée du monument, près de la rue Tronchet, observant en véritable limier toutes les issues de l'église.

Son attente ne fut ni longue ni vaine.

Au bout de peu d'instants, la princesse reparut le long de la colonnade, marchant d'un pas hâtif.

Le temps d'adapter un voile épais sur son chapeau et de traverser l'église, rien de plus.

M. de Chagny connaissait la demeure du baron Karl, et il crut qu'Hermine allait se diriger immédiatement de ce côté.

La supposition du prince était fausse. Au lieu d'entrer dans la maison qui fait le coin de la rue Tronchet et de la place, du côté gauche, qu'habitait le capitaine, Mme de Chagny s'engagea dans la rue Chauveau-Lagarde, au milieu de laquelle elle entra rapidement dans une maison d'apparence modeste mais convenable.

A peine eut-elle franchi l'escalier, que le prince entrait chez le concierge de la maison en question.

Tirant alors de son carnet, où il l'avait soigneuse-

ment placée, la carte du baron Stein-Steiner, sur laquelle on doit se souvenir qu'il avait tracé au crayon
l'ordre de laisser pénétrer *le porteur* dans l'appartement du jeune homme, il la remit à la matrone qui,
entre deux chats et quatre chiens, trônait dans la loge
de la maison en question.

— Hein ! fit celle-ci, que le seul mot de matrone
peut décrire.

La mère Moreau avait soixante ans et des prétentions.

Les officiers du premier Empire l'avaient nombreu-
sement appréciée, d'abord comme cantinière, puis
après comme femme sensible, incapable de rien refuser au guerrier frrrrrançais.

Était-ce l'effet de la vie des camps ou un simple
caprice de la nature ? Toujours est-il qu'Athénaïs
Moreau avait des moustaches et qu'on eût dit même
de la barbe, si, par condescendance pour son sexe,
la veuve du 24e bataillon n'eût promené chaque
matin, sur son double menton, bleu par une végé-
tation anormale, un rasoir des mieux affilés.

Tâchons d'esquisser, le plus rapidement possible,
cette comparse du drame que nous racontons.

Énorme, haute en couleur, coiffée à la diable,
vêtue de cotonnade, la tête dans un bonnet jaunâtre
d'où émergeaient deux grosses boucles d'un tour
jadis noir, ressemblant plus à des crins qu'à des cheveux, ayant une bouche énorme, dont le mobilier
semblait avoir été enlevé par autorité de justice,
tant ses vides étaient grands, telle était Mme veuve
Athénaïs Moreau, sous ses larges lunettes d'acier
aux verres ronds.

— Stein ?... avait-elle dit, en jettant sur le prince
un regard de commissaire-priseur, dont le résultat im-
médiat fut l'éclosion d'un sourire indéfinissable sur
ses lèvres lippues.

— Veuillez lire, madame, je vous prie, et m'indiquer l'appartement de votre locataire.

Et le prince, en disant cela, tendit à Athénaïs une
pièce de vingt francs, que la veuve Moreau fit disparaître dans une des vastes poches de son tablier,
avec s'adresse et la promptitude d'un prestidigita-
teur.

Cela fait, Athénaïs, redressant ses lunettes, se mit
à épeler la carte de visite.

— Très bien, très bien, dit-elle.

Et tandis que la patience du prince commençait à
s'irriter de tous ces préliminaires, elle ajouta :

— De quelle part venez-vous, mon général ?

Ce titre inattendu resta sans effet.

. — De la part du baron Stein-Steiner, répondit
M. de Chagny.

— Connais pas ! lança laconiquement la veuve
Moreau qui, en ouvrant bras et jambes à un gros
chat jaune et blanc, blotti sous la table, ajouta, avec
un accent d'une tendresse infinie :

— Viens, Moumoute !

D'un bond Moumoute s'installa sur les genoux de
sa maîtresse, tandis que le prince répliquait :

— Comment, mais c'est un de vos locataires !

— Ah ! et il se nomme ?...

— Le baron Karl Stein-Steiner, capitaine autrichien.

— Ce n'est pas ici. Nous n'avons en effet de militaire que M. Busembois, le beau tambour-major

de la garde nationale, riposta Athénaïs, un homme
superbe qui lance sa canne si haut qu'on le lui a interdit le soir, de peur qu'il ne crève la lune !

Et un orgueilleux sourire qui dévoila le délabre-
ment de sa mâchoire contracta la bouche énorme de
la veuve Moreau.

M. de Chagny était un homme pratique.

— Voici dix louis, dit-il, en mettant dix pièces
sur la table de la ménagère. Répondez à mes questions, je vous prie.

— Oui, mon maréchal, dit la vieille concierge,
éblouie. Allez-y, je bois vos paroles.

— Avez-vous pour locataire un jeune homme grand,
blond, très élégant, sans moustaches, qui reçoit ici
une dame et n'a vraisemblablement son appartement,
qu'il n'habite pas, que pour la recevoir ?

— Sapristi ! fit la veuve Moreau, vous parlez comme
un commissaire de police. Je ne sais pas ce que font
mes locataires, moi, et s'ils habitent ici, je ne puis
en tirer que deux conséquences très logiques, c'est
que le quartier, — un des plus beaux de Paris, mon
colonel, — c'est que le quartier leur plaît et que la
maison leur va.

Tout en parlant ainsi, Athénaïs avait fait main-
basse sur l'argent de M. de Chagny.

— Répondrez-vous à la fin ? dit ce dernier avec
un accent bien fait pour intimider une vieille femme
plus aguerrie encore que l'ancienne vivandière du
vingt-quatrième bataillon.

— Une dame vient d'entrer ici, il n'y a qu'un instant. Elle se rend chez mon ami, reprit le prince, est-
ce clair ?

5.

— Ah ! bien, la dame au voile noir, je sais maintenant.

— Oui. A quel étage est-elle montée ?

— Mais, à l'entresol, répliqua Athénaïs, subjuguée
par l'ardeur avec laquelle le prince la questionnait.

M. de Chagny n'en attendait pas davantage.

— Merci, dit-il.

Et tout aussitôt, il s'élança dans l'escalier.

V

LE PRINCE DE CHAGNY

Deux secondes après, le mari d'Hermine sonnait à la porte du nid d'amour du baron Karl Stein-Steiner.

Un pas précipité se fit entendre dans l'appartement.

Le prince se dissimula contre la porte.

Celle-ci s'ouvrit et M. de Chagny entra brusquement dans l'entresol, fermant sur lui la porte d'une main et entraînant de l'autre Hermine stupéfaite, atterrée.

L'appartement loué par Karl, pour y cacher ses amours avec la princesse, était composé d'une antichambre, de deux pièces contiguës, dont la seconde était une chambre à coucher, attenante à un cabinet de toilette assez vaste.

D'épais tapis couvraient le parquet.

Les meubles n'étaient que divans, chaises longues, poufs et fauteuils.

Tendu de soie bleu foncé bordée de noir, le petit boudoir dans lequel le prince se trouvait avec Hermine était embaumé par deux jardinières remplies des fleurs, aux doux parfums.

Sur la cheminée, un marbre de Canova représentait une femme nue, langoureusement endormie, qui aurait pu passer tout à la fois pour le Sommeil et la Volupté, se faisait admirer.

Aux murs, deux Watteau, remplis de grâce, toiles remarquables du maître, sur lesquelles se jouaient de gracieuses images de déesses et d'amours, remplis d'abandon, tranchaient sur la tenture.

Dans la chambre à coucher, en face d'un lit large et bas tout doré, se trouvait une grande armoire à glace à triple boîte. Trois glaces biseautées l'ornaient, rehaussant encore les teintes vives du bois de rose, dont elle était faite.

Les rideaux et les tentures étaient en damas de satin, d'un mauve clair.

Un chaise longue et deux fauteuils capitonnés, complétaient le mobilier de cette pièce.

Sur la cheminée comme dans le boudoir, pas de pendule, mais trois vases du Japon d'un grand prix.

Un seul tableau, un Fragonard, sur le damas du mur, se trouvait au-dessus de la chaise longue.

Enfin, dans le cabinet de toilette, tout ce que le luxe et le confort peuvent rêver pour orner une pièce ayant cette destination avait été réuni.

Possédant une clef de l'appartement, ainsi qu'elle en avait coutume, Hermine y était montée directement, comme nous le savons déjà, sans rien demander à la concierge.

Elle ne s'était pas beaucoup étonnée de l'absence de Karl.

Il était trois heures à peine ; il allait venir, et

d'ailleurs, sous l'empire d'un pressentiment singulier, elle s'assit d'abord, se demandant encore une fois quel pouvait être le motif qui avait déterminé le jeune capitaine à avancer d'un jour leur rendez-vous du lendemain.

Au bout de quelques minutes, elle se débarrassa de son châle et de son chapeau, qu'elle mit sur le lit, et passant dans le cabinet de toilette, elle prit un peigne d'écaille blonde et lissa légèrement ses bandeaux, que le vent avait soulevés pendant qu'elle traversait la place de la Madeleine.

Ayant terminé cette délicate opération, elle revint dans la chambre à coucher et s'aperçut alors seulement que le feu n'avait pas été allumé, chose qui n'était point encore arrivée.

Une épingle à cheveux, oubliée par elle la veille sur la cheminée, s'y trouvait encore à sa place.

De petites mules de velours rouges qu'elle avait quittées pour remettre ses bottines, étaient restées près du fauteuil où elle s'était assise.

Dans la cheminée, rien que des cendres.

En un mot, pour la première fois, on avait négligé les préparatifs qui précédaient toujours son arrivée rue de Chauveau-Lagarde.

A peine eut-elle constaté cela que le coup de sonnette du prince retentit.

Dans la pensée d'Hermine, ce ne pouvait être que Karl, qui sonnait ainsi. Lui seul pouvait venir ; il avait oublié sa clef sans doute.

Hermine s'empressa d'ouvrir.

— Oui, c'est moi ! dit le prince à Hermine, qu'il avait lancée d'un poignet vigoureux sur le divan du

boudoir bleu. Ainsi, vous me trompiez : vous aviez
un amant !

Mme de Chagny fit un geste d'énergique dénégation.

— A quoi bon nier ? reprit le prince ; je vous le
répète : je sais tout.

Et il raconta dans ses moindres détails la combinaison inventée par lui la veille pour tout découvrir.

Pendant qu'il parlait, Hermine, la tête dans les
mains, s'était abîmée dans d'amères et profondes réflexions.

Elle se voyait perdue, perdue à jamais !

Adieu ses amours, adieu la considération, le calme
de sa vie, les douces heures qu'elle consacrait à Karl
avec autant de plaisir que d'abandon ; tout s'écrou-
lait, tout allait lui manquer à la fois.

Elle fit appel à toute son énergie, et, connaissant
dans la perfection le caractère de M. de Chagny,
résolut immédiatement de mettre à profit ses défauts
et ses qualités.

— Je ne nierai rien, monsieur, dit-elle ; je suis
très coupable ; ne l'avez-vous jamais été envers moi ?

— Mais...

— Ne niez pas non plus. Voilà longtemps que
notre amour est mort, et j'ai eu la délicatesse, moi,
de ne jamais vous parler de certaine personne qui
s'appelle la Madone.

— La Madone ?

— Ne niez pas ; je sais que, depuis deux ans, vous
entretenez cette fille.

M. de Chagny ne s'attendait nullement à trouver
Hermine aussi bien renseignée.

— Les fautes des hommes ne sont que des fautes,

madame ; celles des femmes sont des crimes. La ré-
ciprocité des devoirs des époux ne pourra jamais
s'établir d'une façon égale que si la nature elle-même
opère une révolution complète dans l'humanité ; ce
n'est pas à vous, ici, chez votre amant, à me parler
de faiblesses que j'ai pu avoir ; si le monde les a connues, il vous a plainte, tandis que depuis que
votre liaison avec ce maudit Autrichien est un
fait généralement acquis, je suis, moi, ridicule, et
de ce ridicule je veux me venger.

— Sur moi !

— Sur lui d'abord, sur vous ensuite. Me croyez-
vous homme à accepter bénévolement l'aventure ?

— Non, prince, reprit Hermine, en donnant
avec intention son titre à son mari ; mais je vous
crois trop fier de votre race et de votre blason pour
faire un esclandre inutile.

— Inutile ?.. soit ; mais fatal ! Cet esclandre ne
naîtra-t-il pas de votre propre conduite ?

Hermine se redressa.

— Me croyez-vous donc femme à quitter le domicile conjugal pour fuir avec mon amant ? dit-elle.

Il y eut un silence.

— C'est bien, madame ; merci de cette parole.
Tâchez de ne pas l'oublier quoi qu'il arrive. Je sais
ce qu'il me reste à faire.

Et M. de Chagny se dirigea vers la porte.

Pendant que le prince parlait, Hermine, comprenant que c'était la dernière fois que ce qui l'entourait frapperait ses regards, jetait autour d'elle un mé-
lancolique coup d'œil, comme pour adresser à chaque
objet un dernier adieu.

— Où allez-vous, monsieur ? demanda vivement Hermine, en surprenant l'intention de M. de Chagny.

— Chez le baron Karl, répondit celui-ci sans hésiter.

Hermine tressaillit.

— Chez lui ?

— Pourquoi trembler ? Un homme en vaut un autre, et le capitaine n'a rien à redouter de moi dans cette entrevue indispensable pour que l'esclandre que vous craignez ne prenne pas des proportions qui vous perdraient à jamais. Vous portez mon nom, madame, quoi que je fasse, ce nom et le titre que je vous ai donné seront toujours à vous ; c'est pour les honorer que je vais chez M. Stein-Steiner car il est indispensable que tout le monde ignore la cause véritable de la rencontre que je dois, que je veux avoir avec lui.

— Grand Dieu !

— Pourquoi cette terreur ? Ne deviez-vous pas vous attendre à provoquer un duel entre le baron et moi dès l'instant où vous vous étiez donnée ? Espériez-vous donc que j'ignorerais toujours votre liaison ? Ce qui arrive est votre œuvre. Soyez donc forte au dénouement de votre escapade et ne me faites pas trop comprendre, par une terreur à laquelle mon sort est évidemment complètement étranger, que vous avez pour le capitaine une passion dont la grandeur joindrait la jalousie à ma colère. Rentrez à l'hôtel le plus promptement possible et veuillez y attendre mes ordres. Sachez que j'agirai, autant qu'il sera en mon pouvoir de le faire, de façon à sauvegarder le plus possible l'honneur de mon nom et notre dignité réciproque. Je vais vous reconduire jusqu'à l'église. Il faut que nos gens ne se doutent de rien.

Hermine, sans répondre, se leva et passa dans la chambre à coucher.

Quelques secondes après, elle revint le chapeau sur la tête et enveloppée dans son cachemire.

— Je suis prête.

— Venez !

Ils quittèrent l'appartement et passèrent devant la loge d'Athénaïs, qui, surprenant la pâleur d'Hermine, se dit :

— La poulette a l'air bigrement embêtée : j'ai peut-être eu tort d'indiquer l'appartement de M. Christian à ce paroissien-là, malgré ses dix louis !

Le capitaine avait pris le nom de Christian pour louer l'entresol de la rue Chauveau-Lagarde.

Arrivé près de l'église, M. de Chagny, qui n'avait pas échangé un seul mot avec la princesse depuis la rue Chauveau-Lagarde, lui dit simplement, d'un ton froid :

— Au revoir, madame.

Il rejoignit sa voiture et y remonta, après avoir donné l'ordre à Jean de le conduire place de la Madeleine, chez le baron Stein-Steiner.

VI

RÉPARATION

Le capitaine était chez lui, mais pas seul. Le vicomte de Séran fumait amicalement un cigare en sa compagnie.

Dès que M. de Chagny fut annoncé par le valet de chambre du baron, celui-ci se précipita au-devant du mari d'Hermine.

— Cher prince ! Quelle bonne fortune vous amène ?

M. de Chagny était grave, ce qui ne doit étonner personne ; mais, ayant aperçu le vicomte, il eut assez de force sur lui-même pour donner à son visage une expression aimable, et répondit avec un sourire, tout en évitant, comme par distraction, de prendre la main qu'on lui tendait :

— Ce n'est pas la fortune, baron, mais le désir d'avoir avec vous un léger entretien.

— Je me sauve en ce cas, dit M. de Séran.

— Un instant encore ? pria Karl par politesse.

— Non, je ne puis, répondit le vicomte, mû par le même sentiment.

M. de Séran serra la main du prince et gagna la porte de sortie reconduit par le baron Karl, qui ne

tarda pas à rejoindre M. de Chagny, à qui il demanda
avec un intérêt des plus aimables :

— Et votre doigt blanc ?

Un sourire ironique plissa les lèvres du mari d'Hermine.

— C'est fini, dit-il, vous le voyez.

Et il montra à Stein-Steiner sa main qu'il venait
de déganter, sur laquelle les yeux du jeune capitaine cherchèrent vainement les traces du mal qu'accusait, la veille, le prince au cercle.

— C'est miraculeux, n'est-ce pas ? poursuivit M. de
Chagny en lançant à Karl un regard dont l'expression fit réfléchir le jeune officier qui devint grave à
son tour, car il venait de se rappeler que le prince
avait omis de lui serrer la main en entrant.

— Je vais vous expliquer le miracle.

— Je vous écoute, dit Karl, en désignant au mari
d'Hermine un fauteuil vide.

— Celui-ci s'y installa sans se faire prier, puis il dit :

— J'ai usé des lettres que vous avez bien voulu
écrire pour moi au cercle.

— Ah !

— Oui, seulement il m'est venu une singulière idée.

— Laquelle ?

— Oh ! une idée des plus bizarres. J'ai mis dans
l'enveloppe portant l'adresse de ma femme le petit
mot que je vous avais dit être destiné à Herbaut, et
à deux heures, j'ai fait parvenir la lettre à la princesse.

Stein-Steiner ne broncha pas.

— Vous ne devinerez jamais ce qui est arrivé ? Ah !
un détail d'abord. Au lieu de signer de mon nom les
trois lignes de votre écriture, par une fantaisie non

moins grande que la première, je les ornai d'un K ma-
juscule parafé, ce qui fit que la princesse, s'imaginant
que le billet était de vous, contremanda immédiatement le landau dans lequel elle m'avait promis de
venir avec moi au bois, fit atteler son coupé et m'informa qu'un rendez-vous indispensable l'appelait sur
l'heure à l'église de la Madeleine. C'est très original,
n'est-ce pas ?

Cette question resta sans réponse.

Le baron Karl comprenait que M. de Chagny savait tout.

— Par hasard, mon coupé se trouva près de l'église
au moment où la princesse en gravissait les marches,
car elle avait dit vrai, c'était bien à la Madeleine
qu'elle se rendait ; et profitant de l'occasion je me
disposais à venir fumer un cigare avec vous, lorsque
je vis ma femme sortir de l'église par une des portes
latérales ; suivez-vous les femmes, vous, baron ?

— Non, monsieur.

— Moi non plus, surtout la mienne ; mais une fois
n'est pas coutume. Je me mis donc à suivre la princesse qui entra dans une maison de la rue Chauveau-
Lagarde, où elle s'installa dans un entresol mauve et
bleu, vrai nid d'amour que vous connaissez, je crois.

Karl s'était levé.

— Prince, dit-il, je suis à vos ordres.

— Très bien, monsieur, approuva M. de Chagny
sur un autre ton ; mais vous devez bien comprendre
que ma présence chez vous, après la découverte des
plus désagréables faite par moi il y a une heure, a un
autre but que de demander une réparation inévitable
d'ailleurs.

— En effet, monsieur.

— Veuillez vous rasseoir et m'écouter. J'ai deux partis à prendre, monsieur, et c'est vous qui me dicterez ma conduite. Le premier, le moins sage, c'est d'aller tout dire à deux camarades, qui viendront vous demander raison de votre trahison d'ami.

— Monsieur! fit le capitaine, en se levant de nouveau.

— De votre trahison, je vous le répète, car l'amitié que vous me témoigniez n'était qu'un hypocrite prétexte pour arriver jusqu'à la princesse. Cela fait, de me séparer d'elle aussitôt après notre duel et de rendre ainsi public, par un esclandre énorme, le crime d'Hermine et le ridicule déshonneur qu'elle inflige à mon blason. Voilà mon premier moyen. Je ne l'emploirai que forcé et contraint par vous. Quant au second, c'est de convenir immédiatement d'un prétexte qui nous permettra de nous battre sans dire à nos témoins la véritable cause de ce duel et, pour ma part, de continuer à vivre avec la princesse, aux yeux du monde, dans les mêmes termes que par le passé.

— Ce serait généreux de votre part, monsieur, et j'estime qu'en agissant de la sorte, vous vous conduiriez en vrai gentilhomme soucieux avant tout de l'honneur de son nom.

— Je vous ai dit déjà que la chose ne dépendait que de vous.

— Je ne comprends pas.

— Jurez-moi sur l'honneur, même si vous me tuez, de quitter Paris immédiatement après notre duel et de ne pas revenir en France avant cinq années au plus tôt, quoi qu'il arrive

— Si je vous fais ce serment, tout le monde ignorera la cause de ce duel ?

— Oui.

— Et madame la princesse de Chagny continuera à habiter sous le toit de son mari ?

— Certainement.

— Eh bien, prince, je vous jure que je partirai de Paris dès que nous nous serons battus et que, quoi qu'il arrive et sous aucun prétexte, je ne reviendrai en France avant un délai d'au moins cinq années.

— Bien, monsieur ; je compte sur votre parole.

— C'est celle d'un gentilhomme et d'un soldat, monsieur ; je n'y faillirai pas.

— Reste maintenant à trouver le motif plausible de notre duel.

— Les prétextes ne nous manqueront pas.

— Sans doute ; mais il faut bien choisir celui que nous adopterons, et d'abord il faut que je sois l'insulté.

— C'est justice, dit le baron sans insister.

— Il faut, reprit le prince, que l'injure soit telle que tout arrangement devienne impossible.

— Je suis officier et cette qualité seule me permet d'exiger davantage de mes témoins.

— Je pensais aussi à mon ancienne qualité de garde-du-corps, elle peut nous servir également. La chose se passera au cercle, si vous le voulez bien ?

— Je n'y vois aucun inconvénient.

— Et dès ce soir ?

— Volontiers.

— Cherchons !

Il y eut un silence pendant lequel les deux futurs

adversaires firent un vigoureux appel à leur imagination.

A les voir tous les deux silencieux et pensifs, l'œil fixé sur un point, par la réflexion, on les eût pris plutôt pour deux collaborateurs cherchant à dénouer un drame ou une comédie, que pour le mari et l'amant, à la veille de se couper la gorge.

— Une question politique ? proposa Karl.

— Nous avons les mêmes idées, cela ne pourrait être bien grave.

— C'est juste.

— Il faut une autre chose.

— Une question de jeu.

— Sans gravité non plus pour nous. Qui pourrait suspecter ma loyauté ? Si vous me traitiez d'escroc à la Concorde, monsieur le baron, vous seriez expulsé du cercle et mes amis m'empêcheraient de me battre, en déclarant que vous êtes fou. Puis je vous affirme que même si les considérations que je vous oppose là n'existaient pas, il me serait profondément désagréable de paraître aller sur le terrain pour une carte.

— Je partage complètement votre avis sur ce point.

— Attendez, dit tout à coup le prince après un nouveau silence de quelques secondes, nous nous égarons, et c'est ma faute, mais je crois avoir trouvé.

Karl questionna M. de Chagny du regard.

— Nous nous égarons, reprit le mari d'Hermine, parce que je vous ai dit ne pas vouloir mêler le nom de la princesse à notre querelle.

— Je ne comprends pas, dit le capitaine.

— Je m'en doute. Il faut que ce soit moi qui vous provoque et que cette provocation soit motivée par

mon honneur de mari ; mais afin que tout ait lieu cor-
rectement et dignement pour tous, il faut que vous
consentiez, monsieur, à passer non pour un amant
heureux, qui peut payer de son sang un bonheur coupable et une offense mortelle dont l'épouse a été la
complice, mais pour un soupirant éconduit malgré
toute l'adresse qu'il aurait pu déployer, afin de compromettre à son profit, une femme du monde un peu
légère mais non criminelle. Comprenez-vous ?

— Pas complètement, mais je consens à tout,
monsieur. Il y a une personne que nous devons sauver, vous par honneur, moi, par reconnaissance. Je
vous le répète, je suis prêt à tout.

— Veuillez prendre la plume, en ce cas, et écrire
sous ma dictée.

— A qui ?

— A la princesse.

— A ?...

— Oui, vous allez comprendre tout à fait maintenant.

— Ainsi qu'il l'avait fait la veille au cercle de la
Concorde, le baron Karl apprêta plume et encre sur
la table qui lui servait de bureau, et la main à un doigt
d'une feuille de papier à lettre, il dit, au bout de quelques instants :

— Je vous attends, monsieur.

— Il est bien entendu que je ne vous impose nullement les mots ; l'idée suffira.

— Dictez, répondit Karl.

— « Cruelle, dicta le prince, vous ne croyez donc
» pas à la sincérité de mon amour, à la sincérité de
» ma passion ? Pourquoi ces dédains, cette froide

» vertu dès que le hasard me ménage quelques ins-
» tants, où, seul avec vous, je puis librement vous
» dire à quel point je vous aime. Votre rigueur est
» une torture dont vous ne pouvez comprendre toute
» la cruauté. Vous prenez sans doute pour un caprice
» ce qui est un amour éternel. Cédez, soyez à moi,
» fuyons ensemble, et, je vous le jure, Hermine,
» je brise ma carrière sans hésiter, afin de me con-
» sacrer tout à vous. Croyez-moi, mon amour sera
» si grand qu'il vous fera ne rien regretter ; nous
» irons si loin que les représailles du monde ne pour-
» ront jamais vous atteindre. Un mot, un regard, et
» je suis à vous pour la vie ! »

Le baron avait écrit tout cela sous la dictée du
prince sans en modifier une syllabe.

— Cela vous convient-il ? demanda M. de Chagny.

— Parfaitement ; j'ai écrit tout exactement.

— Signez alors. « Karl » suffit.

Stein-Steiner obéit.

— Veuillez mettre l'adresse.

— La voici.

Et le jeune capitaine tendit à M. de Chagny, qui
venait de se lever, la lettre dictée, adressée, comme
celle de la veille, à la princesse, rue de Bourgogne.

— A dix heures, ce soir, je serai au cercle, reprit
le prince.

— Vous m'y trouverez.

Ils se saluèrent froidement, et M. de Chagny s'en
alla.

L'ingénieuse combinaison inventée par le prince
pour motiver la provocation qu'il devait adresser à
Stein-Steiner, le soir, au cercle de la Concorde, com-

6

binaison à laquelle ce dernier avait souscrit en véritable gentilhomme, désireux d'effacer le plus possible ses torts envers un homme digne d'estime et de respect, était évidemment la plus favorable que pût trouver M. de Chagny, dans l'intérêt de sa propre dignité et dans celui de la réputation d'Hermine.

La provocation devant avoir lieu en public, la curiosité générale se montrerait affamée de scandale, ainsi que cela arrive toujours en pareille occasion, et elle ne trouverait à se mettre sous la dent, au lieu d'un bon flagrant délit rempli d'affriolants détails, qu'une pauvre petite lettre d'amour d'un humble soupirant incompris et presque éconduit, malgré sa jeunesse, son titre, son grade, ses avantages personnels et les torts d'un mari dont les écarts n'étaient un mystère pour personne : en somme, fort peu de chose, sauf la réhabilitation d'une femme soupçonnée à tort par tout le monde, qui n'avait été coupable, en somme, que d'un peu de coquetterie.

Fort satisfait d'atteindre un pareil résultat, M. de Chagny écrivit au marquis de Beaupré, ainsi qu'à Rodolphe d'Avilar, pour les prier de venir au cercle avec lui.

Tous deux acceptèrent l'invitation du mari d'Hermine.

De son côté, Karl, sans rien leur laisser deviner de ce qui aurait lieu dans la soirée, s'assura de pouvoir rejoindre le vicomte de Séran, ainsi que le premier secrétaire de l'ambassade d'Autriche, qui tous les deux devaient aller à l'Opéra.

Hermine était rentrée à l'hôtel en proie à une agitation qu'il est inutile d'expliquer, et désirant être seule, avait fait défendre sa porte à tout le monde.

Disons à sa louange qu'en proie à un véritable remords, elle avait, pour la première fois, conscience de sa faute, tremblant tout à la fois pour Karl et pour le prince et faisant des vœux ardents pour que leur duel n'eût pas lieu.

Comme Madeleine repentante, Hermine pleura beaucoup.

Les pleurs chassent l'irritation comme la pluie abat le vent.

Redevenue maîtresse d'elle-même, elle se reprocha plus amèrement encore sa faute qu'elle ne l'avait fait jusque-là, et plus encore par vertu, tardive mais réelle, que par orgueil, elle jura, quoi qu'il arrivât, de rompre à tout jamais avec le baron.

Le marquis de Beaupré et Rodolphe d'Avilar furent exacts au rendez-vous que M. de Chagny leur avait donné au cercle.

Parfaitement maître de lui, le prince, très aimable pendant le dîner, laissa à deux ou trois reprises, échapper quelques paroles amères sur le baron Karl Stein-Steiner.

— Saurait-il quelque chose ? se demandèrent du regard d'Avilar et de Beaupré, sans oser questionner leur ami sur un sujet aussi délicat.

Au moment où on se leva de table, le mari d'Hermine, les prenant à l'écart, leur dit :

— Messieurs, je vous remercie doublement d'avoir bien voulu vous rendre à mon invitation, car j'aurai plus que probablement besoin de vous tout à l'heure pour une chose grave. Puis-je compter sur vous ?

— Absolument ! répondirent à la fois d'Avilar et le marquis.

— Merci.

Cette fois, Olivier et Rodolphe ne doutèrent plus que le mari d'Hermine n'eût découvert le secret de sa femme.

Du reste, d'Avilar et de Beaupré ne savaient rien là-dessus de plus que les indifférents.

Stein-Steiner n'avait eu qu'un confident que le hasard lui avait imposé : c'était le vicomte de Séran, qui avait religieusement gardé le secret de la princesse et de Karl.

Pour les autres, leur liaison n'était qu'une supposition dont la probabilité était très grande, mais qui n'en était pas moins restée à l'état de vague soupçon.

Nous venons de dire que le hasard avait tout appris au vicomte de Séran. Expliquons comment :

A l'insu du jeune capitaine, Maurice de Séran avait un parent qui habitait le premier de la maison de la rue Chauveau-Lagarde, dont le baron Karl, sous le nom de M. Christian, avait loué l'entresol pour y recevoir la princesse Hermine.

Un jour, sans que Stein-Steiner s'en doutât, au moment où celui-ci venait de franchir les premières marches de l'escalier, le vicomte avait suivi la même route pour se rendre au premier, et il avait reconnu le capitaine, qui, devant lui, sans soupçonner la présence de Maurice, après avoir tiré de sa poche une clef, était entré dans l'entresol, comme un homme qui rentre dans son appartement.

Deux jours après, le vicomte, au moment de descendre de chez son parent, avait entendu la porte de Stein-Steiner s'ouvrir, et aussitôt le frôlement d'une robe de soie avait frappé son attention.

Maurice s'était arrêté et, penché sur la rampe, avait aperçu Karl et reconnu Hermine, malgré l'épais voile noir dont elle enveloppait son visage.

Rien de plus prosaïque, de plus concluant que ces deux rencontres dont Maurice de Séran n'avait même pas parlé à Karl lui-même, afin de laisser à ce dernier toute sa liberté d'allures et toute sa quiétude d'amant ignoré.

Cette coïncidence étant expliquée, rentrons au cercle de la Concorde.

Au premier coup de neuf heures, le capitaine entra.

Le prince, debout, adossé à la cheminée, autour de laquelle se trouvaient de Beaupré, d'Avilar et trois ou quatre autres membres du cercle, avait les yeux sur la porte.

De cette façon, quoiqu'à une certaine distance l'un de l'autre, dès l'apparition de Stein-Steiner, M. de Chagny et lui se trouvèrent face à face.

Karl alla droit au groupe et tendit la main à Olivier en lui disant bonsoir.

Puis, faisant un pas de plus :

— Cher prince ! ajouta-t-il en tendant aussi sa main au mari d'Hermine.

M. de Chagny toisa le capitaine du plus méprisant des regards et au lieu de répondre à sa politesse, glissa, avec une affectation très marquée, sa main dans la poche de son pantalon.

Le baron qui, on le sait, devait s'attendre à cet accueil insultant, joua admirablement la surprise :

— Que signifie ? demanda-t-il.

6.

Sans répondre, le prince lui tourna le dos et reprit la phrase qu'il avait interrompue à l'arrivée de Karl.

— Pardon ! reprit le capitaine, je vous somme de répondre à ma question avant de poursuivre votre causerie. Pourquoi, monsieur, me refusez-vous la main ?

— Ah ! vous voulez le savoir ? reprit M. de Chagny ; eh bien, soit ! Je comptais vous le dire seulement devant MM. d'Avilar et de Beaupré ; mais, toute réflexion faite, il n'y aura jamais assez de monde pour m'entendre.

— Je ne vous comprends pas, riposta Karl ; veuillez vous expliquer.

M. de Chagny, tout en parlant, avait tiré de son carnet la lettre qu'il avait dictée au baron dans la journée.

— C'est ce que je vais faire, reprit-il.

Puis s'adressant à tous ceux qui l'entouraient :

— Vous savez, messieurs, que j'ai toujours traité le baron Stein-Steiner en ami ; or voici la lettre qu'il a osé adresser à la princesse aujourd'hui même.

— Prince ! s'écria Karl.

— Les lettres d'une femme appartiennent de droit à son mari. Cette lettre est à moi ; je veux la lire, je la lirai.

L'attention des assistants était à son comble, et leur curiosité se trouvait doublement surexcitée, car nul d'entre eux ne pouvait encore comprendre la conduite de M. de Chagny, ni prévoir ce que contenait le pli qu'il venait de tirer de son enveloppe.

Trop peu de temps s'est écoulé depuis que le texte de la lettre de Stein-Steiner a passé sous les yeux du lecteur pour que nous jugions utile de le reproduire ici.

D'une voix ferme, dans laquelle perçait un accent ironique, M. de Chagny lut la lettre au milieu d'un silence de glace.

Et dès qu'il eut prononcé le dernier mot :

— Vous avez insulté ma femme, monsieur Stein-Steiner, vous m'en rendrez raison, dit-il.

— Je suis à vos ordres, répondit le capitaine, qui salua et sortit pour rejoindre à l'Opéra le vicomte de Séran et le premier secrétaire de l'ambassade d'Autriche.

La scène qui venait de se passer dans le grand salon du cercle de la Concorde avait produit exactement l'effet qu'en attendait le prince.

Les visages de ceux qui l'avaient suivie exprimaient autant d'étonnement que de gravité.

L'honneur d'Hermine était sauf; elle sortait indemne de l'aventure, qui ne pouvait laisser aucun doute sur son innocence.

S'adressant à Olivier ainsi qu'à Rodolphe :

— Beaupré, d'Avilar, je compte sur vous; c'est convenu, n'est-ce pas ? reprit M. de Chagny.

— Très bien, répondit le marquis.

— Nous serons vos témoins, ajouta Rodolphe.

— Tâchez de faire vite, messieurs, reprit le mari d'Hermine.

— Dès demain matin, nous serons chez le baron.

Sur cette assurance, M. de Chagny leur serra la main en disant aux personnes qui l'entouraient :

— Que tout reste entre nous, n'est-ce pas, messieurs ?

Tout le monde s'engagea à se taire.

M. de Chagny se retira momentanément satisfait et

sentant très amoindris ses ressentiments contre le capitaine.

— Il a fait, après tout, son métier de jeune homme, se dit-il. Si au lieu de passer mon temps chez Armande, je l'avais passé près d'Hermine, qui, à tout prendre, est plus jolie et beaucoup plus désirable que la Madone, tout cela ne serait peut-être pas arrivé. Cœur humain, insondable mystère ! Pourquoi ne trouvons-nous presque jamais le bonheur dans ce que nous possédons ? Je ne tuerai pas Stein-Steiner ; il m'a offensé gravement, c'est vrai, mais en profitant d'une occasion que j'ai peut-être fait naître moi-même, et depuis hier il s'est conduit vraiment en gentilhomme. Décidément, sa mort serait de trop. Je le blesserai, il partira, et tout sera dit.

Pendant que le mari d'Hermine se livrait à ces réflexions, dénotant chez lui une grande loyauté, ainsi qu'un jugement sain qui lui faisait analyser impartialement sa propre cause, le baron Karl à l'Opéra, au milieu du troisième acte de *Robert,* avait entraîné au foyer le vicomte de Séran et le premier secrétaire de l'ambassade d'Autriche.

— Messieurs, leur dit-il, je viens vous demander un grand service.

— Lequel ?

— Parlez.

— Je me bats....

— Avec le prince de Chagny ? interrompit étourdiment le vicomte.

— Oui, répondit Karl, en jetant sur Maurice un regard rempli de stupéfaction. — J'attends ses témoins dès demain matin, poursuivit-il, ne voulant deman-

der aucune explication au vicomte devant un tiers.
Puis-je compter sur vous ?

— Demain, à midi, si M. de Séran le veut bien, je
serai chez lui, et nous attendrons les témoins du prince,
dit le secrétaire d'ambassade ; mais d'abord, mon cher
Karl, quelle est la cause de la provocation ?

— Follement épris de Mme de Chagny, irrité par
ses dédains, par son inhumaine vertu, j'ai eu l'impru-
dence de lui adresser une lettre brûlante, dans laquelle j'allai jusqu'à lui proposer de fuir avec moi.
Cette lettre est tombée entre les mains du prince,
qui me l'a relue ce soir au cercle, devant six personnes.
Je me suis mis immédiatement à ses ordres et je suis
certain qu'il ne me fera pas longtemps attendre. Les
torts sont de mon côté; la provocation vient du prince,
mais, de fait, il est l'insulté. Basez-vous là-dessus,
messieurs, c'est-à-dire acceptez toutes les conditions
qui vous seront faites.

— Et l'arme ?

— Son choix appartient au prince.

L'acte finissait en ce moment.

L'envahissement du foyer par les spectateurs interrompit l'entretien.

Le secrétaire d'ambassade, qui devait faire ce soir-
là une apparition dans un bal officiel, serra la main
à Karl et à Maurice en s'engageant de nouveau à se
trouver chez M. de Séran le lendemain à midi, puis
les quitta aussitôt.

Resté seul avec M. de Séran, Stein-Steiner lui dit :

— Un mot, je vous prie, mon cher vicomte, et
soyez franc.

— Je vous le promets.

— Comment avez-vous pu deviner que mon adversaire est le prince ?

— Mais fort simplement, parce que j'étais chez vous aujourd'hui lorsque M. de Chagny y est entré pour vous demander une explication.

— Vous devez bien penser qu'à l'heure où M. de Chagny a franchi le seuil de mon salon, il ignorait encore l'existence de ma lettre à la princesse, répliqua le capitaine.

— Mon Dieu, que vous importe ?

— Il m'importe beaucoup, mon cher Séran, car je vous avoue que tout à l'heure, lorsque je vous ai vu, en prononçant le nom du prince, aller au-devant du récit que j'allais vous faire, j'ai été stupéfait. Je vous en prie donc, dites-moi ce qui vous a fait deviner tout de suite que c'était lui. Aujourd'hui encore, le prince et moi, nous étions en commerce d'amitié. Si M. de Chagny avait surpris ma lettre avant quatre heures, vous ne l'auriez pas vu chez moi. Parlez, je vous en conjure.

— Vous le voulez absolument ?

— Oui, certes.

— Eh bien, c'est parce qu'il y a plus de deux mois que je sais que vous êtes l'amant de la princesse.

— C'est faux, elle m'a dédaigné.

Plus âgé de sept ou huit ans que le baron, le vicomte reprit froidement, avec toute l'autorité que lui donnait son droit d'aînesse :

— C'est très bien, ce que vous faites là, mon cher baron, de ne point compromettre une femme dont l'amour vous a rendu l'éternel obligé ; mais ne niez pas devant moi ; j'ai respecté votre secret jusqu'à présent, je n'en ai parlé à personne, pas même à vous ; je le respecterai toujours, mais il est inutile de me cacher la vérité, la vérité tout entière ; j'ai vu.

En entendant cette déclaration si nette, faite par Maurice d'un ton qui n'admettait pas de réplique, le baron le somma de s'expliquer mieux encore ; alors le vicomte lui fit part des deux rencontres qu'il avait faites dans l'escalier de la maison de la rue Chauveau-Lagarde.

Cette confidence, qui rassura Karl, l'entraîna fatalement à révéler au vicomte ce qui s'était passé entre le prince et lui dans la journée, c'est-à-dire la naissance, sous la dictée de M. de Chagny, de la lettre lue par lui au cercle le soir même.

De cette manière, le vicomte Maurice de Séran fut le seul qui connût la véritable cause de la rencontre prochaine, ainsi que la vérité tout entière sur les rapports qui avaient existé entre le baron Karl Stein-Steiner et la princesse Hermine de Chagny.

— Allons au cercle, dit le vicomte lorsque l'explication fut terminée ; j'entrerai le premier, afin de m'assurer si le prince y est ; dans ce cas, nous attendrons à demain pour agir ; mais si M. de Chagny n'y est plus, peut-être pourrons-nous savoir quels sont ses témoins et leur dire qu'il leur est inutile de se présenter chez vous, mais qu'ils trouveront vos témoins demain, à midi, chez moi.

Karl approuva le projet.

Il pouvait supprimer des explications inutiles et hâter le dénouement, ce qui était son plus vif désir.

Beaupré était encore au cercle lorsque le vicomte, après s'être assuré que M. de Chagny n'y était plus, y rentra avec le baron.

Sachant par ce dernier que le marquis avait assisté à la provocation, Maurice alla à lui.

— Vous étiez là, tout à l'héure, lorsque M. de Chagny a lu la lettre qu'a adressée Stein-Steiner à la princesse ?

— Oui, répondit Olivier... Nous sommes même les témoins du prince, d'Avilar et moi.

— Je ne pouvais mieux tomber, reprit Maurice, car le premier secrétaire de l'ambassade d'Autriche, et moi, nous sommes ceux du baron.

— Demain, à dix heures, nous devons aller chez lui.

— Inutile, soyez à midi chez moi. Le baron accepte tout, je ne crains pas de vous le dire d'avance, connaissant votre esprit pacifique, mon cher marquis. L'affaire n'est pas arrangeable, des excuses seraient insuffisantes et la qualité d'officier de M. Stein-Steiner lui interdit, du reste, de consentir à en faire, si, par impossible, on le lui demandait.

— Je sais tout cela, et voici la marche à suivre : le prince étant l'insulté...

— A le choix des armes, interrompit le vicomte ; nous le reconnaissons.

— Chagny, reprit de Beaupré, tire bien l'épée ; mais il est de première force au pistolet.

— Il est probable alors qu'il choisira cette arme.

— Sans aucun doute.

— Voulez-vous bien me permettre de le dire au baron ?

— Certainement.

Le vicomte de Séran se leva et rejoignit Karl.

Lorsqu'il eut appris ce dont il s'agissait au jeune capitaine, celui-ci lui dit :

— Je m'en tiens à ce que je vous ai dit, j'accepte tout. A demain, je vous attendrai chez moi, prêt à me rendre au lieu du combat, dès que vous aurez quitté les témoins du prince.

Le vicomte, après avoir serré la main de Karl, rapporta fidèlement au marquis ce qui venait de se passer.

— Fort bien ! dit ce dernier, les choses étant ainsi établies, notre rôle sera facile. A demain.

— A demain !

Le lendemain était un de ces jours d'avril qu'illumine un soleil digne de mai, radieux, splendide, chaud, capable de faire croire que l'été est venu tout d'un coup et qu'un horizon limpide serait à tout jamais exempt de nuages.

A l'heure dite, d'Avilar et le marquis de Beaupré se présentèrent chez le vicomte de Séran, qui habitait rue Saint-Florentin un ravissant petit hôtel entre cour et jardin, situé de telle façon que la pelouse, chauve encore, ainsi que les charmilles bourgeonnant à peine, se trouvaient cachées aux regards des voisins par de grands murs pleins qui encaissaient hermétiquement ses contours de tous les côtés.

— Chagny a choisi le pistolet. J'ai apporté les miens, dit d'Avilar en entrant.

— Voici ma boîte, riposta le vicomte en désignant une caisse plate de palissandre lamé de cuivre, qui se trouvait sur un bahut du fumoir dans lequel il avait reçu les témoins du prince.

7

— Fort bien. Les adversaires seront placés à
trente pas, ils auront la faculté de faire chacun cinq
pas. Le signal donné, ils tireront à volonté, et le
combat ne pourra se terminer que par l'impossibilité
absolue de l'un des combattants de le poursuivre.
Quant au lieu, peu nous importe ; mais le prince,
que nous représentons ici, désire que tout soit terminé aujourd'hui même.

Le vicomte Maurice, ainsi que le premier secrétaire de l'ambassade d'Autriche, approuvèrent, par
un signe de tête, ce que venait de dire le marquis de
Beaupré.

— Que diriez-vous de mon jardin ? proposa M. de
Séran en désignant du geste l'espace que les trois
personnes présentes pouvaient découvrir à travers les
carreaux de son fumoir.

— Je crois qu'il réunit toutes les conditions désirables, approuva Olivier ; car, à la proximité, il joint
l'ombre que projettent ces hautes murailles, ce qui
rendra les chances du combat égales.

— En ce cas, messieurs, il ne nous reste plus qu'à
fixer l'heure de la rencontre et à prévenir les adversaires des dispositions arrêtées entre nous.

— Parfaitement. Voulez-vous trois heures ?

— Oui.

— Trois heures donc, messieurs.

— A trois heures.

Ils allaient se séparer.

— Un mot encore ? reprit le vicomte.

— Parlez, lui dit Olivier.

— Le pistolet est une arme terrible, messieurs ;
c'est en nous conformant à la volonté du baron Stein-

Steiner que nous l'avons adoptée sans objection,
mais je crois que notre devoir est de faire en sorte,
tant que nous le pourrons, d'éviter un dénouement
grave. Je vous propose, dès à présent, de mettre une
double charge de poudre dans chacun des canons et
de nous promettre d'arrêter le combat après deux
balles échangées, si même les secondes ne produisent aucun résultat.

— Pour ma part, j'y consens, dit d'Avilar.

— Alors soit, ajouta le marquis.

Sur ces mots, les quatre témoins se séparèrent
afin d'aller retrouver les uns le prince, les autres le
baron Karl Stein-Steiner.

Lorsqu'à l'heure indiquée, le capitaine et le mari
d'Hermine, accompagnés de leurs témoins, se trouvèrent en présence, dans le jardin de l'hôtel du vicomte de Séran, ils échangèrent un salut et laissèrent
leurs seconds prendre les dispositions nécessaires
pour le combat.

Une septième personne était venue se joindre aux
adversaires et à leurs témoins, c'était le docteur
Blanchard, qui, jeune encore, avait déjà acquis une
célébrité méritée comme chirurgien et comme alié-
niste.

Blanchard était, depuis quelques années, le médecin du prince de Chagny.

A la demande de celui-ci, il s'était empressé de
se mettre à sa disposition pour la circonstance.

Le sort désigna les pistolets du vicomte.

Ainsi qu'ils en avaient arrêté le projet, les témoins
doublèrent la charge, afin de rendre le tir moins
sûr.

Vêtus de noir et boutonnés jusqu'au menton dans leurs redingotes, le prince et Karl furent placés à la distance convenue.

Le signal fut donné.

— Je voudrais le toucher à l'épaule, se disait le mari d'Hermine.

— Je me garderai bien de tirer sur cet homme que j'ai offensé, se disait Karl.

En sa qualité d'insulté, le mari d'Hermine devait tirer le premier.

Afin de réaliser le généreux projet d'épargner les jours de son adversaire, M. de Chagny franchit rapidement la distance de cinq pas qu'il avait la faculté de supprimer entre lui et le baron.

Une détonation retentit.

Stein-Steiner ne bougea pas.

Il n'avait pas même entendu siffler la balle.

Le baron abaissa à son tour son arme, et, sans viser, pressa la détente.

Le prince chancela, fit deux pas, et lâchant son pistolet, tomba sur le côté.

De même que la forte charge avait fait dévier le coup de M. de Chagny, elle avait rectifié celui que le baron s'imaginait avoir tiré hors de portée.

On se précipita.

Le mari d'Hermine avait été touché à l'épaule, mais seules les chairs étaient entamées.

Mise à nu par Blanchard, la blessure fut immédiatement déclarée peu dangereuse par lui.

Le vicomte de Séran s'empressa de venir l'apprendre à Karl, fort ému depuis qu'à son grand étonnement, il avait vu tomber son adversaire.

— Rien de grave! dit Maurice.

— Heureusement. Je vous jure sur l'honneur que je ne voulais pas l'atteindre.

Et s'avançant vers le prince qu'on avait fait asseoir sur un des bancs de pierre du jardin :

— Prince, lui dit-il, ce soir j'aurai quitté Paris.

Il se retira sur cette déclaration, à laquelle le mari d'Hermine avait répondu par un signe d'approbation dont Karl et lui ainsi que M. de Séran, pouvaient seuls comprendre toute la signification.

Hermine ne s'imaginait pas que les choses iraient aussi vite ; aussi se disait-elle que le combat entre Karl et son mari ne pourrait avoir lieu, en tout cas, que le lendemain.

Enfermée chez elle, sous le prétexte d'une migraine des plus douloureuses, elle avait cherché vainement le moyen d'empêcher le duel.

Après avoir fait, sans succès, appel à toutes les ressources de son imagination, elle avait fini par reconnaître que, malheureusement, la rencontre était inévitable.

Meilleure que bien d'autres femmes en pareille occasion, elle ne s'était pas arrêtée une seconde à la pensée qu'un veuvage la donnerait à Stein-Steiner définitivement.

La pensée qu'un homme pouvait être tué par sa faute, et que cet homme serait son mari ou son amant, ne lui vint pas.

Elle l'eût repoussée avec énergie, avec désespoir.

Néanmoins, son agitation était grande, et elle ne parvint à s'endormir qu'au petit jour, le matin même du duel.

Elle se leva fort tard, s'informa si M. de Chagny était chez lui.

Sur la réponse affirmative que le valet de chambre du prince fit à la messagère d'Hermine, celle-ci se tranquillisa, et, après avoir terminé sa toilette, elle allait, à tout hasard, faire demander à son mari de la recevoir, afin de le conjurer de ne pas donner suite à ses représailles, dût-elle échouer dans sa tentative, lorsque sa femme de chambre lui apprit que M. de Chagny venait de quitter l'hôtel en compagnie du docteur Blanchard.

Ce détail éclaira immédiatement Hermine sur la situation.

Si M. de Chagny était sorti avec son médecin, c'est qu'il était allé se battre.

— Laissez-moi, dit-elle à sa messagère d'une voix émue ; c'est bien, laissez-moi, je veux être seule.

Et dès qu'on lui eut obéi, Hermine fondit en larmes, en proie à un réel désespoir, ainsi qu'à un repentir trop tardif, mais des plus sincères.

Une heure ne s'était pas écoulée, heure bien longue pour Mme de Chagny, que le coupé du prince rentra dans la cour de l'hôtel.

Blottie derrière les rideaux de sa chambre, Hermine, depuis longtemps déjà, ne quittait pas des yeux la grande porte de la rue.

Un autre coupé, celui du marquis de Beaupré, suivait la voiture du prince.

— Je m'étais donc trompée, se dit Hermine ; il n'était pas sorti pour se battre ; ce ne sera que pour demain, et d'ici à demain, je trouverai peut-être le moyen d'empêcher le combat.

Ignorant que le duel avait eu lieu dans le jardin du vicomte de Séran, l'erreur d'Hermine était toute naturelle.

On se battait généralement, à cette époque, au bois de Boulogne.

Il fallait compter deux heures au moins pour le trajet aller et retour, et, nous venons de le dire, une heure ne s'était pas écoulée depuis que M. de Chagny avait quitté l'hôtel.

L'erreur de la princesse fut bien vite dissipée.

A peine les deux coupés se furent-ils arrêtés devant le perron, que le marquis Olivier et Rodolphe d'Avilar mirent pied à terre, tandis que le docteur Blanchard en faisait autant.

Hermine les vit alors aider son mari à descendre de voiture.

Le prince était pâle.

Il n'avait passé qu'une manche de sa redingote, dont l'autre manche, ramenée sur la poitrine pour maintenir le vêtement, était fixée par des épingles, laissant à découvert le bras droit mis en écharpe, ainsi que l'épaule, que gonflait le premier appareil appliqué sur le terrain même par le docteur.

— Ah! blessé, c'est lui, il est blessé! s'écria Hermine qui, aussitôt, se rendit dans les appartements de son mari.

Lorsque, sans écouter le valet de chambre de M. de Chagny, qui essaya vainement de l'empêcher d'entrer, elle franchit le seuil de la chambre à coucher, sur le lit de laquelle le prince avait été étendu, son apparition inattendue produisit une certaine impression sur les assistants.

— Blessé, vous êtes blessé ? s'écria-t-elle d'une voix suffoquée par les sanglots. Mon Dieu, mon Dieu !

Comme il comprit instantanément qu'un seul mot de plus pouvait révéler toute la vérité à ses témoins, M. de Chagny dit aussitôt à Hermine :

— Rassurez-vous, ma chère amie, une égratignure tout au plus, un peu de chair enlevée ; cela fait mal, mais n'est nullement dangereux : le sort a favorisé le baron Karl, mon adversaire ; ce n'est pas tout à fait juste, mais c'est ainsi.

Elle allait parler.

— Pardon, continua-t-il, laissez-moi tout vous dire. Tenez, Madame, lisez d'abord cette lettre.

Et tirant de sa redingote, qui était restée sur le lit, la lettre dictée par lui au capitaine, la veille, chez ce dernier :

— Lisez, répéta-t-il, et vous comprendrez tout.

Le profond étonnement qu'éprouva Hermine en entendant ces paroles énigmatiques pour elle, fut marqué par l'émotion vive dont ses traits étaient empreints.

Elle déploya la lettre et la parcourut rapidement.

— Je ne vous en veux pas, ma chère, reprit M. de Chagny ; vous êtes belle et bien digne d'être aimée ; peut-être auriez-vous pu faire comprendre plus tôt à ce jeune fou que son amour était une offense, rien de plus ; mais en somme, si vous avez été un peu coquette, vous êtes restée honnête femme : c'est là l'important.

— Oh ! Nestor ! Nestor ! dit-elle affectueusement.

Il y avait plus de trois ans qu'elle n'avait plus donné ce nom à M. de Chagny.

— Je désire être seul ; je sens qu'un peu de repos me serait salutaire, reprit ce dernier.

Blanchard approuva ces paroles du geste.

De Beaupré et d'Avilar se retirèrent.

Le médecin s'assura si le premier pansement suffisait, et il gagna la porte.

— Laissez-le dormir, dit-il à voix basse à la princesse, et ne vous effrayez pas d'un peu de fièvre. Il en aura certainement, mais la crise n'offrira aucun danger. De la diète, du repos, du calme, et tout ira bien ; je reviendrai, du reste, dans la soirée.

Sur ces mots, Blanchard se retira, laissant seuls le mari et la femme, qui se retrouvaient pour la première fois sans témoins, en face l'un de l'autre, depuis que le prince avait accompagné, la veille, Hermine jusqu'au seuil de l'église de la Madeleine.

A peine la porte de la chambre se fut-elle refermée sur Blanchard, que M. de Chagny, qui feignait de dormir déjà, rouvrit les yeux.

— Hermine ! dit-il.

A cet appel, elle accourut.

— Votre honneur est sauf, votre amant a compris qu'il fallait le sauver, et c'est pourquoi, accomplissant son devoir de gentilhomme, il a écrit hier, sous ma dictée, la lettre que vous venez de lire. Il partira ce soir. Tâchez de l'oublier, et si votre cœur parle encore, souvenez-vous que les fautes des femmes sont des crimes qui ne peuvent être justifiés par rien, pas même par nos faiblesses. Souvenez-vous surtout que vous êtes la princesse Hermine de Chagny et que, depuis six siècles, le scandale n'a jamais pénétré dans notre famille. Allez maintenant, mon amitié vous reste.

7.

— Elle ne me suffit pas, s'écria Hermine en fondant en larmes devant cette noble générosité qui lui faisait sentir encore davantage toute l'énormité de sa conduite, c'est votre pardon qu'il me faut.

Le prince l'enveloppa d'un regard qui n'était pas dépourvu d'affection.

— Un jour, peut-être, dit-il. Allez !

Elle se retira.

Le baron Karl Stein-Steiner quitta, le soir même, Paris, et n'y revint que huit ans après.

Hermine s'aperçut bientôt que son mari avait rompu avec la Madone.

Elle envoya aussitôt cinquante mille francs de consolation à la courtisane.

Armande fut touchée du procédé ; aussi ne parlait-elle jamais de Mme de Chagny que dans les termes les plus convenables.

Celle-ci resta sous le toit du prince.

Lui pardonna-t-il complètement ? Nous ne pourrions l'affirmer, mais il nous serait impossible de soutenir le contraire.

VII

MADEMOISELLE DIANE

L'aventure du baron Karl Stein-Steiner avec la princesse de Chagny n'avait été qu'un épisode dans la vie du jeune capitaine.

Il était alors à l'âge où les éternelles amours, ainsi que leurs terribles serments, s'oublient relativement assez vite dans l'absence.

Si le rival du prince avait prolongé son séjour en France, peut-être le souvenir d'Hermine fût-il resté bien plus vivace pour lui dans le milieu où s'étaient accomplis tous les incidents du petit drame qui s'était terminé par un duel dans le jardin du vicomte de Séran. Mais aussitôt qu'il eut rejoint son régiment et repris sa vie d'autrefois, dans sa patrie, au sein de sa famille, de ses compagnons d'armes, de ses amis d'enfance, Karl oublia Paris d'abord, et la princesse ensuite.

Le vicomte Maurice de Séran s'était marié quelques mois après le duel du prince et du baron.

Une de ses cousines lui avait apporté un cœur d'or, un joli visage, un esprit charmant et d'énormes propriétés dans le Poitou : tout ce que pouvait espérer un homme de trente ans, légèrement fatigué de la vie si vide des désœuvrés d'un certain monde. Le vicomte, qui s'était entièrement consacré à sa femme, passa d'abord six mois de l'année dans ses terres, puis huit, puis enfin renonça au pied-à-terre qu'il avait toujours conservé rue Saint-Florentin, vendit le petit hôtel et ne vint plus à Paris qu'à de rares intervalles.

Complètement absorbé par l'agronomie, l'élevage, toutes les occupations du gentilhomme campagnard, et surtout par l'éducation de son unique enfant, son fils Henri, qu'il adorait de tout son cœur, Maurice était devenu comte par la mort de son père depuis son mariage, comme le marquis Olivier de Beaupré était devenu le duc d'Ambre par la mort de son oncle.

Pendant les vingt années qui s'étaient écoulées, depuis le duel du baron Karl avec le prince Nestor de Chagny, le comte de Séran avait puisé dans la vie calme, patriarcale même, qu'il avait adoptée, cette sérénité si rare des cœurs absolument satisfaits qui n'est l'apanage que des natures privilégiées.

Le capitaine Karl Stein-Steiner, pendant ces quatre lustres, avait rapidement acquis de nouveaux grades et était colonel des dragons de Windischgraetz, lorsque, sur sa demande, on accepta sa démission pour le nommer attaché militaire supérieur de l'ambassade d'Autriche à Paris.

Le baron était resté beau garçon et il avait franchi le cap de la quarantaine sans rien perdre de sa tournure élégante ni de la juvénilité de ses allures.

Possesseur, à ce moment, d'une très grande fortune que lui avaient constituée plusieurs héritages considérables, l'ex-colonel revenait s'établir en France, dans des conditions excellentes, au double point de vue de la position et de l'argent.

Après être resté huit années sans franchir la frontière française à dater de son duel avec M. de Chagny, ainsi que nous l'avons dit déjà, l'ex-colonel avait fait, pendant douze ans, sept ou huit séjours plus ou moins longs à Paris, ce qui lui avait permis d'y entretenir de nombreuses relations.

Par goût, par insouciance, croyant aussi que la vie d'un militaire s'accommode mal des devoirs de l'homme marié, Stein-Steiner était resté garçon : et l'état de célibataire ne lui déplaisait nullement, car il en était arrivé à se convaincre qu'il ne se marierait jamais.

Il fut bientôt relancé dans le meilleur monde, où il brilla au premier rang des courtisans de ces reines du high-life qu'on nomma les cocodettes, car ce que nous allons raconter se passait à l'époque où une véritable rivalité s'établit entre les femmes du vrai monde et celles du demi, ce qui fit naître parmi les grandes dames une classe nouvelle, peu nombreuse, mais dont les moindres faits et gestes défrayèrent chaque jour la chronique de certains journaux et leurs racontars les plus pimentés.

La marquise de Puy-Gaillard et la petite baronne de Maureval tenaient haut toutes deux le sceptre de la mode et des élégances les plus excentriques, aussi leurs salons étaient-ils réputés les plus amusants et les plus courus de tout Paris.

L'ex-colonel s'était installé rue du Cirque, près

des Champs-Élysées, dans un appartement des plus confortables et dont le luxe de bon goût répondait sous tous les rapports à la fortune et au rang de son élégant propriétaire.

En peu de jours un tapissier avait improvisé une installation complète.

C'était la fin de l'hiver.

Les fêtes se succédaient rapidement encore, variées et somptueuses.

Dans un bal chez la petite baronne de Maureval, l'attention du baron Karl fut tout à coup attirée par une jeune fille qu'accompagnait une vieille dame dont le grand air dénotait une noble origine.

L'ex-colonel était à deux pas d'elle lorsqu'il remarqua le charmant visage de la jeune enfant.

— Crois-moi, Diane, dit la vieille dame, tu as assez dansé, repose-toi un instant.

— Je t'assure, ma tante, que je ne suis pas fatiguée.

— Petite folle, tu es donc de fer ?

— C'est si amusant, la danse !

L'orchestre se fit entendre de nouveau à ce moment.

— Laisse-moi consulter mon carnet, reprit la jeune fille, qui tout aussitôt, ayant jeté un coup d'œil rapide sur les feuilles d'ivoire qui lui servaient à inscrire le nom de ses danseurs, ajouta.

— Tiens ! sois satisfaite : c'est un quadrille et je ne suis pas engagée.

Pendant que la tante et la nièce s'exprimaient ainsi, le baron Stein-Steiner ne les avait pas quittées des yeux et n'avait pas perdu un seul mot de leur conversation.

Inutile de dire que Diane attirait beaucoup plus ses regards que la vieille dame.

Un peu petite, mais admirablement faite, Diane n'était rien moins qu'une brune aux yeux bleus, ravissamment jolie, et voici son signalement :

Chevelure abondante et soyeuse, aux reflets indigo, bouche mignonne, dents exceptionnellement belles, teint mat, nez droit, proportionné à ravir, avec les narines roses et mobiles, sourcils dessinés adorablement, voix douce et sympathique, enfin yeux d'une rare beauté, grands et remplis d'intelligence et de malice, clairs avec de passagères ombres, pleins de langueurs et de mélancolie sous les longs cils qui tamisaient leur éclat juvénil. Diane avait été vraiment traitée en enfant gâtée par la nature, qui s'était montrée prodigue de tous ses dons envers elle.

Le baron, ébloui en apercevant la jeune fille, sentait son admiration grandir depuis qu'il la détaillait.

Le maître de la maison, le baron de Maureval, passa en ce moment.

Stein-Steiner l'arrêta :

— Présentez-moi, je vous prie, à cette dame, ainsi qu'à cette jeune fille, dit-il en désignant du regard Diane et son chaperon.

— Très volontiers, répondit aussitôt de Maureval.

Et s'avançant :

— Madame la duchesse de la Roche-Carignan, dit-il, permettez-moi de vous présenter le baron Stein-Steiner, de l'ambassade d'Autriche.

Les formules d'usage s'échangèrent rapidement.

Diane, qui avait été présentée à son tour par la duchesse à Stein-Steiner, par ces mots :

— Ma nièce, mademoiselle Diane de la Roche-Carignan, jetait un regard d'envie sur les groupes des danseurs qui se rangeaient pour le quadrille, lorsque le baron Karl lui dit :

— Voudriez-vous bien me faire l'honneur de danser ce quadrille avec moi, Mademoiselle ?

Diane jeta sur la duchesse un regard suppliant qui signifiait clairement :

— Je t'en prie, ma tante ; laisse-moi faire.

Et adressant un véritable sourire d'ange à Stein-Steiner, elle lui répondit :

— Très volontiers, Monsieur.

D'après ce que nous avons dit du baron, on comprend qu'il pouvait encore se risquer comme danseur et surtout comme danseur de quadrille sans redouter le moindre ridicule.

Karl, très désireux de savoir si l'intelligence de Mlle de la Roche-Carignan était à la hauteur de sa beauté, se mit à causer avec elle autant que le lui permit l'exécution des figures de la contredanse.

Cette épreuve fut tellement à l'avantage de Diane, qu'en proie à un véritable enthousiasme, le quadrille étant terminé, le baron ne quitta sa danseuse que lorsqu'un autre cavalier, inscrit à l'avance, vint s'incliner devant elle en réclamant le droit de succéder à l'ex-colonel.

Vous devinez bien qu'aussitôt Stein-Steiner alla retrouver la duchesse ; il avait trop de hâte de parler de sa ravissante danseuse à quelqu'un, pour qu'il en fût autrement.

— Je m'étonne, Madame, dit-il, que ce soit la première fois que j'ai l'honneur de vous rencontrer cet hiver dans le monde, vous et mademoiselle votre nièce.

— Nous habitons la province, monsieur. Le marquis de la Roche-Carignan, mon beau-frère, est souffrant ; il hait le monde et ne quitte pas son château. Je suis venue passer un mois à Paris, pour ma nièce. Depuis huit jours que nous sommes arrivées, nous n'avons assisté qu'à des réunions peu nombreuses, presque intimes, et c'est la première fois que la chère enfant voit un grand bal à Paris.

— Une entrée dans le monde, alors ?

— Presque, quoique, de fait, cette entrée ait eu lieu déjà l'hiver dernier à Limoges ; mais la province n'est pas Paris.

— Mademoiselle de la Roche-Carignan est une ravissante personne, sous tous les rapports, car j'ai pu constater déjà, malgré le peu de durée des instants que j'ai eu l'honneur de passer avec elle, qu'elle possède autant d'esprit que de grâce.

— C'est encore une enfant, elle a vingt ans à peine.

— Vingt ans ! se récria Stein-Steiner ; mais je lui en donnais dix-sept tout au plus.

— Elle a toujours été très délicate ; mais depuis six mois, la nature a fait beaucoup pour elle.

— Dites qu'elle l'a comblée de tous ses bienfaits.

— Vous êtes vraiment trop aimable. Je conviens que Diane est une gentille petite fille ; mais n'exagérons rien.

Le baron jeta sur la duchesse un regard qui exprimait presque de l'indignation.

—Une gentille petite fille, cette Vénus, cette merveille, cette femme faite, moralement et physiquement, avec tant d'art et de prodigalité, que rien de comparable à elle ne s'était jamais offert à ses regards, quelle ignorance! quel vandalisme! quel crime de lèse-admiration! Cette vieille duchesse était donc bête et aveugle!

Toutes ces pensées traversèrent l'esprit de l'ancien colonel comme un éclair; mais il fut assez maître de lui pour ne pas les laisser deviner, et le retour de Mlle de la Roche-Carignan auprès de sa tante lui fit complètement oublier la duchesse, pour ne plus s'occuper que de la jeune fille.

Très aimable, très homme du monde, plein d'entregent et possédant au suprême degré ce tact qui est le résultat de l'expérience et de la fréquentation prolongée des salons, le baron sut amuser et intéresser les deux femmes, ne négligeant rien pour donner à sa conversation une tournure vraiment diplomatique, de façon à charmer en même temps la vieille dame et la jeune fille.

Les heures de cette nuit de fête s'envolèrent pour Stein-Steiner avec une vertigineuse rapidité.

La fin du bal arriva.

Au grand regret du baron, il fallut se séparer; mais il emportait l'espoir de revoir Diane bientôt, la duchesse de la Roche-Carignan l'ayant autorisé à lui faire une visite rue Saint-Dominique-Saint-Germain, où elle était descendue chez une ancienne amie à elle, qui se trouvait être la marraine de la petite baronne de Maureval.

Stein-Steiner regagna la rue du Cirque en proie à

une agitation qu'il n'avait plus ressentie depuis bien des années.

Dès l'instant où la belle Diane de la Roche-Carignan avait paru, il ne s'était plus senti le même homme. L'image de la jeune fille le poursuivait comme un blanc fantôme, fantôme adorable, bien entendu, auquel le quadragénaire souriait, ravi, sans s'en rendre compte, parlant tout haut, tandis qu'heureusement son coupé, en roulant sur le pavé, faisait assez de bruit pour que les exclamations admiratives poussées par l'enthousiaste n'arrivassent point jusqu'aux oreilles du cocher, qui certainement se serait imaginé que son maître était devenu fou.

— Quel ange ! Elle est adorable, elle est divine, ce n'est point une fille de la terre ; quelque déesse l'aura glissée, une belle nuit, après lui avoir donné le jour, sous le toit féodal des la Roche-Carignan. Demain, j'irai la voir, la séduisante créature !

Et, après avoir fini sa litanie, il la recommençait aussitôt, variant ses expressions laudatives et ses adjectifs louangeurs, mais ne songeant qu'à célébrer avec une chaleur sans pareille toutes les perfections de la nièce de la duchesse.

Le froid de la nuit, qui l'enveloppa pendant quelques secondes au sortir de sa voiture, produisit sur son imagination l'effet d'une douche glacée.

Il comprit ce qui se passait en lui.

— Je suis amoureux, se dit-il, amoureux comme je ne l'ai jamais été, comme je croyais impossible jusqu'à présent à un homme de l'être, amoureux à jamais, à mon âge !

Rentré dans son appartement, il tenait à la main un

flambeau, dont il avait allumé la bougie à la veilleuse de son antichambre. Sur cette dernière réflexion, il s'arrêta devant une glace, en éclairant son visage.

Pendant plusieurs secondes, il s'examina attentivement, impartialement, posant vis-à-vis de lui-même comme s'il ne s'était jamais vu.

Il se trouva bien de figure, l'œil ardent, jeune encore, et conclut par ces mots :

— Et pourquoi pas ?

Ce qu'il éprouvait l'étonnait, le ravissait et l'effrayait à la fois.

Dès l'instant où l'amour avait murmuré à son oreille les premières douces paroles qu'il eût jamais entendues, il n'avait rien éprouvé de semblable à ce qui se passait en lui depuis que Diane avait surgi à ses yeux au milieu de la fête de la petite baronne de Maureval, comme paraissent, dans les féeries, ces bonnes fées radieuses, ruisselantes de paillettes, à la lueur électrique d'un foyer multicolore qui les farde à ravir et leur donne un éclat et des attraits remplis d'éloquence et de fascination.

Dès le lendemain, à la première heure à laquelle on peut décemment se présenter chez les gens du monde sans passer pour un créancier féroce ou pour un bottier indiscret, il se rendit chez le baron de Maureval, sous le prétexte de traiter avec lui de la cession de deux chevaux noirs, dont le mari de la cocodette voulait se défaire, mais, dans le fait, uniquement guidé par le désir ardent de recueillir sur Mlle Diane de la Roche-Carignan tous les renseignements possibles.

Voici ce qu'il apprit :

Diane était l'unique enfant du marquis de la Roche-Carignan.

Sa mère était morte en lui donnant le jour.

Le marquis s'était marié très tard : il avait presque la cinquantaine lorsque les joies de la paternité étaient venues, aurore tardive, éclairer le crépuscule naissant de sa vie.

Profondément attristé par la mort de sa femme, M. de la Roche-Carignan s'était complètement retiré du monde. Il habitait, près de Limoges, le château de la Roche, avec sa belle-sœur, la duchesse de la Roche-Carignan, veuve sans enfant du frère aîné du marquis, lequel avait été tué en chemin de fer dans une collision de deux trains.

La duchesse et le marquis avaient élevé Diane, qui se trouvait être tout autant l'enfant gâtée de l'une que de l'autre.

La marquise défunte, originaire des Antilles, était, disait-on, d'une beauté rare, qui unissait au tempérament de la créole toutes les ardeurs d'un caractère légèrement exalté.

Les la Roche-Carignan possédaient une fortune modeste.

Le marquis pouvait avoir dix mille livres de rente en terre ; la duchesse, quinze tout au plus. Aussi la dot de Diane serait-elle médiocre pour une jeune fille dont les aïeux étaient nobles depuis les croisades.

Son père ne cherchait, du reste, aucunement à la marier. Son égoïsme de vieillard n'eût même pas reculé, croyait-on, devant la perspective de voir la belle, l'adorable Diane coiffer sainte Catherine, si la duchesse n'eût pas été là. Déjà plusieurs partis très sortables avaient été systématiquement repoussés par l'entêté vieillard, et, comme nous le savons, Diane venait d'atteindre sa vingtième année sans avoir pris aucun engagement vis-à-vis de personne.

C'était là le point important pour le baron.

Lorsqu'il lui eut appris tout ce qui précède, M. de Maureval ajouta en forme de conclusion :

— Je crois bien que le voyage de la duchesse à Paris est une petite conspiration, qui n'a pour but que de permettre, loin du marquis, à ceux qui deviendraient amoureux de Mlle de la Roche-Carignan, de se déclarer sans terreur, chose qui, dans le Limousin, est devenue impossible par la réputation que s'y est faite le père de la belle Diane comme ennemi acharné du mariage.

— Oui, oui, ce doit être cela, dit Karl, ravi de ce qu'il venait d'entendre.

Alors seulement, M. de Maureval se douta des intentions de Stein-Steiner et du but de toutes ses questions.

— Ah ! ça, mais, mon cher baron, lui dit-il, est-ce que par hasard vous seriez un des amoureux dont je parle ? Ma question est indiscrète ; mais, je vous en prie, répondez-y franchement ; je vous jure que je ne vous la pose que dans votre intérêt.

— Je vous crois ; serez-vous discret ?

— Évidemment.

— Eh bien, oui, je suis amoureux de Mlle de la Roche-Carignan, amoureux fou, amoureux comme je ne croyais pas qu'il fût possible à un homme de le devenir.

— Espérez alors.

— J'ai passé la quarantaine.

— Raison de plus pour que le marquis consente à vous donner sa fille. Un mari de vingt-cinq ans serait un sujet de constante jalousie pour le vieillard qui, je vous le confie pour votre gouverne, ne consentira jamais au mariage de Mlle Diane, que si on lui fait croire qu'elle a tout au plus de l'amitié pour son fiancé. Un mariage d'amour serait impitoyablement repoussé ; un mariage de raison a peut-être des chances d'être accueilli. En outre, sans compliment, mon cher baron, vous pouvez encore être aimé, on vous donnerait bien moins que votre âge et je sais par ma femme que ces dames vous considèrent toutes encore comme un jeune homme.

Tout ému par ces paroles encourageantes, le baron Stein-Steiner serra la main de M. de Maureval en lui disant :

— Merci pour tout ce que vous venez de me dire, peut-être en m'en souvenant oserai-je me déclarer un jour.

— Lorsque vous aurez réfléchi à votre aise, la réflexion est toujours nécessaire pour une chose aussi grave qu'un mariage, venez me le dire ; la baronne, à ma prière, fera sonder le terrain par sa marraine, et, en tous cas, le plus difficile à faire vous sera épargné de cette façon.

Le baron remercia chaudement M. de Maureval et prit congé de lui, enchanté de sa visite.

Il résolut d'attendre au lendemain pour se présenter chez la duchesse de la Roche-Carignan.

Qu'importait un jour de retard ? Diane était libre,

l'avenir lui appartenait, puis, trop d'empressement
ne serait-il pas mal interprété par la tante ou par
Diane elle-même ?

— Je n'irai pas aujourd'hui, se dit Stein-Steiner.

Et cependant, à quatre heures, il se faisait annoncer chez la marraine de Mme de Maureval, rue Saint-
Dominique-Saint-Germain.

Ainsi qu'il l'espérait, Diane et la duchesse se trouvaient dans le salon de leur amie lorsque l'ancien
colonel y pénétra.

Souvent le baron avait rencontré la marraine de
Mme de Maureval chez cette dernière, et sa visite
était des plus naturelles.

Il joua l'étonnement en voyant la duchesse et
Diane, leur assurant qu'il n'espérait pas les revoir
aussitôt et qu'il se serait bien gardé de se présenter
chez elles dès le lendemain du jour où elles avaient
bien voulu lui ouvrir leur porte ; qu'un tel empressement, fort naturel par l'extrême sympathie que lui
inspiraient ces dames, aurait pu leur paraître singulier et qu'il avait trop le désir de leur plaire en tout
pour ne pas savoir faire le sacrifice même d'un vif
plaisir en faveur de l'excellence des relations qu'il
avait eu l'honneur d'entamer avec elles.

Le petit discours du baron fut admirablement accueilli, et la conversation étant tombée sur la musique
à cause de la représentation récente d'un nouvel
opéra-comique, Diane, à la prière de la marraine de
Mme de Maureval, se mit au piano et en exécuta
avec un réel talent les principanx motifs.

Stein-Steiner allait de ravissements en ravissements ;
chaque instant qu'il passait auprès de Mlle de la

Roche-Carignan lui révélait en elle une qualité de plus.

Voilà maintenant qu'elle était musicienne et musicienne excellente !

Puis Diane chanta.

Sans être puissante ni fort étendue, sa voix était remplie de charme et de sensibilité, la jeune fille la guidait avec art, et cet instinct naturel sans lequel il est impossible de toucher le cœur de ceux qui écoutent.

Jugez de l'émotion du baron.

Elle éclata en compliments tellement chaleureux que Diane, toute confuse, devint rouge comme une cerise.

Lorsque Stein-Steiner la quitta :

— Si je ne parviens pas à devenir le mari de cet ange, je me brûle la cervelle, je m'en donne ma parole d'honneur, se dit-il.

Au bout de huit jours, accompagné de M. de Maureval, il vint prier la petite baronne de faire une démarche auprès de sa marraine.

La révélation des sentiments du baron Karl Stein-Steiner n'étonna nullement la vieille dame, elle les avait devinés déjà, et elle promit de tâter le terrain le jour même auprès de la duchesse, quitte à questionner ensuite Diane, si, comme elle l'espérait, Mme de la Roche-Carignan accueillait favorablement ses ouvertures.

L'ancien colonel avait alors près de deux cent mille livres de rentes.

Mme de Maureval, en intelligente ambassadrice, appuya sur ce détail.

8

Le mariage de Diane avec le baron lui convenait fort en principe.

Elle voyait déjà dans la future baronne Stein-Steiner une cocodette de plus, dont son amour-propre l'empêchait de redouter la puissante rivalité et son amitié s'accommoderait admirablement.

Lorsque Mme de la Roche-Carignan fut mise au courant des espérances de Karl, sans s'engager définitivement, elle s'y montra très sympathique.

Les Stein-Steiner figurent dans l'almanach de Gotha, la fortune du baron était princière, sa situation dans le monde des meilleures, il était encore beau cavalier ; Diane eût été bien sotte de ne point l'accepter et le marquis de la Roche-Carignan, par trop égoïste en s'opposant à une union qui, des deux côtés, réunissait autant d'avantages.

Telles furent les idées de la duchesse, qui pria la petite baronne, revenue dès le lendemain, afin de connaître le résultat de la démarche de sa marraine, de vouloir bien lui accorder quelques jours avant de lui demander une réponse catégorique.

— Dites au baron, ma chère enfant, ajouta Mme de la Roche-Carignan en terminant, que sa recherche nous flatte et qu'il peut compter sur mon appui ; mais il me faut écrire à mon beau-frère pour lui faire partager mes idées, ce qui ne sera pas facile, et savoir enfin l'avis de ma nièce, laquelle est, il me semble, légèrement intéressée dans la question, avis que je ne lui demanderai que lorsque j'aurai arraché au marquis son consentement, car il est inutile de troubler la petite par des projets qui ne devraient pas avoir de suite. Au surplus, je crois que l'obstacle, s'il en est un qui se présente, ne viendra pas de là, car je vous le dis en confidence, Diane, pour le peu qu'elle le connaît ne m'a jamais parlé du colonel que dans des termes excellents, presque affectueux.

Jugez si le baron fut enchanté lorsque Mme de Maureval lui rapporta ces paroles.

La lettre de la duchesse partit pour le château de la Roche le soir même.

La réponse du père de Diane ne se fit pas attendre.

C'était un refus catégorique.

« Je suis vieux, je n'ai que ma fille, je veux la con-
» server ; vous m'avez laissé seul déjà trop longtemps
» toutes deux; il me semble qu'il y a plus d'un
» siècle que vous êtes parties ; revenez vite, je le
» désire absolument, l'ennui me rend malade.»

Pas un mot du baron.

L'égoïste vieillard ne voyait en Karl qu'un ennemi de son bonheur et la solitude que lui avait faite le départ pour Paris de la duchesse et de Diane l'avait plus que jamais ramené à ses idées anti-matrimoniales.

Mme de la Roche-Carignan comprit que ce serait vouloir l'impossible que d'espérer faire changer d'avis son beau-frère par correspondance.

Après avoir eu avec Stein-Steiner une entrevue dans laquelle elle le mit au courant de ce qui se passait, l'encourageant à ne désespérer de rien, elle partit avec Diane, pour La Roche, le surlendemain.

Un mois s'écoula, terrible pour l'ancien colonel, car il le passa en proie à toutes les angoisses qu'un homme amoureux peut endurer quand, après avoir mis dans une belle jeune fille, le bonheur et l'espoir de sa vie, il se voit menacé de l'écroulement complet de tous ses rêves d'avenir.

Au bout de ce temps, la marraine de Mme de Maureval, qui, attendrie par le chagrin réel du baron, l'avait dépeint sous toutes ses faces, dans quatre ou cinq lettres qu'elle avait écrites à la duchesse, manda Stein-Steiner auprès d'elle.

Il courut rue Saint-Dominique-Saint-Germain aussitôt après avoir reçu l'invitation de l'amie de la duchesse de la Roche-Carignan.

— Eh bien, madame ? lui demanda-t-il d'un ton navré.

— Quittez cet air sombre, mon cher baron, asseyez-vous là, j'ai du nouveau.

— Parlez, parlez, de grâce.

— Voulez-vous aller dans le Limousin ?

— Ciel !...

— Oui, vous devinez juste ; l'ours s'apprivoise, la duchesse a fait un miracle, le marquis consent à vous recevoir à la Roche.

— Comme son gendre ?

— Non, pas encore ! quel diable d'homme vous faites ! croyez-vous donc que le marquis soit d'humeur à vous accorder la main de sa fille sans vous avoir vu, sans vous avoir étudié, sans avoir dû renoncer à vous trouver un seul défaut, lui qui voulait la garder et la laisser mourir vieille fille ? non, n'est-ce pas ?

— C'est vrai, mais si vous saviez à quel point je l'aime !

— Je comprendrais votre impatience, mais il est des circonstances où il faut savoir attendre. Voici les instructions que je suis chargée de vous transmettre de la part de la duchesse, si vous consentez à vous rendre auprès d'elle.

— Peut-elle en douter ? mais je partirai ce soir même ! s'écria le baron.

— Non pas, demain seulement. Vous descendrez à Limoges, place Tourny, à l'hôtel de l'Aigle-d'Or. On viendra vous y prendre dans la matinée, après-demain, pour vous conduire à la Roche et vous présenter au marquis. La chasse sera le prétexte. Quant au vrai motif, vous le connaissez mieux que moi. Vous ne vous poserez ni en amoureux, ni en prétendant à la main de Mlle de la Roche-Carignan ; là-bas, vous saurez le reste.

— Merci et adieu, madame. Ah ! depuis leur départ, voilà la première heure heureuse qui sonne pour moi, je vous le jure. Adieu, je vous promets d'obéir en tout à Mme de la Roche-Carignan.

— Baron ?

— Vous me rappelez, dit Stein-Steiner en revenant vers la marraine de la petite baronne de Maureval.

— Oui, encore un mot. On m'a défendu de vous le dire, mais ma foi, tant pis, je parle. Le consentement du marquis est le seul qui vous manque encore aujourd'hui. Faites-en votre profit.

— Grand Dieu, Diane... Mademoiselle Diane ?...

— Deviendra avec joie la baronne Karl Stein-Steiner, dès que M. de la Roche-Carignan le lui permettra.

— Ah ! Madame, Madame !

Et se précipitant sur la vieille dame, Karl l'embrassa avec une effusion juvénile, joyeuse et attendrie tout à la fois, dont la sincérité devait faire pardonner la légère brusquerie.

8.

— Eh bien ! grand fou !

— Pardon, reprit l'ex-colonel, un peu confus de ce qu'il venait de faire, mais je suis si heureux qu'il faut ne pas m'en vouloir de mes embrassades. Dieu ! que je vous aime aussi !

— Oui, mais pas de la même manière, n'est-ce pas ? répliqua la marraine de Mme de Maureval avec un bienveillant sourire.

Le lendemain soir, le baron partit pour Limoges.

« Ma chère amie, avait écrit la veille, à la duchesse,
» son amie de la rue Saint-Dominique-Saint-Ger-
» main, le baron sera à Limoges à l'heure dite, plus
» amoureux que jamais de notre chère Diane, mais
» il sera sage. »

Arrivé à l'hôtel de l'Aigle-d'Or, le baron Karl ne se demanda pas un seul instant quelle pouvait être la personne qui viendrait l'y prendre pour le mener à la Roche.

L'important était d'arriver, que ce fût sous la conduite du diable ; aller droit au but était le principal.

Après avoir déjeuné avec autant d'appétit que peut en avoir un homme amoureux lorsqu'il n'ignore pas qu'il va entrer dans la phase décisive qui doit lui donner le bonheur ou anéantir à tout jamais ses espérances, le baron achevait à peine sa toilette qu'une légère voiture, — un dog-cart très élégant, — s'arrêta devant l'hôtel.

Au bruit que firent les sabots du cheval sur le pavé, Stein-Steiner se précipita à la fenêtre.

Un homme d'une soixantaine d'années, élégamment vêtu de noir, un haut crêpe au chapeau, descendit du dog-cart et pénétra dans l'hôtel.

Était-ce l'introducteur auprès de M. de la Roche-Carignan qu'attendait Karl ?

Il l'espérait sans oser l'affirmer, lorsqu'on frappa à la porte de sa chambre.

— Entrez.

Un garçon parut, un petit plateau de métal à la main, sur lequel se trouvait une carte de visite.

— On demande à parler à M. le baron, dit le garçon.

— Faites monter à l'instant, répondit Stein-Steiner en s'emparant de la carte de visite.

Et tandis que le garçon s'éloignait afin d'exécuter l'ordre qu'il venait de recevoir, le baron jeta les yeux sur le bristol.

Quel ne fut pas son étonnement en lisant :

LE COMTE MAURICE DE SÉRAN.

Il n'était pas encore remis de sa surprise que l'ancien membre du cercle de la Concorde, le confident de Karl dans l'aventure qu'il avait eue avec la princesse Hermine, l'un de ses témoins enfin dans son duel avec M. de Chagny, parut sur le seuil de la porte.

VIII

DIPLOMATIE.

Depuis son duel avec M. de Chagny, le baron Stein-Steiner n'avait plus vu celui qui n'était encore que vicomte alors, mais portait déjà le nom de Séran et le prénom de Maurice, que ne pouvait modifier aucune mort, aucun héritage.

Séran marquait, on le sait, déjà plus que son âge à cette époque.

Aussi le vieillard qui était là devant les yeux du baron lui rappelait-il à peine le brillant viveur qu'il avait connu jadis au milieu des Beaupré, des Chagny et des d'Ayilar, tous ces compagnons de son premier séjour en France ; néanmoins, après quelques secondes d'examen, le comte et le baron se jetèrent dans les bras l'un de l'autre.

— Mon cher Karl !

— Mon cher Maurice !

— Vous m'avez reconnu ?

— Immédiatement.

— J'ai bien changé depuis vingt années, ne me dites pas non, mon cher baron, tandis que vous...

— Je vous ai reconnu tout de suite, je vous le répète, répliqua Stein-Steiner, je vous le jure, mon cher ami.

Il y eut un silence.

L'ancien colonel venait de remarquer que Maurice
était en grand deuil.

— Pardon, mon cher Maurice, je ne m'étais pas
aperçu... avez-vous perdu un de vos parents ?

— Oui, murmura M. de Séran.

— Monsieur votre père ?

— Lui aussi, le comte est mort il y a cinq ans ;
mais le deuil que je porte est celui de ma femme,
de mon Amélie, que j'ai perdue il y a un an à peine.
Je n'ai plus que mon fils, mon ami, que vous verrez
à la Roche.

— Comment ? demanda le baron qui, ignorant
complètement que le marquis de la Roche-Carignan
et Maurice fussent liés ensemble, en reconnaissant
dans le visiteur l'ancien membre du cercle de la Concorde, avait perdu l'espoir de trouver dans le nouveau venu le messager de la duchesse.

— Mais oui, reprit le comte, à la Roche, d'où je
viens et où je vais vous mener pour vous présenter
au marquis de Carignan, mon ami, qui a bien voulu
m'offrir l'hospitalité afin de me distraire un peu, ma résidence du Poitou m'étant devenue insupportable
depuis la mort de ma femme bien-aimée.

— Pardon de ma surprise, elle est toute naturelle.
Le nom de la personne à qui je devrai le bonheur de
pénétrer au château de la Roche ne m'a pas été dit
et j'étais loin de m'attendre à trouver en elle un cama-
rade de mes jeunes années dont j'ai toujours gardé
le plus agréable souvenir. Mais je suis prêt. Partons.

Ils descendirent et prirent place dans le dog-cart
qui, entraîné par un bon cheval de race, s'éloigna rapidement.

— Dans combien de temps serons-nous arrivés ?
demanda le baron.

— Dans deux heures à peu près, en marchant vite.

— Tant que cela ! ne put s'empêcher de s'écrier
Stein-Steiner.

— Oh ! les amoureux, toujours impatients, dit le
comte.

— Eh quoi, vous savez ?

— Tout, oui, mon cher Stein-Steiner ; la duchesse
m'a tout révélé, votre amour, vos espérances, le consentement de la ravissante jeune fille que vous adorez,
et enfin les difficultés qu'il vous faudra vaincre pour
arracher son consentement à ce vieil entêté de la
Roche-Carignan, qui est bien le père le plus égoïste
de la terre entière. Voyez en moi un allié, car la
duchesse ne m'a mis au courant que pour me demander mon actif concours. Son beau-frère était d'une
humeur de dogue, lorsqu'elle et Mlle Diane revin-
rent de Paris. Heureusement que leur arrivée calma
un peu l'irritation du marquis, mais il ne voulait entendre parler de rien. Désespérant de venir à bout
toute seule d'une aussi rude besogne que celle qui
consiste à faire changer d'avis le père de Diane,
— permettez-moi de la nommer ainsi : je l'ai vue naître, — Mme de la Roche-Carignan m'appela à son
aide. J'arrivai au château avec Henri, il y a quinze
jours ; je fus mis au courant par ma vieille amie ; sachant qu'il s'agissait de vous, je lui promis tout ce
qu'elle me demanda, et vous voyez que nous n'avons
pas perdu notre temps, puisque au bout de deux semaines, je puis vous présenter à Carignan, non encore
comme un prétendant à la main de sa fille, — vous

ne devez pas ignorer que cela est impossible, — mais comme un ami dont on feint momentanément d'ignorer les espérances et les projets.

Ce récit produisit tout l'effet qu'en attendait M. de Séran.

Le baron Karl, très enchanté d'arriver à la Roche dans les heureuses conditions qui s'offraient à lui, laissa éclater sa joie autant que le lui permettait la présence du domestique, placé sur la banquette de derrière du dog-cart.

Il faisait un temps superbe ; pendant qu'avait parlé Maurice de Séran, la voiture, après avoir successivement traversé la rue de Maupas, le boulevard Saint-Maurice, la rue des Petits-Carmes, la rue du Pont-Saint-Etienne et le pont du même nom qui relie au-dessus de la Vienne, le Puy-Lanneau et le clos Sainte-Marie à la ville, venait, par l'ancienne route de Lyon, de gagner la campagne.

Le chemin bordé d'arbres qui commençaient à se parer de cette première feuillée si fraîche de ton et qui répand une si délicieuse odeur, tout humide encore des dernières pluies de la fin de mars, n'était nullement poussiéreux, c'est-à-dire se trouvait dans les conditions les meilleures pour faire un trajet du genre de celui qu'effectuaient de compagnie les deux anciens amis.

Un beau soleil, fort agréable par la modération de sa chaleur, inondait la campagne, qui sous l'influence de ses tièdes caresses, laissait monter de la terre des vapeurs irisées dans lesquelles l'atmosphère prenait des teintes multicolores produites par la réfraction des rayons lumineux.

Baigné de couches d'un bleu gris qui se mêlait à la verdure naissante, l'horizon, rendu violacé par leur mélange, passait d'une teinte sombre à une lumière éclatante, qui, tandis que le regard montait, devenait plus vive et plus claire, jusqu'à l'azur limpide, rempli de transparence, sur lequel le soleil se détachait éblouissant, splendide.

N'était l'impatience du baron, son admiration se fût manifestée, car l'ensemble qu'embrassait son regard était rempli de splendeurs printanières et de réelle poésie, surtout pour un homme amoureux dont l'âme et le cœur, attendris déjà, devaient se montrer plus sensibles que bien d'autres à toutes les beautés du renouveau.

Fumant et causant, en se remémorant le passé, les deux voyageurs abrégeaient le plus possible la longueur du chemin. Pas un mot sur Hermine ni sur M. de Chagny ne fut prononcé.

Malgré tous les souvenirs dont l'arrivée de Maurice avait repeuplé la mémoire de Stein-Steiner, Hermine était bien loin de sa pensée depuis qu'il avait rencontré Diane. L'avait-il seulement aimée, cette séduisante princesse qui cependant avait rempli une des plus adorables pages de sa vie ?

Il en eût douté vraiment, si la question lui eût été posée.

De son côté, le comte était trop homme de tact et de goût pour se permettre la moindre allusion à Mme de Chagny.

L'aventure se perdait si loin dans le passé, et ne datât-elle que de la veille qu'il eût été malséant, au moment où l'ancien colonel courait vers Diane, le

cœur débordant d'amour, de lui rappeler une autre
femme.

Le dog-cart franchissait rapidement l'espace.

Séran ne ralentissait l'allure de Bob (c'était le nom
du cheval) qu'aux montées par trop rapides, à la
grande contrariété de Stein-Steiner qui, trop sport-
man pour protester, n'en maudissait pas moins les
renflements de la route.

On entra dans un bouquet de bois qu'embau-
maient littéralement toutes les effluves du printemps.

— Quels parfums ! s'écria Karl en humant, avec
une volupté véritable, ces émanations odorantes.

— La vie est belle, n'est-ce pas, mon cher ami,
par ce temps d'avril, quand on aime, qu'on fend l'air,
entraîné par un cheval rapide et que chaque tour de
roue vous rapproche de celle à qui on a donné tout
son cœur ?

— Oh ! oui, approuva l'ancien colonel avec un accent de conviction inébranlable.

— Vous avez encore devant vous un brillant avenir ;
moi je suis presque au bout du chemin, la vieillesse
est venue, continua M. de Séran.

— Vous exagérez.

— Non pas, c'est à ce point que si demain on m'in-
sultait, il me serait impossible d'en demander raison
à celui qui m'aurait offensé.

— Que me dites-vous là ?

— La triste vérité, mon ami ; depuis la mort de ma
femme, j'ai contracté une maladie nerveuse qui ne me
permet plus de tenir une épée et moins encore un
pistolet. Je risquerais trop de tuer un de mes témoins,
tellement je tremble parfois, ajouta le comte en riant.

9

— Vous chassez encore pourtant ?

— Oui, mais le gibier me connaît si bien et il est tellement convaincu que je suis incapable de lui faire grand mal, que c'est toujours au bout de mon fusil qu'il vient se montrer de préférence. Que m'importe, du reste ! Vous allez vivre pour Diane, moi je vis pour Henri, pour mon fils, c'est mon avenir aussi. Ah ! le cher enfant, jamais personne, pas même lui, ne saura à quel point je l'aime.

— Quel âge a-t-il ?

— Dix-sept ans.

— J'ai hâte de le connaître et vous promets de l'aimer de tout mon cœur, dit le baron.

— Merci, Karl, merci, j'en prends acte, car je puis bientôt mourir et je laisserai à Henri une belle fortune ; mais à son âge sa richesse ne serait qu'un danger si je n'avais su grouper avant de partir, autour de lui, assez d'amitiés sérieuses et protectrices pour qu'elles puissent venir en aide à sa jeunesse inexpérimentée.

— Chassez ces sombres pensées, mon cher comte, et en tout cas, disposez de moi comme d'un autre vous-même.

— Merci encore ! reprit le père d'Henri.

Lorsqu'au bout de quelques instants, cette causerie intime et affectueuse recommença :

— Il faut que je vous mette au courant de la petite comédie que nous jouerons en arrivant, dit M. de Séran. Je suis censé ne vous présenter au marquis que comme un chasseur désireux de louer le droit de pourchasser le gibier dans les plaines qui lui appartiennent autour de la Roche.

— Très bien.

En devisant ainsi, ils gagnèrent l'avenue qui menait à la Roche, au bout de laquelle s'élevait une haute et large grille formant l'entrée principale de la propriété.

Le château, caché en partie derrière les arbres qui bordaient la pelouse de devant, coupée en deux par un chemin pavé, était situé à cent mètres environ de cette grille.

Dès qu'on l'avait franchie, grâce aux soins du vieux Valentin, le garde-chasse et le concierge de la Roche, on découvrait, à droite et à gauche, formant un carré parfait avec la grille et le château, les communs, comprenant les écuries, la vacherie, les étables, la basse-cour, les remises, les selleries, ainsi que de vastes lavoirs, le tout surmonté de chambres destinées à une nombreuse domesticité.

La plus grande partie de ces chambres était inoccupée, les fortunes réunies du marquis et de la duchesse de la Roche-Carignan n'étant pas assez considérables pour leur permettre un grand luxe de serviteurs.

C'était une construction massive que l'habitation, qui, depuis plusieurs siècles, appartenait aux la Roche-Carignan, sombre au dehors, mais nullement triste au dedans, grâce à la dimension de ses salles vastes et bien éclairées et de ses corridors larges, aux nombreuses fenêtres.

Le fond de la bâtisse devait remonter à une époque très reculée ; mais il était évident que le reste datait tout au plus de la Renaissance.

Entouré d'un fossé plein d'eau, sur lequel jadis un pont-levis avait dû seul permettre l'accès du châ-

teau, ses quatre tourelles encadraient les constructions les moins vieilles, ayant au milieu d'elles un
pont qui, après avoir mené droit à la grande porte
ogivale, garnie de chaque côté d'une solide grille,
clôturant le vestiaire principal, semblait se continuer
de l'autre côté en formant un passage de la cour
d'honneur au parc même.

L'espace ne manquait pas à la Roche. La droite
du rez-de-chaussée se composait de deux cuisines
très vastes, d'une buanderie et d'un office.

A gauche se trouvait d'abord une vaste salle à
manger, dallée de marbres noirs et blancs, à laquelle
conduisait une antichambre très spacieuse qui s'ouvrait également sur trois salons, dont le moins grand,
le dernier, avait été converti en salle de billard.

Au milieu était le grand salon aux meubles anti-
ques, gobelins et portraits de famille.

Entre celui-ci et l'antichambre se trouvait la bibliothèque, c'est-à-dire le salon où les habitants du
château se tenaient d'ordinaire, le marquis y trouvant
ses livres, la duchesse son métier à tapisserie et
Diane son piano.

Au premier, d'un côté, étaient les appartements
intimes, se composant chacun d'une chambre à coucher et d'un cabinet de toilette, et de l'autre, au-dessus des cuisines, de cinq chambres d'amis convena-
blement installées.

Le dog-cart franchit la grille principale et vint
s'arrêter devant l'antichambre du rez-de-chaussée,
dont une des entrées se trouvait sur le vestibule
aux ouvertures ogivales auquel conduisait le pont.

Un valet en livrée parut, et après avoir aidé le

comte et le baron à se débarrasser de leurs pardessus :

— Monsieur le marquis est dans la bibliothèque,
dit-il.

Une minute après, les deux amis étaient annoncés.

Dès qu'il fut sur le seuil de la bibliothèque, l'ancien colonel vit se lever d'un large fauteuil dans lequel il lisait, un grand vieillard sec et maigre, au
teint jaune et bilieux, rigide d'aspect et d'allures.

C'était le marquis de la Roche-Carignan, le père
de Diane.

Près de lui se trouvait la duchesse, devant son métier.

— Mon cher marquis, dit le comte de Séran, permettez-moi de vous présenter le baron Karl Stein-
Steiner, ancien colonel des dragons de Windischgraetz, attaché militaire à l'ambassade d'Autriche, à
Paris.

— Soyez le bienvenu chez moi, monsieur, répondit en s'inclinant M. de la Roche-Carignan.

Le baron s'inclina à son tour et présenta ses hommages à la duchesse.

Pendant ce temps, un jeune homme était tombé
dans les bras de M. de Séran, qui l'avait embrassé
tendrement sur le front en glissant affectueusement
la main dans les boucles noires frisées naturellement
de la chevelure de l'adolescent.

— Tu as bien chaud, dit le comte. Qu'as-tu fait ?

— Un grand tour dans le parc, père. J'ai tué deux
lapins, je suis venu ici il y a un quart d'heure pour
me reposer, en attendant ton retour.

— Prends garde de prendre froid ; l'air est frais
encore.

— Oui, père.

Le baron cherchait des yeux quelqu'un, on devine que c'était Diane. De Séran rencontra son regard.

— Mon fils, dit-il.

— Votre main, monsieur Henri, reprit aussitôt le baron Stein-Steiner : je suis un vieil ami de votre père, qui m'a promis d'avance que vous seriez aussi un ami pour moi.

— Bien volontiers, monsieur ; tout ce qu'aime mon père m'est cher, car je sais qu'il n'a jamais placé ses affections que chez ceux qui en étaient dignes à tous points de vue.

Cela fut dit d'une voix sympathique et vibrante qui charma Stein-Steiner autant que l'ensemble de la personne du jeune de Séran.

D'une nature un peu frêle, mais très élégante, svelte et de haute taille pour son âge, outre une grande distinction, Henri de Séran unissait à tous les attraits de la jeunesse, tous les avantages physiques qu'un père peut souhaiter et trouver dans son fils.

Les yeux noirs d'Henri, aux regards francs, donnaient à son visage, un peu pâle, une sorte d'énergie qui palliait ce que ses dix-sept ans lui laissaient encore d'efféminé.

Son sourire était aimable, naturel, vraiment sympathique ; on se sentait attiré vers lui rien qu'en le voyant, tant il ajoutait de cordialité à l'élégance de ses manières.

Stein-Steiner le regarda pendant quelques instants, puis frappant de la main droite sur l'épaule du comte :

— Heureux père ! voilà un charmant et bon jeune

homme, j'en suis sûr, et je vous en fais tous mes compliments, mon cher de Séran, s'écria-t-il.

— Oui, approuva le marquis de la Roche-Carignan, Séran est vraiment un heureux père. Un garçon vaut mieux qu'une fille.

Cette réflexion resta sans réplique,

La duchesse et le comte savaient trop bien que la moindre contradiction irriterait certainement le marquis, pour ne pas l'éviter avec soin, et Stein-Steiner s'était trop bien juré de mettre tout en œuvre en vue de conquérir les sympathies de M. de la Roche-Carignan pour ne pas approuver tout ce qu'il pourrait dire.

En ce moment la cloche avec laquelle on sonnait l'heure des repas retentit.

La duchesse fit un pas vers le colonel, qui s'empressa de lui offrir le bras.

Tout le monde gagna la salle à manger.

Au moment où le baron s'apprêtait à s'asseoir à la droite de la duchesse, qui l'y avait invité, la porte opposée à celle par laquelle le marquis et ses hôtes venaient d'entrer s'ouvrit et Diane parut.

Stein-Steiner, qui attendait son apparition avec une impatience indescriptible, la devina presque au travers de la porte qu'allait ouvrir la jeune fille, et, par un effort surhumain, il sut faire en sorte de conserver un visage calme, chose très difficile, mais absolument indispensable sous les yeux du marquis.

Diane, dans un costume simple, éclatante de fraîcheur et de beauté, s'avança avec grâce vers le siège qui l'attendait à côté de son père.

— Ma fille! dit le marquis, en la présentant au

baron, comme s'il ignorait absolument que le colonel eût été déjà en relations avec Diane.

Mais celle-ci déjoua la précaution paternelle en disant :

— Ne me présentez pas, mon père : j'ai eu l'honneur de faire la connaissance, à Paris, de M. le baron Stein-Steiner chez Mme la baronne de Maureval.

— Tout l'honneur a été pour moi, mademoiselle, dit Karl, cachant son trouble sous cette banalité.

— Très bien ; mais nous sommes à table, mangeons, reprit M. de la Roche-Carignan d'un ton sec ; le grand air de la route doit avoir aiguisé l'appétit de ces messieurs, et pour ma part j'ai grand'faim.

La duchesse était assise entre Séran et le baron, le marquis entre Henri et Diane ; mais Diane, étant à la droite de son père, se trouvait aussi éloignée que possible de Stein-Steiner.

Placé de cette manière en face d'elle, il affecta de la regarder à peine, s'adressant constamment, dans la conversation, à M. de la Roche-Carignan, ne le quittant presque pas des yeux.

Le comte exposa le prétexte de la présentation du baron Karl à la Roche, et chacun des convives s'empressa de paraître convaincu que le colonel ne pouvait avoir franchi le seuil du château que dans le but de louer au marquis sa chasse.

Ce sujet de causerie en fit naître d'autres, pleins d'intérêt pour M. de la Roche-Carignan qui, entraîné malgré lui par le charme de la conversation du baron, devint presque gai.

Une cordialité complète eût même régné très promptement entre eux, si le marquis ne s'était sou-

venu de temps en temps que la location de sa chasse
n'était qu'un prétexte, et que celui qu'il recevait à sa
table n'y avait été conduit que par l'espoir de le faire
consentir à lui donner sa fille, son enfant adorée, sa
Diane, l'espoir et la consolation de sa vieillesse exi-
geante.

Néanmoins, lorsque, guidés par lui, ses convives
quittèrent la salle à manger pour se rendre au billard,
où le café avait été servi suivant l'usage du château,
le marquis s'adressa à son maître d'hôtel :

— Vous ferez dire au cocher d'atteler le landau
pour dans une demi-heure.

Puis, se tournant vers Stein-Steiner :

— Je veux vous montrer la chasse en question,
monsieur le baron, ajouta-t-il. Il est bien juste qu'a-
vant de la louer, vous sachiez ce que je vous donne.

— Très volontiers, monsieur.

— Séran et toi, Henri, demanda M. de la Roche-
Carignan, serez-vous des nôtres ?

— Certainement ! répondirent en même temps le
père et le fils.

Henri provoqua le baron au billard, et ils commencèrent une partie en attendant la voiture, tandis
que la duchesse et Diane se retiraient, afin de laisser fumer les hommes à leur aise, faculté dont
de Séran, le marquis et le baron usèrent immédiatement.

Henri eût bien voulu les imiter ; mais, sur ce point,
le comte était inflexible, et il avait déclaré à son fils
qu'avant qu'il eût accompli sa vingtième année, il ne
lui permettrait pas la moindre cigarette.

Le landau ne tarda pas à paraître dans la cour ; le

9.

marquis et ses hôtes y montèrent, et la promenade commença.

Loin de sa fille, M. de la Roche-Carignan se laissa captiver davantage par le baron.

Disons que de Séran mettait tout en œuvre pour amener Stein-Steiner à aborder les sujets qui pouvaient intéresser le marquis, et qu'en véritable ami, il agissait de façon à faire briller le baron, qui trouvait en lui l'allié le plus sincère et le plus utile.

Cette seconde partie de la première entrevue de Stein-Steiner avec M. de la Roche-Carignan fut des plus avantageuses au baron, qui s'enhardissait en comprenant qu'il gagnait du terrain.

Certaines théories, amenées par les hasards de la conversation, théories sentimentales sur l'amour et le mariage, avaient été exposées par l'ancien colonel en véritable diplomate se méfiant des côtés irritants pour la jalousie paternelle.

S'appuyant sur la modification morale qui s'opère chez l'homme de quarante ans, le baron avait résumé le mariage en une association basée sur les castes, la fortune et une sorte de sympathie, laquelle n'était même pas complètement indispensable au bonheur des époux.

Cette hérésie, — c'en était une véritable, vu le culte que Stein-Steiner avait voué à Diane, — cette hérésie fut exposée par lui avec un naturel si bien joué, une conviction si véritable en apparence, que le marquis s'y laissa prendre absolument.

— A vingt ans, on aime, finit par dire le baron ; à quarante, on se marie. Trouver une jeune fille instruite, noble, belle, qu'on estime, et de laquelle on peut espérer de beaux enfants, voilà en quoi doivent se résumer les exigences d'un homme qui connaît la vie, lorsqu'il songe au mariage. L'amitié, l'affection, sentiments durables et solides sur lesquels s'appuient les lois de la famille, naissent dans les unions semblables, et les deux époux se rendent mutuellement d'autant plus heureux, qu'ils ne se sont unis que pour des raisons sérieuses, appuyées par des sympathies raisonnées et raisonnables tout à la fois.

— Je suis complètement de votre avis, approuva le marquis.

— Et moi donc, surenchérit le comte, Stein-Steiner parle comme un livre et comme un livre excellent.

On regagna le château.

— Nous allons tuer quelques lapins avant le dîner, proposa gracieusement M. de la Roche-Carignan en descendant de voiture.

Henri accepta avec joie la proposition.

Le comte et le baron s'empressèrent également de l'adopter.

Stein-Steiner faisait contre fortune bon cœur, car il eût préféré au tir de tous les lapins du monde un quart d'heure passé auprès de Diane; mais il s'agissait de la conquête du marquis et non plus de celle de Mlle de la Roche-Carignan.

Très bon tireur, la carabine en main, le baron s'arrangea plusieurs fois de façon à abattre le lapin que venait de viser M. de la Roche-Carignan, en s'empressant de proclamer que ce n'était pas lui mais le marquis qui l'avait abattu.

Cette générosité cynégétique mit tout à fait en belle

humeur le père de Diane sur la santé duquel le beau temps qu'il faisait avait produit un salutaire effet.

Tout favorisait le baron, même le ciel !

La chasse étant terminée, il manifesta discrètement l'intention de retourner à Limoges.

La duchesse lut sur le visage du marquis qu'elle pouvait, sans rien compromettre, retenir le colonel.

— Vous dînez avec nous, monsieur le baron. C'est chose décidée, j'ai défendu qu'on attelle avant dix heures du soir, dit-elle.

— N'accusez que vous-même, en ce cas, si j'abuse de votre charmante hospitalité.

Continuant à suivre, pendant le dîner, la tactique qu'il avait adoptée pendant le déjeuner, Stein-Steiner n'accorda à Diane que juste l'attention que lui indiquait la stricte politesse.

Lorsqu'on sortit de table, il se trouva seul, pendant une seconde, avec la jeune fille, au moment où les convives traversaient l'antichambre pour se rendre à la bibliothèque, où la table du whist quotidien avait été dressée.

— Est-il bien vrai, mademoiselle, que vous avez consenti à devenir ma femme si je parviens à faire consentir aussi monsieur votre père à ce que cela soit ?

Diane rougit et, tout émue :

— Faites tout ce que désire mon père ou renoncez à moi, dit-elle.

Le marquis alla droit à la table de jeu, et après avoir étalé des cartes, le tarot en dehors, sur le tapis vert, il tira une carte, la retourna et s'écria :

— Un as ! A moi de jouer avec l'homme de bois, tirez, messieurs.

Le baron et le comte, ainsi que la duchesse, obéirent.

Stein-Steiner avait retourné un roi.

Mme de la Roche-Carignan, le marquis et M. de Séran commencèrent à jouer.

Pour la première fois de la journée, le baron put admirer Diane à loisir et il en profita d'autant plus largement qu'encouragé par le sourire affectueux de la jeune fille, il n'avait pas à craindre la surveillance de M. de la Roche-Carignan, qui était complètement absorbé par le whist.

Lorsque le baron entra au jeu, il le fit en déclarant qu'il adorait le whist et ne savait pas au monde de façon plus agréable de passer une soirée que de faire le plus de robres possibles.

A dix heures, néanmoins, il manifesta de nouveau l'intention de se retirer, mais le marquis lui dit aussitôt :

— Du tout, monsieur le baron, je vous garde, vous êtes un trop bon partenaire pour que je consente à votre départ.

— Monsieur Stein-Steiner est un excellent joueur, ajouta la duchesse.

Minuit arriva assez rapidement.

Il y avait bien longtemps qu'on n'avait pas veillé aussi tard à la Roche.

Diane vint offrir son front aux lèvres de son père et se retira après avoir reçu son baiser.

Le valet de chambre du marquis parut.

M. de la Roche-Carignan quitta la table à regret.

— Maudite santé, dit-il, ah! si je ne craignais pas

qu'elle ne me joue quelque mauvais tour, avec quel plaisir je ferais encore un ou deux robres !

On se souhaita le bon soir. La duchesse accompagna le marquis jusqu'au bas de l'escalier. Henri s'était retiré discrètement depuis une heure.

Le comte et le baron restèrent seuls.

— Eh bien ? demanda Stein-Steiner.

— Vous êtes un homme charmant et un grand diplomate ; vos affaires vont à merveille, ne voyez-vous pas que vous avez véritablement ensorcelé Carignan ? je vous affirme qu'avant huit jours il vous donnera sa fille.

— Ma foi ! le contraire m'étonnerait fort, ajouta la duchesse, qui venait de rentrer et avait entendu la fin de la phrase [dite par M. de Séran.

— Ah ! madame, que me dites-vous là ? s'écria le colonel.

— La pure vérité ! Savez-vous ce que mon beau-frère vient de m'autoriser à faire ?

— Non, parlez ! de grâce !...

— Il a consenti à ce que demain, dès la première heure, je fasse chercher vos bagages à l'Aigle-d'Or, en me déclarant qu'il voulait vous garder à la Roche le plus longtemps possible.

Huit jours après l'entrée du baron chez le marquis celui-ci donnait un grand dîner et présentait, au dessert, Stein-Steiner comme son futur gendre.

Cette nouvelle fut accueillie avec joie par tout le monde.

Un seul convive pâlit en écoutant le père de Diane.

C'était le jeune Henri de Séran.

IX

SOUS LE MÊME TOIT

Le mariage du baron Karl Stein-Steiner eut lieu à la Roche six semaines après, avec tout le luxe que comportait la noblesse de la fiancée et la grande fortune du marié.

Les questions d'intérêt avaient été réglées avec une facilité extrême.

Le marquis donnait à Diane cent mille francs de dot, dont la duchesse avait absolument voulu verser la moitié.

C'était plus que n'en demandait Stein-Steiner.

Il eût pris Diane sans un sou, sans un titre, sans rien, en proclamant qu'il regardait son union avec elle comme le plus beau parti auquel il pût prétendre.

Cachant avec soin sa passion à M. de la Roche-Carignan, rempli de prévenance pour lui, le baron avait fait la conquête complète du père de Diane, vis-à-vis duquel il avait pris l'engagement de revenir passer tout l'été à la Roche, après un court voyage de noce de trois semaines au plus, ce dont le marquis lui était on ne peut plus reconnaissant.

Quant à Diane elle éprouvait de la sympathie pour le baron, rien de plus, et n'envisageait son mariage avec lui qu'au point de vue de la liberté et du luxe nouveau qu'il lui offrirait.

Ce qu'elle avait vu de Paris durant le court séjour pendant lequel Stein-Steiner l'avait rencontrée au bal de la petite baronne de Maureval, avait surexcité son imagination au dernier des points.

Il y avait tant de différence entre les salons parisiens et le château paternel, que depuis qu'elle l'avait constaté, Diane se trouvait très à l'étroit à la Roche, n'ayant qu'une pensée, qu'un but désormais : briller au premier rang des mondaines dans un bel hôtel, avec des équipages magnifiques, des chevaux de race, des diamants, des toilettes, au milieu des fêtes et des plaisirs sans nombre, en véritable femme à la mode qui, par le rang, la fortune et la beauté, doit réunir, en très peu de temps, une véritable cour autour d'elle.

Les époux partirent pour Paris le soir même, et dès le lendemain, prirent la route de Vienne, où le colonel tenait beaucoup à faire admirer le plus tôt possible sa merveille, ainsi qu'il nommait Diane, par ses parents et ses amis.

Le succès de la baronne Stein-Steiner, fut très grand à la cour d'Autriche, et l'empereur lui-même, en complimentant le colonel sur son choix, fit de la beauté de Diane un aussi grand éloge que le lui permit l'étiquette.

Trois semaines se passèrent, pour les nouveaux époux, en fêtes continuelles, et, sollicité par Diane, le baron, qui ne voyait plus que par les yeux de sa jeune femme, eût encore prolongé son séjour, si une lettre des plus pressantes de la duchesse n'était venue lui rappeler la promesse formelle faite par lui au marquis de ne pas le séparer trop longtemps de sa fille.

Diane n'osa opposer aucune objection à l'ordre paternel et se résigna d'assez bonne grâce au retour.

Pendant son séjour à la Roche, le baron avait fait une étude toute spéciale du caractère de son beau-père.

C'était, en somme, un austère et rigide vieillard, très orgueilleux de son nom et de ses alliances, dont l'excès de tendresse pour sa fille avait fini par devenir de l'égoïsme, mais qui, à part cela, n'était ni méchant ni morose au fond, et eût été un homme d'un caractère facile pour son âge, si les souffrances que lui infligeaient souvent ses infirmités ne l'avaient point aigri à la longue.

La perspective de passer cinq ou six mois à la Roche manquait absolument de gaieté pour la jeune baronne, qui aussitôt se promit de mettre la demeure paternelle sur un pied d'animation tout nouveau pour cet asile tranquille.

— Pourvu que papa puisse faire son whist chaque soir avec mon mari, le reste doit peu lui importer : et maintenant que me voilà riche, aucune raison ne s'oppose plus à ce que je fasse de la Roche le château le plus gai et le plus somptueux, par ses réceptions, de tout le Limousin.

Ainsi raisonnait Diane et aussitôt arrivée, persuadée que son mari et son père se plieraient, ainsi que Mme de la Roche-Carignan, à tous ses caprices, elle mit immédiatement ses projets à exécution.

On doubla le nombre des chambres d'amis ; des

invitations furent lancées, et la vieille demeure, si paisible jadis, prit en très peu de temps un aspect joyeux et bruyant, offrant à ses hôtes nombreux tous les plaisirs et toutes les distractions de la campagne.

La marquise de Puy-Gaillard et la petite baronne de Maureval, ainsi que leurs familiers, formèrent l'aristocratique et le gai noyau des hôtes de la Roche, qui en firent, du jour au lendemain, l'asile élégant, mondain et joyeux qu'avait rêvé Diane.

Le marquis n'était pas sans maugréer de toutes ces innovations ; mais sa fille savait si bien le prendre qu'il n'osait pas trop se plaindre.

Lorsque, par hasard, M. de la Roche-Carignan, se trouvait seul avec Diane, ce qui arrivait fort rarement, une question lui venait aux lèvres malgré lui, tandis que mutine et gracieuse, la jeune femme venait s'asseoir sur les genoux du vieillard pour l'embrasser.

— Aimes-tu ton mari, Diane ?

— Oui, mais toi je t'adore, cher père.

Et de nombreax baisers soulignaient ce mensonge, car, au fond, Diane commençait à le comprendre sans trop s'en effrayer, elle n'aimait de tout son cœur qu'elle-même.

La jeune baronne traversait alors une phase de transition de laquelle elle ne se rendait pas bien compte.

Le tempérament de la créole à laquelle elle devait le jour s'éveillait en elle, et sa vive imagination ne pouvait qu'en augmenter encore l'ardeur.

Qu'on joigne à cette dangereuse nature une éblouissante beauté qui faisait naître l'admiration et

tous les hommages sur ses pas, et l'on se rendra facilement compte du fait que la ravissante baronne
Karl Stein-Steiner, devenue en un rien de temps une
cocodette de première grandeur, fût une de ces femmes constamment tentées et suppliées, pour lesquelles la vertu est aussi difficile que le jeûne l'est aux
requins.

Loin de nous la pensée d'affirmer cependant que
l'idée du mal lui vint aussitôt qu'elle put jouir de toutes les privautés de la femme mariée.

Non. Diane fut sage d'abord et peut-être le fût-elle
restée bien longtemps encore si l'aveugle faiblesse
de son mari et l'adoration presque stupide par ses
excès du marquis et de Mme de la Roche-Carignan
pour elle ne l'eussent persuadée à la longue que tout
lui était permis, que tout lui serait pardonné.

Lorsque le moment de retourner à Paris fut venu,
elle n'eut pas de peine à décider sa tante et son père
à l'y suivre et à s'y fixer pour l'hiver.

Mais le climat de la capitale ne convenait pas du tout
au marquis, lequel, à peine arrivé, se voyant assailli
par les douleurs rhumatismales les plus cuisantes,
s'empressa de regagner la Roche avec sa belle-sœur.

Le baron, qui avait toujours conservé son poste
d'attaché militaire à l'ambassade, après un congé de
six mois, demandé par lui au moment de son mariage,
rentra en fonctions.

Il résulta de cet incident, ainsi que du retour en
Limousin du marquis et de Mme de la Roche-Carignan, que Diane jouit d'une aussi grande liberté
que peut le faire une jeune femme du monde, très
lancée, dont le mari est l'humble esclave.

Le rêve de la nouvelle cocodette fut bientôt réalisé.

Elle ne tarda pas à briller au premier rang.

Devant l'éclat de son luxe et de sa beauté, que rehaussait un esprit railleur très primesautier, ce qui fit qu'il conquit bien vite ses lettres de grande naturalisation parisienne, l'étoile de la marquise de Puy-Gaillard et de la petite baronne de Maureval pâlit.

Bientôt la petite baronne ne porta plus ce sobriquet; mais ce fut Diane que la fine fleur du monde qui s'amuse désigna ainsi.

Tous les succès lui furent prodigués.

Après l'avoir proclamée la plus jolie femme de Paris, on déclara qu'elle était sans rivale comme cantatrice de salon, et l'aplomb de Mme Stein-Steiner étant devenu assez grand pour qu'elle se risquât, au bout de deux ans de mariage et d'émancipation mondaine, à donner la comédie chez elle, en se chargeant des principaux rôles, il n'y eut qu'un cri pour la proclamer une artiste de premier ordre.

De tels succès auraient grisé une imagination moins ardente que celle de Diane; aussi considérait-elle ses moindres caprices comme des lois auxquelles le monde entier, son mari en tête, devait se soumettre avec joie.

Stein-Steiner, dans le tourbillon où l'entraînait la fougue juvénile de Diane, était aussi heureux qu'un homme peut l'être.

Se croyant aimé, orgueilleux des succès et de la notoriété de la petite baronne, — il l'appelait lui-même ainsi, — il se laissait conduire, aveugle et confiant, sûr du présent et de l'avenir, considérant sa compagne adorée comme un ange de candeur et de pureté dont aucune terrestre souillure ne pouvait ternir les blanches ailes.

Il est vrai de dire que Diane était sage encore, si on peut appeler ainsi la femme qui n'est plus séparée du crime que par la seule crainte d'être compromise et d'être perdue à jamais par un hasard ou une indiscrétion.

Les choses en étaient là lorsqu'un matin Stein-Steiner, occupé à travailler dans un vaste cabinet du bel hôtel qu'il habitait depuis son mariage, rue du Faubourg-Saint-Honoré, reçut une visite tout à fait inattendue, c'était celle du vicomte Henri de Séran.

A peine le fils de Maurice eut-il été annoncé que le baron donna l'ordre de l'introduire.

— Soyez le bienvenu, mon cher Henri, dit-il au jeune homme en l'embrassant d'un regard qui, tout aussitôt, exprima la surprise.

Les deux années qui venaient de s'écouler avaient été des plus favorables au jeune vicomte, car celui qui venait de franchir le seuil du cabinet de travail du baron Stein-Steiner n'était plus un adolescent mais un jeune et beau cavalier.

— Peste ! s'écria le baron ; tous mes compliments, mon cher Henri. Vous avez bien changé à votre entier avantage ; presque un enfant il y a deux ans, à la Roche, vous voilà un beau jeune homme à présent. Embrassez-moi ; je suis ravi de vous recevoir.

Rougissant un peu des éloges du baron, le vicomte fut ravi de cacher son embarras dans une affectueuse accolade.

— Votre accueil me fait bien plaisir, monsieur ; je

savais qu'il serait cordial, mais je n'osais espérer que
vous eussiez assez gardé mon souvenir pour me té-
moigner autant d'amitié.

— Vous vous trompiez,... voilà tout. Et votre
père ?

— Il est très souffrant, sa maladie nerveuse s'est
aggravée depuis quelques mois.

— Pauvre comte !

— Voici, monsieur le baron, poursuivit Henri de
Séran, en présentant à Stein-Steiner un pli dont l'enveloppe était ouverte, une lettre que mon père a eu
l'honneur de vous adresser, et qu'il m'a chargé de
vous remettre.

— Donnez, mon cher Henri.

Le message du comte Maurice était ainsi conçu :

« Mon cher ami,

» Vous rappelez-vous certaines parties de la conversation que nous eûmes ensemble le jour où nous
roulions dans le dog-cart du marquis, votre beau-père,
de l'hôtel de l'Aigle-Noir au château de la Roche ?

» Je vous parlais de mon fils, de mon Henri bien-
aimé, vous exprimant l'utilité qu'il y a pour moi de
grouper autour de sa jeunesse inexpérimentée des
amitiés sérieuses, protectrices et solides, capables de
le guider dans la vie, alors que je ne serai plus.
Hélas ! mon cher ami, un infirme ne vaut pas plus
qu'un mort. Henri brûle du désir de vivre à Paris ;
je l'aime trop pour ne pas céder à ses prières, et je lui
donne cette lettre pour vous, afin de vous dire : Vous
m'avez généreusement offert votre appui pour mon fils

le jour de notre arrivée à la Roche, je viens vous prier de tenir votre promesse.

» Agréez d'avance, mon cher baron, l'expression de toute ma reconnaissance, ainsi que celle de mes sentiments de haute estime et de bien sincère affection.

» Comte MAURICE DE SÉRAN. »

Lorsque Stein-Steiner eut achevé la lecture de cette lettre, il leva les yeux, sourit au vicomte et lui tendant la main, il lui dit :

— Comptez sur moi, mon cher enfant ; votre père me fait un vif plaisir en vous adressant à moi.

Puis, attirant à lui le jeune homme, afin de donner encore plus de poids à ses paroles, il l'embrassa paternellement sur le front une seconde fois.

— Maintenant, dit-il, asseyez-vous là et causons.

Au bout d'une heure, Stein-Steiner sonna.

— Veuillez annoncer à madame la baronne que nous avons à déjeuner avec nous, ce matin, un ancien ami, dit-il au domestique qui parut à son appel.

Un quart d'heure après, Stein-Steiner introduisit le vicomte dans la salle à manger où Diane les avait précédés depuis quelques secondes.

En revoyant Henri, Diane fut ravie.

— Monsieur de Séran, dit-elle.

— Pardonnez-moi mon indiscrétion, madame, dit le vicomte, en portant à ses lèvres la main que lui tendait la jeune baronne.

— Figurez-vous, ma chère, reprit Stein-Steiner, que ce cher Henri ne voulait pas rester à déjeuner avec nous ! J'ai dû lui déclarer, pour l'y contraindre, que je le prenais pour secrétaire et que je lui imposais l'obligation de loger sous mon toit et de prendre tous ses repas à notre table.

— Je vous félicite de votre choix, mon ami, reprit Diane, en adressant au vicomte un gracieux sourire, et je remercie monsieur de Séran d'avoir accepté votre proposition.

Henri rougit de plaisir.

L'émotion qu'il avait éprouvée en revoyant Diane s'était calmée, et il répondit d'une voix assurée :

— Vous me comblez aussi, madame ; et je vous jure de faire tous mes efforts pour me rendre digne de la confiance que monsieur le baron veut bien m'accorder ainsi que de la précieuse faveur dont il m'honore aujourd'hui.

Le vicomte ne quitta la demeure du colonel que pour aller chercher à l'hôtel du Rhin, ses bagages, afin de s'installer sous le toit de Diane.

L'hôtel du baron était entouré d'un grand jardin qui s'étendait jusqu'à l'avenue Gabriel.

Une petite porte, dont seuls Stein-Steiner et Diane avaient chacun une clef, permettait de se rendre directement dans les Champs-Élysées, sans passer par l'avenue Marigny ou par la rue du Cirque.

Les appartements particuliers du colonel donnaient sur la rue du Faubourg-Saint-Honoré.

Ceux de la jeune baronne sur le jardin, longeant l'avenue Gabriel.

Situés au rez-de-chaussée, ils communiquaient avec ce jardin par un escalier de dix marches, orné d'une rampe coquette, en fer doré.

De ce côté, le boudoir de Diane servait d'entrée à ses appartements.

Ce boudoir, meublé avec tout le raffinement que peut déployer une femme de goût, vaniteuse et coquette, qui se considère comme la reine de la mode et n'est point arrêtée par la question d'argent, donnait à droite sur un petit salon et à gauche sur la chambre à coucher de la cocodette, où pour près de cent mille francs de dentelles avaient été tendues sur le damas jaune, bordé de baguettes d'argent, dont cette chambre était tapissée.

Le vicomte fut installé au second.

Un salon, une bibliothèque, lui servant en même temps de cabinet de travail, une chambre à coucher et un cabinet de toilette composaient son appartement, situé dans une aile de l'hôtel, des croisées de laquelle on dominait celles des appartements de la petite baronne.

Combien de fois Henri suivit-il de là l'ombre de Diane qui se dessinait sur ses rideaux au moment où elle se disposait à se coucher en rentrant du spectacle et du bal ? Il nous serait impossible de le dire d'une façon exacte.

Et comment fallait-il nommer alors le sentiment auquel obéissait le jeune secrétaire en se livrant, presque malgré lui, à cet espionnage sympathique ? Ce serait fort difficile à décider.

Un an se passa sans aucun incident ; mais, au bout de ce temps, Henri de Séran manifesta le désir de quitter l'hôtel.

Lorsque le baron lui en demanda la cause, il lui répondit qu'il avait trouvé rue d'Anjou, à deux pas, un charmant entre-sol, et qu'il préférait y aller habiter, afin de jouir d'une liberté que les moindres égards

10

pour Mme la baronne Stein-Steiner lui interdisaient
sous son toit.

Henri venait d'atteindre sa vingtième année ; il
s'était toujours conduit en jeune homme rangé, tra-
vailleur, incapable d'être entraîné par les pernicieux
et ruineux plaisirs.

— Quelque amourette sans doute, pensa le baron,
dont on voudrait recevoir chez soi le séduisant objet,
engage ce cher Henri à faire son nid loin de Diane.
Je ne puis m'y opposer, certain d'avance qu'il n'abu-
sera pas de cette liberté dont il semble être si friand
aujourd'hui.

Et sans faire la moindre objection, il acquiesça au
désir de son secrétaire.

Lorsque Diane apprit la détermination de ce dernier, un :

— Ah ! d'une indéfinissable expression s'échappa
de ses lèvres, mais elle ne manifesta ni surprise, ni
regret, ayant l'air, en somme, d'accepter ce changement avec une indifférence marquée.

Mais, quelques heures après, le baron s'étant rendu
à l'ambassade, Diane, se trouvant seule à l'hôtel avec
M. de Séran, le fit appeler.

L'ordre était formel.

Henri s'empressa de s'y rendre, et il pénétra dans
le boudoir de Diane.

— Vous avez à me parler, m'avez-vous fait dire,
madame ?

— Oui, mon ami. Asseyez-vous là et causons à
cœur ouvert. Le voulez-vous ?

— Mais oui.

— Mon cher Henri...

Elle l'appelait souvent ainsi lorsqu'ils étaient seuls, se conformant à l'usage qu'elle pratiquait à la Roche avant d'être devenue la baronne Stein-Steiner.

.— Mon cher Henri, dit-elle, il paraît que vous voulez nous quitter ?

— Nullement.

— Ou, du moins, aller vous loger ailleurs. Ne le niez pas ; le baron me l'a affirmé.

— Cela est vrai, madame ; mais je n'en conserverai pas moins mes fonctions de secrétaire auprès de monsieur Stein-Steiner : je ne vous quitterai donc pas.

En parlant, il s'était assis à ses côtés sur le canapé qu'elle lui avait désigné, laissant une certaine distance entre elle et lui.

Diane se rapprocha.

— Pourquoi quittez-vous l'hôtel ?

— Mais, balbutia-t-il en rougissant à cette brusque question que la jeune femme lui avait adressée en dardant sur lui un regard interrogateur, pour plusieurs motifs.

— Dites-les-moi, je veux les savoir tous : j'en ai le droit ; ce droit, mon amitié, mon affection pour vous me le donnent. Le baron a accueilli votre détermination assez facilement ; peut-être vous êtes-vous confié à lui : je n'ai pas eu le temps de l'interroger sur ce point, mais il me semble que, dans ce cas, j'ai, tout autant que mon mari, le pouvoir de provoquer vos confidences, et j'en use... Parlez.

— Je crains d'être indiscret, dit Henri, après un silence.

— Non, ce n'est pas cela, répliqua Diane douce-

ment ; dites-moi la vérité ou cherchez mieux, car vous
mentez bien mal. Allons !

Elle lui prit la main par forme d'encouragement
et, tout aussitôt, elle sentit cette main trembler dans
la sienne.

Sans avoir l'air d'y prendre garde, la baronne répéta :

— Allons !

Puis, après un temps :

— Vous aimez quelqu'un ?

A cette question le vicomte bondit.

— Moi, madame ; non, non ; je vous le jure ! Je
n'aime personne.

Elle se mit à rire légèrement :

— Ne dirait-on pas que je vous accuse d'un crime ?
Quoi de plus naturel que l'amour à votre âge ? et me
croyez-vous donc trop austère pour oser me con-
fier que si vous quittez cette maison pour en choisir
une autre, c'est que, dans cette autre, il vous sera
permis d'ouvrir en tremblant votre porte à la brune...
Est-elle brune ou blonde ?...Vous ne répondez pas...
A la brune ou à la blonde, qui n'attend peut-être
que cela pour mettre un terme à ses cruautés envers
vous ?

Henri était devenu très pâle.

Courbé sous cette accusation, qui n'avait cependant rien de terrible, il semblait accablé tout autant
que si, par impossible, Diane lui eût déclaré qu'elle
le croyait capable de commettre une mauvaise action.

— Ainsi, reprit-il, en retombant à la place qu'il occupait, vous pouvez croire que j'ai une intrigue... que
j'aime ?...

Il cherchait ses mots.

— Mais oui : l'amour n'a rien d'effrayant.

Elle riait toujours, belle à damner un saint, se penchant vers Henri jusqu'à effleurer son visage de ses boucles soyeuses.

— L'amour béni, l'amour honnête, c'est vrai ; mais celui dont vous me croyez capable serait coupable, infâme peut-être et un tel amour est une torture ; on a beau le combattre, chercher à l'étouffer, demander l'oubli au travail, aux plaisirs, aux narcotiques même, un nom revient sans cesse et malgré vous, sous votre plume, une ombre passe devant vos yeux ; elle vous enlace si vous valsez, elle se reflète dans votre verre à table ; vous la trouvez au théâtre, au concert. au bois, partout ; partout vous la voyez, surtout en rêve, vous tendant les bras ou vous chassant loin d'elle, mais toujours belle à vous faire crier de plaisir rien qu'en paraissant, tentante à vous faire braver l'enfer et le ciel pour une heure, une minute, une seconde de son affolant abandon, de sa possession convoitée.

Diane l'avait écouté avec surprise et émotion, l'œil à demi clos, mais plein de lui.

— Vous parlez très bien, lui dit-elle d'une voix altérée, qui dénotait en elle des sensations langoureuses d'une victorieuse éloquence.

Mais, pâle, ému, en proie à une exaltation violente, Henry n'y prit pas garde, laissant tomber son front dans ses mains, dont il se voila les yeux comme pour éloigner de ses regards une dangereuse image.

— Voyons, reprit la jeune femme au bout d'un

10.

moment, avec une expression de tendresse infinie ; calmez-vous et dites-moi toute la vérité.

Doucement elle reprit la main d'Henri.

A son contact, il se leva.

— Ne me demandez rien, madame ; je vous en prie. Que vous importe que je reste ou que je parte ?

— Ah ! vous êtes un ingrat ! reprit Diane d'un ton de reproche.

— Moi ? s'écria le jeune homme ; pouvez-vous le penser ?

— Sans doute ; vous doutez de mon affection ; c'est fort mal. Ne suis-je pas presque votre sœur ? dit-elle avec une ironie douce, en laissant errer sur ses lèvres un sourire plus provocant encore que moqueur.

— Ma sœur ! vous ? Ah ! plût au ciel. Adieu, madame la baronne ; adieu ; il faut que je m'éloigne à jamais. Il le faut.

Elle le retint en s'emparant de ses mains, qu'elle se mit à pétrir dans les siennes.

— Décidément, vous n'avez pas de confiance en moi ; vous ne voulez pas tout me dire.

— C'est impossible, répondit Henri d'une voix altérée.

Elle darda son regard sur le sien avec une attirante persistance.

— Si, dites-moi tout ; vous pouvez tout me dire. Oui, tout !

— Non, non, jamais ! jamais ! reprit de Séran.

Et, d'un bond, il s'élança hors du boudoir.

Lorsque Diane fut seule, son visage prit aussitôt une expression d'orgueil, presque de fierté.

— Encore un ! dit-elle ; j'avais deviné juste : le

pauvre garçon m'aime à la folie, et il croit pouvoir
m'oublier en quittant cette maison, comme si j'étais
une de ces femmes qu'on oublie, moi ! Ah ! comme
il m'aime !

Elle sonna.

— Ma toilette, le landau, tout de suite. Je veux
sortir.

Un quart d'heure après, Diane ordonnait à son cocher de la mener au bois ; mais à peine y fut-elle,
que, contre son habitude, elle fit diriger ses chevaux
dans des allées solitaires, sous le frais ombrage desquelles, rêveuse et pensive, elle put suivre à loisir sa
pensée, le front baigné par la fraîcheur du grand air
et les sylvestres parfums.

Le lendemain, le vicomte de Séran s'installa rue
d'Anjou-Saint-Honoré et le surlendemain Diane
partait pour la Roche où elle avait annoncé qu'elle
resterait un mois auprès de son père.

X

COUP DE FOUDRE

Le baron Karl, en installant sous son toit un jeune garçon possédant les nombreuses qualités du vicomte Henri de Séran, avait commis comme mari une de ces fautes graves qui seraient véritablement impardonnables si elles ne prenaient naissance et ne trouvaient leur excuse dans un sentiment des plus estimables et des plus élevés.

Aveuglé par sa passion pour Diane, passion que la possession, loin de calmer, ravivait sans cesse, le colonel regardait la jeune femme comme une sainte qui, non seulement était incapable de jamais faillir, mais encore dont l'élévation des sentiments et la loyauté de caractère excluaient jusqu'à la pensée d'une faute.

De là, une confiance illimitée, en elle, confiance qui s'était manifestée largement le jour où il avait installé le vicomte à sa table et sous son toit.

La gravité du fait lui avait, du reste, complètement échappé.

Se croyant aimé, et considérant Diane comme une incorruptible vertu, la jeunesse d'Henri ne lui importait pas plus que l'intimité qui devait résulter entre la baronne et le vicomte à la suite des dispositions qu'il avait prises, afin d'obliger son vieil ami, Maurice de

Séran, auquel il conservait une immense reconnaissance pour l'appui que lui avait accordé ce dernier, à
la Roche, alors qu'il s'agissait de vaincre l'entêtement
du marquis et de l'amener à consentir au mariage de
sa fille.

Sans cesse en contact avec la jeune femme, Henri,
qui, sans bien s'en rendre compte jadis, était déjà
amoureux de Diane, dans le Limousin, alors qu'elle
était encore Mlle de la Roche-Carignan, sentit petit
à petit naître en lui une passion violente, irrésistible
pour la petite baronne.

Sa première pensée fut de la combattre énergique-
ment ; mais chaque jour il s'apercevait davantage de
l'inutilité de ses efforts, chaque jour son cœur était
plus plein que la veille de l'image adorable de la cocodette qui, avec l'intuition féminine à laquelle rien
n'échappe, lorsqu'elle se doute des émotions dont
elle est cause, comprenait admirablement ce qui se
passait chez le secrétaire de son mari.

Celui-ci, en proie aux plus violents remords, s'efforçait de ne rien laisser paraître ; mais Diane en
était arrivée à lire en lui, comme dans un livre ouvert, et l'ardeur passionnée qu'elle devinait dans
Henri remplissait son imagination déjà pervertie,
d'une foule de rêves coupables et absorbants.

Le jour où le vicomte avait loué rue d'Anjou, il
s'était senti à bout de force.

Son aveu, l'aveu de cet amour coupable qu'il avait
pour la femme de son protecteur, de cet homme généreux qui agissait envers lui comme un second père,
il le sentait déborder de ses lèvres, et qu'arriverait-
il s'il en venait à le laisser échapper un jour ?

Chassé, maudit, il devrait s'enfuir à jamais, tandis qu'en s'éloignant, en faisant en sorte de voir Diane le moins possible, ne vivant plus à côté d'elle, il conservait l'amitié du baron et sa propre estime.

Il en était là lorsque Diane, qui rêvait la possession complète du cœur jeune et ardent d'Henri, avait eu avec lui l'explication qui s'était terminée par la brusque retraite du vicomte, alors que tout en elle l'encourageait à tomber à ses pieds et à lui faire l'aveu de son amour.

Disons à la louange du vicomte Henri qu'il avait quitté le boudoir de la petite baronne sans avoir deviné ses projets pervers. Pour lui aussi, Diane était un ange, une sainte, digne de toutes les adorations, mais aussi de tous les respects.

La pensée qu'une telle femme, qu'une aussi idéale créature pût tromper, pût devenir coupable, adultère, ne lui venait point.

Douter de Diane, pour ce naïf, c'était douter du ciel même, nier le jour et le soleil, insulter la vertu dans ce qui la personnifiait le plus adorablement, le plus complètement dans le monde entier.

Aussi, lorsqu'il apprit le départ de la baronne pour la Roche, bénit-il la pensée qui était venue à la jeune femme d'aller passer un mois à la campagne.

L'été se passa sans modifier en rien la situation ; Henri s'en alla pendant deux mois chez son père, puis il voyagea et ne revint à Paris qu'au commencement de l'hiver.

Stein-Steiner avait fait recevoir son jeune secrétaire au cercle de la Concorde, resté le même qu'au temps où M. de Chagny en était un des habitués les plus assidus. Lorsque le vicomte rentra à Paris, son visage était passablement altéré et un air de mélancolie répandu dans toute sa personne lui donnait une certaine gravité.

Il avait l'aspect d'un pauvre jeune homme miné par une maladie sourde ou un chagrin secret.

Cela dura quelque temps, puis tout à coup un changement salutaire s'opéra chez Henri.

Son œil reprit tout son éclat, son teint perdit sa pâleur maladive, le sourire reparut sur ses lèvres ; une transformation aussi complète que rapide eut lieu à la grande joie du baron Stein-Steiner, qui n'avait su à quoi attribuer l'état de souffrance qui accablait le jeune de Séran.

Stein-Steiner, depuis son mariage, était retourné plusieurs fois à Vienne avec ou sans Diane à qui certains voyages diplomatiques, c'est-à-dire absolument forcés, de son mari, avaient procuré ce qu'elle appelait en riant des vacances.

La jeune femme, au moment où recommencèrent les fêtes de l'hiver, avait absolument conquis le titre de reine des cocodettes.

A la comédie vinrent s'ajouter dans son hôtel les tableaux vivants.

Son succès en Ariane montée sur un tigre royal empaillé, fut un véritable événement.

Elle avait trouvé dans le monde un ordonnateur des plus entendus pour l'organisation des fêtes de tout genre.

Ce grand maître en futilités s'appelait M. de Langlade.

Raoul de Langlade, quoique sans titre, était le der-

nier membre d'une famille lorraine des plus respec-
tables.

On ne lui connaissait qu'un médiocre patrimoine,
ce qui ne l'empêchait nullement de mener grand train.

Il avait trente-cinq ans, était ce qui s'appelle un
joli homme et méritait le titre d'élégant par le goût
et la prodigalité qu'il déployait en toute chose.

Comment défrayait-il son luxe, on ne le savait pas
d'une manière positive; mais comme il n'empruntait
d'argent à personne et se montrait très large en
toutes choses, on ne s'en inquiétait pas, attribuant la
majeure partie de ses ressources aux jeux de cartes
et de Bourse dont, sous les inspirations du duc d'Ambre, il pratiquait les derniers sur une large échelle,
souvent avec bonheur (1).

Quant aux autres, Raoul s'y faisait remarquer
comme un adversaire loyal, mais pour qui toutes les
pratiques favorables n'ont plus de secret.

Il savait fuir devant la déveine et, profitant d'une
heure de chance, en tirer tout le parti possible.

Prudent dans la perte, il possédait dans le gain ce
qui s'appelle un estomac d'enfer et, sans enfreindre
aucune des règles de la loyauté relative dont tous les
cercles ont fait le code de leurs jeux, arrivait toujours au tapis vert l'esprit frais, la tête libre, à l'heure
où les autres, troublés déjà par une longue séance,
devaient avoir vis-à-vis de lui, une incontestable in-
fériorité générale.

C'était les nuits des grands combats qu'il opérait
ses plus belles récoltes.

(1) Voir l'*Histoire d'une nuit.*

Il n'arrivait au cercle que vers deux ou trois heures du matin, en costume de soirée, comme s'il venait d'un bal, mais, en réalité, sortant de son lit dans lequel un sommeil de quatre ou cinq heures lui avait donné tout le calme et la lucidité désirables.

Si le sort se déclarait alors défavorablement, Langlade se gardait bien de vouloir forcer la fortune à se montrer propice.

— C'est partie remise, disait-il, après avoir perdu quelques milliers de francs.

Et il disparaissait discrètement, en homme d'expérience qui sait que l'entêtement est stupide dans les choses ingouvernables.

Cette conduite si sage provenait de ce que Langlade, qui jouait admirablement, n'était pas au fond un joueur.

Car le joueur est passionné, imprudent, superstitieux, et Raoul était froid, d'une sagesse exemplaire et eût abattu ses cartes entre deux salières renversées avec autant de sang-froid qu'au milieu des débris d'une coupe de cristal blanc.

Cela dénotait chez lui une certaine force de caractère, très rare et très profitable, qui s'unissait de la plus heureuse manière à toutes ses autres qualités, ainsi qu'à ses talents particuliers et essentiellement mondains.

Raoul de Langlade était bon musicien, danseur infatigable, conducteur de cotillon accompli, comédien de salon, rempli d'aisance et de verve, faiseur de vers passables, inventeur de proverbes ingénieux, sans rival à tous les jeux d'esprit faits pour divertir celles qui prisent fort les propos légers, finement dits

11

et lestement troussés, en un mot, c'était, un héros
de la mode, bien connu du tout Paris, qui l'enviait
légèrement pour ses talents et les succès très nombreux qu'on lui prêtait auprès des femmes qui s'hu-
manisent, dans toutes les catégories.

Dès que la petite baronne Stein-Steiner put constater toutes les précieuses qualités de Raoul de Langlade, elle daigna l'élever au poste de confiance de
directeur de son salon, qui avait déjà absolument éclipsé
depuis un hiver ceux de Mmes de Puy-Gaillard et de
Maureval.

On s'amusait beaucoup chez la petite baronne
Stein-Steiner et aussi beaucoup autour d'elle.

Un noyau d'intimes triés sur le volet, guidait la
ronde et donnait le ton, se permettant toutes les excentricités imaginables, qu'il décrétait immédiatement, par la loi puissante de son caprice fantasque,
être le dernier mot de la mode et du bon goût.

Inutile de dire que la galanterie occupait une très
large place dans les passe-temps quotidens de ces
messieurs et de ces dames.

Elle finit par leur susciter l'idée aussi osée que
leste de faire revivre le temps heureux des trouvères
du onzième siècle, qui formèrent en Provence l'association bizarre portant le nom de Cour d'amour, laquelle avait pour fonction de résoudre souveraine-
ment et sans appel toutes les questions de galanterie
exposées, dans de tendres poèmes, aux membres de
cette société raffinée.

Inutile de dire que si les femmes mariées furent seules admises dans l'institution nouvelle, qui prit le
nom d'ordre du Louton, les maris en furent non seu-

lement impitoyablement exclus, mais encore on se promit de garder vis-à-vis d'eux un silence complet, absolu, les ayant reconnus inutiles et déclarés profanes dans cette association égrillarde. L'ordre du Louton eut bientôt ses statuts.

Ce fut un grand plaisir et une grande distraction que leur discussion pour les fondateurs.

Sous le prétexte d'assemblée de charité, les jours où le mari de telle fondatrice serait évidemment absent, on se réunissait chez elle et chacun émettait ses idées, proposant des articles nouveaux, discutant leur rédaction, développant un tas de théories très scabreuses, mais affriolantes par cela même.

Au bout d'un mois, le secrétaire de l'ordre du Louton, qui n'était autre que l'irrésistible Raoul de Langlade, lut à tous les membres assemblés chez la présidente, c'est-à-dire dans le petit salon de la baronne Stein-Steiner, les statuts suivants[1] :

ARTICLE PREMIER.

A l'occasion de la Saint-Babolain, l'ordre du Louton est institué.

Il comprend vingt-quatre dignitaires :

Neuf *honnestes* dames et quinze jeunes et joyeux seigneurs.

ARTICLE DEUX.

Le but de l'ordre est de donner une distinction particulière à ceux et celles qui, liés par des attaches

---

1. Les statuts de l'ordre du Louton ont été publiés dans l'*Événement*, par notre ami Aurélien Scholl qui en a affirmé l'authenticité.

diverses, se sont signalés dans les agréables préliminaires du « *flirt* », dans les joies légitimes ou autres de l'amour et dans les devoirs de l'amitié.

ARTICLE TROIS.

Tout membre de l'ordre est tenu vis-à-vis de ses co-dignitaires d'accepter et même d'encourager un flirt aimable.

Il ne peut invoquer pour s'en défendre un autre flirt déjà en train ;

Des flirts différents ne se nuisant nullement l'un à l'autre et constituant au contraire ce qu'on appelle le charme d'un salon.

ARTICLE QUATRE.

Tout membre de l'ordre, en proie aux violentes passions de l'amour, trouvera aide et protection auprès de ses co-dignitaires et sera entouré des soins qu'exige une situation aussi intéressante.

Toutefois si l'un des membres de l'ordre cherche l'amour en dehors de ses co-dignitaires, ceux-ci ne seront plus tenus, vis-à-vis de leur collègue, qu'aux égards et aux attentions ordinairement en usage.

ARTICLE CINQ.

Tout membre de l'ordre doit être animé pour ses collègues des sentiments de la plus pure amitié, et un flirt abandonné, ou même un ancien amour, ne peuvent être des excuses pour amoindrir cette amitié.

Entre collègues de même sexe, l'amitié est un sentiment qui fortifie.

Entre collègues de sexes différents, l'amitié est un sentiment qui repose.

ARTICLE SIX.

L'ordre ne se recrute ni ne se transmet, aucun dignitaire n'étant supposé avoir assez mauvais goût pour quitter ses collègues.

ARTICLE SEPT.

Si par impossible, un membre de l'ordre venait à manquer aux lois de l'amour, il serait traduit devant le conseil de l'ordre, composé du grand-maître et de la grande-maîtresse et de deux membres adjoints.

ARTICLE HUIT.

Les lois de l'amour sont connues ; on rappelle seulement que rien n'est plus criminel que de s'enfuir de chez une dame, en laissant son paletot.

ARTICLE NEUF.

Tout membre de l'ordre, convaincu de mériter le surnom de Joseph, sera exclu et condamné à finir ses jours parmi les gardiens du sérail.

ARTICLE DIX.

Les articles neuf, dix et onze ne concernent que les membres du sexe masculin.

ARTICLE ONZE.

Les enfants légitimes ou autres qui viendront au monde, fruits de l'union de l'amour de l'un ou de plusieurs membres de l'ordre, prendront le nom de loutonnaux ou de loutonnettes, selon leur sexe.

ARTICLE DOUZE.

De longs jours de bonheur sont assurés aux dignitaires de l'ordre du Louton s'ils se conforment au règlement.

La lecture de ce document pyramidal fut religieusement écoutée.

Quelques oh ! et quelques ah ! mêlés à des éclats de rire étouffés en avaient seuls marqué les passages les plus osés.

De Langlade, avant de commencer à faire connaître la rédaction qu'il proposait définitivement d'adopter pour la constitution de l'ordre, avait dit :

— Mesdames et messieurs, je vais avoir l'honneur de vous donner lecture des statuts de l'ordre du Louton, rédigés après discussion préalable de chacun d'eux par vos comités particuliers, dans l'esprit de l'utile et confraternelle pensée qui nous a fait fonder cet ordre dont on ne saurait trop faire l'éloge. Chaque personne aura le droit de demander la parole après la lecture de chaque article qui lui semblerait donner lieu à une objection.

Personne n'ayant usé du droit en question :

— Mesdames et messieurs, reprit Raoul, après avoir terminé sa lecture, personne n'ayant soulevé d'objections, nous considérons les statuts de l'ordre du Louton comme définitivement approuvés par vous. Les membres qui sont d'un avis contraire sont priés de se lever.

Tout le monde resta assis ; de Langlade l'ayant constaté, reprit :

— Les statuts de l'ordre du Louton sont approuvés à l'unanimité.

Les auditeurs étaient fort en train, s'amusant beaucoup de ce jeu hardi de gaye science.

Lès hommes riaient sous cape.

Les femmes chuchotaient entre elles, se disant des choses lestes à l'oreille en se cachant après le visage dans leurs mouchoirs ou derrière leur éventail pour faire croire qu'elles avaient rougi.

La plaisanterie convenait à tous, mais elle allait devenir sérieuse.

Raoul de Langlade s'était levé.

Il alla déposer sur la table le manuscrit des statuts qu'un calligraphe avait copié en ronde sur un beau papier blanc et bien satiné, dont les feuilles étaient reliées entre elles par des faveurs roses garnies de petites franges d'or.

— Ces statuts étant adoptés, il ne nous reste qu'à les signer. A vous, mesdames, dit-il.

Et Raoul tendit une plume trempée d'encre vers le groupe des femmes.

Il y eut un recul général.

— Eh bien ? reprit de Langlade, hésiteriez-vous au dernier moment, mesdames ? La signature de nos statuts par vous est chose absolument obligatoire, je dirai même indispensable.

— Non, non, ce serait véritablement trop exiger.

— A quoi bon ? demanda la baronne de Maureval.

— Jamais je ne signerai cela, s'écria une troisième dame.

Telles furent les exclamations qui s'échappèrent des bouches féminines de l'assemblée à l'invitation du jeune homme.

Seule, la petite baronne Stein-Steiner était restée souriante et pas une objection n'était sortie de ses lèvres.

— Allons, mesdames, dit-elle en promenant ses yeux sur les assistantes.

Il y eut un silence, pendant lequel on s'examina réciproquement.

— Oh! firent les hommes, comme s'il se fût agi d'une véritable désertion.

Diane jeta un regard de pitié sur tous ceux qui l'entouraient, et se levant :

— Donnez-moi la plume, monsieur de Langlade, dit-elle, je signe, moi ! Je signe sans hésiter.

Et comme s'il se fût agi de quelque trait rempli d'héroïsme, elle s'approcha avec gravité des statuts et les signa sans trembler.

Puis d'un air légèrement impérieux :

— A vous, mesdames, dit-elle en tendant la plume au groupe féminin.

C'était presque un défi, le ton de la bravade l'avait accentué, les autres femmes le comprirent aussitôt unanimement.

Il n'en fallait pas plus pour les décider.

La marquise de Puy-Gaillard fit mine de se lever, ce que voyant, la baronne de Maureval la devança en lançant un : A moi ! qui était tout un poème.

Les autres suivirent, puis vinrent les cavaliers, qui signèrent sans se faire prier le moins du monde, on doit aisément le comprendre,

Lorsque cette grave formalité fut accomplie, un membre prit la parole :

— Mesdames et messieurs, dit-il, si mes souvenirs sont exacts, un des articles des statuts de l'ordre du Louton ne parle-t-il pas du grand-maître et de la grande-maîtresse de cet ordre ?

— Certainement, répondit Raoul.

Et après avoir consulté le manuscrit :

— L'article sept, ajouta-t-il.

— Eh bien ! alors, il me semble que nous devrions immédiatement procéder à l'élection de ces deux dignitaires.

Ce projet fut adopté par acclamation.

— Bravo ! oui, oui, très bien !

— Voici ce que je propose, poursuivit l'orateur : Les dames éliront le grand-maître et les hommes la grande-maîtresse.

— Ceci ne me semble pas rationnel, dit Mme de Maureval, qui sentait bien qu'en procédant comme on le proposait, Diane serait nommée avec une majorité écrasante. Tous solidaires les uns des autres, nous devons avoir en tout une voix égale au chapitre, et même n'y aurions-nous pas rationnellement un intérêt aussi grand que ces messieurs, que je les sais trop galants pour ne pas s'empresser de rétablir immédiatement l'équilibre entre eux et nous.

Cette opinion prévalut.

— Il faut, en outre, que nous adoptions le scrutin secret, reprit Mme de Maureval, afin que le vote de chacun soit l'entière et libre expression de sa pensée.

La présidente, — Diane était déjà présidente, on ne l'avait pas oublié, sans doute, — mit aux voix cette proposition, à laquelle on se rallia également par assis et levé.

— L'élection se fera à la majorité absolue, n'est-ce pas ? reprit Raoul de Langlade ; nous ne saurions donner trop de solennité à cette nomination du grand-maître et de la grande-maîtresse, ajouta-t-il en souriant. Nous sommes vingt-quatre, il faut treize voix pour être élu.

Des petits papiers et des crayons furent distribués; un petit vase du Japon devint l'urne indispensable, et, au dépouillement, les voix se divisèrent ainsi :

La baronne Diane Stein-Steiner, 16 voix.

Raoul de Langlade, 20 voix.

Ils furent proclamés immédiatement grande-maîtresse et grand-maître de l'ordre du Louton.

Tous les hommes avaient voté pour Diane, qui s'était également donné sa voix.

Les voix des huit autres femmes s'étaient divisées sur Mme de Puy-Gaillard et Mme de Maureval.

La baronne en avait eu six, chiffre fort respectable.

La marquise deux seulement ; mais elle fit bonne contenance.

On décida alors que les statuts seraient imprimés avec luxe ;

Et que sur le titre, à droite, en forme d'étoile, figurerait une croix portant pour devise :

« Flirt, amour, amitié. »

Ces dernières dispositions ayant été adoptées à l'unanimité, la galante assemblée songea à se disséminer, la séance ayant été déclarée levée par la baronne Diane.

Il n'était que temps, du reste, Mlle Francine, qui, depuis quelques mois au service de Mme Stein-Steiner, avait su mériter toute la confiance de sa maîtresse autant par son zèle et son adresse que par les

ressources du plus ingénieux esprit d'intrigue, étant
venue l'avertir doucement que le colonel venait de
rentrer.

Lorsqu'on estime véritablement une femme, et
que, comme le baron Stein-Steiner, on joint au violent amour qu'elle vous inspire une affection protec-
trice presque paternelle, on doit nécessairement lui
laisser une liberté illimitée.

Le colonel l'avait laissée avec joie, aussi large que
possible à Diane, et il ne s'occupait nullement de ce
qu'elle pouvait faire dans le cénacle dont nous venons de décrire un des principaux agissements.

Deux mois après l'institution définitive de l'ordre
du Louton, fonctionnant depuis cette époque avec
une ardeur qu'expliquait plus encore sa nouveauté
que les avantages offerts aux vingt-quatre élus, Diane
donna une grande fête.

Elle devait commencer par un concert dans lequel
on entendrait non seulement l'Opéra et les Italiens,
mais encore certaine célébrité de café-concert très
en vogue à cette époque.

A la musique devait succéder une représentation
dramatique, puis des tableaux vivants et enfin un bal.

Malgré l'amitié promise, amitié des plus pures
qu'on s'était solennellement engagé à pratiquer les
uns envers les autres, certaines *honnestes* dames de
l'ordre du Louton, ayant compris ce qui s'était passé
dans l'élection de Diane comme grande-maîtresse,
en avaient conçu une sorte d'animosité contre elle,
qui, se cachant sous les plus affectueux dehors, agissait sourdement par des sous-entendus adroitement
lancés devant les mauvaises langues du grand monde.

On a deviné déjà sans doute que celles qui agissaient ainsi contre la baronne Stein-Steiner n'étaient autres que Mmes de Maureval et de Puy-Gaillard.

Le soir dont nous parlons, l'hôtel de la rue du Faubourg-Saint-Honoré resplendissait de lumière.

Dès neuf heures, une longue file de voitures, partant de la rue Royale, amenait les nombreux invités de la petite baronne.

Diane, dans une toilette splendide, couverte de diamants que le colonel lui avait donnés lors de leur mariage, diamants superbes, d'un très grand prix, qu'il tenait de sa mère, faisait, rayonnante de luxe, de jeunesse, d'esprit et de beauté, les honneurs de chez elle, avec une grâce sans pareille et toute l'autorité d'une idole qui connaît la grandeur de son pouvoir.

Tout se passa admirablement et vers une heure du matin les tableaux vivants commencèrent.

Le plus important de tous était une sorte de pantomime, sur l'effet de laquelle la maîtresse de la maison comptait énormément.

Raoul de Langlade avait composé tout exprès pour la circonstance une bucolique à quatre personnages digne en tous points, des membres de l'ordre du Louton.

Une bergère aimée par un berger le préférait au dieu Pan, et lorsque celui-ci furieux voulait user de son pouvoir pour punir la dédaigneuse mortelle, Vénus, touchée de l'amour du berger et de la bergère intervenait pour sauver les amants.

La toile se leva sur un décor des plus coquets, et l'on vit Diane en bergère, feignant de dormir, à gauche de la scène, où elle était couchée sur un banc de verdure dans une pose remplie de charme et d'abandon.

Le berger se montra sous les traits de Raoul de Langlade.

Par une mimique intelligente, il devait exprimer la joie de trouver là sa bien-aimée et finir par lui donner un baiser sur le front pour l'éveiller.

Confondu dans la foule de ses invités, le baron Karl avait fini, pour ne pas perdre sa chère Diane des yeux, par se glisser derrière deux vieilles filles, parentes éloignées de la marquise de Puy-Gaillard.

Lorsque les lèvres de Raoul effleurèrent la joue — le metteur en scène ayant déclaré le front insuffisant, vu la situation, — lors donc que les lèvres du berger effleurèrent la joue de la jolie baronne :

— Voilà un rôle bien agréable, dit l'une des deux dames.

— Moins pour M. de Langlade que pour une autre, remarqua la seconde.

— Pourquoi cela ?

— Croyez-vous donc qu'il embrasse la petite baronne pour la première fois ? Vous savez bien qu'il est son amant.

— Parbleu ! qui ne sait pas cela ?

Stein-Steiner ne le savait pas et il avait tout entendu.

Avide d'écouter les éloges que, selon lui, tout le monde ne pouvait mieux faire que de prodiguer à Diane, dès que la toile s'était levée, il s'était instinctivement penché sur les deux vieilles filles, afin de les écouter, et pas une des paroles qu'elles venaient de prononcer n'avait été perdue pour lui.

C'était un coup de foudre !

Il sentit la colère lui monter au visage et eut d'a-
bord l'idée d'étrangler à l'instant ces deux calomnia-
trices, mais il eut la force de se contenir et il s'éloigna,
le front brûlant, l'œil trouble, comme un homme ivre.

Il ne doutait pourtant pas encore de Diane, mais
il lui semblait qu'il venait de recevoir un coup de poignard dans le cœur.

Trouvant une autre place à quelques pas, le front
plissé et l'œil avide, bientôt il ne quitta plus des
yeux ni Diane, ni Raoul, et soit avec intention, soit
que les paroles des deux vieilles fussent gravées
dans son esprit d'une manière indélébile, il crut deviner dans les gestes et les regards que s'adressaient
le berger et la bergère certaine intelligence familière,
preuve évidente de leur culpabilité mutuelle.

Ah ! quelle souffrance horrible, impossible à dé-
peindre ! L'homme qui expire au milieu des flammes
d'un incendie n'endure pas de torture plus grande
que celle qui tenaillait intérieurement le baron, depuis qu'il se disait :

— C'est peut-être vrai ?

Et il n'était pas le seul à darder sur la scène des
yeux chargés d'orages.

Au fond de la salle, Henri de Séran, plus blanc
qu'un linge, immobile et les traits contractés, lançait
à la bergère des regards débordant de jalousie et d'admiration

Le baron se retira dans son appartement, se sentant incapable de cacher son trouble.

Diane qui ne songeait nullement à lui, ne remarqua son absence qu'au moment du cotillon.

Il était alors près de quatre heures du matin.

La retraite du colonel paraissait toute naturelle, et la jeune baronne ne s'en inquiéta aucunement, plusieurs flirts devant occuper la grande-maîtresse de l'ordre du Louton pendant le restant de la nuit.

Ce ne fut qu'au grand jour que les derniers invités quittèrent l'hôtel Stein-Steiner.

Au fur et à mesure que diminuaient les bruits de la fête, le colonel retrouvait son calme et il était parvenu à redevenir complètement maître de lui-même lorsque la dernière voiture s'éloigna de sa demeure.

Longtemps il était resté la tête dans les mains, comprimant son front avec force pour l'empêcher d'éclater, mordant ses lèvres, afin d'étouffer les cris de rage qui surgissaient de sa poitrine, en proie à toutes les fureurs et les souffrances du désespoir et de la jalousie.

Heureusement ses yeux avaient fini par s'emplir de larmes, et ses pleurs avaient calmé son irritation, sinon sa douleur.

Après avoir reconquis la force de penser, d'analyser, il avait fini par se dire :

— Si Diane est à lui, il me faudra la vie de cet homme !

XI

UN VIEUX MOYEN

Pour qu'un mari dans la situation où se trouvait le colonel la veille encore, c'est-à-dire avant d'avoir entendu les propos tenus à sa fête par les parentes de la marquise de Puy-Gaillard, passe brusquement de l'estime et de la confiance la plus complète au soupçon le plus cruel et le plus sérieux, il faut autre chose qu'une conversation surprise, fût-elle aussi catégorique que celle qui avait mis en éveil le baron Stein-Steiner.

Dès qu'il put rassembler ses idées, il se livra à une sorte d'enquête intime, résumant tout ce qu'il pouvait se rappeler ayant quelque rapport avec ses soupçons ; et en groupant certains faits, il finit par les consolider assez pour que la recherche de la vérité immédiate, si terrible, si douloureuse que cette vérité pût être pour lui, devînt impérieuse.

On aurait terni, corrompu son idole ; un lâche débauché aurait fait tomber la sainte Diane au rang des courtisanes !

Était-il un plus grand crime ?

Stein-Steiner se dit qu'il ne pouvait en exister un plus abominable et que la mort seule pouvait punir le coupable.

— Je le tuerai, se répétait-il, s'il est son amant,
je le tuerai !

Lorsque nous avons parlé de l'appartement de
Diane, nous avons volontairement omis la descrip-
tion de certaine petite porte secrète qui se trouvait
dans son boudoir.

Cette petite porte étant appelée à remplir les fonctions d'accessoire important dans notre drame, deux
mots d'explication sont indispensables.

Perdue dans la tapisserie, cette porte conduisait,
par un couloir étroit, d'un côté aux cuisines et de
l'autre à un entresol pouvant servir de logis à un valet ou à une femme de chambre.

Des cuisines, une porte s'ouvrait dans le jardin
sous l'escalier de pierre qui menait au balcon longeant les appartements de la petite baronne.

Cela établissait, entre le boudoir de Diane et la
petite porte qui donnait du jardin de l'hôtel sur l'a-
venue Gabriel, une communication directe.

Il en résultait qu'un visiteur nocturne, ayant Francine dans ses intérêts, pouvait pénétrer jusque dans
le boudoir de Diane sans être vu de personne.

Mme Stein-Steiner, par culte pour sa beauté, ne
pouvait manquer de prolonger fort tard son repos
le lendemain d'un bal.

Connaissant les habitudes de Diane en pareille
occasion, le colonel put à loisir se composer d'avance
un visage afin de jouer vis-à-vis d'elle certaine comédie qu'il avait résolu d'exécuter, après quelques heures de réflexion.

Vieux moyen qui réussit presque toujours : il s'a-
gissait, pour le baron, de simuler un départ et de

revenir, la nuit même, surveiller sa femme de près, ne s'en rapportant qu'à lui du soin de vérifier si les propos tenus par les deux parentes de la marquise de Puy-Gaillard n'étaient pas une de ces basses calomnies que le monde accueille facilement parce qu'elles flattent son goût pour le scandale, goût beaucoup plus répandu encore qu'on ne le croit.

On dînait ordinairement à sept heures chez le baron.

A cinq heures, au moment où Diane, qui venait de se lever, se faisait coiffer par Francine, Stein-Steiner fit demander à sa femme si elle ne consentirait pas à dîner à six heures.

Cette proposition tombait admirablement, la petite baronne n'ayant encore pris qu'un bouillon froid depuis le souper du bal de la veille.

A six heures, Diane et son mari se mirent à table.

— Vous avez donc deviné, mon ami, que j'aurais faim plus tôt que d'ordinaire aujourd'hui ?

— Non, ma chère Diane, répondit le colonel avec un sourire, j'avoue n'y avoir pas songé ; si je vous ai priée d'avancer d'une heure notre repas, c'est que je pars ce soir même pour Vienne.

— Comment ! vous partez, et ce soir même ! s'écria la jeune femme avec un accent de regret qui pouvait paraître vraiment sincère.

— Il le faut. Ordre de l'empereur, reprit Stein-Steiner.

— Et cette absence sera-t-elle longue ?

— Non ; huit ou quinze jours au plus. C'est pourquoi je ne vous demande pas de m'accompagner.

— Je vous en remercie, car je ne sais si c'est la

fatigue du bal, mais je me sens un peu souffrante, et il me serait très difficile de m'astreindre à affronter, dès ce soir même, trente-six heures de chemin de fer. J'arriverais à Vienne en morceaux.

— Ne craignez rien ; je vous laisse à Paris.

Ils se levèrent de table et passèrent dans le fumoir, où le café avait été servi.

Le baron s'assit et alluma son cigare.

Diane le servit, ce qu'elle avait l'habitude de faire lorsqu'ils étaient en tête-à-tête après le dîner.

Debout devant lui, elle se pencha, et, après l'avoir embrassé sur le front avec une certaine tendresse :

— Mon cher Christian, dit-elle, revenez vite au moins, je ne vis pas loin de vous.

Diane préférait le nom de Christian à celui de Karl.

Christian lui semblait plus euphonique : elle l'employait surtout lorsqu'elle se mettait en frais de grâce et de tendresse vis-à-vis de son mari.

Celui-ci regarda sa femme avec une expression attendrie qu'elle ne remarqua point.

L'accent, le sourire de Diane, avaient rasséréné l'âme anxieuse du colonel.

Ce n'étaient ni l'accent, ni le sourire d'une femme capable de tromper.

Ce front si pur n'avait pu être frôlé par d'infâmes baisers.

L'épreuve serait favorable à la chère créature, Stein-Steiner était le jouet d'un mauvais rêve ; un cauchemar avait passé dans sa vie, voilà tout.

Dans quelques heures, Diane serait justifiée, et

le bonheur reparaîtrait dans toute son étendue et toute sa pureté.

Au bout de quelques instants d'une intime causerie fort tendre de part et d'autre, le baron passa dans ses appartements pour revêtir un costume de voyage.

Lorsqu'il revint dans le fumoir, il trouva Diane prête à sortir aussi.

— Je veux vous accompagner jusqu'à la gare, dit-elle.

— Merci, ma bien chère Diane ; j'accepte de grand cœur.

Ils montèrent en voiture.

De l'hôtel du faubourg Saint-Honoré à la gare de l'Est, la route est assez longue ; mais, comme on était dans les premiers jours de décembre, dès que les chevaux eurent dépassé l'extrémité de la rue Royale pour suivre les boulevards, dont les petites boutiques du jour de l'an bordaient déjà les trottoirs, tout ce qui entourait Karl et Diane fournit à celle-ci un sujet de conversation auquel elle se livra avec autant de gaîté que de grâce, jetant sans s'en douter, par son joyeux babil, une nouvelle éclaircie dans les sombres idées qui depuis la veille bouillonnaient dans l'esprit troublé du baron.

Enfin, on arriva.

Les adieux furent des plus tendres.

Absolument ébranlé dans ses soupçons, le colonel était sur le point de remonter en voiture et de tout avouer à la jeune femme ; mais il résista à la tentation, plutôt mû par la pensée d'encourir les reproches de la petite baronne que cédant encore au désir im-

périeux de s'assurer par lui-même si réellement elle
était coupable.

— Pensez à moi ; je ferai de même, mon cher
Christian ! furent les dernières paroles de Diane
à son mari.

Puis, s'adressant au cocher :

— A l'hôtel, ajouta-t-elle.

Le baron entra dans la gare, et ayant vu sa voiture
s'éloigner rapidement, il en sortit bientôt pour monter dans un fiacre auquel il donna l'ordre de le conduire rue du Colisée.

Là se trouvait un hôtel où Stein-Steiner n'était
jamais entré, mais dont l'aspect lui avait paru confortable et qui lui convenait pour la circonstance, par sa
proximité de la rue du Faubourg-Saint-Honoré.

Sur sa demande, on l'installa dans une chambre du
premier.

Pour tout bagage, il n'avait qu'une valise ne contenant que du linge, un nécessaire, des livres et un
revolver.

Le feu ayant été allumé, il s'installa dans un fauteuil près de la cheminée et se mit à lire à la lueur
des cinq bougies d'un des candélabres de bronze qui
renvoyait, dans une haute glace aux reflets verdâtres,
faite de deux morceaux la flamme sortant de l'extrémité de ses cinq branches.

La chambre, assez grande et très élevée, contenait
les meubles qui se trouvent dans toutes les chambres
d'hôtel, avec de grands rideaux de damas vert à la
croisée, ainsi qu'au lit, ce qui donnait un aspect
sombre à l'ensemble, sur lequel se détachait, avec
autant d'éclat que de mauvais goût, un tapis rouge et

jaune qui recouvrait une table placée au milieu de la
pièce.

Il était alors neuf heures.

Stein-Steiner s'enfonça dans sa lecture afin de tuer
le temps, plus calme que pendant le jour et se repen-
tant presque de s'être engagé dans cette aventure,
où il jouerait plus que probablement, il l'espérait du
moins de toutes les forces de son âme, le rôle ridicule
d'un jaloux forcé de reconnaître l'injustice de ses
soupçons injurieux. Avec quelque peine, il parvint à
suivre le sens des lignes parcourues par ses yeux,
et il oublia pendant quelque temps jusqu'au lieu
même où il se trouvait.

Le sommeil le gagna.

Lorsqu'il releva les paupières, il jeta autour de lui
un regard étonné, se souvint de tout, et ayant tiré sa
montre de la poche de son gilet, vit qu'il était près de
minuit.

Il se leva, secoua sa torpeur, remit son paletot ainsi
que son chapeau de voyage, et, ayant glissé dans sa
poche son revolver, ouvrit le buvard qui contenait son
nécessaire et écrivit une courte lettre sur l'enveloppe
de laquelle il traça la suscription suivante :

« Monsieur le Préfet de police, très pressée. »

Ayant glissé cette lettre dans sa redingote, il se
boutonna et descendit.

Un quart d'heure après il passait devant sa demeure.

L'hôtel était aussi sombre et aussi silencieux en ce
moment qu'il avait été éclairé et plein de bruit la
veille.

A travers l'œil-de-bœuf qui décorait le haut de

chacun des battants de la porte cochère, on ne voyait même pas briller au dedans, le bec de gaz du grand œuf de verre opaque qui éclairait le vestibule, ce qui prouvait non seulement que Diane était rentrée, mais encore qu'elle avait congédié ses gens en leur donnant la permission de gagner leur lit.

Ces détails étaient faits pour rassurer le colonel et néanmoins la rue presque déserte, le froid assez vif de la nuit, et jusqu'à l'aspect morne de son hôtel firent renaître en lui les plus sombres idées.

Le sourire de Diane n'était plus là pour dissiper l'orage de son cœur, les yeux de la jeune femme aux doux regards si limpides, n'exerçaient plus sur le baron leur salutaire et calmante influence.

Il se souvenait des propos entendus, il se souvenait de la façon dont le berger avait embrassé la bergère, de leurs sourires, de la familiarité qui semblait régner entre eux pendant l'exécution du sot divertissement de la veille, et sentant le désespoir ainsi que la fureur l'envahir de nouveau à la pensée qu'un misérable avait pu séduire Diane, il caraissait fébrilement la crosse de son revolver.

Il gagna l'avenue Gabriel en passant par la rue du Cirque, afin d'examiner l'hôtel de l'autre côté.

Des planches peintes en vert tapissaient la grille à hauteur d'homme, mais ces planches mal jointes laissaient pénétrer le regard dans le jardin, dont les arbres dépouillés permettaient d'apercevoir au loin les croisées de l'appartement de Diane.

Le boudoir de la jeune femme était éclairé, de même que sa chambre à coucher, dont les stores baissés laissaient apercevoir une pâle clarté qui ne pouvait être produite que par la veilleuse suspendue au plafond.

Malgré ces lumières, tout semblait aussi calme de ce côté de l'hôtel que de l'autre, car aucune ombre ne se montrait derrière les croisées de la petite baronne.

Tout le reste de l'hôtel était plongé dans les ténèbres, sauf au troisième étage, où la chambre de Valentin, le valet de chambre de Stein-Steiner, également éclairée, faisait se détacher sa fenêtre lumineuse sur le fond noir du bâtiment.

Le colonel ouvrit doucement la porte qui donnait sur l'avenue Gabriel et pénétra dans le jardin.

Marchant lentement afin de faire le moins de bruit possible, il gagna les marches de l'escalier de pierre et vint plonger son regard dans le boudoir de la baronne.

A travers les rideaux il constata que les deux lampes qui décoraient la cheminée étaient encore allumées.

Il colla son oreille contre la croisée qui s'ouvrait de plain-pied sur le balcon et n'entendit ni un bruit quelconque, ni le murmure d'aucune voix.

Il allait quitter son observatoire et regagner peut-être la rue du Colisée, lorsque tout à coup il lui sembla apercevoir, à travers un pli formé par les rideaux, posé sur une chaise, près de la cheminée, un chapeau d'homme.

Aussitôt, il essaya d'ouvrir la fenêtre, mais l'effort qu'il fit étant resté stérile, ôtant une bague qu'il portait toujours, laquelle était ornée d'un diamant, il traça dans la vitre, à la hauteur de l'espagnolette, un carré assez grand pour pouvoir laisser passer le bras ; puis, s'étant enveloppé la main dans son mouchoir, d'un coup de poing il fit voler sur le tapis du boudoir le morceau de carreau, qui se détacha et tomba sans bruit.

Passant la main au dedans alors, il fit jouer l'espagnolette, ouvrit la croisée et entra dans le boudoir.

Il ne s'était pas trompé ; un seul coup d'œil le lui apprit.

Un chapeau d'homme était là, devant lui, en pleine lumière.

Sur la causeuse, à côté de la chaise sur laquelle le chapeau avait été déposé, se trouvait aussi un pardessus et, jetée sur ce vêtement, une canne dont la pomme était ornée d'un chiffre.

Étouffant un cri de fureur à la vue de ces preuves accusatrices, le baron courut à la porte de la chambre de Diane, le revolver au poing, et, l'ayant trouvée fermée, d'un bond il l'enfonça et en franchit le seuil.

Au même instant un cri terrible se fit entendre.

Ce cri, Diane l'avait poussé.

Et aussitôt une détonation retentit.

Le baron reparut au bout de quelques secondes, très pâle, mais calme.

Le bruit de l'arme à feu avait monté rapide s'élevant jusqu'au troisième par la fenêtre ouverte.

Jetant au loin son chapeau et se débarrassant de son pardessus, le colonel allait agiter un cordon de sonnette, lorsque la porte qui conduisait du boudoir de la petite baronne aux appartements de Stein-Steiner s'ouvrit brusquement pour laisser passer le valet de chambre Valentin.

12

Avant qu'il fût revenu de la stupéfaction qu'il éprouva en voyant debout, devant lui, son maître qu'il croyait parti, le colonel, lui tendant la lettre qu'il avait écrite au préfet, lui dit :

— Valentin, cette lettre à la préfecture de police. Vous prendrez une voiture. Je viens de tuer un homme.

Et comme le valet de chambre faisait un geste d'effroi :

— Avant de quitter l'hôtel, continua le colonel, vous éveillerez les femmes de madame la baronne, dites-leur de tout apprêter immédiatement pour son départ. Allez et hâtez-vous.

Le vieux moyen du faux départ avait aussi complétement que tragiquement réussi, cette fois encore. Nous allons rapidement raconter qu'elles en furent les conséquences immédiates pour le mari de la petite baronne.

XII

LA REINE DES COCODETTES

Après la sortie de Valentin, qui suivit immédiatement les ordres du colonel, celui-ci, balayant d'un geste brusque le pardessus de son rival, se laissa tomber sur la causeuse, et là, en proie aux plus amères réflexions, il analysa sa conduite de la façon suivante :

— J'ai usé de mon droit, et ma conscience me dit que j'ai bien fait. Ce misérable de Langlade, un bellâtre désœuvré, inutile, n'ayant pas même la passion pour excuse, car je connais trop sa vie. Voilà un coup de revolver qui ruine bien des filles et sauve bien des joueurs. Mais elle, Diane ? Ah ! hier encore, sur ma vie, j'aurais juré qu'elle était honnête, et je ne vivais que pour elle, heureux de deviner ses moindres désirs, fier de lui obéir, l'adorant enfin ; j'aurais tout sacrifié pour son bonheur ! Hier ! se répéta-t-il.

Puis aussitôt, mesurant l'abîme qu'il venait de creuser, il ajouta :

— Il y a longtemps de cela !

Il sentit l'émotion le gagner et les larmes obscurcir sa vue. Il allait peut-être éclater en sanglots, lorsqu'un pas léger, rapide, qu'accompagnait le froufrou d'un manteau de soie, se fit entendre à quelques pas derrière lui, sur le balcon.

N'osant traverser le boudoir, folle de terreur, la coupable courait se réfugier chez Francine.

Le baron le comprit immédiatement et aussitôt redevenant maître de lui il pensa :

— J'ai bien fait, le passé n'existe plus.

Puis comme bouillonnait, dans sa tête un chaos de pensées aussi rapides que nombreuses :

— Comme on peut souffrir en une seule journée ! continua-t-il.

Et par un revirement nouveau, se levant résolu, fébrile, cette fois, tout en comprenant qu'il dominerait bientôt son émotion :

— Allons donc, je suis maître de moi. Ni un remords, ni un regret !

Il se promena pendant quelques instants et pour s'aider à calmer son cerveau en feu, il s'approcha du balcon et baigna son front dans la bise glacée.

— Quel scandale demain ! se dit-il encore au bout d'un moment, je les entends d'ici. — « Vous ne savez pas la nouvelle ?—Quoi donc ?—La petite baronne... — Madame Stein-Steiner ? — Oui. — Eh bien ? Raoul de Langlade était son amant. — Ah bah ! Tiens, tiens, tiens ! » D'autres diront, comme ces vieilles maudites, car j'étais heureux malgré tout : « Je le sais. Pauvre baron ! » et de rire. — « Oui, mais le colonel les a surpris cette nuit et il a tué Langlade. — Tué ! — Roide, d'un coup de revolver. — Diable ! » Ils ne riront plus ! — « Mais la baronne ? — Partie. »

Et songeant à cette Diane qu'il avait tant aimée et dont il avait pitié, malgré toute sa colère :

— Non, poursuivit-il, je ne l'ai pas tuée, cette

enfant que j'ai laissé séduire... je n'aurais pas pu... et pourtant ce soir encore n'était-elle pas tendre et souriante au moment de mon départ ? — « Quoi ! vous partez, Christian, revenez vite au moins, je ne vis pas loin de vous, » et elle me tendait ses lèvres. Ah ! tous les criminels sont bêtes ! — Je pars, leur dit-on, puis on revient, on surprend et on tue ! Maintenant, la voilà perdue, la petite baronne, perdue à jamais, car son père sera implacable !... Il lui reste le couvent ; la reine des cocodettes sœur de charité ! Décidément on ne rira pas... et j'ai bien fait !...

Sur cette troisième approbation de la terrible vengeance qu'il avait exercée, le colonel sortit un cigare de son étui, l'alluma et se mit à fumer tout en prêtant l'oreille aux allées et venues de Francine et de la seconde femme de chambre qui, dans une pièce à côté, opposée à la chambre à coucher, apprêtaient tout pour le départ de l'épouse adultère.

Pendant que cela se passait à l'hôtel Stein-Steiner, Valentin, obéissant à son maître, avait gagné la rue, et ayant rencontré un fiacre vide au coin de la rue Royale :

— A la préfecture de police, dit-il au cocher en y montant. Brûlez le pavé, il y aura dix francs de pourboire.

Le cocher, ébloui par cette promesse extraordinaire, lança son cheval au triple galop et, dix minutes après, s'arrêta place Dauphine, devant l'entrée de l'administration qui veille constamment sur la sécurité des habitants de la grande cité.

Un sergent de ville était de planton, au bas de l'escalier.

— Voici une lettre pour monsieur le préfet de police, lui dit Valentin, pouvez-vous la lui faire immédiatement parvenir ?

— Non, impossible à cette heure.

— Il le faut cependant, je suis le valet de chambre du baron Stein-Steiner, attaché militaire à l'ambassade d'Autriche, c'est lui qui m'envoie. Mon maître, paraît-il, vient de tuer un homme.

Ces mots décidèrent le sergent à introduire immédiatement Valentin auprès, de l'officier de paix de garde cette nuit-là.

Lorsque ce dernier eut fait répéter à Valentin ce que celui-ci venait de dire au sergent, il reprit :

— Vous avez une lettre pour monsieur le préfet, dites-vous ?

— Oui, monsieur, répondit Valentin, la voici.

— Donnez.

Il y avait eu cette nuit-là, grand bal chez le riche banquier Isaac Schunberg; le préfet de police, qui y avait assisté, venait de rentrer quelques minutes avant l'arrivée à la préfecture du valet de chambre du colonel.

L'officier de paix se dirigea vers les appartements du haut fonctionnaire, la lettre du baron à la main, et bientôt le préfet de police prit connaissance de la missive du colonel Stein-Steiner.

Celui-ci connaissait le préfet depuis longtemps.

Sa lettre était très laconique, mais d'une clarté qui ordonnait d'agir immédiatement.

« Mon cher Préfet,

» Je viens de commettre un meurtre en tuant chez

moi, l'amant de ma femme, et j'attends ceux de vos agents dont la fonction consiste à agir immédiatement en pareil cas.

» Votre malheureux ami,

» Baron KARL STEIN-STEINER. »

Dès qu'il eut pris connaissance des lignes précédentes, le préfet donna les ordres nécessaires et le fiacre de Valentin ne tarda pas à quitter au grand galop la place Dauphine, emportant le valet de chambre du baron et un sergent de ville.

— Au commissariat de police du faubourg Saint-Honoré, avait dit ce dernier avant de s'installer à côté de Valentin.

Lorsqu'ils y parvinrent, réveillé par le sergent de ville, le commissaire de police s'apprêta à les suivre.

On requit également un médecin qui habitait la maison d'en face, le secrétaire du commissaire et un second sergent, et bientôt ces cinq personnes s'arrêtèrent devant l'hôtel Stein-Steiner, où Valentin introduisit immédiatement ceux qui l'accompagnaient.

Quelques instants après, il pénétrait dans le boudoir de Diane, que le colonel n'avait pas quitté, et disait à son maître :

— Les personnes que monsieur le baron a demandées sont là.

Et, du geste, il désignait le salon appartenant aux appartements particuliers du baron, dans lequel le médecin, le commissaire et les deux sergents étaient entrés depuis quelques secondes.

— C'est bien, qu'ils viennent, répondit Karl en se levant.

Valentin rouvrit la porte et introduisit le médecin et le commissaire.

Sur l'ordre de celui-ci, les deux sergents restèrent dans la pièce à côté, ainsi que le secrétaire.

Le baron fit un signe. Valentin se retira.

Dès qu'il fut seul avec le commissaire et le médecin, le colonel leur dit :

— Je vous remercie d'être venus aussi promptement, messieurs.

Le commissaire était un homme de cinquante ans environ, petit, jaune de peau, l'air un peu maladif, tempéré par une vivacité de regards remplie de malice et de pénétration.

Il y avait tout à la fois du renard et du fonctionnaire dans cet homme maigre, par son visage expressif, sa mise modeste mais sévère et l'esprit méthodique dont il fit preuve immédiatement en répondant :

— Nous n'avons fait que notre devoir, monsieur ; mais, pardon, c'est bien au baron Karl Stein-Steiner, attaché militaire à l'ambassade d'Autriche, que j'ai l'honneur de parler ?

— Oui, monsieur.

— C'est très bien, reprit le petit homme, qui, se tournant vers son compagnon, le présenta en ces termes au mari de Diane :

— Monsieur est le médecin, qui a bien voulu consentir à m'assister.

Cravaté de blanc, portant l'habit noir, sous un pardessus de même couleur, le médecin avait parfaitement le physique de son emploi.

Il s'inclina devant le colonel et laissa la parole au petit homme jaune.

— Vous avez écrit à monsieur le préfet de police, reprit ce dernier en s'adressant au colonel, que cette nuit, ici même, un crime avait été commis ?

— Pardon, objecta le baron, j'ai écrit un meurtre.

— Quand cela a-t-il eu lieu ?

— Il y a une heure.

— Et le meurtrier ?

— C'est moi !

— Vous avouez ?

— Tout !

— Et la victime ?

A ce mot un sourire indéfinissable d'une ironie profondément amère erra sur les lèvres du mari de Diane.

— La victime ! répéta-t-il, là ! et du geste il désigna la chambre à coucher de la petite baronne.

— Là, répéta le docteur en prenant la parole pour la première fois ; venez, venez, monsieur le commissaire, et il entraîna le fonctionnaire dans la chambre que venait d'indiquer le colonel.

Celui-ci resta seul.

Le mot victime, employé pour désigner le mort, lui était allé droit au cœur.

— La victime, répéta-t-il une seconde fois. Lui ! mais alors que suis-je donc, moi ?

Un léger bruit se produisant derrière lui le fit se retourner en cet instant.

Mlle Francine venait d'entrer dans le boudoir, portant à la main un élégant petit sac de voyage sur lequel se détachaient, en cuivre doré, les armes unies des Stein-Steiner et des la Roche-Carignan.

— Que voulez-vous ? lui demanda le colonel.

— Que monsieur le baron me pardonne, mais je viens chercher quelques objets qui sont là, répondit humblement Mlle Francine d'une voix mielleuse.

Et du geste, elle désigna un petit meuble en bois de rose, recouvrant un mignon coffre-fort dans lequel la petite baronne enfermait ses bijoux.

— Ah! oui, je comprends. Faites, mademoiselle, mais faites vite.

Une irritation marquée perçait dans ces paroles.

— Ainsi, dans ce moment, tandis qu'un homme vient de mourir pour elle, tandis qu'elle me sait là, plus désespéré encore qu'implacable, elle songe à ses bijoux. Après cela, est-ce elle qui y a songé? n'est-ce pas cette femme de chambre qui, pour faire du zèle, lui a demandé ses clefs?

Pendant que toutes ces pensées assaillaient le colonel, Mlle Francine, ayant ouvert le coffre à bijoux, glissait prestement les écrins de Diane dans le sac de voyage.

Posé sur un table près du petit meuble en bois de rose, ce sac attira les regards du baron.

— Mes armes! dit-il.

Et s'emparant d'une sorte de poignard, dont la petite baronne se servait pour couper les feuillets de ses livres et les enveloppes des lettres qui lui étaient adressées, il saisit le sac et fit sauter la garniture armoriée de cuivre doré.

Quelque peu surprise par l'action du colonel, mademoiselle Francine l'avait regardé faire, les yeux baissés et tenant un écrin à la main.

Cet écrin, assez grand, du genre de ceux qu'on

voit à la montre des bijoutiers, contenant rivière, pendeloques, bracelets et bagues, incrustés dans des rainures de velours cramoisi, était bombé vers la partie supérieure, et cachait un double fond, que connaissait le baron.

— Donnez-moi cela, mademoiselle, reprit-il en s'emparant de l'écrin.

Et à part lui :

— Mon cadeau de fiançailles, des diamants qui sont dans ma famille depuis trois cents ans.

Il avait ouvert l'écrin en se disant cela :

— Eh ! qu'elle les prenne, qu'elle les emporte ! Il s'agit bien de perles et de bijoux !

Et dépouillant l'écrin des précieux objets qu'il renfermait, il les jeta à même dans le sac de voyage, sous l'empire d'une pensée nouvelle.

— Je m'en souviens, mon portrait est dans le double fond de cet écrin ; ce portrait ne lui appartient plus, je le garde.

Puis tout haut :

— Dépêchez-vous, mademoiselle, dépêchez-vous, reprit-il, je veux être seul.

Quelques secondes après, le petit coffre-fort était vide et tout le contenu se trouvait dans le sac de voyage.

Mlle Francine s'inclina et sortit en l'emportant sans oser dire un seul mot.

Lorsque la porte du boudoir se fut refermée sur la cameriste, le baron Karl ouvrit le double fond de l'écrin.

Aussitôt divers papiers s'en échappèrent, d'autres restèrent au fond voilant la miniature qui représen-

tait le mari de Diane, en grand costume de colonel
de dragons de Windischgraëtz.

Celui-ci comprit immédiatement que le hasard
venait de lui faire découvrir une de ces cachettes
qu'aiment à se créer parfois les femmes, pour y
enfouir certains souvenirs plus ou moins compromet-
tants.

Une sorte de brochure, de quelques pages, luxueu-
sement imprimée et qu'il avait fallu ployer en deux
pour la faire entrer dans l'écrin, frappa tout d'abord
les yeux de Stein-Steiner.

Sur la couverture bleu tendre, il lut :

STATUTS DE L'ORDRE DU LOUTON.
Flirt-Amour-Amitié

Il allait ouvrir ce singulier document dont il était
loin de soupçonner encore l'importance lorsqu'il fut
interrompu par la rentrée du commissaire dans le
boudoir.

— Qu'est-ce, monsieur ? demanda Stein-Steiner en
refermant le double fond de l'écrin, après y avoir remis tout ce qu'il contenait.

L'air du petit homme jaune était très grave.

— Monsieur le baron, répondit-il, le blessé vous
supplie de lui donner quelques instants.

A ces paroles inattendues, le colonel fit un bond.

— Le blessé ! s'écria-t-il, le blessé, dites-vous,
monsieur. Ai-je bien entendu ! Cet homme n'est donc
pas mort ?

Ces derniers mots furent prononcés avec une sorte
de rage haineuse, que le baron Karl ne chercha nullement à dissimuler.

Cette cruelle exclamation laissa le commissaire calme et impassible.

— La blessure est grave, reprit-il, nous espérons cependant qu'elle ne sera pas mortelle.

— Ah ! vous espérez... vous ! Soit, dit Stein-Steiner en allant s'asseoir, la main dans la poitrine, afin de comprimer les battements de son cœur.

Le petit homme jaune était tenace.

Sans élever la voix, sans lui donner une inflexion trop suppliante ni trop impérieuse :

— Le blessé vous supplie de vouloir bien l'entendre, monsieur le baron, reprit-il.

Cette insistance obséda le colonel qui demanda :

— La loi m'y oblige-t-elle ?

— Non, monsieur.

— Alors, je refuse ! conclua Karl, d'un ton qui ne souffrait aucune réplique.

Néanmoins, sans s'émouvoir davantage qu'il ne l'avait fait jusque-là, le commissaire ajouta :

— Songez-y ; c'est peut-être un mourant qui vous implore.

— Peut-être, répéta le baron, après s'être levé brusquement, en regardant le petit homme jaune bien en face : — Aux mourants on ne doit que des paroles de pitié et je ne saurais en prononcer. Je refuse, entendez-vous bien, monsieur ; je refuse !

Le commissaire fit un geste qui signifiait clairement :

— Comme il vous plaira. Ce que je vous en disais, moi, c'est pour le principe, car au fond, cela m'est absolument égal.

Et, ayant redressé ses lunettes, s'inclinant légèrement, il reprit :

13

— Êtes-vous prêt à répondre aux questions que la loi me force à vous adresser, monsieur ?

— Oui, monsieur, répondit sans hésiter le mari de Diane en désignant du geste un siège à son interlocuteur.

Mais celui-ci, au lieu de s'asseoir, après avoir approuvé de la tête le consentement du colonel, alla à la porte, derrière laquelle il avait laissé son secrétaire ainsi que les deux sergents de ville et l'ouvrit.

Le secrétaire, sur un geste du commissaire, entra dans le boudoir et s'installa devant une table que lui désigna le petit homme jaune.

S'étant assis, il déploya devant lui ce que les hommes de loi nomment une serviette, et ayant ouvert un encrier de poche ainsi qu'un porte-plume, il attendit que l'interrogatoire commençât, afin de l'écrire, sans omettre un mot, au fur et à mesure qu'il se déroulerait.

Un des sergents, auquel le petit homme jaune avait glissé quelques paroles à l'oreille, traversa le boudoir et alla s'asseoir à l'écart, sur une chaise près de la porte par laquelle était entrée Mlle Francine pour venir chercher les diamants de sa maîtresse.

Lorsqu'il vit son monde en place, le petit homme jaune affermit ses lunettes et, après s'être redressé comme s'il s'apprêtait à exécuter une fonction des plus graves, il demanda au colonel :

— Vos nom, prénoms et qualités ?

— Karl-Christian, baron Stein-Steiner, ancien colonel des dragons de Windischgraëtz, attaché militaire supérieur à l'ambassade d'Autriche, à Paris.

Le commissaire écoutait aussi attentivement que si cette réponse lui eût été faite par une homme sur lequel il n'aurait eu aucune espèce de renseignement.

La plume du secrétaire courait en criant sur le papier avec une remarquable rapidité.

— Votre âge ? poursuivit le petit homme jaune.

— Cinquante-cinq ans.

— Né ?

— A Vienne.

— En Autriche ?

— Oui.

— Marié ?

— Depuis près de quatre ans.

— Sans enfants ?

— Grâce à Dieu !

Chacune de ces questions avait été posée à quelques secondes de distance les unes des autres, par l'interrogateur, afin de permettre au secrétaire de le suivre.

Le petit homme, après s'être assuré que celui-ci était prêt à continuer, poursuivit :

— Vous n'avez jamais comparu en justice ?

— Moi ! s'écria le colonel avec un accent de dignité froissée,... non, monsieur.

— Excusez-moi, monsieur le baron, de vous avoir posé cette question. Elle est dans le formulaire, rien de plus, et ne peut vous froisser en rien. Les plus nobles, les plus honnêtes gens peuvent avoir, dans leur passé, un incident nullement déshonorant pour eux, qui ne les a pas moins forcés à venir se défendre devant les juges... tenez, un duel par exemple...

Le colonel tressaillit.

Ce mot de duel ne lui rappelait-il pas la princesse Hermine et M. de Chagny qu'il avait trompé, mais qui n'avait point usé dans sa représaille du bénéfice de la loi, car il l'avait provoqué et non tué sans pitié.

Il est vrai que M. de Chagny n'aimait pas Hermine comme lui aimait Diane.

Hermine n'avait, de la pure, de la chaste Diane, que la beauté, tandis que celle qui s'appelait jadis mademoiselle de la Roche-Carignan était un ange qu'un démon avait précipité dans la fange de la trahison et de l'adultère.

Toutes ces pensées traversèrent le cerveau du colonel comme un éclair.

Le petit homme jaune poursuivit :

— Un duel peut avoir le plus honorable motif pour cause ; vous vous êtes sans doute battu tout comme un autre ?

— Oui, répondit Karl, une fois.

— Ah ! Quand cela, monsieur le baron ?

— A Paris, il y a bien des années.

— La cause de ce duel ?

— La cause ? une femme.

— Son amant le provoqua ?

— Non, son mari !

— Ah ! fit le commissaire avec un étonnement dont le colonel ne put faire autrement que de comprendre l'intention désobligeante pour lui.

Déjà, depuis que le mot « duel » avait été prononcé, un certain trouble, on vient de le voir, s'était emparé du baron.

Le « ah ! » du commissaire produisit chez lui comme la naissance d'une sorte de remords.

Stein-Steiner, sous cette impression, éprouva le besoin de se justifier et, oubliant ce que tout homme qu'une femme a aimé sans intérêt doit de respect et de reconnaissance à cette femme, quelle qu'elle soit, même au bout de cent ans, il dit :

— Le monde, dont le jugement m'importe surtout aujourd'hui, le monde eut excusé ma faute s'il l'eût connue. Celle dont le hasard me faisait le complice avait trente ans; moi, j'entrais dans la vie.

A ces mots, le commissaire jeta un regard furtif sur la porte derrière laquelle le médecin donnait au blessé tous les soins que réclamait son état.

— Mon crime, poursuivit Stein-Steiner, fut de ne pas lui résister. Le mari se trouvait dans son droit ; mais s'il m'avait tué, j'aurais payé pour d'autres ; le sort me favorisa.

Le petit homme jaune avait écouté jusqu'au bout la singulière justification du mari de Diane.

— Connaissez-vous la personne que vous avez blessée ? demanda-t-il après un temps, afin de bien marquer qu'il ne voulait ni ne devait entrer dans aucune considération relative à la justification en question.

— Monsieur Raoul de Langlade ? répondit Stein-Steiner ; oui, il est de mon cercle et mes salons lui étaient ouverts.

— Et vous avouez l'avoir frappé ?

— Sans pitié, interrompit le baron d'un accent irrité, c'était l'amant de ma femme. Il ne peut le nier.

Il y eut encore un temps, puis le petit homme à lunettes reprit :

— Vous êtes ici ?

— Chez moi, cet hôtel m'appartient.

— Bien. Veuillez maintenant me donner les noms et prénoms de madame la baronne ?

— Diane-Marie de la Roche-Carignan.

— Née ?

— Au château de la Roche, près de Limoges.

— Son âge, je vous prie ?

— Vingt-quatre ans à peine.

— Et comment avez-vous été amené à.... la soupçonner ?

— Hier, pendant une fête que j'ai donnée, je me trouvais derrière deux vieilles filles, deux bonnes langues, je surpris dans leur conversation, qu'elles étaient loin de pouvoir soupçonner, du moins je le suppose, être entendue par moi, l'affirmation des relations coupables qui existaient entre ma femme et M. Raoul de Langlade. J'ai feint un départ, un voyage, j'ai pénétré ici par cette fenêtre, j'ai brisé cette porte, j'ai aperçu M. de Langlade dans l'ombre... Vous savez le reste.

Pendant que parlait le baron Karl, la physionomie du commissaire avait pris l'expression qu'a d'ordinaire le visage d'un médecin lorsqu'on lui dépeint la maladie qu'on lui commande de guérir.

Après quelques minutes de réflexion :

— Monsieur le baron, dit-il, vous tombez, dans le cas présent, sous l'application de l'article 324 du Code pénal. Je vais faire demander des ordres au parquet. En attendant qu'ils me parviennent, veuillez me promettre de ne pas quitter cet hôtel.

— Vous avez ma parole, monsieur, je ne sortirai d'ici qu'autorisé par qui de droit.

Telle fut la réponse du meurtrier.

Satisfait par cette promesse, le commissaire se leva, et, après avoir pris sur la table, où le secrétaire venait d'écrire l'interrogatoire, les feuilles sur lesquelles il avait été tracé, il les présenta à Stein-Steiner en lui disant :

— Veuillez relire ceci, je vous prie, et le signer ensuite.

— Inutile, monsieur.

— Pardonnez-moi d'insister, monsieur le baron, c'est plus régulier.

Stein-Steiner se mit à parcourir la relation de l'interrogatoire qu'il venait de subir.

Pendant qu'il se livrait à cette vérification sans grande importance pour lui, et qu'il exécutait avec une rapidité grande, le commissaire, se rapprochant de la table, se mit à dicter au secrétaire à demi-voix la formule suivante :

— Après avoir, dans un boudoir contigu à la chambre où le meurtre a été commis, procédé à l'interrogatoire de monsieur le baron Karl-Christian Stein-Steiner, j'ai passé à l'examen de tous les objets y contenus.

Puis se penchant vers le secrétaire :

— Dès que monsieur aura signé, nous allons procéder à l'inventaire, ajouta-t-il.

Le baron ne les fit pas attendre longtemps.

— Voici, monsieur, dit-il en se levant, en tendant au petit homme jaune les feuillets de son interrogatoire.

— Bien, monsieur le baron, avez-vous reconnu l'exactitude des demandes et des réponses ?

— Oui, monsieur.

— Veuillez signer alors.

Et joignant le geste à la parole, le commissaire présenta au baron la plume de son subalterne.

Stein-Steiner la prit et signa.

— Voilà une chose terminée, dit alors le petit homme, maintenant veuillez me permettre, je vous prie, d'achever mon procès-verbal.

Et s'emparant du chapeau haut de forme qui, posé sur la chaise, près de la cheminée, avait été la cause de l'effraction commise par Stein-Steiner pour surprendre Diane :

— Ce chapeau ?... demanda-t-il.

— Le sien, répondit le baron en s'asseyant.

Le commissaire examina l'intérieur du chapeau.

— Une couronne de vicomte, dit-il.

— Une couronne ? répéta le colonel, légèrement surpris.

— Oui, dit le commissaire, en s'emparant de la canne qui était restée sur la causeuse.

— Un stick, dicta-t-il à son secrétaire, avec chiffre en or sur le pommeau... H. S. entrelacés.

— Ce stick n'est pas à lui, remarqua le baron.

— Est-il à vous ?

— Non, monsieur.

— Nous examinerons ça plus tard.

Et le petit homme jaune ramassa le pardessus que Karl avait jeté à terre quelques secondes après avoir frappé l'amant de sa femme.

— Un pardessus, continua-t-il.

Puis, vidant les poches et désignant chacun des objets qu'il en retirait, il poursuivit :

— Des gants... un mouchoir... une porte-ciga-res... un porte-cartes... mêmes initiales et même couronne... une lettre décachetée.

Il la tira de son enveloppe et lut :

— « Pas ce soir. »

— Ce n'est pas signé, observa-t-il.

— Ce billet n'est pas de la baronne, puisque cet homme est venu, remarqua le colonel.

— C'est possible, repartit le commissaire, veuillez néanmoins me dire si l'écriture vous est inconnue ?

— Évidemment, affirma de nouveau le baron.

Mais à peine ses yeux eurent-ils examiné ce billet laconique, que :

— Non, dit-il, je me trompais, cette écriture est bien celle de Diane ; je la reconnais absolument.

Puis, passant à un autre ordre d'idées :

— Comment ! objecta-t-il, « pas ce soir ». A qui a-t-elle écrit cela ?

— L'enveloppe le dit, reprit le petit homme qui, braquant ses lunettes sur la suscription de la lettre de Diane, lut :

« Monsieur le vicomte Henri de Séran, au cercle » de la Concorde, boulevard de la Madeleine ; très-» pressé. »

— Vous dites ? reprit Stein-Steiner en se levant vivement.

— Je dis : Henri de Séran, répéta le commissaire.

Le colonel ne comprenait plus.

— Pardon, monsieur, demanda-t-il, en s'emparant de l'enveloppe, qu'il examina à son tour.

13.

— Oui, poursuivit-il au bout d'un moment, « Henri de Séran, » c'est bien à lui que cette lettre a été adressée, par elle, à lui, mon secrétaire, mon ami; mais que signifie ? L'enveloppe et le billet sont bien de la même écriture, n'est-ce pas, monsieur ?

Et tous les deux examinèrent avec soin pendant quelques secondes le billet et son enveloppe.

— Oh ! c'est bien la même écriture, affirma le commissaire.

— Comment alors, reprit le baron Karl, cette lettre adressée à Henri se trouve-t-elle dans la poche de M. de Langlade ?

Et se sentant en face d'une inexplicable énigme qui, après toutes les émotions qu'il avait traversées depuis la veille, le remplissait de trouble, Stein-Steiner s'écria :

— Mon Dieu, je me croyais plus calme. Voyons, monsieur, aidez-moi, je vous en prie ! Henri ?

Il saisit le porte-cartes et le porte-cigares :

— Oui, voilà bien son chiffre, et ces cartes sont bien à lui.

Il les lisait les unes après les autres :

« — Henri de Séran; le vicomte Henri de Séran; le vicomte Henri.... » — Toujours ! mais alors ?

Il resta muet, immobile, pendant quelques secondes; la pâleur envahissait son front, un tremblement nerveux agitait ses mains, puis un cri s'échappa de ses lèvres.

— Grand Dieu !

Et saisissant nerveusement le bras du petit homme jaune, qui suivait impassible sur le visage de Stein-Steiner l'effet des émotions qu'il éprouvait :

— Ah ça ! s'écria le baron livide, qui donc ai-je frappé ?

La réponse à cette étrange et terrible question ne se fit point attendre. Elle sortit des lèvres du médecin qui, depuis un moment, venait de reparaître sur le seuil de la chambre du blessé.

— Monsieur de Séran, dit-il, supplie monsieur le baron de venir lui pardonner.

— De Séran ! répéta le colonel, Henri, lui, c'était lui ! Ah ! l'infâme, l'infâme !

Et il se laissa tomber sur la causeuse, la tête dans les mains.

Le médecin s'approcha lentement, et après quelques minutes d'attente :

— Il se meurt, annonça-t-il.

Stein-Steiner, en découvrant que celui qu'il avait frappé n'était autre que son cher Henri, avait été foudroyé de surprise et de colère :

— Mon Dieu, par grâce, messieurs, reprit-il d'une voix altérée, laissez-moi, je vous en supplie, j'ai besoin de rassembler mes idées, il me semble que mon cerveau va éclater, j'ai besoin d'être seul.

Sur un signe du commissaire, le secrétaire se leva et il disparut, accompagné du sergent de ville, par la porte par laquelle Mlle Francine s'était retirée.

Le médecin, se penchant alors vers le colonel, lui dit d'une voix pénétrée :

— Nous nous retirons ; mais, monsieur le baron, ne le faites pas attendre.

Et, du geste, il désigna la chambre du blessé, dans laquelle il rentra avec le petit homme à lunettes.

Pendant quelques instants, le colonel demeura

dans un accablement tellement complet qu'il avait même perdu la force de penser.

Puis les ataxies de la fièvre qui s'était emparée de lui depuis quelques instants lui permirent de rassembler ses idées.

— Henri, lui, se dit-il, oh ! Henri, le dernier que j'aurais jamais soupçonné. C'est toujours ainsi, du reste.

Et debout, il lança vers le côté où le vicomte l'avait vainement supplié de venir lui pardonner, cette exclamation qui résumait toute sa haine :

— Empoisonneur d'âme, va !

Pour lui, en effet, le vrai, le seul coupable, c'était Henri.

Pour lui, comme l'avait été jadis aussi le capitaine Karl pour le prince de Chagny, le plus coupable dans le crime qui venait de se découvrir était l'homme qui, faisant l'office de démon, avait perdu la plus chaste des femmes. Juste retour des choses de ce monde qui changeait les rôles ! Seulement Diane avait été pervertie par les mœurs d'un certain monde, tandis qu'Hermine de Chagny aurait pu invoquer l'abandon et l'inconduite du prince son époux, car il est à remarquer que l'adultère, ce drame éternel, a des causes multiples qui diffèrent essentiellement les unes des autres pour engendrer le même effroyable résultat.

— Avant toi, se disait le colonel, Diane était pure, chaste, respectée de tous, et c'est toi, toi, Henri, presque mon fils... On calomniait donc de Langlade ?

Il s'arrêta pendant quelques secondes sur cette supposition ; mais, se remémorant les paroles si catégoriques des deux vieilles parentes de Mme de Puy-Gaillard : — Non, conclua-t-il, c'est impossible après ce que j'ai entendu.

Il ne comprenait pas encore tout l'opprobre de celle qui l'avait tant trompé, mais une sorte d'intuition de son infamie s'infiltrait dans son cœur, y semant le germe de soupçons terribles.

— Oh ! l'horrible pensée, reprit-il tout haut, sans se rendre compte qu'il avait parlé.

Et il tomba accablé, anéanti, sur une chaise près de la table sur laquelle l'écrin qu'il avait repris à Mlle Francine était resté.

Cet écrin frappa les regards du colonel, il se souvint de ce que renfermait le double fond.

— Ici est la lumière, se dit-il, le vidant d'un coup. Voyons.

Le premier papier qu'il ouvrit contenait des vers du dernier galant et tant soit peu égrillards :

A l'Étoile des tableaux vivants ! avait écrit le poète pour désigner la petite baronne :

— Un sonnet de M. de Grandchamps, se dit Stein-Steiner.

Et froissant le papier d'une main irritée :

— Le sot !

Puis comme il se rappelait à quel moment ce sonnet faisait allusion :

— Ah ! ajouta-t-il, ce soir-là, elle était bien belle !

Après quelques instants d'une douloureuse rêverie, le baron ouvrit un second papier.

C'était un billet tracé par une main inconnue, et ne contenant que quelques mots :

« J'arrive, je t'adore toujours ! Edmond. »

— Edmond qui ? se demanda le colonel ; il n'a pas signé, celui-là ; c'est prudent. Est-ce bien à Diane que ce billet était adressé ?

Il doutait encore, malgré tout.

Il saisit une lettre.

L'adresse était ainsi conçue :

« Madame la baronne Stein-Steiner. Poste restante. »

— Poste restante, le bureau des adultères ! se dit Karl.

La date du timbre remontait à deux années.

Le colonel fut sur le point de rejeter cette lettre sans l'ouvrir.

Deux ans après son mariage, Diane devait être irréprochable : c'était bien certain.

Néanmoins il tira la missive de son enveloppe et la déplia.

Nous la copions textuellement, cette lettre.

« Vous avez tort, mon adorée, d'être jalouse de Carmen. Vous le savez, je ne la garde que pour empêcher les soupçons de naître sur nous, ô ma belle Diane ! »

Le colonel s'interrompit :

— Ainsi, fit-il avec colère, coupable, elle était coupable déjà. Qui a écrit cela ? Pas de signature et l'écriture m'est inconnue. Il y a deux ans et je n'ai rien su, rien vu, et depuis deux ans peut-être, suis-je la risée de tous. Oui, il me semble que les railleries déguisées, les allusions perfides me reviennent à l'esprit ! Je ne les comprenais pas, moi, le mari !... J'étais sans doute le seul à ne rien savoir. Oh ! rage !

Il parcourut alors les statuts de l'ordre du Louton.

Il croyait faire un mauvais rêve en lisant ce document que sa chaste Diane, sa femme, celle qui portait son titre et son nom, ce nom que ses aïeux lui
avaient légué sans tache, avait signé la première.

Puis un second billet lui tomba sous la main.

Il nous est impossible de le reproduire, tellement
son style était décolleté.

Ce billet était signé :

« Ton Raoul. »

— Oh! se dit le colonel après l'avoir parcouru.
Mais à quel degré d'infamie était-elle donc tombée
pour qu'on ose lui écrire ainsi, comme à une fille ?
« Ton Raoul. » Raoul, c'est de Langlade, on avait
dit vrai! Tout, tout était vrai! Langlade! Et j'étais
fier de lui avoir donné mon nom, à cette femme ; et
lorsque tous les regards nous suivaient, je croyais
que l'admiration seule les faisait se tourner vers
nous: j'applaudissais à ses excentricités ; j'excitais son
élégance et je répétais, avec eux, ravi, hébété, aveugle, dans mon ridicule orgueil : « Fêtons la petite baronne! » La petite baronne, cette créature, et je lui
ai fait grâce. Allons donc !

Il se leva et agita fébrilement un cordon de sonnette.

A cet appel Valentin parut.

— Où est madame la baronne? demanda Stein-
Steiner, en s'efforçant d'être calme, je veux la voir à
l'instant, je le veux, entendez-vous, appelez-la, ame-
nez-la, traînez-la ici.

— Madame la baronne est partie, monsieur.

— Partie ! ah oui, je sais, je me souviens. Laissez-moi, laissez-moi.

Valentin obéit.

En annonçant le départ de Diane, celui-ci avait dit l'exacte vérité.

Au coup de revolver tiré par son mari, la petite baronne s'était évanouie.

Elle reprit bientôt ses sens cependant, se souvint et, comme nous l'avons vu, gagna, par le balcon, la chambre de Francine, en proie à une folle terreur.

La femme de chambre, que la détonation avait éveillée, dès que sa maîtresse lui eut raconté l'horrible drame qui venait de s'accomplir, la rassura sur son propre sort, en lui apprenant que Valentin était venu, de la part du colonel, lui donner l'ordre de tout préparer immédiatement pour le départ de sa maîtresse.

— Je veux fuir à l'instant, dit Diane.

— Nous avons le temps, croyez-moi, madame, la colère de monsieur sera tombée après le coup qu'il a fait. Pauvre jeune homme ! Il vous aimait tant !

— Tais-toi, il est mort, interrompit la petite baronne avec effroi et dans un tel état de surexcitation nerveuse qu'il lui était impossible de pleurer.

— Dans un quart d'heure, votre malle sera faite, et dès que Valentin sera de retour, j'irai vider votre coffre à bijoux. Ne faites pas la bêtise de les laisser ici, madame ; on ne sait pas ce qui peut arriver : vos diamants vous seront peut-être très utiles bientôt.

On voit, par ce conseil, que Mlle Francine était éminemment pratique.

Diane n'entendait plus, ne voyait plus ; pâle, affo-

lée, elle sentait ses dents claquer, les unes contre
les autres, de terreur et du froid, qui, malgré le
manteau de fourrure dont elle s'était enveloppée à
la hâte pour traverser le balcon, l'y avait saisie.

Mlle Francine poussa doucement la petite baronne sur le lit qu'elle venait de quitter.

— Mettez-vous là, ne bougez plus, nous partirons
bientôt.

En effet, au moment où le médecin était venu annoncer au baron que celui qu'il croyait avoir tué
n'était pas mort, tout était prêt pour le départ de
Diane.

Valentin et le palefrenier transportèrent deux
malles jusqu'à la petite porte de l'avenue Gabriel.

Un fiacre à quatre places, qui revenait de la barrière de l'Étoile, fut arrêté, et bientôt Diane et
Francine y prirent place pour se faire conduire dans
un hôtel du Marais tenu par un parent de la femme
de chambre, où la petite baronne, à l'abri de
toutes les recherches, pourrait attendre les événements.

— Partie! s'était écrié Stein-Steiner devant Valentin. La misérable! elle m'échappe, partie! — Aussi
lâche que vile, continua-t-il, dès qu'il fut seul de nouveau. C'est à devenir fou!

Il se prit la tête dans les mains et se plaçant moralement bien en face de la réalité :

— Voyons, voyons, poursuivit-il. C'est hors nature.
Je l'ai prise dans le plus probe, le plus honnête et le
plus noble des milieux. Qui l'a entraînée dans cette
boue? Ma sotte confiance... ma faiblesse!... Je ne
voyais que par ses yeux... et voilà où elle m'a mené...

à revenir armé chez moi, la nuit, à briser un carreau comme un malfaiteur, tout cela pour venger mon honneur outragé.

L'ombre de M. de Chagny repassa en cet instant dans son souvenir.

— Eh ! non, reprit-il, l'honneur était le prétexte, la jalousie, le vrai motif... et j'ai frappé ! Monde stupide qui flétris les uns pour les fautes des autres. La trahison d'une femme couvre un homme de ridicule... Pourquoi ? C'est inique, insensé, mais... c'est ainsi. Ah ! préjugé, tu es le plus fort, on t'obéit, on tue ou l'on se fait tuer pour que la masse des indifférents dise : C'est bien ! Où en suis-je et qu'ai-je fait ? Que me reste-t-il à faire ? En vérité, je n'en sais plus rien. Ma femme me trompe ; je la surprends dans les bras de mon ami, je le frappe et je la chasse ? Bien. Après ? N'est-ce pas le moins coupable que j'ai frappé ? Oui, c'est aux autres que j'aurais dû m'en prendre. Ah ! l'on met l'honneur d'un homme dans la vertu d'une femme, dans une chose aussi fragile. Soit ! Oh ! je les tuerai tous ! comme Henri. Henri ! son père me l'avait confié ; jamais je ne le reverrai. Pauvre père ! Il me maudira. Eh ! ne suis-je pas maudit ? Trompé, trahi par cette femme, aux regards si limpides, au sourire d'enfant. Ah ! loin de moi toutes ces idées. Penser encore à elle à présent, ne fut-ce qu'une seconde, serait une lâcheté !

Il s'était remis à marcher depuis quelques instants.

Une des lampes menaçant de s'éteindre, sur la cheminée, il la remonta.

En repassant près de la causeuse, afin de retourner

à la table sur laquelle étaient étalés les papiers du double fond de l'écrin, il écarta ce meuble, ce qui mit à découvert une lettre qui, tombée du paletot du vicomte au moment où il avait été relevé par l'officier de paix, avait échappé aux investigations de ce dernier.

— Qu'est-ce que cela ? se demanda le colonel, encore une lettre !

Et ayant reconnu l'écriture :

— D'Henri, continua-t-il, lisons.

Cette lettre, adressée par le vicomte Henri de Séran à la petite baronne quelques heures auparavant, était ainsi conçue :

« Diane, mon idole, un doute affreux s'est glissé dans mon âme, j'ose à peine vous l'exprimer. Je viens de recevoir au cercle le billet où vous me dites : « Pas ce soir, » et j'en suis navré. Ne m'aviez-vous pas promis la clef de la petite porte pour cette nuit. Je sais qu'on est parti cependant et je me demandais pourquoi vous m'aviez désespéré en me fermant mon ciel, lorsqu'un des domestiques du cercle remit à de Langlade, qui venait de se mettre au baccarat, une clef. Je la connaissais bien, cette clef. Langlade taillait ; pendant quelques secondes, cette clef resta sur le tapis, devant lui ! Jugez de ma douleur, j'eus un éblouissement, j'allais m'élancer, la saisir et souffleter mon rival ; mais je pensai à vous, à votre réputation et je me contins. Un autre, un autre que moi, Diane, non, n'est-ce pas, cela ne peut être ? Et pour qui m'avez-vous trahi ? Langlade est là, ardent, passionné, jouant avec fureur, voilà comme il pense à vous et c'est lui que vous attendez!... »

Arrivé à cet endroit de la lettre d'Henri, Stein-Steiner interrompit sa lecture.

Il voulut se rendre compte de ce que pouvait être cette clef, dont l'envoi à de Langlade par Diane avait désespéré Henri.

Il jeta les yeux sur la petite porte dérobée qui menait du boudoir sous l'escalier de marbre du jardin, donnant ainsi accès sur l'avenue Gabriel, et constata que le verrou intérieur avait été tiré.

— Oui, elle attendait quelqu'un, se dit-il, mais pour qui le verrou était-il tiré, pour Henri ou pour Raoul ? Continuons.

« De Langlade gagne, ma belle Diane, et tant qu'il gagnera, soyez-en sûre, sa mère mourante implorerait en vain sa présence. Ah ! quelle torture ! Vous avez donc oublié que je m'étais juré de ne le point trahir, lui, que je n'ose nommer. Quel misérable vous avez fait de moi ! Je lui dois tout et je l'offense mortellement. Diane, Diane, où m'avez-vous entraîné ? Qu'il apprenne jamais la vérité, lui, et je me tue. Après m'avoir ainsi forcé à trahir la plus sainte des amitiés, vous me trahiriez aussi ! n'ai-je pas déjà assez souffert, hier, pendant les tableaux vivants, alors que ce Raoul touchait votre visage de ses lèvres, devant tous ? Oh ! oui, bien souffert ! Mais un ange de beauté comme toi ne peut mentir et tu m'aimes, Diane, tu m'aimes. Il faut que je n'en puisse douter afin d'étouffer mes remords. La vue de ce Langlade m'irrite. Il est minuit, je vais aller rôder sous tes croisées; si je rencontrais Francine, je pourrais te voir encore, cette nuit, et il faut que je te voie, car je suis fou de douleur et de jalousie; il le

faut, ma Diane, il le faut, si tu ne veux pas que je
meure.

» Henri de Séran. »

Lorsqu'il eut achevé la lecture de cette lettre qui
lui faisait comprendre tout ce qui s'était passé, le
premier mouvement du baron fut un geste de mépris
et de colère.

— Ainsi, se dit-il, sa femme de chambre était sa
confidente, elle en était arrivée à ne plus rougir devant ses gens ! Infamie !

Puis Karl songea à celui qui avait écrit la lettre
qu'il tenait entre les mains, au pauvre Henri de
Séran.

— Il aimait, il avait résisté, il avait même fui cette
maison afin d'échapper aux séductions de la sirène,
et c'est elle qui l'a perverti. Mais elle m'a donc tout
pris, cette misérable. Amitié, bonheur et honneur !
Allons donc ! mon honneur est intact, grâce à Dieu,
mais qui me rendra l'enfant qui m'aimait et qui meurt
là ? J'ai été implacable ! C'est toi, mon honneur, qui
as levé mon bras, toi qui as pétrifié mon cœur,
étouffé ma pitié, aveuglé ma raison ! Grâce à toi, les
lois de la nature sont renversées, tu primes la jalousie, l'amour et l'orgueil, les trois principes les plus
forts de la passion humaine. Ah ! honneur, sois maudit, tu ne viens pas de Dieu, mais des hommes ! C'est
toi qui, tout à l'heure, m'as empêché de me rendre à
l'appel de cet enfant, qui veut me demander pardon,
pardon, à moi, son assassin, son bourreau ! M. de
Chagny ne m'a pas tué, moi, il a risqué sa vie contre la mienne en vrai gentilhomme. Je l'avais donc

complètement oublié lorsque je suis rentré ici. Ah!
honneur! implacable honneur! lorsque le malheureux
Henri m'implorait, c'est toi qui me clouais à cette
place ; toi qui m'as fait tuer ce pauvre garçon de
vingt ans! Et je lui refuserais mon pardon, maintenant que je connais la créature qui me l'a fait haïr.
Allons donc! et ce n'est pas tout : il faut qu'il vive !
si tu mourais, enfant, ta mort serait mon remords
éternel.

Et s'élançant vers le blessé, il s'écria :

— Ah! Henri! Sauvez-le! sauvez-le !

Le petit homme jaune reparut sur le seuil de la
chambre de la reine des cocodettes, et, du geste, il
arrêta Stein-Steiner.

— Grand Dieu! fit Karl.

— Oui, c'est fini! monsieur le baron.

— Mort ?

— En prononçant votre nom, oui.

Le baron fit quelques pas et alla s'appuyer, chancelant, désespéré, contre la croisée, qui était restée
ouverte.

Tout à coup il releva la tête et prêta l'oreille.

Il lui semblait qu'une ombre venait de passer devant lui dans le jardin.

— Langlade! s'écria-t-il.

Et il saisit son revolver, qui était resté sur la table
depuis qu'il s'en était servi contre le vicomte de
Séran.

Le médecin venait de reparaître.

Il s'élança, ainsi que le commissaire, pour désar-
mer le colonel, dont le bras était étendu vers la petite porte secrète.

— Arrêtez ! dirent-ils.

Stein-Steiner abaissa son arme, puis il se la laissa prendre par le docteur.

— Vous avez raison, messieurs ; pour une pareille femme, c'est déjà trop d'un, dit-il.

Le plus cuisant des remords le torturait. Comme jadis il avait amèrement regretté d'avoir blessé le prince de Chagny, nul sacrifice n'eût coûté au baron Stein-Steiner pour rendre la vie à Henri de Séran.

En ce moment, la petite porte s'ouvrit, et Raoul de Langlade parut sur le seuil, où il s'arrêta stupéfait, en voyant les trois hommes dans le boudoir où il s'attendait à trouver seule la grande-maîtresse de l'ordre du Louton.

Le colonel s'élança vers lui, et, le saisissant avec force par le poignet :

— Venez, venez, monsieur, s'écria-t-il, en l'entraînant dans la chambre où le cadavre d'Henri de Séran était étendu sur une chaise-longue.

Là, le lui montrant :

— Tenez, dit-il, je l'ai tué : c'était l'amant de ma femme. Vous avez été deux fois heureux au jeu ce soir, monsieur ; ce malheureux enfant a payé pour tous. Et maintenant, sortez de chez moi, sortez à l'instant !

Raoul, à la vue du cadavre, était devenu tout pâle.

Il baissa la tête et s'éloigna sans proférer une seule parole.

Le médecin et le commissaire avaient assisté en silence à cette scène, qu'ils ne pouvaient comprendre.

En ce moment, le sergent de ville que le petit homme à lunettes avait envoyé à la préfecture pour y demander des ordres revint avec la réponse du préfet.

Stein-Steiner était resté devant le corps inanimé du vicomte.

— Ce n'est pas un meurtre que j'ai commis, murmura-il, c'est un crime !

Le médecin l'arracha au triste et terrible spectacle de la vue de sa victime.

— Monsieur le baron, dit alors le commissaire, me donnez-vous votre parole de ne pas faire défaut lorsque votre présence sera nécessaire à la justice ?

— Oui, monsieur.

— Bien. Monsieur le baron Karl-Christian Stein-Steiner, vous êtes libre !

XIII

DÉPARTS ET ARRIVÉES

Le drame qui s'était accompli à l'hôtel Stein-Steiner produisit une sensation énorme dans Paris.

La situation de la petite baronne, ainsi que celle de la victime et du meurtrier, suffisaient amplement à piquer la curiosité publique dès qu'ils attiraient son attention par le moindre motif. Qu'on juge, d'après cela, de l'ardeur avec laquelle les récits et les propos de tout genre circulèrent aussitôt que la mort du vicomte de Séran, tué dans les bras.de la belle Diane Stein-Steiner par le colonel, son mari, se répandit dans tous les mondes aussi rapidement que si elle y était apportée par une traînée de poudre.

Si nous n'avions pas pris la précaution de changer les noms des personnages ainsi que le théâtre de l'événement, tous nos lecteurs se souviendraient du drame en question et de l'émoi considérable qu'il causa dans toute la France.

Ainsi que l'avait bien prévu le colonel, on ne songea nullement à rire, même ceux qui, mieux renseignés que la majeure partie du public, surent que le mari, après avoir tué Henri de Séran, avait arrêté de Langlade sur le seuil de la chambre de la petite baronne.

La mort du jeune vicomte et la séparation du baron

14

Karl et de sa femme intéressaient directement au plus haut degré trois personnes que le lecteur a déjà nommées sans doute.

Nous parlons du comte Maurice de Séran et du marquis et de la duchesse de la Roche-Carignan.

Disons d'abord ce que firent le lendemain du meurtre le colonel et la belle Diane, et nous passerons ensuite aux autres.

Lorsque le commissaire eut annoncé au baron qu'il était libre, celui-ci le pria de faire le nécessaire pour transporter le cadavre du jeune Séran à son domicile, qu'il indiqua.

— Puis-je compter sur vous, monsieur ?

— Complètement.

— Permettez-moi en ce cas de me retirer ?

— Je vous l'ai dit déjà et j'ai l'honneur de vous le répéter : Monsieur le baron, vous êtes libre ; mais à quoi bon quitter cet hôtel, puisque vous y êtes chez vous ?

— Je ne pourrais rester ici. J'avais loué ce soir même une chambre dans un hôtel de la rue du Colisée, je désire y achever la nuit.

— Allez, monsieur.

— Demain, je compte quitter Paris, je vous en préviens d'avance.

— Mais vous reviendrez lorsqu'il le faudra ?

— Vous avez ma parole, monsieur, je suis gentilhomme et soldat, je la tiendrai, dussé-je y perdre la vie, ainsi ne craignez pas de m'y voir manquer ; j'informerai, du reste, en partant, monsieur le préfet de police du lieu de ma retraite momentanée. Je ne fuis pas la justice ; mais je veux me mettre à l'abri de

la curiosité indiscrète et des propos irritants que je
ne pourrais éviter un seul instant, en restant ici.

— Adieu, monsieur le baron.

— Adieu.

Et Stein-Steiner, après avoir donné quelques ordres à Valentin, regagna l'hôtel de la rue du Colisée,
où il parvint à goûter quelque repos après une longue insomnie.

Vers dix heures du matin, Valentin arriva avec
les malles de son maître.

Ce n'était pas sans peine qu'il était parvenu à
quitter l'hôtel Stein-Steiner, qu'entourait la foule,
aussi bien du côté de l'avenue Gabriel que de celui de
la rue du Faubourg-Saint-Honoré.

La levée du corps du jeune Séran, qui avait eu lieu
au petit jour, jointe à certaine indiscrétion du concierge, faite pour éveiller l'attention des voisins, eut
leur réunion pour résultat, et bientôt ils formèrent
le noyau d'un groupe qui, promptement, devint si
compact, que de très grand matin encore, les sergents de ville ne pouvaient déjà plus maintenir la cir-
culation qu'à l'aide de constants et énergiques efforts.

Comme il était en retard, Valentin s'excusa en
racontant à son maître ce qui se passait.

Ce ne fut pas sans une émotion, très-naturelle du
reste, que le colonel apprit que déjà la tragique aventure dans laquelle il avait joué le rôle le plus important, était connue et que son nom volait de bouche en bouche, au milieu des commentaires et des appréciations de tout genre.

— Nous partirons pour Vienne ce soir, dit-il, d'ici
là je ne sortirai pas.

Cela dit, le baron écrivit deux lettres.

La première était adressée à l'ambassadeur d'Autriche, la seconde au préfet de police.

Vers une heure, les deux lettres en question ayant été portées immédiatement par Valentin à leur adresse, un élégant coupé s'arrêta devant l'hôtel de la rue du Colisée, dans lequel le baron Karl s'était installé.

De ce coupé, sur le siège duquel se trouvaient deux domestiques, à la livrée irréprochable, descendit un homme blond d'une quarantaine d'années, portant de longs favoris ainsi que la moustache.

La physionomie de cet homme, à la mise distinguée, était douce ; il avait de grands yeux bleus remplis de bienveillance et des lèvres un peu grosses, mais gracieusement dessinées.

— M. Lambert ? demanda-il au bureau de l'hôtel.

— Au premier, n° 3, en face de l'escalier, lui indiqua-t-on.

L'homme blond monta.

Une minute après, il frappait à la porte de la chambre occupée par Stein-Steiner.

Lambert était le nom qu'avait pris pour un jour, le mari de la petite baronne, afin d'échapper à la curiosité des gens de l'hôtel, au cas où l'événement de la rue du Faubourg-Saint-Honoré arriverait jusqu'à eux.

— Entrez ! dit Karl.

Le visiteur obéit.

— Ah ! c'est vous !

— J'étais sorti lorsque votre lettre est arrivée à l'ambassade, mon cher Stein-Steiner, je viens de l'y trouver en rentrant et j'accours.

— Mon ami, mon cher ami, reprit le baron en serrant dans ses bras celui qui venait de parler, lequel n'était autre que l'ambassadeur d'Autriche lui-même.

L'ayant fait asseoir, le colonel lui fit brièvement le récit des événements de la nuit.

Ces événements, l'ambassadeur les connaissait déjà ; c'était même à cause d'eux qu'il avait quitté de bonne heure l'ambassade pour en conférer avec le préfet de police.

Il revenait de la préfecture au moment où la lettre du colonel lui avait été remise, et il était accouru immédiatement à son premier appel.

Lorsqu'il eut terminé son récit, Stein-Steiner ajouta :

— Prince, il faut m'autoriser à partir pour Vienne, ce soir même ; je me suis engagé à revenir, au premier appel du parquet, me mettre à la disposition de la justice française ; mais ce que je veux éviter, ce que je fuis, c'est la curiosité et la malignité publiques. Je sens que j'ai besoin d'ombre.

— Vous avez raison, mon cher ami, et je vous laisse libre de partir. J'écrirai à Vienne, aujourd'hui même, pour y expliquer qu'un congé vous est nécessaire et qu'on ait même à s'occuper de vous remplacer à Paris. Son séjour vous serait, je le crois, odieux désormais.

— Oh ! oui, reprit le colonel, et je vous sais gré d'avoir deviné mon désir de quitter la France, dès que j'aurai satisfait aux exigences de la loi.

Ils se séparèrent quelques instants après, et le baron resta seul jusqu'à la tombée de la nuit.

Valentin revint.

14.

Il était allé aux nouvelles, et remontait de chez le concierge de l'hôtel une lettre qui venait d'y arriver pour M. Lambert.

Cette lettre, toute confidentielle, émanait du préfet de police et informait Stein-Steiner que, se fiant à sa parole, nul obstacle ne serait opposé à son départ.

Les nouvelles étaient que la foule continuait à entourer l'hôtel Stein-Steiner, et qu'ainsi qu'il arrive toujours en une circonstance semblable, les propos les plus étranges avaient leur libre cours.

Rejoignons Diane au Marais, où elle s'était réfugiée cédant aux inspirations de Mlle Francine.

Indifférente à ce qui se passait autour d'elle, la petite baronne laissa Mlle Francine l'installer comme elle l'entendait.

Se trouvant moralement dans l'état d'une personne qui vient de faire un chute, c'est-à-dire complètement étourdie par le trouble dans lequel l'avaient jetée les événements de la nuit, Diane mesurait l'abîme qui venait de s'ouvrir devant elle et, sans pouvoir se faire une juste idée de sa profondeur, comprenait que rien désormais ne pourrait la faire remonter à la surface.

Elle passa la journée dans les larmes, sans avoir pris aucun parti.

Quel parti pouvait-elle prendre, du reste ?

Implorer le pardon de son mari lui semblait une prière inutile, car elle devait rester sans effet.

Courir à la Roche, se précipiter aux genoux de la duchesse et du marquis de la Roche-Carignan en leur racontant ce qui venait de se passer, ne lui offrait pas plus de chance de trouver aide et protection auprès d'eux que près du colonel. S'adresser à de Langlade était peut-être la seule planche de salut qui lui restât, et encore Raoul lui pardonnerait-il Henri ? c'était douteux.

La petite baronne se vit seule, bien seule, exilée à jamais du monde, au premier rang duquel elle avait brillé avec tant d'éclat, car elle comprenait instinctivement que même ses meilleures amies, enchantées au fond de ce qui était arrivé, se montreraient implacables pour son crime, dans le but de cacher leur propres fautes et surtout afin de se venger de la supériorité si cruelle pour leur amour-propre que la reine des cocodettes avait exercée sur elles, sans comparaison et sans partage, pendant trop longtemps.

La douleur que lui inspirait la mort du vicomte de Séran venait se mêler à ces tristes pensées.

N'était-elle pas, à tout prendre, la principale cause de la fin tragique de ce pauvre jeune homme, devant lequel s'ouvrait un si bel avenir ?

Et quel bruit, quel scandale !

Sans en rien dire à Francine, elle se fit apporter par un garçon de l'hôtel, tous les journaux du soir.

Sans exception, tous contenaient un article plus ou moins long sur le drame de la rue du Faubourg-Saint-Honoré.

Il est vrai que des initiales seules désignaient ses auteurs, mais qu'importait ? Tout Paris ne savait-il pas déjà leurs véritables noms ?

Mieux informé que les autres, un journal allait même jusqu'à raconter l'incident Langlade que la petite baronne ignorait encore elle-même.

Ce fut pour elle un coup terrible.

Cette fois elle se sentit bien perdue et perdue à

jamais. Il fallait quitter Paris, disparaître complètement, chercher une retraite lointaine où, ignorante
et ignorée, elle vivrait à l'abri de tout ce qui pourrait
lui rappeler la France et l'émotion que le scandale
qu'elle avait causé y avait fait naître.

Grâce à Mlle Francine qui lui avait fait emporter
ses diamants, aucun obstacle matériel ne s'opposait à
ce qu'elle allât vivre au loin.

Elle fit venir une voiture, prit un bracelet et se fit
conduire chez son bijoutier.

A l'air dont celui-ci l'accueillit, Diane comprit que
son aventure lui était connue.

Au bout d'un quart d'heure de pourparlers, le joail-
lier compta douze mille francs pour prix du bracelet
en question.

Le lendemain, accompagnée de sa fidèle Francine,
Diane partait pour la Belgique, par le dernier train
du soir.

Huit jours après ces événements, le marquis de la
Roche-Carignan reçut une lettre du baron Stein-
Steiner, lui révélant toute la vérité en le conjurant
de n'être pas trop sévère pour la coupable.

Le marquis, littéralement foudroyé par cette terrible révélation, devint pâle comme un mort et, pressé
de questions par la duchesse, qui avait surpris l'émotion de son beau-frère, étranglé par l'émotion, incapable de dire une parole, il lui tendit la lettre du
baron que la vieille dame se mit à dévorer avec avidité.

Comme son beau-frère, elle fut anéantie.

— La malheureuse enfant ! s'écria-t-elle enfin, et
ce pauvre Henri ! mon Dieu, pourquoi ne m'avez-

vous pas rappelée avant de permettre de tels crimes !

Puis, comme elle était bonne et compatissante :

— Pauvre enfant, malheureuse Diane !

Le marquis se redressa.

— Ma sœur, dit-il, ma fille est morte ; à partir de demain je porterai son deuil. Qu'on ne me parle jamais d'elle, je chasserais de cette demeure quiconque oserait prononcer encore son nom devant moi.

Et pour dérober à tous les larmes qu'il sentait envahir ses yeux malgré lui, le vieux gentilhomme regagna sa chambre dans laquelle il s'enferma.

Pour M. de la Roche-Carignan, Diane était donc morte ; mais Henri aussi était mort, mort pour tous, surtout pour le comte Maurice de Séran.

Le jour même du meurtre, Raoul de Langlade se fit annoncer chez un notaire de Courbevoie qui s'appelait Me Allain.

Langlade savait que Me Allain, l'homme de confiance de la famille de Séran, était chargé de verser chaque mois dans les mains d'Henri la large pension mensuelle que le comte faisait à son fils, afin de lui assurer une situation en rapport avec les besoins de son âge et les exigences de son rang et de son nom.

Langlade, mû par un sentiment très naturel, sans haine pour Henri, le plaignant même, car, sans grand amour pour Diane, il l'avait sainement jugée depuis longtemps, avait cru de son devoir de venir lui-même avertir le notaire de la mort tragique du vicomte.

Au récit du meurtre qui avait été commis par le baron Karl, Me Allain bondit en présageant immédiatement toute la grandeur qu'atteindrait le désespoir du comte de Séran lorsqu'il apprendait la mort terrible de son unique enfant.

Il fallait agir néanmoins et agir immédiatement.

Me Allain envoya une dépêche au comte Maurice pour l'engager à venir immédiatement à Paris, Henri de Séran s'y trouvant gravement malade.

« Dites-moi l'heure de votre arrivée, j'irai vous attendre à la gare, » ajoutait Me Allain.

Cela fait, il monta dans la voiture de Raoul avec ce dernier et se rendit rue d'Anjou, chez Henri, afin de procéder aux préparatifs de son inhumation.

Le soir la réponse du père arriva.

« Je pars, serai à Paris à cinq heures du matin. »

Me Allain se leva avant le jour et il se trouvait à la gare d'Orléans quelques minutes avant l'arrivée du train de Bordeaux que le comte Maurice avait pris à Poitiers à dix heures quarante-deux minutes du soir.

De la gare d'Orléans à la rue d'Anjou-St-Honoré le trajet est long.

Me Allain avait compté là-dessus pour préparer Séran à l'épouvantable nouvelle qu'il s'était spontanément chargé de lui apprendre en véritable ami.

Lorsque M. de Séran parut dans la salle de l'arrivée, l'anxiété se lisait sur son visage.

Dès qu'il aperçut Allain, il courut à lui.

— Mon fils ? demanda-t-il.

— Je n'ai pas de meilleures nouvelles à vous donner que celles que je vous ai transmises... au contraire, répondit le notaire.

— Mon ami, reprit le comte d'une voix altérée, croyez-vous aux pressentiments ?

— Quelquefois.

— Eh bien ! Henri est mort, j'en suis sûr, s'écria M. de Séran,

Mᵉ Allain courba la tête.

Il y eut un silence terrible pour tous deux.

L'homme le plus désolé conserve toujours, même malgré lui, une lueur d'espérance.

Oui, pour le comte Maurice, son Henri, son fils bien-aimée n'était plus, et cependant il attendait que Mᵉ Allain lui affirmât le contraire ; cette mort était réelle, et cependant elle lui semblait impossible !

Il fallut bien se rendre à l'affligeante réalité.

Mᵉ Allain, par son silence, en disait assez.

Alors s'opéra une réaction immédiate chez M. de Séran.

Il fondit en larmes et tomba dans les bras du notaire, en s'écriant :

— Ainsi, c'est donc vrai, c'est donc bien vrai : je n'ai plus d'enfant... ah ! mon Henri, mon cher Henri, mon pauvre fils !

Peu de voyageurs étaient arrivés par le même train que le comte.

Ils s'étaient empressés de gagner la salle des bagages où les voitures qui stationnaient dans la grande cour de l'arrivée.

Mᵉ Allain et le comte étaient restés seuls.

Le notaire entraîna M. de Séran vers la voiture qui l'avait amené à la gare.

— Allons chez mon pauvre enfant ; je veux le voir. Je ne veux pas le quitter une seconde avant que...

Les sanglots interrompirent le malheureux père.

— Pour quand est-ce ? reprit-il au bout d'un moment.

— Pour demain, à onze heures du matin, répondit immédiatement Mᵉ Allain, en comprenant que la question du comte se rapportait à l'enterrement d'Henri.

— Comment n'ai-je pas été averti plus tôt ?

— J'ai été prévenu hier seulement moi-même.

— Ce n'est pas à vous que ce reproche s'adresse, mon cher Allain, mais à mon ami le baron Stein-Steiner, dont Henri était le secrétaire.

— Je ne le connais pas, répliqua le notaire, afin d'éviter momentanément toute explication.

— Je le sais ; mais son silence est bien étonnant !

L'entresol qu'Henri de Séran habitait rue d'Anjou était composé de quatre pièces élégamment meublées.

Depuis que son cadavre y avait été transporté, une sœur de charité s'était installée d'un côté à son chevet, près duquel brûlaient des cierges, et de l'autre un sergent de ville avait pris place, jusqu'aux constatations du médecin légiste, qui devaient avoir lieu dans la journée.

Lorsque Mᵉ Allain et le comte descendirent de voiture devant la maison où gisait le pauvre Henri, ils gravirent lentement les quelques marches qui conduisaient à l'appartement du vicomte.

Six mois auparavant, M. de Séran avait fait un court séjour à Paris, et connaissait la disposition de l'appartement de son fils ; aussi alla-t-il droit à la chambre à coucher, dont la porte était ouverte.

La vue de la sœur de charité était toute naturelle ; mais lorsque le comte aperçut le sergent de ville, il s'arrêta une seconde sur le seuil, en proie à un étonnement très compréhensible.

Mais l'instant des explications n'était pas venu, le visage pâle du mort attira les regards de M. de Séran qui, poussant un cri, alla tomber à genoux près du lit :

— Ah ! mon enfant, mon pauvre enfant !

Il resta longtemps ainsi, la tête dans les mains, isolé par son désespoir, au milieu des trois personnes qui l'entouraient.

Henri, les yeux fermés, semblait dormir.

Son visage calme et souriant n'avait point cette altération que produisent presque toujours sur ceux qui meurent de maladie, les affres de la mort.

Frappé en pleine vie, en pleine jeunesse, en pleine espérance, au moment du divorce de l'âme et du corps, celui-ci, sain et robuste, avait gardé presque toutes les apparences de la vie.

M. de Séran se releva enfin, et, se penchant sur le cadavre, il lui prit la tête dans ses mains tremblantes et l'embrassa avec effusion en l'arrosant de ses larmes. L'expression vitale qu'avait conservée le visage du mort le frappa.

— Regardez, maître Allain, ne dirait-on pas qu'il va rouvrir les yeux ? De quoi donc est-il mort ?

Et d'un geste brusque il écarta le linceul.

Au-dessus du sein gauche du jeune homme, on apercevait une petite plaie ronde et vive dont les lèvres étaient rougies par du sang coagulé.

C'était par là que la balle était sortie après avoir traversé le poumon et effleuré le cœur.

— Ah ! s'écria le comte Maurice, on a tué mon enfant !

Et fermant les yeux, il tomba évanoui dans les bras de ceux qui l'entouraient.

15

Après avoir fébrilement occupé, pendant quelques jours l'esprit public, le drame de la rue du faubourg Saint-Honoré entra dans cet oubli momentané qui succède toujours aux curiosités vives, oubli d'autant plus complet, en apparence du moins, que l'ardeur avec laquelle on s'est occupé d'abord de l'événement était plus grande. L'instruction du meurtre commis par le baron Karl Stein-Steiner fut promptement terminée et quinze jours après avoir quitté Paris, le mari de la belle Diane reçut à Vienne, l'invitation de venir se mettre immédiatement à la disposition de la justice française.

Fidèle à sa promesse, le colonel reprit immédiatement le chemin de Paris.

Deux semaines après il se constituait prisonnier et, quelques jours plus tard, comparaissait devant la cour d'asises de la Seine.

Le procès dura quatre heures.

— Non, fut la réponse du jury aux deux questions qui devaient décider du sort du baron.

Il fut acquitté et repartit le soir même pour l'Autriche [1].

---

1. Pour la suite des aventures du baron Karl Stein-Steiner, voir *Le Pendu de la Forêt-Noire.*

XIV

LE BEAU NEPHTALI

Nous avons abandonné la jeune baronne Stein-Steiner, la belle Diane de la Roche-Carignan, au moment où elle partait pour la Belgique en compagnie de Mlle Francine.

Afin de ne pas être remarquée pendant le voyage, Diane avait choisi le train qui quitte Paris à onze heures du soir, passe par Valenciennes et n'arrive à Bruxelles qu'à midi !

C'était entreprendre un voyage long et fastidieux, mais la petite baronne avait raisonné juste en se disant qu'en choisissant ce train incommode elle serait certaine de ne rencontrer en route aucune figure de connaissance.

Le chef du train mit, en effet, tout un compartiment à la disposition des deux femmes, qui s'y installèrent le plus commodément possible, s'armant de patience, car elles savaient qu'on s'arrêterait à chaque station et qu'elles ne mettraient pas moins de treize heures pour faire une route qui largement n'en demande que huit par les trains ordinaires.

Aucun incident ne vint troubler les deux voyageuses, qui se firent conduire en arrivant, place Royale, à l'hôtel de Flandre, où la baronne Diane Stein-Steiner s'inscrivit sous le nom de Mme Laroche.

Le premier jour, Mme Laroche ne sortit pas.

Il faisait du reste un temps affreux qui donnait à cette belle ville de Bruxelles, dont la petite baronne pouvait de ses fenêtres distinguer une des principales places, un aspect sinistre et désert.

Du premier étage, où Diane s'était installée, elle jetait de tristes regards sur deux fiacres ou plutôt deux vigilantes, c'est le nom qu'on leur donne en Belgique, qui stationnaient, sous la pluie, près de l'église de Saint-Jacques-de-Caudenberg, derrière la statue de Godefroy de Bouillon, qui se dresse au milieu de la place Royale.

Devant elle, de l'autre côté de la place, son regard plongeait dans la Montagne de la Cour, qui descend au cœur de la ville par une pente presque vertigineuse, tant elle est rapide.

Quelques rares passants, armés de parapluies, et dont on ne pouvait voir que les jambes et la moitié du torse, allaient d'un pas hâtif, semblables à des champignons de soie noire, bleu foncé et marron.

Au coin de la Montagne de la Cour, un chien, un vieux caniche couvert de boue et ruisselant d'eau, grelottait en jappant contre les nuages sombres qui se transformaient continuellement en averse.

Ajoutez à cela les maisons relativement basses pour l'œil d'une Parisienne, habituée aux hôtels à six étages, la boue noire, les petits pavés pointus qui sont un des côtés défectueux de la capitale de la Belgique, et vous comprenez facilement que Diane se laissât aller à une mélancolie des plus sombres.

Depuis quarante-huit heures, sa vie avait tant changé !

C'était comme un mauvais rêve qui l'avait conduite dans cet hôtel confortable, mais qui ne pouvait en rien lui rappeler le luxe qu'elle venait si subitement de quitter.

Elle voyait le présent morne et sombre, l'avenir sinistre dans l'isolement.

En vain Mlle Francine chercha à la distraire.

— Laisse-moi, finit par lui dire la petite baronne, qui tutoyait sa cámériste à la manière des grandes dames du dix-huitième siècle, il me plaît de rester à cette fenêtre, mais je voudrais être seule.

— Bien, madame la baronne, on s'en va.

A cette réponse, Diane releva vivement la tête.

— J'espère bien, dit-elle, que c'est la dernière fois que tu m'appelles madame la baronne. Je suis désormais Mme Laroche, ne l'oublie plus, je t'en conjure ; je ne veux pas être reconnue, je cherche l'obscurité et l'oubli.

— Que madame me pardonne, reprit Mlle Francine d'une voix mielleuse ; j'ose affirmer à madame qu'elle n'aura plus à me faire le juste reproche qu'elle vient de m'adresser.

Et, sur cet engagement rempli de déférence pour sa jeune maîtresse, Mlle Francine se retira.

Le lendemain, le vent du nord chassant les nuages éclaircit le ciel, sécha le pavé, et le soleil, reparaissant, vint donner à la ville animée et active un aspect riant et propre qui formait le plus complet contraste avec les teintes sombres dans lesquelles elle était plongée la veille.

Devant l'hôtel, quatre ou cinq grands landaus de louage avaient remplacé les vigilantes de la veille.

De nombreux passants, venant du Parc, de la rue
Royale, de celle de la Régence, de la Montagne de
la cour et de la rue de Namur, se croisaient en tous
sens, sur la place.

Des dames élégantes, tenant par la main de jolis
enfants, coquettement vêtus, gagnaient le Parc, belle
promenade de ce quartier aristocratique de la ville,
formant un parallélogramme qu'entourent d'un côté
la Chambre des représentants et les ministères, cons-
truits dans la plus belle partie de la rue de la Loi, et,
de l'autre, la place du Palais-du-Roi, qui s'ouvre sur
la place Royale, où la belle Diane s'était installée.

Moins triste que la veille à la vue de l'animation
qui régnait dans les rues, Mme Laroche fit part à
Mlle Francine de son désir de visiter la ville. Un
quart d'heure après, elle prenaient place toutes les
deux dans un landau de louage, Mme Laroche au
fond, Mlle Francine respectueusement sur la banquette du devant.

— *Ousque* tu vas donc, Madame ? leur demande le
cocher en les tutoyant avec cette familiarité sans conséquence et cet accent du terroir qui semblent si sin-
guliers aux personnes à qui ils s'adressent pour la
première fois.

En parlant ainsi, le brave Belge se tenait à la portière, le chapeau à la main, dans une attitude pleine
de respect qui ôtait à ses paroles tout ce que la belle
Diane aurait pu y trouver de blessant.

Aussi étonnée, mais non irritée, tandis que mademoiselle Francine considérait le cocher avec autant
de hauteur que de surprise :

— Où vous voudrez, mon ami, répondit-elle en

souriant. Nous sommes étrangères et nous voudrions voir la ville.

— Bien, Madame.

Et remontant sur son siège, le cocher lança ses chevaux dans la direction de la rue Royale.

Arrivé à la porte de Schaerbeck, près du Jardin botanique, il remonta le boulevard jusqu'à la rue de la Loi.

Cette partie de Bruxelles est toujours agréable à voir par une belle journée, même l'hiver.

Très large depuis qu'afin de réunir les faubourgs à la ville, on a comblé les fossés qui séparaient le boulevard extérieur du boulevard intérieur, pour n'en faire qu'un seul, cette promenade, qui unit le quartier Léopold, qu'on peut appeler le faubourg Saint-Germain bruxellois, à la ville haute, est très fréquentée.

Les beaux hôtels qui le bordent du côté du quartier Léopold et les riches habitations entourées de jardins qui le longent de l'autre, ainsi que sa quadruple rangée d'arbres dont celles du côté du quartier Léopold abritent les piétons, tandis que les autres ombragent l'allée des càvaliers, expliquent à première vue la vogue constante du boulevard bruxellois, quoiqu'il soit bien différent des boulevards parisiens, par son manque de boutiques et de cafés.

Arrivé rue de la Loi, le cocher s'engagea dans le quartier Léopold.

Ses rues tirées au cordeau, où les somptueux hôtels en pierre de taille sont presque aussi nombreux que les maisons, inspirèrent immédiatement une vive sympathie aux goûts aristocratiques de l'ex-reine des cocodettes.

Sans connaître encore le bas de la ville dont elle n'avait aperçu que le toit des maisons en passant rue Royale, devant la colonne du Congrès, d'où l'œil découvre un vaste panorama, qui englobe plus de la moitié de tout Bruxelles, Diane se dit que le quartier Léopold devait être choisi par elle pour y établir sa résidence.

Ses larges rues paisibles, ses squares spacieux lui plaisaient énormément.

Souvent elle avait entendu dire que Bruxelles est un petit Paris.

C'est en se souvenant de ce propos élogieux qu'elle s'était décidée à se rendre en Belgique, plutôt que d'aller en Angleterre ou en Italie.

Quelques écriteaux annonçaient des appartements et des *quartiers* garnis à louer.

Place de l'Industrie, l'un des endroits les plus riants, grâce à son beau square, de tout le quartier Léopold, un écriteau jaune pendait à un balcon :

GRAND APPARTEMENT GARNI

A LOUER PRÉSENTEMENT.

Mlle Francine le fit remarquer à sa maîtresse.

Lorsqu'on vient de quitter un hôtel aussi vaste que celui dont le baron Stein-Steiner avait chassé la petite baronne, les mots *grand appartement* ne peuvent effrayer, bien au contraire, quoiqu'on ne soit que deux à se loger.

Elles descendirent donc pour visiter l'appartement que désignait l'écriteau.

La propriétaire était une vieille juive allemande qui s'appelait madame Simmern.

Jugeant, avec le flair particulier qui distingue la race israélite, que Diane était une femme riche, elle s'empressa de montrer à la belle étrangère son *quartier* garni, — le mot quartier est plus répandu encore que celui d'appartement.

Meublé avec un certain luxe qui ne se trouve qu'exceptionnellement en pareille occasion, le grand appartement en question convenait parfaitement à Diane.

Un vaste salon s'ouvrant sur un petit boudoir, avait, par trois croisées, accès de plain-pied sur le balcon, en face duquel se trouvait une salle à manger très confortable et donnant sur deux chambres à coucher ayant chacune un cabinet de toilette.

Une cuisine claire et bien aérée et un vaste cabinet de débarras complétaient l'ensemble.

Mme Simmern, en faisant passer successivement Diane et Mlle Francine dans chacune des pièces, ne tarissait pas d'éloges sur le confort et l'élégance du mobilier, la disposition commode des chambres, la bonne réputation de sa maison, l'aristocratie du quartier, et les soins particuliers dont elle entourait ses locataires, qui tous, sans exception aucune, n'avaient jamais quitté la maison que le désespoir dans l'âme, contraints et forcés par des événements imprévus.

Dans sa faconde louangeuse, Mme Simmern entrelardait son discours de certains pataquès auxquels son accent de juive allemande donnait une saveur exceptionnelle.

Puis elle employait les adverbes en leur attribuant un sens tout autre que le véritable, ce qui lui faisait dire des bêtises colossales avec un sang-froid étonnant.

15.

— Quel est le prix que vous demandez de cet appartement ? dit Mme Laroche, pour mettre un terme au fastidieux et interminable discours de Mme Simmern.

— Six cents francs par mois, répondit vivement la vieille juive, qui, après avoir jeté un dernier regard scrutateur sur la petite baronne, avait bravement majoré de cent francs ses prétentions mensuelles.

Une femme du monde et du caractère de l'ex-reine des cocodettes, ne pouvait pas marchander sur un pareil chiffre.

Mme Simmern, qui l'ignorait, crut bien faire en reprenant :

— Oui, six cents francs seulement, et madame peut dire que c'est pour rien, maintenant qu'elle a visité *verbalement* toutes les chambres.

Diane, tout acclimatée déjà aux bourdes lancées par la juive, ne put, à cette dernière, résister à une envie de rire qu'elle ne réprima qu'en se mordant la lèvre.

— Voici cent francs, dit-elle ; nous entrerons demain.

— Bien, madame ; mais madame sait que les appartements meublés se payent par anticipation.

Diane répondit par un signe de tête et remonta dans son landau en compagnie de Mlle Francine.

Le lendemain, Diane et sa femme de chambre quittèrent l'hôtel de Flandre pour la place de l'Industrie.

En quarante-huit heures, Mme Laroche, grâce à l'activité de sa cameriste, loua un piano, acheta les livres en vogue, se procura une cuisinière et garnit son appartement de ces petits riens qui ne se trouvent que chez les femmes véritablement élégantes.

Tout cela aida Diane à tuer le temps et à maintenir sa pensée dans une activité de détails qui en chassait les regrets attristants et les sombres souvenirs.

Lorsque tout fut fini et qu'il fallut se dire :

— Faisons-nous à notre vie nouvelle, Diane fut effrayée de sa solitude.

Les soirées étaient longues encore ; son isolement les faisait interminables.

Elle lisait, mais quel que fût l'intérêt du roman qu'elle avait pris en main, au bout de quelque temps, ses yeux déchiffraient les mots sans que leur sens fût saisi par son cerveau, dans lequel s'amassaient petit à petit, d'autres idées absorbantes par leur amertume même.

Tout ce qui l'entourait était gai cependant.

Des fleurs garnissaient les vases et les étagères, les dernières partitions gisaient sur le piano ; à la clarté de la lampe posée sur la table, venait se joindre la lumière d'une dizaine de bougies allumées par Mlle Francine ; le tapis était moelleux, le divan et les fauteuils confortables, la pendule elle-même, cette compagne dont le tic-tac régulier anime toujours un peu la solitude d'un logis silencieux, n'était point entachée par ce caractère rococo qu'ont ordinairement toutes les pendules des appartements meublés ; seulement, lorsque les yeux de Mme Laroche se mettaient à suivre la marche des aiguilles, cette marche lui semblait si lente qu'elle se demandait si tout un jour pouvait suffire à la grande aiguille pour faire le tour du cadran.

Alors elle revoyait Paris, l'hôtel de la rue du Faubourg-Saint-Honoré, les fêtes, les plaisirs, et son mari, puis de Langlade et enfin le pauvre Henri de Séran qui avait payé de la vie ses baisers et ses adultères caresses. Elle comparait sa vie passée à sa vie présente, l'avenir de jadis avec celui d'aujourd'hui et prise d'une sorte de crise nerveuse, elle fondait en larmes, poussait de petits cris de douleur et folle de chagrin, terrifiée, finissait toujours par appeler Francine à son aide.

Il résulta bientôt de cette situation morale qu'une grande intimité relative s'établit graduellement entre la petite baronne et sa cameriste.

Mlle Francine fut admise à la table de sa maîtresse, et au bout de deux ou trois jours, elle passèrent leur soirée en jouant aux cartes.

La distraction n'était pas considérable, aussi paraissait-elle à Diane privée de tout attrait.

Parfois, jetant les cartes, elle disait à Francine :

— Tu as gagné.

Et, fébrile, nerveuse, pliée sous l'ennui, elle s'installait au piano et se mettait à chanter.

Nous avons dit déjà que Diane possédait un réel talent.

Sa situation morale le grandissait encore, donnant plus d'expression à son jeu, plus d'émotion à sa voix.

Inutile de signaler l'admiration de Mlle Francine, qui, dans ces circonstances, touchait à l'extase.

Des exclamations élogieuses sortaient en foule de ses lèvres :

— Les anges ne devaient pas mieux chanter que Mme Laroche !

Diane, qui cherchait à concentrer dans l'exécution du motif qu'elle interprétait toutes les sombres idées qui étaient venues l'assaillir, n'écoutait ni n'entendait Mlle Francine.

Parfois elle parvenait à s'isoler dans une mélodie absorbante; mais lorsque ses efforts pour oublier restaient stériles, elle quittait brusquement le piano et venait tomber, toute en larmes, dans un fauteuil ; alors Mlle Francine prenait une voix attendrie et remplie de miséricorde et de compassion pour la plaindre :

— Va-t'en, va-t'en, lui disait Diane ; laisse-moi pleurer tout à mon aise; j'en ai besoin. Je le veux !

Quinze jours se passèrent sans que le moindre incident vînt rompre la monotonie de l'existence des deux femmes.

Un soir elles sortirent.

Mme Laroche avait eu la fantaisie d'aller au théâtre du Parc.

On y donnait une nouvelle pièce de Barrière, qui faisait fureur à Paris.

Diane fit louer une baignoire et, l'heure venue, vint y prendre place avec la fidèle Francine.

La toilette de Mme Laroche, ce soir-là, était des plus simples quoique d'une réelle élégance, mais nullement combinée de façon à attirer les regards. Néanmoins Diane fut bientôt remarquée, et comme la plupart des habitués du théâtre du Parc, ainsi que cela a lieu dans les théâtres de province, se connaissent, on se demanda quelle pouvait être cette belle étrangère et à quel monde elle pouvait appartenir.

Or, tout le monde le sait, rien ne ressemble plus à une cocotte qu'une cocodette.

Malgré la réserve de Mme Laroche et sa toilette sombre, on pouvait douter d'autant mieux d'elle que Mlle Francine avait dans la physionomie quelque chose d'égrillard et de provoquant, bien fait pour ouvrir le champ des suppositions.

La pièce, par un malheureux hasard, rappelait vaguement l'histoire et la situation de Diane.

Après le troisième acte, irritée autant qu'émue, Mme Laroche quitta brusquement le théâtre, suivie de Mlle Francine, sans même daigner remarquer l'empressement avec lequel certains jeunes gens s'étaient mis sur son passage, afin d'admirer de plus près son incomparable visage, sur lequel elle avait impitoyablement baissé le voile noir dont était garni son chapeau.

Le lendemain de cette soirée, très mauvaise pour Diane, elle et Mlle Francine reprirent leurs monotones habitudes.

La maison de madame Simmern était des plus paisibles, et généralement, après dix heures, aucun bruit venant des chambres qu'occupait la vieille juive n'arrivait plus aux oreilles de ses locataires.

Ce soir-là, au grand étonnement de Diane et de sa cameriste, vers dix heures et demie, une voiture s'arrêta devant la maison, un coup de sonnette retentit. Mme Simmern qui, par extraordinaire, n'était pas encore couchée, alla ouvrir, et une voix d'homme parvint jusqu'au premier.

Malgré sa surprise, Mme Laroche n'attacha pas plus d'importance à cet incident qu'il n'en comportait par lui-même, quoiqu'il lui semblât qu'une discussion assez vive venait de s'élever entre la propriétaire et l'homme qui venait de pénétrer dans la maison.

Peut-être n'a-t-on pas oublié qu'en recevant les cent francs que Mme Laroche lui avait donnés en retenant l'appartement, Mme Simmern avait rappelé à la petite baronne que les appartements garnis se payaient toujours par anticipation.

Malgré cela, la vieille juive, à laquelle les nombreux colis de la dame française offraient toutes les garanties désirables, n'avait pas encore présenté sa quittance à sa belle locataire, et ni Diane ni Mlle Francine n'avaient songé à verser dans les mains de Mme Simmern les vingt-cinq louis formant le solde de la location du premier mois.

Le lendemain de l'arrivée de l'homme qui, après s'être querellé avec la vieille juive, était monté au second étage, où il avait couché, vers deux heures on frappa à la porte du salon de Mme Laroche.

Diane était seule.

— Entrez, dit-elle.

La porte s'ouvrit et un jeune homme d'une rare beauté parut sur le seuil.

— Veuillez m'excuser, madame, dit-il en s'inclinant avec une aisance parfaite, mais ma mère m'a prié de vous remettre ceci.

Et s'étant rapproché de l'ex-reine des cocodettes, il lui présenta un papier tout ouvert, qui n'était autre qu'un reçu de six cents francs, montant du loyer mensuel de l'appartement.

Diane, qui brodait, releva la tête à cet instant seulement, et avant même de prendre la quittance, ne put réprimer un geste d'étonnement.

Rarement ses yeux avaient rencontré un plus beau visage que celui du nouveau venu.

Figurez-vous l'idéal du type juif à trente ans, les yeux noirs, grands et profonds auxquels des cils d'une longueur invraisemblable donnaient une expression langoureuse, pleine de charme, une bouche aux dents éclatantes de blancheur, un peu grandes, mais si bien rangées et tranchant avec tant de netteté sur le beau rouge des lèvres que son sourire était fait pour satisfaire et captiver les plus difficiles.

Ajoutez à cela des cheveux noirs aux reflets bleus, encadrant harmonieusement un front pâle divinement dessiné, un nez légèrement recourbé, mais admirablement fait, aux narines mobiles et sensuelles, une barbe soyeuse de même teinte que la chevelure, l'air intelligent, la taille bien prise, une voix sympathique, et vous comprendrez que Mme Laroche, qui ne s'attendait guère à la visite qu'elle recevait, ait été frappée par tous les avantages qui faisaient de son visiteur un des plus jolis garçons qu'il fût possible de rencontrer.

Dès qu'elle eut jeté les yeux sur la quittance :

— Ah ! très bien, monsieur, dit Diane ; mais veuillez vous asseoir, je vais sonner ma femme de chambre, c'est elle qui est chargée de ces sortes de choses.

— Ne vous dérangez pas, madame ; je reviendrai tout à l'heure.

— Non, monsieur, restez, je vous en prie. Rien ne s'oppose à ce que nous terminions dès que Francine sera remontée.

Et Diane, après avoir désigné du geste une chaise au jeune homme, alla tirer un cordon de sonnette qui se trouvait à côté de la glace dont la cheminée était ornée.

L'appel de sa maîtresse vint interrompre une con-

versation commencée dans la cuisine avec Mme Simmern par Mlle Francine, conversation à laquelle
celle-ci prenait le plus vif intérêt.

Le beau jeune homme en était l'objet.

— Et c'est votre fils ?

— Oui, certes, répondait la vieille juive avec orgueil ; mon Nephtali, mon fils unique.

— Ah ! vous avez aussi des filles ?

— Non.

— Alors, M. Nephtali n'est pas seulement votre
fils unique : il est aussi votre unique enfant.

Mme Simmern était incapable d'apprécier la nuance,
aussi ne fit-elle aucune observation.

— Il est arrivé de Cologne hier au soir, reprit-elle,
après une absence d'un mois. Nous avons là-bas de
la famille, mon frère entre autres, dont Nephtali sera
l'héritier.

— Ah ! il a l'air bien comme il faut, M. Nephtali,
remarqua Francine, qui était sous l'empire d'une sorte
de fascination enthousiaste, depuis qu'elle avait croisé
dans l'escalier le bel israélite, quelques minutes auparavant. Oh ! oui, bien comme il faut, répéta-t-elle
avec un accent sincère et ému qui chatouilla l'orgueil
maternel de Mme Simmern de la plus agréable manière.

— Ding ! ding !

C'était la sonnette agitée par Diane, qui ordonnait
en cet instant à Mlle Francine de remonter chez sa
maîtresse.

Elle obéit.

— Donne cinq cents francs à monsieur, lui dit
Diane dès que Francine parut dans le salon.

— Bien, madame.

Et Mlle Francine alla chercher la somme dans un meuble de la chambre voisine, meuble dont elle avait toujours la clef sur elle.

Pendant ce temps, Mme Laroche, reprenant sa conversation avec Nephtali, lui disait :

— Alors vous êtes veuf ?

— Non, madame, mais divorcé ; j'élève mon fils, les tribunaux ayant déclaré ma femme indigne de ce soin précieux.

— Vous avez beaucoup souffert déjà, monsieur ?

—Énormément, madame, répondit le fils Simmern avec un accent qui accusait de poignantes douleurs ou un véritable talent de comédien.

Mlle Francine reparut en cet instant.

— Voilà, monsieur, dit-elle en tendant à Nephtali un billet de cinq cents francs de la banque de France.

Simmern le prit, et voyant un billet français :

— Il y aura un franc pour le change, dit-il froidement.

— C'est juste, s'empressa d'approuver Mlle Francine, en embrassant le beau juif dans un regard langoureux. Je n'y avais pas songé ; pardonnez-moi, monsieur.

Et, tirant une pièce de vingt sous de son porte-monnaie, elle la tendit au jeune homme.

— Madame, reprit Nephtali en faisant disparaître les vingt sous dans une des poches de son gilet, j'ai bien l'honneur de vous saluer.

Et, sans dire merci, sans même adresser le moindre geste poli à Mlle Francine, il quitta l'appartement, après avoir salué respectueusement la belle Diane.

Le moment est venu de dire deux mots de mademoiselle Francine, que nous n'avons fait encore que décrire bien imparfaitement.

D'une taille moyenne, la femme de chambre de confiance et la trésorière de Mme Laroche avait de vingt-huit à trente ans.

Blonde et légèrement replète, elle possédait un joli visage, malicieux par l'expression des yeux, rieur par celle de la bouche, frais par le teint, aimable par le galbe, le tout formant un ensemble réellement attrayant au premier aspect, où l'on était pris aussi bien par son sourire blanc et rose que par la douceur de l'expression de ses prunelles bleu d'azur.

Malgré ces avantages, la moindre observation faisait apercevoir que les sourcils, trop rapprochés, indiquaient la jalousie, que les lèvres minces, pour un rien se plissaient en s'inclinant vers le menton, que cet œil limpide et malin lançait parfois des éclairs dans une contraction soudaine.

Très vénale avec cela, et incapable du moindre désintéressement ni de la moindre amitié pour une femme, elle avait suivi la jeune baronne Diane de Stein-Steiner dans l'exil, mue par un secret instinct qui lui faisait espérer rencontrer une bonne aubaine quelconque aussi agréable qu'imprévue.

Ces renseignements indispensables sur mademoiselle Francine ayant été donnés, passons au bel israélite, à Nephtali Simmern.

Si jamais physique menteur s'était rencontré icibas, c'était bien le sien.

Autant son visage était beau, autant son âme était laide.

On a dû comprendre, par les quelques paroles qu'il avait échangées avec Mme Laroche, qu'un drame avait eu lieu dans sa vie.

Ce drame qu'il savait colorer en sa faveur des teintes les plus honorables pour lui, n'avait été qu'une odieuse spéculation basée sur une passion qu'il avait inspirée trois ans auparavant, dans les circonstances suivantes.

Un grand seigneur belge avait une maîtresse.

Elle lui donna un petit garçon ; pour des raisons de famille, il ne fut pas reconnu par son père qui, néanmoins, afin de mettre la mère et l'enfant à l'abri du besoin, constitua un capital de trois cent mille francs au profit du petit garçon, dont la mère devait avoir l'usufruit jusqu'à la majorité de son fils.

Le hasard mit cette femme en rapport avec Nephtali Simmern, qui se trouvait alors dans une situation plus que précaire, le père Simmern, ivrogne fieffé, ayant bu tout ce qu'il gagnait jusqu'à son dernier jour.

La beauté du jeune juif fit éclore dans le cœur de cette femme une irrésistible passion, si bien que lorsque Nephtali, qui avait pris ses renseignements, lui proposa de l'épouser, elle accepta cette offre avec autant de joie que de reconnaissance, et sans hésitation aucune, rompit avec son bienfaiteur.

Cette ingratitude devait être punie, car Nephtali, qui n'était nullement amoureux de sa femme et ne l'avait épousée que pour son argent, avait arrêté d'avance tout un plan aussi perfide qu'habile.

Et d'abord, feignant de ne céder qu'au désir de plaire, il s'était empressé de reconnaître l'enfant.

La mère avait accepté ce bienfait avec enthousiasme, sans réfléchir qu'il donnait à Nephtali le droit absolu de gérer la fortune du petit garçon.

Le vrai père s'était marié après avoir été abandonné par sa maîtresse, par dépit.

Il ne put s'opposer en aucune façon à la reconnaissance de son fils.

La mère était fort belle et très séduisante sous tous les rapports.

Quoique ne l'aimant pas, pendant près d'une année, Simmern se reput de sa possession, trouvant un certain charme dans la passion sans borne dont il était l'objet et la tendresse inouïe qu'il avait inspirée, puis il se lassa et ne se gêna nullement pour montrer sa lassitude.

Une fois dans cette voie, il jeta le masque.

Il sentait si bien, du reste, que sa femme était devenue son esclave, sa chose, qu'aucune précaution, aucun ménagement ne lui semblèrent nécessaires.

Au bout de trois mois, il l'avait forcée à revoir son ancien amant et à reprendre avec lui ses relations passées.

C'était dans l'intérêt du petit qu'il agissait ainsi ; il se sacrifiait, disait-il.

Au fond, il n'avait pour but que de reconquérir sa liberté et de s'affranchir d'un amour dont il ne voulait plus, en se constituant de belles et bonnes rentes qui lui permissent de ne rien faire, car, chose bizarre, ce juif était paresseux.

Confident de la liaison de sa femme et détenteur de sa correspondance avec l'amant qu'il l'avait forcée à reprendre malgré ses supplications et ses larmes, un beau jour, Nephtali, jugeant le moment opportun, accompagné d'un commissaire de police, vint bien tranquillement constater le flagrant délit et intenta une action contre les coupables.

C'était du pur chantage, mais il réussit complète-ment.

Le grand seigneur, par crainte du scandale, donna cinquante mille francs au juif; celui-ci, se prétendant à tout jamais blessé dans son honneur d'époux, con-traignit sa femme à lui écrire certaines lettres rem-plies d'injures, à la suite desquelles le divorce fut prononcé à la requête de Simmern, auquel le tribunal ordonna que l'enfant fût remis, la mère ayant été re-connue indigne de surveiller son éducation.

Grâce à cette horrible trame, Nephtali se vit à la tête d'une certaine fortune, mais ce succès, tout en le satisfaisant d'une manière notoire, l'avait laissé inas-souvi.

Il aimait l'or, c'est pourquoi, en revenant de vo-yage la veille, il avait fait une scène à sa mère, en apprenant de la bouche même de celle-ci qu'elle avait loué son appartement depuis quinze jours et négligé d'exiger, dès l'entrée de la locataire, le paiement in-tégral du premier mois.

Songez donc que c'était perdre l'intérêt de cinq cents francs pendant deux semaines !

Nephtali ne dédaignait pas les petits profits, nous en avons donné la preuve.

Du reste, ce qu'il appelait ses charges exigeait, disait-il, qu'il procédât constamment avec ordre et économie.

Il logeait sa mère et lui donnait cent francs par mois ; quant à la mère de son fils adoptif, les tribu-

naux avaient eux-mêmes réglé sa pension qui s'élevait
a cinq mille francs par an.

L'appartement garni qu'avait loué Mme Laroche
constituait une spéculation de Nephtali dont Mme
Simmern la mère avait seule tous les embarras.

Tel était l'être ignoble dont la belle Diane, ainsi
que Mlle Francine, venaient de faire la connaissance.

Nous avons dit combien avait été vive l'impression
que le beau juif produisit sur la femme de chambre ;
cette impression, l'ex-reine des cocodettes l'eût ressentie probablement au même degré dans d'autres
dispositions d'esprit que celles où elle se trouvait.

Curieuse et bavarde, Mlle Francine, qui saisis-
sait avec empressement toutes les occasions de parler de son fils à la vieille juive, fut bientôt mise au
courant par elle de ce que la mère Simmern appelait:
les malheurs de son enfant.

Les sujets de conversation étant forcément assez
restreints entre Diane et sa cameriste, celle-ci s'empressa de mettre sa maîtresse au courant de tout.

Le récit de Mme Simmern, il n'est pas besoin de
le dire, avait posé Nephtali en victime de l'amour et
du dévouement, et Mlle Francine ne tarissait pas
d'invectives contre cette femme coupable qui avait
déshonoré son mari si bien fait pour plaire.

— Tromper un homme pareil, ce n'est vraiment
pas croyable, n'est-ce pas, madame ?

— Monsieur Simmern est en effet un très beau
garçon, répondait Diane ; mais tu dois savoir comme
moi, ma pauvre Francine, que le cœur de la femme
est un abîme.

Un abîme ! Ce mot produisit sur Mlle Francine un effet singulier.

Elle comprenait par lui ce qui se passait en elle, comment un grand vide s'y était fait, vide que seul l'amour du beau Nephtali pourrait combler, car elle sentait qu'elle l'adorait de toutes les forces de son être, jusqu'à en mourir si son amour devait rester sans espoir.

Quelques jours après le retour du bel israélite, Mme Laroche loua une loge pour une représentation du *Prophète*, au théâtre royal de la Monnaie, qui est l'Opéra de Bruxelles.

Pour s'y rendre, une toilette élégante était de rigueur.

Mademoiselle Francine tira des malles de la petite baronne une robe ravissante et d'un grand prix, à laquelle elle ajouta une parure de diamants complètement en harmonie avec le vêtement.

Elle-même eut recours aux plus élégantes ressources de sa garde-robe, afin de ne pas offrir, à côté de sa maîtresse, un contraste par trop choquant.

Depuis longtemps Diane lui avait abandonné assez de toilettes toutes fraîches encore pour que Mlle Francine ne manquât point de ressources afin d'atteindre le résultat qu'elle se proposait.

Se faire belle avait un double but pour elle, celui que nous avons signalé déjà, et l'autre, le principal : de se montrer à Nephtali dans tous ses avantages.

Hélas ! celui-ci ne fut pas atteint.

A l'heure où Mlle Francine et Mme Laroche furent prêtes à se rendre au théâtre, Simmern n'était pas au logis.

Lorsque l'ex-reine des cocodettes parut, suivie de Francine, au milieu du premier acte, dans la loge qu'elle avait louée, et qu'elle se dépouilla de la sortie de bal aux couleurs voyantes dont ses épaules étaient couvertes, il y eut presque un murmure dans la salle, tellement Diane était rayonnante de grâce et de beauté.

N'en déplaise aux Bruxelloises, dont l'élégance cependant peut être citée, elles n'ont pas encore adopté les toilettes tapageuses d'un certain monde parisien, aussi celle de Diane produisit-elle un effet monstre.

Ce ne fut, pendant toute la soirée, que commentaires, suppositions et appréciations sur la jeune étrangère.

Pendant les entr'actes, les hommes venaient en foule dans le couloir des premières le plus voisin de la loge de Mme Laroche pour admirer de plus près sa tête ravissante, sa délicieuse toilette, ses riches diamants et ses épaules divines.

En face, aux secondes loges, trois femmes, dont les deux plus jeunes étaient assez excentriquement vêtues, lorgnaient Diane avec une obstination persistante remplie de mauvais goût.

— Je vous affirme, disait la troisième : une brune d'une quarantaine d'années, vêtue de noir, que ce sont de vrais diamants.

— Vous croyez cela, madame Hortense ? répliqua une des deux excentriques, mais il y en aurait pour plus de cent mille francs

— La belle affaire ! crut devoir dire sa compagne.

— Pauvre chatte ! s'écria son amie, on va t'en ap-

16

porter comme ça demain ? ils sont déjà commandés. N'est-ce pas, madame Hortense ?

Un chut ! accentué, partant d'une loge voisine, vint interrompre cette causerie intime.

Disons, pour en expliquer la bizarrerie, que les deux jeunes femmes étaient deux cocottes parisiennes que leurs trop nombreux créanciers avaient contraintes à venir chercher fortune à Bruxelles, et la femme en noir, qui s'intitulait marchande à la toilette, une de ces ignobles créatures qui vendent tout ce qui ne devrait pas se vendre.

Lorsque Jean de Leyde eut chanté :

> *Roi du ciel et des anges,*
> *Je dirai tes louanges....*

et que la ville de Munster se fut montrée sous le soleil levant, la toile baissa et les trois femmes recommencèrent de plus belle à s'occuper de la petite baronne.

— Moi, je crois que c'est une cocotte et que ses diamants sont faux.

— Voilà la peur de la concurrence qui empoigne Anna.

Mme Hortense restait muette, seulement elle se disait :

— Mon Dieu ! faites qu'Anna ait dit vrai ! Une pareille femme serait une fortune.

— Tu es bête, ma chère Laure, riposta Anna ; si je parle comme je le fais, c'est que j'ai déjà vu cette femme-là quelque part.

— Où ça ?

— Mais à Paris, au théâtre ou au bal.

— Au bal ! répéta Anna en haussant les épaules ;
chez Laborde, n'est-ce pas, la semaine aux quatre
jeudis ?

— Enfin, je l'ai vue.

— Et moi, je la verrai, pensa Mme Hortense.

Reine de beauté et d'élégance, Diane avait rem-
porté trop de triomphes pour que le succès qu'elle obte-
nait ne fût pas supporté par elle avec le plus grand calme.

Adorablement posée, sans effronterie et sans gêne,
suivant attentivement ce qui se passait sur la scène et
écoutant les chanteurs avec une attention marquée,
l'émotion qu'elle avait répandue autour d'elle semblait
ne la toucher nullement ; seulement, lorsqu'elle se
disposa à rejoindre sa voiture vers la fin du cinquième acte, il y eut parmi les hommes une telle pré-
cipitation à gagner les couloirs qu'ils étaient littéralement encombrés sur le passage de la petite baronne
quand elle les traversa pour sortir avec Mlle Francine,
que personne, hélas ! n'avait remarquée, malgré tous
les vains efforts qu'elle avait faits pour briller un peu
à côté de sa maîtresse.

Arrivée au bas du grand escalier, pendant que la
caomériste s'élançait sous le péristyle pour faire avancer la voiture de Diane, celle-ci se vit à ce point entourée qu'un léger malaise s'empara d'elle.

— Nous n'irons plus seules au théâtre, dit-elle à
Mlle Francine, dès qu'elles se furent installées, non
sans peine, à cause de la foule amassée sur leur passage, dans une calèche de louage qui prit immédiatement le chemin de la place de l'Industrie.

— Le fait est qu'un cavalier nous serait bien nécessaire. Mais qui prendre ? demanda Francine.

— Nous trouverons, répliqua Mme Laroche, car tu comprends bien que nous ne pouvons pas passer toutes nos soirées à jouer au piquet.

— C'est vrai, madame, approuva la cameriste.

Le lendemain, vers neuf heures du soir, au moment où Diane allait se mettre au piano, le son d'un violon se fit entendre dans la chambre du beau Nephtali.

— M. Simmern est donc musicien ? demanda Mme Laroche.

— Mais oui, madame, répondit avec aplomb mademoiselle Francine, qui pour rien au monde n'eût consenti à dénier le moindre talent à l'homme de ses rêves, lesquels chaque nuit se peuplaient d'images de plus en plus éloquentes.

Diane s'était assise devant un secrétaire et avait pris une plume en main.

C'était la première fois qu'elle écrivait depuis le moment où elle avait tracé le laconique billet trouvé par le commissaire de police, dans la poche du pardessus du malheureux vicomte de Séran :

« Pas ce soir. »

— Tiens, dit-elle, porte ce mot là-haut à M. Simmern.

— A l'instant, madame, répondit avec empressement mademoiselle Francine en s'emparant du pli non cacheté que venait de lui donner sa maîtresse.

Et elle s'élança, une bougie allumée d'une main, — les Simmern n'éclairaient pas la cage de l'escalier, — et le billet de Diane de l'autre.

Le premier soin de mademoiselle Francine fut de lire le billet tout en montant :

« Mme Laroche serait fort reconnaissante envers

monsieur Nephtali Simmern, s'il voulait bien descendre chez elle ce soir, avec son violon. »

— Oh ! la bonne idée, se dit la camériste, ne voyant dans cette invitation, dont la forme laissait poindre la fierté de la grande dame, qu'une heureuse occasion de se rapprocher du bel israélite.

Lorsqu'après avoir frappé à la porte de la chambre de Simmern, Mlle Francine, sur son invitation, en franchit le seuil avec une émotion bien facile à comprendre, Nephtali, assis sur son lit, le violon sous le menton, l'archet levé, jouait par cœur un motif de *Lucie*, auquel il donnait une expression qui prouvait en lui l'existence de l'instinct musical et une habileté d'exécution qu'on n'acquiert jamais sans s'être livré à un assez long travail.

En bras de chemise, sans gilet, sans cravate, sans faux-col, les cheveux rejetés en arrière, Nepthali parut plus beau que jamais à la trop sensible Francine.

— Voici pour vous, monsieur Nephtali, dit la camériste.

— Qu'est-ce ?

— Un mot de la part de Mme Laroche.

— Voyons !

Et le jeune homme ouvrit le billet de Diane.

Pendant qu'il le parcourait, Mlle Francine eut l'immense joie de pouvoir le contempler tout à son aise durant quelques secondes.

Le bel israélite releva la tête et la blonde et palpitante Francine baissa les yeux sous les feux de ses profonds regards.

— J'y vais, répondit-il laconiquement.

16.

Et jetant sur la table la lettre, il ouvrit un tiroir de sa commode duquel il sortit un faux-col d'une entière blancheur.

Puis, comme Mlle Francine, qui ne se lassait pas de le regarder, semblait prendre racine à la place où elle se trouvait, il ajouta :

— Le temps de m'habiller et je descends à l'instant chez Mme Laroche ; veuillez aller le lui dire, mademoiselle.

Francine chercha un mot aimable, mais son trouble l'empêcha de le trouver, et elle sortit lentement de cette chambre où il vivait, lui !

Dix minutes après, le beau Nephtali pénétrait chez Diane, son violon à la main.

— Excusez-moi, monsieur, lui dit-elle, d'agir envers vous avec ce sans-façon ; mais, au moment où j'allais me mettre à mon piano, je vous ai entendu, et l'idée m'est venue qu'il nous serait peut-être plus agréable d'exécuter un duo que de jouer, vous du violon, au second étage, et moi du piano au premier.

— Cette idée est excellente, madame, et la preuve que je l'approuve entièrement est l'empressement que j'ai mis à descendre chez vous.

— Vous avez admirablement fait, monsieur, mais qu'allons-nous jouer ?

— Tout ce qu'il vous plaira, madame.

— Vous êtes donc de première force, monsieur Simmern ?

— Il s'en faut du tout au tout, madame ; mais je suis élève du Conservatoire, que j'ai fréquenté pendant deux années, et si je ne brille pas comme exécutant, je possède comme déchiffreur une certaine habileté.

— C'est charmant, cela, et j'ai hâte d'apprécier tout votre mérite.

Disant ces mots, Diane se mit au piano, et le concert intime commença, n'ayant pour unique auditeur que Mlle Francine, qui jetait sur le bel israélite des regards aussi pleins d'extase que s'il eût été Orphée en personne.

La béatification dans laquelle le talent et la beauté du jeune virtuose plongeaient la blonde cameriste fut interrompue par cet ordre :

— Francine, le thé !

Il fallait obéir, mais ce fut avec une répugnance non remarquée, quoique très visible, que Mlle Francine descendit à la cuisine pour apprêter ce que venait de lui commander la petite baronne.

Pendant qu'elle faisait chauffer l'eau et préparait les beurrées de pain noir, minces et bien graissées, Diane dit à Nepthali :

— Vous avez un très joli talent, monsieur ; je vous en fais mon compliment sincère.

— Oh ! madame...

— Trève de modestie, je ne suis pas flatteuse, et vous méritez entièrement l'éloge que je vous adresse.

Et mise en belle humeur par la façon agréable que prenait l'exécution du projet que le son du violon de Nephtali lui avait subitement fait concevoir, pour la première fois, non seulement Diane se surprit à admirer la beauté du jeune homme, mais encore elle sentait que ses beaux yeux, fixés sur elle avec une sorte de languissante persistance, réveillaient en son cœur certaines ardeurs dont elle n'avait plus subi l'influence depuis le jour où, dans son somptueux boudoir de la rue du Faubourg-Saint-Honoré, elle avait cherché à dissuader le pauvre Henri de Séran de quitter son hôtel pour aller occuper l'appartement qu'il avait loué rue d'Anjou.

Une nouvelle crise commençait chez Mme Laroche.

Simmern se montra aimable et intelligent pendant toute la soirée, et lorsque après une heure de musique et deux heures de causerie, à laquelle Mlle Francine, congédiée impitoyablement par Diane, n'avait pu prendre part, à son grand regret, le jeune homme prit congé de sa belle locataire, elle avait produit sur lui une certaine émotion ; et, de son côté, l'ex-reine des cocodettes resta sous l'empire d'un charme plein de douceur qui la ravit longtemps encore.

Il était près d'une heure du matin, lorsque Diane sonna Francine pour qu'elle vînt procéder à ses apprêts nocturnes.

— J'ai trouvé le cavalier que nous cherchions pour nous chaperonner à l'Opéra, dit-elle à Francine.

Et comme celle-ci ne répondait pas, afin de cacher à Diane la mauvaise humeur qui s'était emparée d'elle au moment où la petite baronne l'avait renvoyée du salon :

— Oui, poursuivit Mme Stein-Steiner, c'est monsieur Nephtali.

XV

MADEMOISELLE FRANCINE

La première fois que Diane revint au théâtre de la Monnaie, après l'entrée dans sa loge de Mlle Francine, qui la suivait, on vit paraître derrière les deux femmes, le bel israélite, Nephtali Simmern.

La cameriste fut fatalement reléguée au second rang, tandis que Mme Laroche et son cavalier s'installaient au bourrelet de velours rouge.

Simmern était assez connu.

Sa beauté l'avait fait remarquer par bien des gens ; en outre, son divorce ayant fait quelque bruit à cause de la notoriété de la liaison de sa femme avec le grand seigneur qui l'avait rendue mère, on s'était occupé de lui dans Bruxelles beaucoup plus qu'on ne le fait d'ordinaire d'un homme de sa classe et de sa position.

Il en résulta que le fond des choses ayant quelque peu transpiré, Nephtali Simmern, le rentier, ainsi que l'appelaient quelques-uns par ironie, jouissait de la plus exécrable réputation.

Sa présence aux côtés de Mme Laroche posa celle-ci en aventurière, et son succès fut bien moindre que le premier soir.

Diane, qui était fort loin de se douter du mauvais relief dont l'entachait son cavalier, attribua à son chaperonnage la froideur qu'elle constatait autour d'elle, et se félicita d'avoir atteint son but.

Simmern, afin de faire honneur à la belle madame Laroche, avait endossé l'habit noir et mis la cravate blanche, qui lui allaient fort bien.

N'étaient certains légers détails presque imperceptibles, mais qui, cependant, n'échappaient pas à Diane, Nephtali Simmern pouvait passer, sinon pour un homme du monde, du moins pour un garçon bien élevé.

Disons, pour expliquer comment le misérable méritait cet éloge, qu'il cherchait à plaire par la raison fort simple que Mme Laroche lui plaisait davantage que toutes les femmes qu'il avait rencontrées jusque là.

Quant à ce qui s'appelle réellement de l'amour, Nephtali n'en éprouvait pas, par la raison fort simple qu'il était forcément incapable d'en ressentir de véritable pour personne.

Néanmoins, attentif et soumis, il mettait en œuvre toutes les séductions dont il pouvait disposer, ce qui avait considérablement refroidi les rapports de mademoiselle Francine avec sa maîtresse.

Depuis le peu de jours que Diane et Nephtali faisaient commerce d'amitié, comme on disait jadis, la blonde cameriste, en proie à une jalousie féroce toujours fébrile, sans sommeil et sans appétit, avait beaucoup maigri, et son visage étiré, ses yeux cerclés de bistre, dénotaient en elle une souffrance réelle véritablement navrante par la grandeur des prompts ravages qu'elle faisait.

Le beau Simmern, tout à Diane, n'y prenait garde

et était fort loin de se douter des orages qui gron-
daient dans le cœur palpitant de mademoiselle Francine.

Un mois se passa sans amener de changements
notables dans la situation respective des trois personnages ; mais une nuit que la blonde cameriste se creusait la cervelle pour trouver un moyen de conquérir
le cœur de Nephtali, il lui sembla entendre causer à
voix basse dans la chambre de la petite baronne.

Se glissant de son lit avec précaution, Mlle Francine
alla coller son oreille contre la porte de sa maîtresse.

Au bout de quelques instants de ce nocturne espionnage, aucun doute ne lui resta ; quelqu'un était auprès
de l'ex-grande-maîtresse de l'ordre du Louton, et ce
quelqu'un était le bel israélite.

Un coup de poignard en plein cœur n'eût pas fait
souffrir davantage Mlle Francine que la constatation
du triomphe de Nephtali auprès de Mme Laroche.

Si la pensée du terrible châtiment qui punit les
coupables en pareil cas ne lui était pas venue, Francine, s'armant du premier objet venu, dont elle aurait
pu se faire une arme, eût enfoncé la porte et aurait
tué ces deux êtres dont l'amour lui mettait l'enfer
dans l'âme.

Se mordant les doigts pour ne pas crier, retenant
les exclamations de fureur qu'elle sentait monter à ses
lèvres, Francine, comme une panthère blessée, se
traîna jusqu'à son lit, sur lequel elle se laissa tomber
tout en larmes au bout d'un moment, mordant l'oreil-
ler pour étouffer ses sanglots.

Quelle rage et quel désespoir ! Qui eût pu la voir
se tordre écumante et désolée eût reculé d'effroi.

Voilà donc quel était le prix de son dévouement, de son exil volontaire ! cette femme chez laquelle, deux mois, auparavant un de ses amants était tué par son mari, tombait dans une autre aventure sans voir que cette nouvelle équipée pouvait faire mourir de chagrin la seule personne qui lui fût restée fidèle et dévouée après sa chute !

Ce que Mlle Francine entassa de terribles projets de vengeance pendant cette nuit-là est impossible à dire ; mais vers le matin, reprenant un peu de calme au fur et à mesure que le lever du soleil chassait les ombres de sa chambre, elle résolut d'attendre les événements et de ne reculer devant rien pour enlever Nephtali à son heureuse rivale.

L'impudeur avec laquelle l'ex-reine des cocodettes avait agi en se mettant dans l'obligation d'avouer bientôt qu'elle avait accordé au bel israélite tous droits sur elle, n'était que la suite de ce qui s'était passé devant Mlle Francine dans l'hôtel du faubourg Saint-Honoré quelques mois auparavant, pour de Langlade et pour Henri de Séran.

Francine n'était-elle pas sa confidente et ne devait-elle pas l'être toujours ?

Qu'importait d'ailleurs à Diane l'opinion d'une camériste, d'une domestique à gages, et pourquoi ne conserverait-elle pas vis-à-vis d'elle la liberté d'allures complète qui déjà lui avait fait commettre plusieurs crimes ?

Là où toute autre femme eût reculé, la petite baronne n'hésita point.

Elle s'était faite à sa chute.

De tout son passé brillant, que lui restait-il d'ailleurs ? D'amers regrets et sa beauté, cette beauté radieuse faite pour être aimée et pour aimer à son tour !

Pourquoi, libre, loin du milieu dans lequel elle ne pouvait plus espérer rentrer, loin surtout de Limoges et du château de la Roche où elle n'avait même pas osé donner de ses nouvelles depuis que le colonel Stein-Steiner l'avait chassée au lieu de la tuer, pourquoi eût-elle résisté à une séduction qui lui plaisait et dans laquelle elle prévoyait trouver l'oubli du passé, le bonheur dans le présent et le bannissement d'un ennui mortel ?

Pour conserver l'estime de Mlle Francine et jouer devant-elle le rôle ridicule d'une fausse Madeleine repentie, la princesse Hermine eût peut-être sacrifié même une passion impérieuse ; mais Diane de la Roche-Carignan, l'enfant gâtée et volontaire devant les caprices de laquelle tout s'était plié depuis sa plus tendre enfance, Diane de la Roche-Carignan, l'ex-grande maîtresse de l'ordre du Louton, dont la nature capricieuse s'était fait de ses caprices des lois suprêmes auxquelles elle obéissait avec toute l'ardeur d'une fille d'Ève ennuyée et inassouvie, Diane de Carignan ne devait, ne pouvait reculer devant rien.

Désespérée par sa découverte, Mlle Francine chercha dans l'espoir de la vengeance la force nécessaire pour supporter le coup terrible qui venait de la frapper.

En adoptant pour se cacher le nom de Mme Laroche, Diane s'était créé un petit roman des plus simples qui, raconté par elle à sa confidente, avait été, à son origine, entièrement approuvé par celle-ci.

Ce roman, à l'occasion, devait révéler aux indiscrets

17

que Mme Laroche, fille d'un avocat de Paris, était
restée veuve après deux ans de mariage et que des
intérêts à débattre entre elle et des collatéraux, parents éloignés du défunt qui habitaient la Belgique,
l'avaient attirée à Bruxelles.

Ce n'était vraiment, nous le répétons, nullement
compliqué, très acceptable, et répondait à souhait à
toutes les exigences de la situation.

Depuis l'instant où Mlle Francine avait surpris le
nouveau secret de sa maîtresse, se sentant incapable
de dissimuler longtemps sa haine pour Diane et son
amour pour Nephtali, la blonde camériste cédait la
plupart du temps sa place à ce dernier dans le salon
de Mme Laroche, d'où elle sortait promptement aussitôt qu'y entrait le bel israélite.

Cette conduite, dont Diane ne pouvait deviner le
véritable mobile, était très favorablement interprétée
par elle, qui se disait, en voyant agir de la sorte sa
femme de chambre :

— Décidément, Francine est une fille d'esprit.

Et la confiance que Mme Laroche avait dans sa
confidente intime s'était augmentée en raison directe
de la grandeur de la discrétion pleine de tact et de
bon goût dont Mlle Francine semblait, à ses yeux,
user vis-à-vis d'elle.

Cette modification dans les rapports de la blonde
camériste et de Mme Laroche rapprocha fatalement
Mlle Francine de la vieille juive.

A l'heure où Diane et le beau Nephtali se mettaient
à faire de la musique ensemble, Mlle Francine descendait à la cuisine auprès de la mère Simmern, qui,
assise auprès du poêle de fonte, garni de cuivre lui-

sant, reprisait, lente et silencieuse, les chaussettes de son fils bien-aimé. Les longues causeries commençaient alors, si bien que, petit à petit, la femme de chambre, qui poursuivait son but de vengeance, apprit à Mme Simmern, au milieu de restrictions pleines d'adresse et de recommandations chaleureuses de se montrer aussi discrète que la tombe, la vérité entière sur la petite baronne.

La mère n'ayant pas de secret pour son fils, qui, le lendemain même où Diane avait capitulé, lui avait appris sa nouvelle victoire, s'empressa de le mettre au courant de la situation.

En apprenant que sa nouvelle conquête n'était pas veuve, Nephtali éprouva une contrariété des plus vives, car, avant d'arriver à cette confidence capitale, Mlle Francine, procédant méthodiquement, avait d'abord révélé à la vieille juive que sa maîtresse était noble et riche, ce qui avait fait naître immédiatement dans l'esprit du bel israélite, dès qu'il l'avait appris à son tour, le projet de proposer à Diane de sanctionner par un mariage leur sincère amour.

Bien plus habile exploiteur que virtuose distingué, lorsqu'il sut qu'il y avait de par le monde un baron de Stein-Steiner qui déjà avait tué dans les bras même de Diane un rival, ce qui pouvait donner à réfléchir, et qui, en outre, en sa qualité de catholique autrichien, ne pouvait pas divorcer comme le font, dans le royaume de François-Joseph, les protestants, les Arméniens et tous ceux qui ne suivent pas la religion romaine, Nephtali, raisonnant comme le malfaiteur navré par la vue d'un butin moindre que celui qu'il espérait s'approprier, s'écria :

— Mariée ! elle est mariée ; mais alors je suis volé !

Faute de grives on mange des merles ; ne pouvant devenir le mari de Diane, Simmern demeura son amant et il eut assez de force sur lui-même pour cacher à la fausse Mme Laroche qu'il savait parfaitement qu'après s'être appelée Diane de la Roche-Carignan, elle se nommait la baronne Karl Stein-Steiner.

En procédant de cette façon, Mlle Francine avait fait preuve d'une finesse qu'elle-même ne soupçonnait pas posséder.

Sans doute l'amour l'inspirait, car tout en se sentant incapable de renoncer à l'espoir enivrant de toucher un jour le cœur du beau Nephtali, elle s'était souvenue de cette réclamation des vingt sous du change qui avait eu lieu à leur première entrevue et en avait déduit que le désintéressement devant être plus encore inconnu au jeune juif que l'intérieur du soleil, il était impossible que la fortune visible de Diane n'eût pas éveillé en lui le cupide désir de s'en rendre maître en offrant sa main à la petite baronne.

Pour toute autre que Francine, les légers changements qui suivirent la découverte de l'existence du mari de Diane, par Nephtali, dans la conduite de celui-ci vis-à-vis de l'ex-reine des cocodettes, eussent été inappréciables ; mais de même que certaines maladies développent la puissance de l'ouïe et du toucher d'une façon extraordinaire, la passion de la camériste augmentait la puissance de toutes ses facultés intellectuelles dans des proportions véritablement surprenantes ; aussi put-elle goûter un vrai plaisir, pour la première fois depuis qu'elle savait tout, en découvrant dans les rapports de Simmern avec la petite baronne des nuances de froideur réelle auxquelles la belle Diane, heureuse par le cœur et confiante, ne prenait pas garde.

Continuant à suivre la ligne de conduite qu'elle avait adoptée, c'est-à-dire disant à la mère Simmern ce qu'elle voulait que sût son fils, Mlle Francine lui révéla un beau soir que toute la fortune de Mme Laroche était représentée par un coffre à bijoux contenant des pierres d'un prix considérable, dont la garde lui était confiée, car elle avait su inspirer à Mme la baronne une confiance complète.

— Il y en a pour près de quatre cent mille francs, dit-elle en terminant. Un de ces jours, madame les fera vendre pour s'en faire des rentes.

La vieille écoutait de toutes ses oreilles.

— Et où est ce coffret ? demanda-t-elle.

— A la Banque, répondit la femme de chambre, trouvant inutile de révéler à la vieille juive que tout ce que possédait Diane, par une de ces imprudences incompréhensibles que certaines femmes insoucieuses du lendemain sont seules capables de commettre, était tout simplement renfermé au fond d'une lourde malle dont mademoiselle Francine avait la clef.

Le lendemain de cette confidence, il y eut, à l'heure où la femme de chambre de Mme Laroche la coiffait, une longue conversation entre la mère et le fils à la suite de laquelle Nephtali regagna sa chambre en murmurant.

— Quatre cent mille francs de bijoux !

Cela lui faisait plus d'effet que quatre cent mille francs de titres et de billets de banque.

Que d'or, de diamants, de perles il devait y avoir

dans le coffret de la baronne pour qu'il valût quatre
cent mille francs !

Dans la journée, n'y tenant plus, Nephtali, après
avoir fait prendre à la conversation certain tour favorable à la demande qu'il voulait adresser à la jeune
femme, lui exprima le désir de voir les bijoux.

— Je vous les montrerai ce soir, mon ami.

— Pourquoi ce soir, mon amour ?

— Voilà bien une question d'homme, répliqua
Diane avec un sourire, mais tout simplement parce
que la lumière avantage les bijoux.

— C'est vrai, pensa le juif ; les diamants jaunes paraissent presque blancs le soir.

Et, tout haut, il répondit :

— Comme vous voudrez, ma belle Diane, et merci.

Quelques heures après, l'ex-reine des cocodettes
dit à sa femme de chambre.

— M. Nephtali m'a demandé à voir mes bijoux ; je
lui ai promis de les lui montrer après dîner ; tu ou-
vriras les écrins, ma bonne Francine.

— Bien, madame ; mais pas tous.

— Pourquoi pas tous ?

— Parce qu'il me semble qu'il est inutile, pour ne
pas dire plus, d'étaler des bijoux que devra vendre
madame du jour au lendemain ; que madame me pardonne ma franchise, mais outre la considération que je
viens d'avoir l'honneur d'exprimer à madame, il en est
une autre que je crois de mon devoir de lui soumettre également ; en voyant tout ce que possède madame, M. Simmern — elle disait monsieur Simmern,
Mlle Francine — pourra peut-être se douter que la
petite histoire qui fait de madame une jeune veuve,

fille d'un avocat de Paris, dans une situation aisée, mais relativement modeste, n'est pas absolument exacte.

Cette observation toucha Diane, qui avait trouvé complètement inutile d'apprendre à son amant la vérité sur son passé, son origine et sa situation présente.

— Tenez, madame, voilà, à mon avis, tout ce que je montrerais si j'étais à votre place.

Et, disant ces mots, Mlle Francine se dirigea vers la seconde chambre qu'elle habitait, où se trouvait la lourde malle dans laquelle le précieux coffret était renfermé.

Elle revint bientôt, rapportant la parure que Diane avait l'habitude de mettre lorsqu'elle allait à l'Opéra; une rivière et deux pendeloques de brillants, avec deux ou trois bracelets que la femme de chambre avait soigneusement choisis parmi les plus modestes que possédait la petite baronne.

— C'est bien peu, observa Diane.

— Mais, madame, nous dépensons quinze cents francs par mois ; si vous voulez continuer sur ce pied, il vous faut vingt mille livres de rente et je doute fort même qu'en vendant tous vos bijoux, vous puissiez arriver à vous les constituer.

— Oui, c'est vrai, approuva la jeune femme, convaincue par ce raisonnement qu'elle tenait de la vieille juive à qui Nephtali l'avait soufflé.

Mlle Francine se retira triomphante.

Le soir arrivé, sans attendre que Nephtali lui rappelât sa promesse, Diane vint mettre devant lui tout ce que sa confidente avait retiré du coffret à bijoux.

— Cette parure est fort belle ! admira le jeune homme, mais je la connais.

— Et ces bracelets ?

— Du meilleur goût. Et puis, ma bien chère Diane ?

— C'est tout.

— Vous n'avez pas d'autres bijoux ?

Pour les choses de peu d'importance, Mme Laroche savait mentir comme personne.

— Non, répondit-elle, en plongeant ses yeux dans les regards du bel israélite afin d'augmenter encore la sincérité de l'accent avec lequel elle avait prononcé cette mensongère négation.

— Ah ! fit Simmern.

Et tout bas, il se demanda :

— Pourquoi ment-elle ? se défierait-elle de moi ?

Deux jours après que cette conversation avait eu lieu entre Diane et Nephtali, Mme Simmern, qui causait au coin du feu de la cuisine avec Mlle Francine, l'interrompit pour lui dire :

— Pourquoi donc m'avez-vous fait un mensonge ?

— Un mensonge, moi ? répéta en se récriant la fine mouche, qui se doutait parfaitement du point que la vieille juive allait aborder.

— Sans doute, vous, je ne parle pas du grand Turc, j'imagine !

— Et en quoi, mon Dieu, vous aurais-je menti, ma bonne madame Simmern ?

— Mais en me disant que la baronne possède pour près de quatre cent mille francs de bijoux.

— C'est la vérité.

— Allons donc, ma petite, vous êtes folle ; Nephtali,

l'autre soir, a demandé à votre dame à voir ses diamants, savez-vous ce qu'elle lui a montré ?

— Peu de chose, elle n'a ici que la parure que vous
connaissez et quelques bracelets, le tout ne vaut pas
plus de soixante mille francs.

— Cinquante mille au plus, m'a dit Nephtali, qui
s'y connaît, je vous assure ; mon fils ne se tromperait
pas de trois francs sur cent mille francs de bijoux sans
même les peser....

Décidément le talent de violoniste que possédait
le bel israélite était le moindre de tous ceux qui re-
haussaient encore ses charmes.

— Oui, mademoiselle Francine, je vous assure cela
verbalement....

Verbalement était l'adverbe de prédilection de cette
excellente Mme Simmern ; elle l'employait toujours,
et n'importe comment, le mettant à toute sauce, en
faisant une sorte de caméléon changeant non de couleur, mais de sens à volonté.

— Et cela fait une fameuse différence, cinquante
mille francs avec les quatre cent mille dont vous m'a-
vez parlé, reprit-elle.

— Ne vous ai-je pas dit que madame m'avait fait déposer le reste à la Banque ? répliqua Mlle Francine.

— A la Banque ! répéta la vieille juive, en riant.
Ah ! ah ! ah ! à la Banque ! Eh bien ! je vous défie d'aller les y chercher.

— Je vous prouverai bientôt le contraire, ainsi qu'à
M. Nephtali, riposta Francine avec une telle assurance que les doutes de Mme Simmern en furent fortement ébranlés.

17.

Les beaux jours étaient arrivés, un printemps superbe invitait à la promenade.

La place de l'Industrie était à proximité du jardin zoologique, Diane s'y rendait souvent avec Mlle Francine. Parfois, lorsque la camériste était occupée, la petite baronne allait seule s'y asseoir, à l'ombre, un livre à la main.

Huit jours ne s'étaient pas encore écoulés depuis que la femme de chambre avait promis à la mère Simmern de lui prouver, ainsi qu'à son fils, qu'en estimant à près de quatre cent mille francs les bijoux de sa maîtresse, elle avait dit vrai, que l'ex-reine des cocodettes manifesta le désir de se rendre à son jardin de prédilection.

— Dépêchons-nous, Francine.

— Madame ferait bien de me permettre de ne la rejoindre que dans une couple d'heures, j'ai beaucoup de choses à faire.

— Soit, approuva Diane.

Et elle sortit seule.

On entendait dans le sous-sol la vieille juive qui remuait ses casseroles, et, au second, le pas de Nephtali errant en s'habillant, dans sa chambre.

Depuis l'incident des bijoux, la froideur que le bel israélite avait ressentie pour Diane le jour où il avait appris qu'elle n'était pas veuve, s'était accentuée au point que froissée dans son amour-propre de jolie femme qui sait trop ce qu'elle vaut pour se désoler d'un tel fait, elle s'était mise diplomatiquement au même diapason que lui, afin de faire sentir tout ce que sa conduite avait d'inconséquent et d'étrange.

Les circonstances étaient on ne peut plus favorables pour Mlle Francine.

Aussitôt que la petite baronne eut quitté la maison, la blonde cameriste mit un chapeau, jeta un châle sur ses épaules et sortit également.

Au bout d'une demi-heure, elle rentra, et, s'emparant du coffret à bijoux de l'ex-reine des cocodettes, alla hardiment frapper à la porte de la chambre de Nephtali, dont elle n'avait plus osé franchir le seuil depuis le soir où elle était montée pour porter au bel israélite l'invitation de Mme Laroche.

— Tenez, dit-elle, lorsque la voix de Simmern eut invité Mlle Francine à pénétrer chez lui, voici le coffret à bijoux de madame ; je viens d'aller le chercher à la Banque, afin de vous montrer, ainsi qu'à madame votre mère, que je ne suis pas une menteuse.

Tout en parlant, Francine avait déposé le coffret sur le guéridon qui occupait le centre de la chambre du jeune homme, et elle avait introduit dans la serrure à secret de la boîte à bijoux une petite clef très compliquée par la forme, mais d'un usage des plus faciles, car, sous l'impulsion de la main gauche de la femme de chambre, le couvercle se leva presque instantanément.

Alors, puisant des deux mains dans le coffret et répandant sur la table tout ce qu'il contenait d'objets précieux :

— Tenez, y en a-t-il là pour près de quatre cent mille francs ? demanda mademoiselle Francine avec un air de triomphe. Appelez madame votre mère, monsieur Nephtali, afin qu'elle puisse reconnaître comme vous que je ne suis pas une menteuse.

Mais le beau juif, fasciné par les richesses que la blonde camériste avait étalées devant lui, restait en extase, immobile, l'œil actif, jugeant rapidement chaque pierre d'un seul regard, l'évaluant, la pesant sans la toucher.

Il y eut un silence pendant lequel Nephtali, complètement absorbé par son office d'expert, inventoria rapidement tout ce que contenait le coffret.

Les yeux du beau juif, tout en examinant avec une scrupuleuse attention la qualité des perles et des brillants, jetaient sur eux des regards de convoitise, dont l'éclat produisit sur Mlle Francine un effet presque magnétique.

— Eh bien, dit-elle en serrant les bras du jeune homme, ai-je menti ?

— Non, répondit Nephtali à demi-voix, comme s'il eût été sous l'empire d'un charme indéfinissable, non, ma chère Francine, vous n'avez pas menti.

— N'est-ce pas ? dit-elle avec orgueil en levant vers le visage du bel israélite des regards dont l'attendrissement palliait l'expression de triomphe, car : « ma chère Francine », étaient trois mots qu'elle entendait sortir pour la première fois des lèvres adorables de celui qu'elle aimait tant.

— Voilà vraiment de belles choses ! reprit Nephtali.

— Une fortune !

— Oui certes ! appuya-t-il.

Mlle Francine posant alors la main droite sur l'épaule gauche du jeune homme, l'attira doucement vers elle en le forçant à lui faire face.

— Si vous vouliez, M. Nephtali ?

Le jeune homme ressentit aussitôt les effets d'une intuition soudaine, un éclair flamboyant de pensées nouvelles traversa son cerveau, qui bouillonnait depuis que le trésor de Diane avait été étalé sous ses yeux.

D'une main il saisit la blonde camériste par la nuque, la forçant à relever la tête; et l'embrassant alors, il dit :

— Tu es une bonne fille, Francine !

Au contact des lèvres du beau juif, tout l'être de Mlle Francine vibra comme un tremble dans lequel soufflerait une chaude brise.

— Mon Dieu ! dit-elle pâmée.

Puis tremblante et embarrassée sous le regard profond du juif, qui la dominait :

— Je vous en conjure, ne dites pas à madame que je vous ai montré tous ses bijoux, monsieur Nephtali, supplia-t-elle.

— Je le lui dirai d'autant moins, reprit-t-il, que cette petite pécore m'a affirmé l'autre soir ne posséder que ceux que je lui connaissais. A-t-elle donc peur que je la vole ? Ah ! tu l'as dit, ma petite Francine, ce serait une fortune !

Puis changeant de ton :

— Sais-tu bien que je ne t'avais jamais bien regardée, Francine ?

— Vraiment, monsieur Nephtali, répliqua la femme de chambre avec émotion.

— Non, vrai, et je m'en accuse, car si tes yeux sont peut-être moins beaux que ceux de ta maîtresse, ils ont une éloquence que les siens n'auront jamais.

— Ah ! fit Mlle Francine littéralement enivrée.

— Oui, avec cela ton sourire est adorable, ta bouche appétissante au possible, on dirait un nid de baisers, ton teint clair et rose, tes cheveux soyeux et parfumés, ton front lumineux et intelligent. Regarde-moi bien, veux-tu, Francine ? Regarde-moi avec ton âme et ton cœur à la fois.

Il s'arrêta, plongeant ses yeux langoureux dans les prunelles éloquentes de la camériste qui, magnétisées par l'émotion, dardaient leurs plus vives étincelles sur le beau Nephtali, et continua lentement :

— Oui, aussi tu m'as bien compris, Francine, reprit-il, tu es une vraie femme, car je suis sûr que tu saurais aimer.

— De toute mon âme, répondit-elle avec autant de sincérité que si Dieu lui-même l'eût interrogée.

Le beau Nephtali eut un sourire de démon, il venait de comprendre par l'attitude de Francine, l'expression de ses traits, l'émotion qu'accusait le tremblement qui l'agitait, et surtout par l'accent qu'elle avait mis dans les derniers mots qu'elle venait de prononcer, que jamais, sur aucune femme, il n'avait exercé d'influence comparable à celle sous laquelle la femme de chambre de Mme Laroche était entièrement dominée.

On a beau ne plus en être à compter ses succès, l'homme est ainsi fait que lorsqu'il se découvre sur une autre personne une semblable domination, tout fier de la posséder, il prend un vif plaisir à l'exercer dans toute sa plénitude.

— Allons, ma belle Francine, reprit-il, serre tout cela, afin que Diane ne se doute de rien.

Et Nephtali désigna du geste les bijoux épars sur le guéridon ; puis, allumant une pipe qui se trouvait, toute bourrée, à portée de sa main, il alla s'étendre sur une chaise longue, garnie d'une housse blanche, qui était placée près de la cheminée.

Mlle Francine obéit à l'instant sans dire un mot, en esclave soumise, heureuse de satisfaire le caprice d'un maître dont le moindre geste, la plus légère parole étaient désormais des ordres pour elle.

Lorsque les bijoux furent rentrés dans le coffret :

— Dis donc, Francine ? reprit le beau Nephtali avec nonchalance.

— Quoi, monsieur Nephtali ? interrompit la femme de chambre.

— Est-ce que tu vas reporter ce coffret à la Banque ?

Il la regardait dans le blanc des yeux en lui posant cette question.

— Non, répondit Mlle Francine, après un temps. Puis, s'emparant du coffret, elle sortit de la chambre de Simmern et rentra chez la petite baronne, afin de remettre la boîte à bijoux à sa place accoutumée.

A peine la malle fut-elle fermée qu'une voiture s'arrêta devant la maison de Mme Simmern et que deux coups violents ébranlèrent la sonnette du vestibule.

Ce signal s'adressait aux habitants du premier.

On voit encore aujourd'hui dans Bruxelles dans beaucoup d'endroits, autour du bouton de cuivre qui, de la rue, fait vibrer la principale sonnette de la maison, ces mots peints en noir :

« *Sonnez deux fois pour le quartier.* »

Mlle Francine descendit ouvrir.

De la voiture arrêtée devant la maison, deux femmes descendirent.

La première était Diane, pâle et agitée, la toilette en désordre.

La seconde, cette marchande de tout, que Mlle Laure et Anna appelaient Mme Hortense pendant la représentation du *Prophète*, où la beauté et la toilette de l'ex-reine des cocodettes avaient produit tant d'effet sur les spectateurs du théâtre de la Monnaie.

Comment Mme Hortense se trouvait-elle en compagnie de Mme Laroche, c'est ce qu'il importe d'expliquer.

Diane, pendant que se passait entre Mlle Francine et Nephtali la scène que nous venons de décrire, scène qui devait avoir sur sa destinée une influence si fatale un jour, après avoir lu une vingtaine de pages du livre qu'elle avait emporté avec elle, se promenait rêveuse dans une des allées les plus solitaires du Jardin zoologique.

Fort pittoresque par la disposition de son terrain et de ses allées, qui ajoutent une somme d'originalité notable à l'intelligente fantaisie de ses constructions, le Jardin zoologique de Bruxelles est une promenade très fréquentée pendant la belle saison, spécialement par les personnes qui habitent le quartier Léopold.

Très peuplé d'animaux de toute espèce, possédant un aquarium remarquable, un plateau au milieu duquel s'élève un kiosque où se donnent des concerts, et un vaste restaurant, le Jardin offre, par la variété de toutes les choses qu'il renferme, un attrait véritable aux promeneurs.

Légèrement songeuse, la petite baronne goûtait l'air pur et le parfum des fleurs auquel se mêlait l'odeur âcre des sapins, lorsqu'elle reçut tout à coup un choc violent et sentit une main preste qui lui tirait les cheveux, tandis qu'un poids indéfinissable s'appuyait au bas de sa taille.

Se secouer vivement fut le premier soin de Diane, qui, se retournant après s'être dégagée de l'étreinte inattendue et incompréhensible encore pour elle, se trouva en face d'un singe de moyenne grandeur, de la race des chimpanzés.

D'un coup de l'ombrelle qu'elle tenait à la main, sans se laisser trop émouvoir par cette apparition désagréable, Mme Laroche punit l'insolent animal de sa témérité ; mais au lieu d'intimider son agresseur, cette correction insuffisante fit entrer le chimpanzé dans une colère terrible.

Il poussa un cri comme les singes seuls savent en pousser, cri de rage et de menace, et s'élança la gueule ouverte en bondissant sur Diane pour la mordre.

Alors une véritable lutte s'engagea, accompagnée des grognements du singe et des cris d'effroi de Mme Laroche, dont la toilette avait déjà beaucoup souffert des représailles de son agresseur, et qui, pâle et tremblante, se voyait menacée par lui de la manière la plus grave.

— A l'aide, à moi !

Tout cela n'avait duré que quelques secondes.

Le singe était arrivé la veille d'Anvers. La cage qui avait servi à son transport avait été placée provisoirement dans un coin du bâtiment qu'habitent les éléphants, les chameaux, les bisons et les zèbres.

Réveillé par les cris de l'éléphant, le chimpanzé
qui, par exception, avait un mauvais caractère, s'é-
tait livré à de telles colères contre les barreaux de
bois de son étroite demeure, qu'il avait fini par en détacher deux, ce qui avait produit une ouverture suffisante pour que le prisonnier pût se mettre en liberté.

Il est vrai que la port due vaste hangar où il se
trouvait avec les animaux que nous venons de désigner
lui restait encore à franchir; mais notre chimpanzé,
comptant sur son adresse, ne s'inquiétait que médiocrement de ce détail.

Dès que la porte avait été ouverte de grand matin
par le gardien chargé de remuer les litières et de
nettoyer les box, d'un bond il avait sauté sur les
épaules du visiteur et de là s'était élancé dans le
Jardin, où on l'avait vainement cherché, jusqu'au
moment où, d'un arbre de la petite colline qui bordait le chemin suivi par Diane, il avait sauté galamment sur les épaules de la jeune femme.

Aux cris poussés par Mme Laroche, la première
personne qui accourut fut Mme Hortense.

Brandissant avec un sang-froid digne d'éloges un
petit sac assez lourd qu'elle tenait à la main, elle en
asséna sur la tête du chimpanzé un coup suffisamment
rude pour que, non seulement il lâchât Diane, mais
encore que, tout étourdi, il roulât à terre et y restât
assez de temps pour permettre à des gardiens, que
les cris des deux femmes avaient attirés, de s'emparer
du méchant animal et de lui mettre une muselière
tenant à un collier solide à laquelle une corde était
attachée.

À la place de Diane, plus d'une femme, dans la position désagréable et vraiment effrayante dont venait de la tirer vaillamment Mme Hortense, se fût évanouie; mais celle qui après avoir vu rouler sanglant à ses pieds Henri de Séran, avait eu encore la force de se réfugier chez Francine, n'éprouva qu'une émotion très vive, qui sembla des plus naturelles à tous les assistants que le bruit du petit drame qui venait de s'accomplir avait attirés autour d'elle.

On s'empressa de faire entrer Diane dans le bâtiment où se trouvent les bureaux de l'administration de la Société du Jardin zoologique, afin de la soustraire aux regards des curieux.

Pâle et tremblante, Mme Laroche était incapable de prononcer une seule parole.

Mme Hortense, qui la soutenait pendant le trajet du chemin au bâtiment, s'empressa de prendre la parole pour elle, si bien que les employés, s'imaginant que l'amie de Mlles Laure et Anna et la victime du chimpanzé se connaissaient, les firent entrer toutes deux dans une chambre où, quelques minutes après, un médecin fut introduit.

Dans cette circonstance, Mme Hortense déploya un zèle vraiment méritoire, imbibant de vinaigre les tempes de Diane, tandis que le docteur faisait prendre à celle-ci quelques gouttes d'essence de fleur d'oranger dans un verre d'eau.

Lorsque Mme Laroche fut en état de parler, elle remercia ceux qui s'étaient empressés de venir à son aide, et particulièrement Mme Hortense.

De là à accepter l'offre polie de cette dernière de

la conduire à une voiture et de l'accompagner jusque chez elle, il n'y avait qu'un pas.

Diane ne pouvait refuser, et ainsi elle regagna son domicile avec la proxénète.

Lorsque Mlle Francine, la mère Simmern et le beau Nephtali furent mis au courant de ce qui s'était passé, le bel israélite, entraînant sa mère et la femme de chambre, laissa seule Diane avec Mme Hortense.

Simmern, qui la connaissait, surpris de la voir avec la petite baronne, s'était promis d'abord d'avertir celle-ci de se tenir en garde contre les manœuvres de cette vile créature; mais une horrible pensée lui vint bientôt et ce fut avec un léger sourire qui se termina par un petit ricanement de mauvais augure, qu'il quitta Diane et l'amie de mesdemoiselles Laure et Anna.

La nuit de ce jour-là, si Diane était montée pour coller son oreille contre la porte du beau Nephtali, comme l'avait fait certain soir mademoiselle Francine contre la sienne, elle aurait pu saisir aussi le murmure de deux voix.

Mme Simmern ronflait bruyamment dans une chambre du rez-de-chaussée, Diane, rompue par l'émotion qu'elle avait éprouvée, dormait d'un profond sommeil; qui donc était chez Nephtali?

On le devine.

Le rêve de Mlle Francine était enfin accompli, elle était aimée du bel israélite; malgré la beauté de Diane, elle avait su gagner sinon le cœur, du moins les caresses de cet être idéal qui seul remplissait toute sa pensée depuis le jour où elle l'avait vu pour la première fois.

Mais dès le lendemain son triomphe devait devenir une véritable torture.

Cette torture commença de la façon la plus simple.

Le beau Nephtali ayant pénétré chez Diane pour s'informer si elle était complètement remise de son émotion de la veille, lui prit la main et l'embrassa sur le front devant Mlle Francine, ce qui jamais ne lui était arrivé jusque-là.

Nous avons dit que Mlle Francine avait les lèvres minces, les sourcils très rapprochés, c'est-à-dire les signes les plus caractéristiques de la méchanceté et de la jalousie.

A la vue de ce baiser donné devant elle, à qui quelques heures auparavant, le beau Nephtali avait prodigué toutes les tendresses, Mlle Francine, mordue au cœur par la jalousie, blémit et eut un de ces froids sourires de haine implacable qu'ont parfois les meurtriers avant de frapper.

Quoi ! son triomphe n'était donc pas l'abandon de Diane par Nephtali !

Croyait-il donc Francine capable de supporter une heureuse rivale ou ne l'avait-il honorée que d'un caprice éphémère qui ne devait pas avoir de lendemain ?

A cette idée, mademoiselle Francine vit rouge.

— Il faut qu'il soit à moi, à moi seule, se dit-elle, dussé-je commettre un crime pour le garder tendre et fidèle !

Trois semaines se passèrent dans des alternatives de désespoir et d'espérance des plus douloureuses pour la femme de chambre.

Parfois des idées folles traversaient son cerveau et elle était sur le point de crier à Diane :

— Sotte que tu es, tu ne vois donc pas que ton amant est aussi le mien, oui le mien, pleure et souffre donc comme moi qui suis assez lâche pour ne pas vous tuer tous les deux !

Diane, au bout de ce temps, se trouvant dans une de ces journées bien rares pour elle, pendant lesquelles des pensées sérieuses traversaient sa tête légère, dit à sa trésorière :

— L'argent nous manquera bientôt ; il faudra nous occuper de vendre mes bijoux, car il m'est impossible de laisser improductif un tel capital.

— Je m'informerai dès demain de la meilleure façon de procéder, madame, répondit la blonde camériste sans hésiter.

En ce moment Mme Hortense arriva.

XVI

LE VOL

Depuis le service qu'elle avait rendu à Diane au Jardin zoologique, la marchande de tout s'était implantée chez la petite baronne avec une certaine adresse, prenant pour prétexte la vente de divers objets de toilette, dont par reconnaissance, Mme Laroche n'avait pas osé lui refuser l'achat.

Les relations féminines de l'ex-reine des cocodettes, qui jadis recevait tout ce que Paris renferme d'élégances, de noblesse et de célébrités, se bornant, à Bruxelles, à Mme Simmern, Mlle Francine et Mme Hortense, cette dernière s'étant toujours tenue jusqu'alors dans une respectueuse réserve, Mme Laroche en était venue parfois à sortir avec elle pour aller se promener au Parc, le drame du chimpanzé lui ayant fait prendre le Jardin zoologique en horreur.

Il avait été convenu la veille entre Diane et Mme Hortense qu'elles feraient une promenade le lendemain.

Dès qu'elles eurent quitté la maison, Mlle Francine monta chez Nephtali, dont le violon résonnait en ce moment au second étage.

La conversation, qui commença sur un ton très élevé, car son début fut une avalanche de reproches amers qu'adressa l'amante jalouse à l'infidèle Neph-

tali, passa bientôt aux demi-teintes et se termina presque à voix basse.

Lorsqu'ils se quittèrent, Mlle Francine était radieuse et pendant quelques jours les visites du bel
israélite à Mme Laroche semblèrent ne plus éveiller
aucune jalousie dans le cœur de la blonde cameriste.

Un soir que Diane avait demandé à Nephtali de
l'accompagner au théâtre des Galeries-Saint-Hubert,
où des acteurs de Paris étaient en représentation, le
jeune homme s'excusa, se disant atteint par une effroyable migraine.

Mme Laroche ne pouvait s'adresser à Francine
qui, depuis quelques heures, en proie à d'effroyables
maux de dents, ne parlait que de se briser la tête
contre la muraille, tant ses douleurs étaient cuisantes.

Il ne restait donc plus que Mme Simmern.

Nephtali se chargea de décider sa mère à accompagner Mme Laroche au théâtre.

Toutes deux y passèrent une bonne soirée, car la
représentation marcha fort bien.

— J'espère que ce pauvre Nephtali souffre moins,
disait de temps en temps la vielle juive, car lorsque
nous l'avons quitté, il était *verbalement* accablé.

— Je l'espère aussi, ma bonne madame Simmern.

En rentrant, la mère monta au second.

Elle revint bientôt en disant :

— Il dort ; sa porte est fermée. Mais son sommeil
est doux, car on n'entend rien.

— Tant mieux.

— Et chez vous ? reprit la vieille juive, en ouvrant
avec précaution la porte de la chambre de Mlle Francine, qu'elle referma de même aussitôt, en ajoutant :

— La pauvre, elle est *verbalement* endormie également.

— Je ne la dérangerai pas ce soir.

— Vous ferez bien, Mme Laroche. Voulez-vous
que je vous aide ?

— C'est inutile ; je sais parfaitement m'habiller et
me déshabiller seule. Bonsoir.

— Bonsoir et bonne nuit.

Les soins de Mlle Francine n'étaient en effet nullement nécessaires à la petite baronne.

Dans certaines visites qu'elle avait faites à de Langlade, ainsi qu'à Henri de Séran, n'avait-elle pas appris à se passer de femme de chambre ?

Les grandes dames qui savent se coiffer elles-mêmes
doivent donner à réfléchir à leurs maris.

Diane se levait entre dix et onze heures.

En s'éveillant le lendemain, elle sonna Mlle Francine, qui avait l'habitude de servir chaque matin à sa
maîtresse une tasse de café noir à son premier appel.

Ne voyant pas paraître sa femme de chambre, la
petite baronne se dit que, probablement, elle était
descendue à la cuisine préparer le café quotidien.

Beaucoup de maisons de Bruxelles, même dans
les quartiers neufs, sont construites de façon à ce que
le bruit qui se fait dans l'escalier s'entende parfaitement dans les appartements.

Au second coup de sonnette de Diane, la porte de
la rue se ferma, et le bruit des pas de quelqu'un qui
montait l'escalier arriva jusqu'à elle.

Ce quelqu'un était Nephtali coiffé d'un de ces
chapeaux de feutre noir dont nous nous servons surtout pour le voyage.

18

Il gravit lestement les deux étages et étant arrivé à la porte de sa chambre, tira une clef de sa poche et l'ouvrit, ce qui prouvait que, malgré son atroce migraine, le bel israélite avait passé la nuit dehors ; puis jeta son chapeau sur son lit et redescendit doucement au premier.

Un troisième coup de sonnette tiré par Mme Laroche de plus en plus étonnée de ne pas voir paraître Mlle Francine, retentit en ce moment.

Puis elle appela :

— Francine, Francine !

Simmern qui, au coup de sonnette, s'était arrêté sur le palier, après un court moment d'hésitation, entra sans frapper chez Diane.

N'était-il pas là chez lui !

Allant droit à la chambre de la jeune femme, il l'ouvrit en lui disant :

— Que désirez-vous, ma chère ?

— Ah ! c'est vous, mon ami, comment allez-vous ce matin ?

— Beaucoup mieux, merci.

— J'en suis fort aise. Où est donc Francine ?

— Mais dans sa chambre sans doute.

Et sans attendre que Diane lui donnât l'ordre d'y pénétrer, il entr'ouvrit la porte de la pièce où couchait la camériste.

— Que vous disais-je, reprit-il en s'adressant à Diane, elle dort.

— A dix heures ! éveillez-la, je vous prie.

Nephtali disparut pour obéir.

Quelques secondes s'écoulèrent, puis il s'écria :

— Hein ! que veut dire ceci ?

Et le bel israélite rentra les mains chargées d'un traversin, paré d'un bonnet de dentelle et serré, sous le nœud des rubans du bonnet, par un mouchoir, de façon à représenter dans l'alcôve le derrière d'une tête de femme endormie.

— Un mannequin ! s'écria Mme Laroche stupéfaite. Que signifie cela ?

— Quelque plaisanterie, sans doute.

— Une plaisanterie ! mais hier au soir, lorsque nous sommes revenus du théâtre, votre mère a entr'ouvert cette porte et Francine dormait, à ce qu'elle m'a dit.

— Ma mère, répéta Simmern, je vais la questionner.

Et il descendit à la cuisine en feignant d'être tout aussi intrigué que la belle Diane par l'absence de la camériste.

Simmern n'était pas auprès de sa mère depuis cinq minutes qu'un cri déchirant partant du premier retentit.

— Elle sait tout, dit à voix basse Nephtali à la vieille juive.

— Que vas-tu faire ?

— Ne craignez rien, j'ai prévu cela.

Et il remonta.

La chambre de Diane était vide.

Dans l'autre, devant la lourde malle où Mlle Francine avait l'habitude de serrer le précieux coffret, vêtue simplement d'une chemise de nuit et d'un jupon qu'elle venait de passer à la hâte, Mme Laroche étendue immobile sur le parquet était évanouie.

— Grand Dieu ! s'écria Nephtali par acquit de conscience, ma chère Diane, qu'as-tu ?

La petite baronne ne pouvait l'entendre.

Lorsqu'il en eut acquis la conviction :

— Le coup est plus rude que je ne le croyais, se dit Simmern.

Puis gagnant le palier :

— Maman, cria-t-il, monte avec du vinaigre, Mme Laroche est évanouie.

La vieille juive s'empressa de se rendre à cet appel.

Nephtali enlevant la jeune femme dans ses bras, l'avait replacée sur son lit lorsque Mme Simmern entra.

Aidée par son fils, elle parvint assez promptement à faire revenir la jeune femme à elle.

— Mon Dieu, chère Mme Laroche, que vous est-il arrivé ? demanda la vieille juive dès qu'elle vit Diane rouvrir les yeux.

La petite baronne ne comprenait pas encore.

— Nous vous avons trouvée *verbalement* évanouie, savez-vous, là, dans la chambre de Francine.

En cet instant les yeux de Diane rencontrèrent ceux de Nephtali.

Se soulevant aussi vivement que le lui permit l'état de faiblesse dans lequel elle était encore, elle saisit le bras du jeune homme et d'une voix altérée elle s'écria :

— Je suis volée !

— Volée ! répétèrent ensemble la mère et le fils.

— Oui, volée, là, tous mes bijoux, tout ce que je possède, par elle sans doute, par cette misérable Francine.

— Vos bijoux ! répéta la vieille juive, votre belle rivière de diamants ?

— Oui, et tous les autres aussi, tous, tous !

— N'étaient-ils pas déposés à la Banque ?

— Non, non, ici.

Puis, bondissant du lit par terre et entrant dans la chambre de Francine où la vieille juive et Nephtali la suivirent :

— Là, ils étaient là, dans cette malle, poursuivit Diane en soulevant le couvercle de la malle avec une violence qui étonna la mère et le fils et en leur montrant l'endroit où Mlle Francine avait l'habitude de placer le coffret précieux.

— Là, répéta-t-elle, il y en avait pour quatre cent mille francs.

Nephtali se taisait.

Diane lui sut un gré infini de son silence et le traduisit en un acte de rare délicatesse.

N'avait-elle pas refusé de lui montrer ses bijoux ? ne lui avait-elle même pas nié qu'elle en possédait d'autres que ceux qu'il connaissait depuis longtemps ?

Il aurait eu le droit de lui reprocher son mensonge et de l'apprécier sévèrement.

Son mutisme était donc une suprême clémence et la petite baronne en fut touchée jusqu'au fond du cœur.

Se tournant vers lui, adorable dans son émoi attendri, les larmes aux yeux, la bouche suppliante :

— Je vous en conjure, venez à mon aide, mon ami, dit-elle, il faut faire arrêter à l'instant cette fille. Que deviendrais-je si on ne la trouvait pas ?

— Vous avez raison, il n'y a pas une minute à perdre et je cours aux renseignements.

Sans s'attacher aux mots, Diane ne saisit que

18.

l'ensemble de la phrase que venait de prononcer le bel israélite ; il en résultait qu'il allait agir aussitôt, elle n'en pouvait demander davantage.

Nephtali sortit, mais au lieu de se rendre chez le commissaire de police, il se dirigea d'un pas de flâneur en suivant la ligne des boulevards jusqu'à la gare du Nord, qui est celle par laquelle on part pour l'Allemagne et là, entra dans le bureau du télégraphe où il rédigea la dépêche suivante :

« *Nathaniel Simmern, Cologne,*

» *Tout va bien. Arriverai dans trois jours. Qu'on m'attende !*

» SIMÉON. »

Puis l'ayant fait expédier, il prit la rue Neuve et vint s'attabler sur la place de la Monnaie, au café des Mille-Colonnes, où il se fit servir du chocolat et des brioches.

Lorsqu'il eut absorbé le tout, il alluma un cigare et se mit à lire les journaux avec une lenteur dont n'usent généralement que les personnes qui, n'ayant absolument rien à faire, cherchent à tuer le temps par tous les moyens possibles.

Il était près de deux heures lorsqu'il reprit le chemin de la place de l'Industrie.

Diane l'attendait en proie à une fébrile impatience, bien compréhensible dans la situation où l'avait mise le vol, que seule, selon toute apparence, Mlle Francine avait pu commettre.

Nephtali se rendait parfaitement compte de l'anxiété de Mme Laroche ; néanmoins, lorsqu'il rentra, il remonta directement chez lui sans entrer chez elle.

La petite baronne, qui guettait son retour, l'entendit marcher dans sa chambre.

Au bout de quelques minutes, la patience de la jeune femme fut complètement épuisée.

Ne comprenant rien à la conduite du bel israélite, elle monta chez lui.

— Eh bien ? lui demanda-t-elle.

Nephtali, qui s'était étendu paresseusement sur sa chaise longue, après avoir allumé sa pipe et pris en main un livre dont la lecture semblait l'absorber complètement en cet instant, à la brusque apparition de Diane, releva lentement la tête.

— Eh bien, quoi ? demanda-t-il.

— Qu'avez-vous fait ? est-on sur les traces de Francine ?

— Non, répondit-il avec un froid sourire.

— On la poursuit ?

— Non, répéta le jeune homme plus froidement encore.

— Et pourquoi ? interrogea Mme Laroche avec une surprise marquée.

— Vous voulez absolument le savoir, ma bonne amie ?

— Mais sans doute.

— Eh bien, je vais vous le dire ; mais rappelez-vous que c'est vous qui aurez provoqué l'explication que je vais vous donner.

La petite baronne, en entendant ces paroles, se demanda si elle ne rêvait pas, tant elles lui parurent étranges.

— Oui, oui, dit-elle, expliquez-vous, je vous en prie.

— On ne poursuit pas Francine, reprit Nephtali,

avec le plus grand calme, parce qu'à l'heure qu'il est, la police belge ignore absolument son départ et l'accusation que vous osez formuler contre votre femme de chambre.

— N'avez-vous donc pas fait le nécessaire ?

— Non.

— Et pourquoi ?

— Pour une raison fort simple. En sortant d'ici, je suis allé à la Banque nationale.

— Pourquoi faire ?

— Pour y demander quels étaient les bijoux que vous y avez déposés, répliqua avec aplomb Simmern.

— A la Banque nationale, répéta Diane sans comprendre. Mais jamais je n'y suis entrée.

— C'est bien ce qu'on m'y a dit.

— Eh bien ?

— Eh bien, ma chère Diane, répéta Nephtali en se levant comme s'il venait de prendre une résolution soudaine ; mais s'arrêtant tout à coup :

— Mon Dieu, que cette explication est donc pénible ! murmura-t-il, moi qui la croyais si loyale !...

— N'avais-je pas la même opinion que vous ? j'aurais tout confié à cette Francine, je ne l'ai que trop prouvé, continua la petite baronne, à cent lieues de la pensée qu'exprimaient les dernières paroles de son amant.

— Ce n'est pas de Francine que je parle, répliqua tristement Simmern, en appuyant sur chaque mot.

— De qui donc, alors ? demanda Diane avec fierté.

— Hélas ! de vous, répondit le jeune homme.

— De moi, s'écria la petite baronne avec un accent

de fierté qui révélait sa distinction innée, de moi ? Ah çà, êtes-vous fou ?

— Pas d'injures ! objecta impérieusement le bel israélite. J'ai toute ma raison, je vais vous le prouver.

Elle le regardait fixement sans bien comprendre, en proie à la plus douloureuse des stupéfactions.

— Ce n'est pas aujourd'hui pour la première fois que ma mère et moi, continua Simmern, nous entendons parler de ces fameux bijoux qui représentent une valeur de quatre cent mille francs. Francine les faisait assez valoir, mais en assurant que vous les aviez prudemment déposés à la Banque, vous méfiant de nous, sans doute.

— Comment, Francine !... pouvez-vous croire ?...

— Ne m'interrompez pas, je vous prie. C'est à la suite de cette assertion que je vous ai demandé, ma curiosité ayant été éveillée, à voir toutes ces richesses. Que m'avez-vous répondu ?

— J'allais les vendre, Francine elle-même m'avait engagée à ne les montrer à personne, et...

— Que m'avez-vous répondu ? répéta le bel israélite en interrompant la petite baronne avec une autorité digne d'un juge d'instruction.

— Je vous ai répondu que je n'avais pas d'autres bijoux que ceux que vous me connaissiez.

— Ah ! oui, vos faux diamants.

— Mes faux diamants ! répéta l'ex-reine des cocodettes à qui l'existence du strass était inconnue. Que voulez-vous dire ?

— Ma pauvre Diane, si vous m'interrompez toujours, vous ne le saurez jamais, objecta le bel israé-

lite avec le plus grand calme. Puis reprenant son discours au point où l'avait coupé la dernière réponse
de Mme Laroche, il ajouta :

— Vous m'avez affirmé que vous ne possédiez pas
d'autres bijoux que les boucles d'oreilles et la rivière
dont vous vous parez quelquefois pour aller au théâtre, et des bracelets sans grande valeur que vous
m'avez fait voir ce soir-là. Ce matin, reprenant les
allégations de votre femme de chambre, vous prétex-
tez que vous aviez pour quatre cent mille francs de
bijoux et qu'on vous les a volés. Ma première pensée
a été de vous rappeler votre première affirmation ;
mais, comme j'avais encore en vous une confiance
illimitée, je suis allé à la Banque et vous savez la
réponse qui m'y a été faite : on n'y connaît pas plus
Mme Laroche que ses bijoux.

— La conclusion ? demanda la petite baronne, pâle
et tremblante, car elle avait le pressentiment qu'un
abîme se creusait sous ses pieds.

— La conclusion est que Francine ne vous a rien
volé du tout, pour l'excellente raison que les préten-
dus quatre cent mille francs de bijoux n'ont jamais
existé que dans votre imagination.

— Mais sais-tu bien, Nephtali, que tu m'accuses là
d'une infamie ? objecta timidement Diane.

— Le mot est bien gros, ma chère, et je n'aurais
jamais osé le prononcer moi-même. On n'est pas une
infâme parce que, dans le but d'épargner à son
amour-propre certaines mortifications, aidée par sa
femme de chambre, on se livre à une petite comédie dans laquelle on déploie un talent véritable pour
intéresser les gens à son sort.

— Une comédie, répéta la petite baronne avec indignation.

— Eh! sans doute.

— Monsieur!

— Voyons, ma chère petite, du calme, je connais la vie et ne vous en veux pas. Vous êtes arrivée à Bruxelles avec quelques mille francs, et vous les avez dépensés et, au bout de votre rouleau, vous vous êtes entendue avec votre femme de chambre pour faire croire au vol d'un trésor imaginaire; pas mal inventé pour une petite bourgeoise.

— Simmern, s'écria Diane avec une colère pleine de dignité, je suis Diane de la Roche-Carignan, baronne de Stein-Steiner, et oser me parler comme vous venez de le faire est l'action d'un misérable.

L'impassibilité d'une statue n'est pas plus grande que celle de Nephtali en écoutant la jeune femme.

— Allons bon, voilà qu'elle devient folle à présent!

— Folle! répéta Diane avec indignation.

— Parbleu, c'est visible. Ma chère madame Laroche, il faudra soigner cela. Si vous n'avez plus le sou, ce n'est pas de ma faute; chaque jour arrivent à Bruxelles des Françaises dans votre situation, mais moins jolies que vous, et, par conséquent, plus à plaindre.

Diane était livide de rage.

Pour un rien, elle se fût élancée vers Nephtali afin de lui déchirer le visage avec les ongles.

Lui, s'était rassis tranquillement en hochant la tête d'un air de compassion.

— Je cours à l'ambassade française, reprit la petite baronne, au comble de l'indignation et de la fureur.

— Vous êtes libre ; mais retenez bien ceci, c'est que si je suis appelé en témoignage, soit à l'ambassade de France, soit au parquet, je dirai ce que je sais, c'est-à-dire que je ne vous ai jamais connu que quelques bijoux sans valeur, ma pauvre petite Laroche, car je n'ai pas envie, moi, même pour vos beaux yeux, de me fourrer dans quelque mauvaise affaire.

— Oh ! s'écria Diane hors d'elle-même, je vous hais et je vous méprise !

Et elle sortit brusquement de la chambre du misérable.

Dès que Diane fut chez elle, elle s'habilla à la hâte afin d'accomplir le projet qu'elle venait de communiquer au défenseur de Mlle Francine ; mais au fur et à mesure qu'elle reprenait son calme, elle comprenait tous les inconvénients des démarches qu'elle voulait tenter.

Aller se plaindre, n'était-ce pas provoquer une enquête, se faire reconnaître et arriver peut-être fatalement à faire découvrir les relations qu'elle avait eues avec Nephtali ?

Or, depuis un instant, c'était plus que de la haine que lui inspirait le beau juif, c'était du mépris, et pour rien au monde elle n'eût voulu que quiconque apprît la vérité.

Les relations diplomatiques du baron Stein-Steiner ne pouvaient lui laisser aucun espoir qu'un esclandre ayant lieu, le bruit n'en arrivât jusqu'à lui d'abord, puis bientôt au marquis de la Roche-Carignan.

Le remède n'était-il pas pire que le mal ?

Sans se l'avouer encore, sans réfléchir que vingt-quatre heures pouvaient permettre à la voleuse de se cacher si bien que toutes les recherches de la police demeurassent à jamais infructueuses, Diane finit par ôter son chapeau et par remettre ses démarches au lendemain afin de réfléchir à toutes leurs conséquences.

Brisée, anéantie, écœurée, elle venait de s'étendre sur son canapé, lorsqu'on frappa chez elle.

La petite baronne ne répondit pas, ce qui n'empêcha point sa porte de s'ouvrir pour laisser entrer madame Simmern.

— Mille pardons de vous déranger, ma bonne madame Laroche, dit la vieille juive de sa voix la plus mielleuse ; j'aurais voulu remettre ma petite visite à demain ; mais mon fils m'a obligée de vous la faire tout de suite, car il paraît que tout à l'heure vous avez été bien dure avec ce pauvre garçon.

— Que désirez-vous ? demanda Diane, en dédaignant de tenter de se justifier.

La vieille juive tira de la poche de son tablier un papier plié en quatre.

— Votre loyer est échu depuis avant-hier, ma chère madame Laroche, et voici ma quittance.

Il restait à peine cent francs à Diane, plus les bijoux qu'elle avait portés la veille et qui représentaient, en les vendant, de mille à douze cents francs environ.

— Bien, madame ; demain.

— Mon Dieu ! reprit Mme Simmern, après un temps, certainement nous avons pleine confiance en vous, mais...

— Vous ne m'accorderiez pas une heure, n'est-ce pas?

Et Diane jeta sur la mégère un tel regard de mépris, que la digne mère du beau Nephtali baissa la tête.

En ce moment deux coups de sonnette, donnés de la rue, se firent entendre.

— C'est pour moi, reprit Diane.

Et comme la vieille juive restait immobile, elle ajouta d'un ton ironique :

— Faut-il que j'aille ouvrir moi-même ?

— Non pas, madame Laroche; j'y cours *verbalement*.

Et Mme Simmern descendit. La personne qui avait sonné n'était autre que Mme Hortense.

Elle monta chez Diane suivie de la vieille juive.

La ténacité de celle-ci irrita la petite baronne, qui, sans se donner le temps de répondre à l'affable bonjour que venait de lui adresser la marchande de tout, lui dit brusquement, en jetant sur la table sa montre et sa chaîne, dont elle venait de se dépouiller :

— Pouvez-vous me prêter vingt-cinq louis là-dessus ?

— Eh mon Dieu ! pourquoi faire ? demanda madame Hortense en dissimulant l'immense satisfaction que faisait éclore en elle la demande de service que venait de lui adresser la belle Diane.

— Pour avoir le droit de mettre madame à la porte de chez moi immédiatement, répondit l'ex-reine des cocodettes avec une dignité de vraie grande dame.

— Vous m'insultez *verbalement!* ma petite, s'écria Mme Simmern avec une indescriptible fureur.

Et elle fit un pas vers Diane avec un geste menaçant.

Mme Hortense avait tiré de son sac un porte-feuille, elle en sortit cinq billets de la Banque nationale, en disant :

— Tenez, ma chère madame Laroche, voici ce que vous me demandez. Et vous, madame, calmez-vous, je vous en prie ; on vous paye, c'est le principal.

— Voici ma quittance, répliqua la vieille juive ; puis-je prendre l'argent ?

— Certainement ; mais faites vite, reprit la petite baronne.

Mme Simmern opéra promptement l'échange de la quittance contre les billets, qu'elle enfouit au fond de la poche de son tablier d'un air de rapacité féroce, et aussitôt elle disparut.

Dès qu'elle fut seule avec Mme Hortense :

— Que je vous remercie, madame ! dit avec effusion la petite baronne.

— Ne parlons pas de cela, madame Diane, reprit la prêteuse ; le hasard a voulu que j'eusse sur moi le montant de mon loyer que j'allais porter à mon propriétaire. Il attendra jusqu'à demain, ce cher homme, et sans inquiétude, je vous un réponds ; car, depuis longtemps, je n'en suis plus à lui prouver que je suis bonne *payé*.

— Nous allons aller vendre ces bijoux tout de suite, proposa Mme Laroche, en désignant du geste la montre et la chaîne, qui étaient restées sur la table, à l'endroit où elle les avait jetées.

— Mais non pas ; plaisantez-vous ?

— Je veux vous rembourser immédiatement, madame.

— Je ne le souffrirai pas, me croyez-vous donc embarrassée pour cinq cents francs? répliqua Mme Hortense avec dignité; une belle misère, vraiment!

— Rendez-moi alors un second service?

— Très volontiers, madame.

— Prenez cette montre et cette chaîne et faites-les estimer, cela doit vous être facile.

— Très facile. J'irai chez mon bijoutier, passage Saint-Hubert, et je vous rapporterai exactement le chiffre de son estimation.

— Quel qu'il soit, vendez-lui ces bijoux : j'ai besoin d'argent.

— Vous? s'écria Mme Hortense avec une sincère surprise.

— Oui, moi; on m'a volée!

Et Diane fit le récit de la fuite de Mlle Francine, ainsi que de la disparition du coffret à bijoux.

— C'est épouvantable, reprit Mme Hortense, lorsque la petite baronne eut terminé. Êtes-vous allée à la police?

— Non, pas encore.

— Mais pourquoi pas? Il n'y avait pas une minute à perdre. Mettez votre chapeau et suivez-moi, le commissaire m'écoutera, je suis négociante, je paye patente, moi; il faut rattraper votre voleuse. Quatre cent mille francs de bijoux? Eh bien merci, si on ne les retrouvait pas, ce serait du propre! Et pourtant, c'est bien chanceux déjà, car, plus que probablement, votre cassette n'est déjà plus en Belgique à l'heure qu'il est.

Tout en parlant, Mme Hortense avait aidé Diane à mettre un châle.

Une heure après, des télégrammes, donnant le signalement de Francine, étaient envoyés aux frontières par la police bruxelloise.

Aucune personne ressemblant à la cameriste n'avait franchi le sol de la Belgique pendant la nuit précédente, fut la réponse qui revint de tous les côtés.

Par Verviers, pourtant, une femme dont les traits se rapportaient à ceux de la femme de chambre avait gagné l'Allemagne ; mais cette voyageuse était brune, sa toilette ne ressemblait en aucune façon à celle que devait porter Mlle Francine et de plus elle était accompagnée d'un très beau garçon qu'elle avait appelé : « mon mari », en le désignant aux employés de la frontière.

Ces renseignements furent transmis le lendemain à Diane et à Mme Hortense, lorsqu'elles retournèrent à l'hôtel-de-ville.

La veille, le bijoutier de la seule amie qui restât à l'ex-reine des cocodettes, lui avait compté onze cents francs pour sa montre et sa chaîne, qu'elle avait voulu lui vendre à toute force, malgré les supplications de Mme Hortense, et celle-ci avait été immédiatement remboursée.

En signalant au commissaire la disparition de Francine, Mme Laroche avait jugé inutile de faire connaître l'importance de la valeur des bijoux soustraits, afin de ne devoir entrer dans des explications complètes qu'au cas où on parviendrait à arrêter la cameriste.

— Elle est probablement encore en Belgique, madame, dit-on à Diane, nos agents feront les plus actives recherches, soyez-en bien persuadée.

Cette supposition était fausse.

Depuis la veille, Mlle Francine était très confortablement installée à Cologne, chez Nathaniel Simmern, beau-frère de la mère de Nephtali, et par conséquent oncle de ce dernier, lequel, croyant prêter la main à une intrigue d'amour qui devait se terminer par un brillant mariage pour son neveu, traitait la voleuse avec les mêmes égards que si elle eût été une très grande dame.

En acceptant la proposition que lui avait faite Mlle Francine de fuir avec elle à l'étranger, et d'emporter les quatre cent mille francs de la petite baronne, projet conçu par le beau Nephtali longtemps à l'avance et dès l'instant où la cameriste avait vidé sur le guéridon de sa chambre, certaine après-midi, le contenu du coffret à bijoux, Simmern avait consacré quelques jours à assurer le succès complet de leur entreprise en s'entourant de toutes les précautions possibles. Son premier soin avait été d'acheter à Anvers, où il s'était rendu tout exprès pour cela, une perruque noire, afin que Mlle Francine pût se déguiser un peu.

A cette perruque, venait s'ajouter une toilette n'ayant aucune analogie avec celles que possédait la cameriste.

Le moment d'agir était arrivé; Nephtali avait feint une migraine, et pendant que sa mère, dont il faisait sa confidente, accompagnait Diane au théâtre des Galeries-Saint-Hubert, le beau Nephtali, après avoir aidé Francine à revêtir sa perruque noire et son costume nouveau, était parti pour l'Allemagne avec elle en emportant le précieux coffret.

Arrivé à Verviers, au lieu de poursuivre son chemin, après être monté dans le train avec Francine, il
était redescendu aussitôt par l'autre portière et s'é-
tait procuré une voiture sous le prétexte de faire,
au clair de lune, le trajet pittoresque de Verviers à
Pépinstère, en passant par Theux et Spa.

Arrivé là, il avait pris le train d'Allemagne allant à
Bruxelles, où, comme on le sait, il était rentré dans
sa chambre avant même que Diane, que la vieille
juive avait surveillée la veille au soir, ne se fût aperçue de la disparition de Mlle Francine, dont le
traversin, habillé par elle et Nephtali, simulait la
présence dans sa chambre à coucher.

Lorsqu'elles quittèrent le bureau de police :

— Prenons une voiture, dit Diane à Mme Hortense, et, si vous le voulez bien, allons chercher un
appartement, je ne veux pas rester un jour de plus
où je suis.

— Ah! que vous avez raison, chère madame, les
Simmern sont des gens de la pire espèce, je n'ai pas
voulu vous le dire tant que j'ai cru que vous vous
trouviez bien chez eux, mais maintenant que vous avez
à vous en plaindre, je n'hésite pas à vous crier: Fuyez
leur maison le plus tôt possible.

— Où trouverai-je un appartement dans le genre
de celui que j'occupe ?

— J'ai votre affaire, répondit Mme Hortense, et,
ayant fait signe à un cocher qui passait devant elle à
vide, lorsqu'elle eut pris place, ainsi que Diane, dans
sa voiture elle lui jeta cette adresse :

— Rue du Marché, 123, faubourg de Cologne.

XVII

DANS LA FANGE

Un quart d'heure après, la vigilante, — nous avons dit déjà qu'à Bruxelles les fiacres se nomment ainsi, — s'arrêtait devant la porte de la maison que venait d'indiquer la marchande de tout. Comme au moment où, la première fois, elle avait passé devant la maison de Simmern, place de l'Industrie, Diane vit, suspendu au balcon, un écriteau jaune qui n'annonçait plus un appartement cette fois, mais un *quartier garni* à louer.

— C'est au premier, dit Mme Hortense, en introduisant la petite baronne dans la maison, dont une bonne, à l'air effronté, venait d'ouvrir la porte.

Le dit quartier comptait une chambre de moins que celui de la place de l'Industrie; mais il avait une cuisine particulière, ce qui se trouve assez rarement dans les maisons belges, où la cuisine, en sous-sol, sert pour tous les habitants d'une même maison.

Son ameublement était tout au moins aussi confortable; les glaces même y étaient plus nombreuses; les canapés et les fauteuils d'un moelleux parfait, étaient garnis d'étoffes des plus riantes couleurs.

Pendant que Mme Hortense faisait valoir tous les avantages de l'appartement, on entendit tout à coup une voix féminine qui chantait au second un refrain

de Nadaud, que le charmant chansonnier n'a pas précisément écrit pour les couvents de demoiselles :

. . . .
    — Mais, je n'ai qu'une chaise,
    — C'est assez, dit Manon.
    Blaise prétend que non.

— Quelle est cette voix ? demanda la petite baronne.

— Ne faites pas attention, ma chère madame Laroche ; c'est ma locataire du second, une jeune dame
très comme il faut.

Et comme Diane regardait en ce moment la rue
par le balcon que venait de lui ouvrir Mme Hortense, celle-ci glissa vivement à la bonne qui était
montée au premier avec Diane et son introductrice :

— Va dire à Anna de se taire.

La chanson fut bientôt interrompue :

L'examen des lieux et du mobilier était terminé.

— Savez-vous le prix de cet appartement ? demanda Diane.

— Je le loue d'ordinaire quatre cents francs, reprit
Mme Hortense ; mais comme je tiens beaucoup à
vous avoir chez moi, ce ne sera que trois cents francs.

— Comment ! je suis donc chez vous ? demanda la
petite baronne avec surprise.

— Oui et non, répondit Mme Hortense avec un
sourire. Non, parce que j'habite la maison à côté ; oui,
parce que je loue celle-ci toute meublée aux personnes
pour lesquelles j'éprouve de la sympathie.

— C'est parfait. J'entrerai ici demain.

— Pourquoi pas aujourd'hui même ?

19.

— Mais parce qu'il faut que je déménage.

— Ne vous occupez pas de cela. Il est deux heures ; à quatre heures vous serez installée complètement. Je vais aller place de l'Industrie, car après ce qui s'est passé hier, je crois vous être agréable en vous épargnant de revoir encore, ne fût-ce qu'une dernière fois, la mère Simmern.

— Je n'aurais pas osé vous prier d'agir de la sorte : mais votre proposition me ravit et je l'accepte de grand cœur.

— Fort bien ! je vais vous faire apporter un livre. Voici le piano ; il est compris dans la location ; essayez-le : on le dit assez bon. Vous êtes dès à présent chez vous, agissez en conséquence ; moi, je me sauve.

Sur ces mots, Mme Hortense se retira ; mais avant de quitter la maison, elle monta pendant quelques instants chez la locataire du second, cette jeune dame très comme il faut, à ce qu'elle venait de dire, qui pourtant n'était autre qu'une des deux aventurières présentes au théâtre de la Monnaie la première fois que Diane y était venue pour entendre le *Prophète* avec Mlle Francine.

Après avoir causé avec Mlle Anna et ordonné à la bonne de porter un livre à Mme Laroche, Mme Hortense remonta en voiture et se fit conduire place de l'Industrie.

Elle venait de quitter Diane depuis un quart d'heure environ, lorsque, sans frapper, la bonne entra dans le salon où la petite baronne s'apprêtait à se mettre au piano, après s'être débarrassée de son châle et de son chapeau.

Trinette, — diminutif de Catherine, qui est très

répandu à Bruxelles, — s'avança un livre à la main, en disant :

— V'là pour vous !

Et elle jeta le livre sur la table ; puis sans remarquer le profond étonnement qu'éveilla en Diane cette grossière façon d'agir, elle se retira aussitôt en tapant la porte derrière elle comme si elle avait eu l'intention de la briser.

Le livre était crasseux, à moitié décousu, taché d'huile.

Diane jeta machinalement les yeux sur sa couverture, qui jadis avait été jaune, et lut : *Faublas.*

De Langlade lui avait parlé jadis de cette œuvre croustillante.

La curiosité de la petite baronne l'emporta sur sa répugnance, et s'emparant du volume, elle s'étendit sur le canapé et se mit à lire.

Au bout d'une heure un coup de sonnette retentit, Diane entendit Trinette aller ouvrir, et tout aussitôt les paroles suivantes arrivèrent à ses oreilles :

— Est-elle prête ?

— Je ne sais pas.

La voix qui venait de poser la question, voix féminine, mais éraillée, se mit à crier :

— Anna ! Anna ! es-tu prête ? Il est trois heures. Descends.

La porte de la chambre du second, dans laquelle Diane entendait marcher depuis une demi-heure environ, s'ouvrit et une autre voix de femme répondit :

— Une minute ; je mets mon chapeau. Le feu n'est pas à la maison, ma chère Laure. Auguste n'est pas venu et j'ai dû me coiffer moi-même... Si tu crois que c'est drôle...

Laure ne fut nullement satisfaite de cette réponse.

— Es-tu embêtante ! cria-t-elle. Jamais tu n'es prête à l'heure : descends ou je file sans toi.

— A ton aise. Tu payeras la voiture toute seule.

Cette conclusion fatale sembla avoir quelque peu calmé la belle ardeur de Mlle Laure, qui, d'une voix moins impérieuse, reprit :

— Je t'en prie, dépêche-toi. Je dois encore aller essayer ma robe chez la couturière, et Tête-de-Veau m'attend à quatre heures au Waux-Hall.

— Voilà, voilà, mon trognon !

Et bientôt après, le frou-frou d'une robe de soie accompagna le bruit que firent les bottines de Mlle Anna sur l'escalier qu'elle descendait précipitamment.

— Adieu, Trinette, dirent alors ensemble Laure et Anna à la bonne.

— Bonne chance ! répliqua celle-ci. Si M. Gustave vient, que lui dirai-je ?

— Tu lui donneras la clef, répondit Anna.

— Et si Edmond me demande, ajouta Laure, je suis à la campagne.

— Compris !

Sur ce mot, la porte de la rue s'ouvrit et les voix des deux femmes qui s'éloignaient se fit entendre dans la rue.

Diane, dont la surprise était extrême, bondit sur le balcon et put constater que les accoutrements dont les deux amies s'étaient affublées pour aller retrouver au Waux-Hall la personne qu'elles appelaient Tête-de-

Veau, étaient encore plus excentriques que leurs mœurs et leur langage.

— Décidément, je crois fort que Mme Hortense n'est pas aussi dfficile qu'elle veut bien le dire sur le choix de ses locataires, pensa la petite baronne ; mais bah ! que m'importe ? après tout. En tout cas je ne suis pas ici pour longtemps. Dès qu'on aura retrouvé Francine, je devrai songer à m'installer définitivement et à prendre une maison pour moi seule. Si on ne la retrouve pas, il ne me restera qu'une ressource, écrire à ma tante, la duchesse de la Roche-Carignan, pour la supplier de me venir en aide, ce qu'elle fera, j'en suis bien sûre. Je connais trop son bon cœur pour pouvoir en douter un seul instant.

Sur cette réflexion, elle allait reprendre sa lecture, lorsqu'un nouveau colloque, qu'avait précédé un coup de sonnette, suivi de l'ouverture de la porte de la rue par Trinette, commença dans le vestibule, entre celle-ci et la personne qui venait d'entrer, laquelle, cette fois, était un homme.

— Ah ! vous voilà, vous. Eh bien ! il est temps ; c'est du propre !

— Je n'ai pas pu venir avant.

— Oh ! inutile de monter ; elles ont filé depuis longtemps, mais Anna était furieuse.

— Elle ne pouvait pas m'attendre, cette grue-là ?

— Y paraît que non.

— C'est bien ; demain je lui remettrai ma note.

— On s'en fiche pas mal, Tête-de-Veau est à Bruxelles.

— Ah ! si c'est pour lui !

Lui !

Ce mot révéla à Diane, qui écoutait de nouveau, que Tête-de-Veau était un homme, et un homme que toute la maison tenait en grande estime, malgré le sobriquet ridicule dont on l'avait gratifié.

— Trinette, vous direz à Anna que je lui apporterai son nouveau chignon après-demain, mais argent comptant, cent francs, et c'est donné, j'ai mis plus de quatre louis de cheveux dedans, il sera d'un chic, je ne vous dis que ça.

— Bien, monsieur Auguste.

C'était le coiffeur de ces dames, la petite baronne l'apprit par l'éloge du chignon.

— Mme Hortense n'est pas là ? reprit M. Auguste.

— Non, elle est sortie ; mais elle ne peut plus tarder longtemps maintenant.

— Je n'ai pas le temps d'attendre ; mais vous lui direz, Trinette, que si elle veut de la grande Clémence pour son premier à quatre cents francs par mois...

— Inutile, monsieur Auguste, c'est loué.

— Depuis quand ?

— Depuis une heure.

— Et vous ne me le dites pas ?

— Me l'avez-vous demandé ?

Petit à petit, ils avaient baissé le ton tous les deux.

Leur conversation continuait certainement, mais il fut impossible à Diane d'en saisir encore un seul mot.

Après quelques minutes, elle entendit M. Auguste gravir l'escalier et s'arrêter à la porte de son appartement où il frappa un petit coup discret.

— Entrez, dit Diane après une courte hésitation.

La porte s'ouvrit, et M. Auguste parut, le chapeau

à la main, le sourire aux lèvres, visiblement préoccupé de se mettre en frais de politesse et d'amabilité.

— Veuillez m'excuser, mademoiselle.

— Madame, interrompit la petite baronne.

— Ah ? fit M. Auguste qui, en tout cas, se fût arrêté net, tellement il avait été surpris par la merveilleuse beauté de la nouvelle locataire de Mme Hortense.

Mais l'intimidation ne pouvait être de longue durée chez M. Auguste ; aussi, souriant encore davantage et embrassant Mme Laroche de son plus brûlant regard, reprit-il après avoir salué de nouveau :

— Veuillez m'excuser, madame, de pénétrer ainsi chez vous, mais je suis le coiffeur de toutes ces dames et...

Ce titre n'était évidemment d'aucune valeur vis-à-vis de son interlocutrice, car, interrompu brusquement par elle une seconde fois, M. Auguste entendit repousser ses offres de service par cette phrase catégorique :

— Je me coiffe moi-même et n'ai pas besoin de vous, monsieur.

Puis, avec ce dédain qui ressort de l'aisance même dont on fait preuve devant la personne qui l'inspire, relevant son livre à la hauteur de son visage, la petite baronne, qui n'avait pas fait un seul mouvement depuis l'apparition de M. Auguste, reprit sa lecture avec le même calme et la même attention que si elle se fût trouvée seule.

Sans se laisser désarçonner tout d'abord, M. Auguste commença un petit discours qui n'avait pour but que de prouver son indispensabilité ; mais ce

fut en pure perte, car Diane ne l'écoutait plus, ce
que voyant, l'artiste (M. Auguste prétendait l'être),
froissé dans son amour-propre d'homme et de coiffeur,
se retira en silence, après avoir jeté sur Diane un regard de mépris qu'il accompagna, dès qu'il fut dans
l'escalier, du mot :

— Chipie ! va.

M. Auguste venait de quitter la maison assez irrité contre Diane, lorsque Mme Hortense arriva rame-
nant dans deux voitures, tous les bagages et les objets
appartenant à la petite baronne qui se trouvaient chez
les Simmern.

Le déménagement de Mme Laroche s'était accompli le plus facilement et le plus pacifiquement du
monde, grâce à certain procédé que la marchande de
tout avait mis en œuvre pour éviter tout conflit avec
la vieille juive, sans se douter le moins du monde qu'en
engageant leur locataire à les quitter immédiatement,
elle allait au-devant des plus chers désirs de la mère
et du fils.

— Bonjour, ma chère madame Simmern, avait dit
Mme Hortense en arrivant à la mère de Nephtali qui
était venue lui ouvrir, c'est encore moi, mais je vous
apporte une bonne nouvelle.

— Laquelle, madame ?

— J'ai un locataire pour votre appartement.

— Hélas ! il ne sera libre que dans vingt-neuf jours.

— C'est ce qui vous trompe.

— Comment cela ?

— Je suis chargée par Mme Laroche de venir
chercher ici tout ce qui lui appartient, et, par conséquent, si vous n'y mettez aucun obstacle, un nouveau

locataire pourrait entrer dès ce soir : ce sera presque un mois de gagné pour vous.

— En effet, et tout est pour le mieux ; mais quel est ce locataire ?

— Un riche étranger qui est arrivé il y a deux jours à l'hôtel de Belle-Vue ; je vous l'enverrai plus que probablement aujourd'hui même.

— Montons alors, il n'y a pas une minute à perdre.

Elles gagnèrent toutes deux l'appartement de madame Laroche, et se mirent à emballer tout ce que celle-ci y possédait.

Leur opération fut un instant interrompue par l'arrivée de Nephtali que le bruit de la conversation de sa mère avec Mme Hortense avait attiré.

— Eh que faites vous donc ?

— Le déménagement de Mme Laroche.

— Ah ! fit le bel israélite, elle nous quitte ? bon voyage ! et sans doute elle va chez madame ? demanda Nephtali avec un sourire railleur en désignant madame Hortense du geste.

— Près de chez moi, riposta celle-ci qui voulait se mettre à l'abri de tout reproche.

— Près de chez vous ou chez vous, que nous importe ! reprit-il. Ah ! c'est une bien jolie femme que Mme Laroche ; mais, ma foi, je n'ai pas pu agir autrement que je l'ai fait, dites-le lui bien, Mme Hortense, et ayez soin d'ajouter qu'elle se garde fort de m'appeler en témoignage dans le prétendu vol de ces bijoux fantastiques que personne n'a jamais vus.

Et comme la marchande de tout, fort intriguée par ces paroles, provoqua une explication, Simmern reprit

la thèse qu'il avait développée la veille devant Diane
elle-même, et qui consistait à prétendre que toute l'histoire des bijoux et du vol était un conte inventé par
Mme Laroche et par Francine, pour expliquer la
gêne de l'une et la disparition de l'autre.

— Allez vous-même à la Banque, dit-il en terminant, ma chère madame Hortense, et vous pourrez
y acquérir la preuve que jamais Mme Laroche n'y
a déposé le moindre diamant ; or pourquoi Francine
aurait-elle affirmé le contraire, si elle ne s'était pas
entendue avec sa maîtresse pour mentir ?

Et sur cette question accablante pour Diane, le bel
israélite se retira.

Mme Hortense, qui en apparence avait suivi le
récit de Nephtali avec un grand intérêt, était restée en
réalité parfaitement froide vis-à-vis de ses accusations.

Elle poursuivait un but et peu lui importait pour
l'atteindre que Diane eût ou n'eût pas possédé des
diamants ; aussi se hâta-t-elle de terminer le déménagement de la jeune femme.

Lorsqu'elle eut rejoint la petite baronne, après
l'avoir aidée à défaire ses malles et à s'installer définitivement dans son nouvel appartement, elle l'em-
mena dîner avec elle, c'est-à-dire dans la maison voisine de celle dont elle lui avait loué le premier étage.

Diane évita de parler de Mlles Laure et Anna,
ainsi que de M. Auguste, et la soirée s'écoula paisi-
blement.

Mme Laroche remit le lendemain à Mme Hortense
les trois cents francs montant de son loyer, on lui
procura une cuisinière, et, peu de jours après, Diane
se trouva sans argent.

Mme Hortense était fort gracieuse avec Diane et se montrait d'une complaisance rare vis-à-vis d'elle ; mais néanmoins, la petite baronne eût donné beaucoup pour sortir du milieu dans lequel elle se trouvait, car plusieurs incidents semblables à ceux qui avaient signalé son installation, le premier jour, lui avaient fait comprendre que les locataires de Mme Hortense n'étaient que des femmes galantes, dont l'amour appartenait au plus offrant.

Il fallait prendre un parti.

Diane se résigna à écrire à la duchesse de la Roche-Carignan.

Sa lettre était suppliante, pleine de tendresse et de remords, implorant le pardon et l'aide du marquis et de sa belle-sœur.

Diane, en la relisant, en fut très satisfaite et elle sortit pour aller la jeter à la boîte elle-même afin que personne ne vît à qui cette lettre était adressée.

Deux jours après, le matin, vers onze heures, un bruit énorme se fit dans la cuisine, arrivant aux oreilles de la petite baronne.

Huit ou neuf femmes, parmi lesquelles étaient Mme Hortense, parlaient et riaient ensemble en employant le vocabulaire le plus cru et le plus décolleté qu'il soit possible d'imaginer.

Ordinairement, à cette heure-là, la maison était paisible.

Lorsque Diane se fut informée de ce qui se passait on lui apprit que le poêle de la cuisine de l'autre maison étant en réparation, le déjeuner avait été transporté dans la sienne, et que la joie et les cris de tout le monde étaient produits par la présence de Carabitche.

— Carabitche ? répéta la petite baronne, ne sachant absolument pas ce que pouvait signifier un pareil nom.

— La tireuse de cartes, répéta la bonne, elle est joliment forte, allez ; chaque fois que Tête-de-Veau doit venir, Mlle Laure le sait toujours d'avance par elle, et c'est une si bonne femme que Carabitche.

La joie des convives atteignit son apogée en cet instant, évidemment on se tordait de rire dans la cuisine.

Une idée des plus singulières vint à Diane.

Poussée par une curiosité malsaine, mais irrésistible, elle eut le désir de descendre afin de se mêler à ces femmes, pour les voir de près une fois, et juger par elle-même des talents de Carabitche, ainsi qu'on surnommait la devineresse ordinaire des locataires de Mme Hortense.

Carabitche est un mot qui appartient au patois de Bruxelles, il sert aux enfants à désigner certains macarons qui se gagnent au tourniquet dans les foires.

Après un moment d'hésitation, Diane ouvrit la porte de sa chambre et lentement descendit les deux étages qui la séparaient du sous-sol.

Les rires et les cris redoublaient.

La porte de la cuisine était ouverte.

Lorsque l'ex-reine des cocodettes parut sur le seuil, près de la table, six femmes, les cheveux en désordre et vêtues de peignoirs très voyants, dont la plupart étaient déchirés et salis, regardaient en riant à se tordre, autour de Mme Hortense, qui présidait le déjeuner, une grosse femme de quarante-cinq à cinquante ans qui, la jupe retroussée, debout près d'une chaise sur laquelle était posé son pied, se flanquait de fortes claques sur le mollet en disant :

— Riez, riez, ça c'est dur, et vous n'en avez pas de pareil.

Sa voix, l'accent flamand, l'expression de la physionomie, la conviction qu'elle semblait exprimer, formaient un ensemble réellement désopilant ; aussi la grosse femme, qui n'était autre que la célèbre Carabitche, obtenait-elle le plus grand, le plus bruyant succès.

— Bravo, Carabitche !

— Dieu ! la belle jambe !

— Ça, c'est une quille !

— As-tu la paire, Carabitche ?

Et elle sérieuse, au fond, et frappant plus fort, disait :

— Vous pouvez rire tant que *tu* veux, mesdames, mais j'ai *un* si belle jambe que l'année *derrière* un peintre a voulu en faire *la* moule.

Cette dernière phrase, que nous avons reproduite textuellement, afin de lui laisser toute sa saveur, fut accueillie par une explosion de fous rires indescriptibles.

— Ah ! je meurs !

— Assez, assez, par grâce !

— La moule, la moule, ah ! la moule !

Et elles tapaient du poing sur la table ou se tenaient les côtes, se penchant les unes vers les autres, en se tordant avec des : Ah ! ah ! qui parcouraient plusieurs octaves par la multiplicité de leurs accents.

Tout à coup Carabitche aperçut Diane, et l'interpellant aussitôt :

— N'est-ce pas, *madame* que j'ai une belle jambe? lui demanda-t-elle.

— Très belle, en effet, répondit Mme Laroche en riant aussi, car la scène à laquelle elle venait d'assister était réellement comique.

— Là, vous voyez bien, reprit Carabitche triomphante, en mettant pied à terre.

A la voix de Diane, toutes les femmes s'étaient retournées.

Il y eut un léger murmure, aussitôt réprimé par Mme Hortense, qui, se levant, courut à Diane:

— Vous venez déjeuner avec nous ; oh ! la bonne idée.

— On m'a dit que madame tirait les cartes dans la perfection, reprit la petite baronne ; je me suis permis de descendre, mais je ne voudrais gêner personne.

Les six femmes qui se trouvaient là connaissaient toutes Diane de vue ; comme jusqu'alors celle-ci s'était tenue chez elle, ne frayant avec aucune d'elles, ces dames ne la désignaient entre elles que sous le sobriquet de : la Bégueule.

Fort susceptibles dans leur abjection, elles en voulaient à Diane de sa réserve autant que de sa beauté, qui les écrasait toutes, sans même que la moindre comparaison fût soutenable un seul instant.

Mme Hortense avait pris les mains de Diane dans les siennes.

— Vous ne gênerez personne ici, croyez-le bien, dit-elle en entraînant la petite baronne vers la table. Mettez-vous là à côté de moi ; Carabitche vous tirera les cartes au dessert.

Puis, sur le ton que prend un capitaine pour dire à ses hommes : « Le premier qui rechigne, je le flanque au bloc », Mme Hortense ajouta, en forme de présentation générale :

— Madame Laroche, mesdames.

Pleine de sang-froid, elle s'assit au milieu du groupe hostile qui l'entourait, accompagnant les regards bienveillants dont elle daignait honorer les locataires de Mme Hortense de son plus aimable sourire.

Non seulement Diane avait le charme poussé à sa dernière limite, mais elle possédait au plus haut degré le don rare de deviner les sympathies et les antipathies qu'elle inspirait.

Ouvrant la bouche jusqu'aux oreilles, placées comme arrêt de chacun de ses côtés par la nature prévoyante, Carabitche fut la seule qui répondit à la gracieuseté de la petite baronne.

Évidemment l'arrivée de celle-ci avait jeté un froid.

Le déjeuner se composait d'artichauts crus, précédant des harengs saurs, une tête de veau à l'huile et de la salade.

Les pensionnaires de Mme Hortense aimaient le vinaigre et les crudités.

Celle-ci, afin de rompre la glace, car elle voyait avec un véritable déplaisir la sorte d'hostilité qui se manifestait contre Diane, dit :

— Mesdames, pour payer sa bienvenue parmi vous, Mme Laroche va vous offrir du champagne.

— Avec le plus grand plaisir, mesdames, crut devoir ajouter la petite baronne.

— Ah ! çà, c'est une bonne idée, dit Anna. Bravo !

— Oui. Bravo ! bravo ! insista Mme Hortense.

Son approbation étant presque un ordre :

— Bravo ! bravo ! firent aussi les autres, sans grande conviction, mais avec assez d'entrain pour que leur sanction n'eût aucun caractère d'ironie.

— Trinette, ordonna alors Mme Hortense, du champagne !

La bonne flamande ne se fit pas répéter l'ordre deux fois, et bientôt elle revint avec deux bouteilles de champagne et des verres.

Y compris Diane, il y avait neuf personnes à table.

Trinette avait rapporté dix verres, le dernier était pour elle ; personne ne s'en étonna, c'était un usage dans la maison : dès que quelqu'un payait du champagne, on n'admettait aucune bouche inutile ; on eût invité les passants, on eût grisé le chat et le chien pour faire aller le commerce.

Comme tarisseuses de verres à champagne, mesdemoiselles Emma et Laure avaient acquis une réputation aussi grande que méritée ; aussi les deux bouteilles, grâce à elles et au renfort que représentait Trinette, furent-elles vidée en un instant.

Aussitôt Mlle Laure prit la parole :

— Il fait bigrement soif dans le creux de cet arbre, dit-elle, en contrefaisant la voix d'homme.

— Donnez du vin, mademoiselle, ordonna Diane à Trinette.

— Tout de suite, savez-vous.

Et Trinette rapporta bientôt deux autres bouteilles.

Six bouteilles furent ainsi vidées pendant le déjeuner, qui ne manqua point d'entrain.

Anna, qui se trouvait à côté de la petite baronne, avait fini par se mettre en frais d'amabilité avec elle.

Quant à Mme Laroche, elle jetait sur tout ce monde des regards curieux, feignant de rire ou de ne pas entendre les propos croustillants ou grossiers qui, malgré la présence de Mme Hortense, partaient de tous côtés.

On parla des hommes.

— Quel tas de canailles ! s'écria avec conviction une grande rousse qui n'avait pas dit grand'chose jusque-là.

— Oh ça, pour sûr !

— Mais non, protesta Laure.

— Laissez donc, ma chère, ce sont des imbéciles qui ne tiennent à nous que lorsque nous les faisons poser ; si nous sommes gentilles, ils nous lâchent, si nous leur faisons les mille tours, ils deviennent enragés.

— Les vieux sont comme ça, c'est vrai, mais pas les jeunes.

— Allons, bon, voilà Sylvia qui défend Auguste.

— Auguste ? Qui ça Auguste ? demanda Sylvia en rougissant.

— Mais le merlan de la boîte, le coiffeur, pardi, je ne te parle pas de M. Maquet, riposta Laure, qui lisait la *Belle Gabrielle*.

— Comment ! vous pouvez penser ?

— Mais un peu, mon neveu.

— Eh ! laissez donc Sylvia tranquille, interrompit Mme Hortense, n'est-elle pas libre ?

— Oui, reprit Sylvia, ne suis-je pas libre d'aimer ?

— A l'amende ! crièrent Laure et Anna, elle a prononcé le mot aimer.

20

Diane écoutait tout cela comme une comédie à la représentation de laquelle elle eût assisté, sans se dire qu'elle-même jouait dans la pièce un rôle encore secondaire, il est vrai, mais que des événements imprévus pouvaient développer brusquement.

Aussitôt que le café fut servi, Carabitche tira un jeu de cartes de sa poche.

— A qui le tour ? demanda-t-elle.

— A moi, répondit Laure, allons vivement, ma petite Carabitche et tâche de m'apprendre de bonnes choses et que tous les trèfles ne soient pas au talon.

— Coupez, reprit la nécromancienne en souriant, mais je ne puis rien changer aux cartes.

Et elle commença à étaler devant elle des cartes qu'elle retirait du jeu, au fur et à mesure qu'elles se présentaient placées d'après certaines règles, dans des groupes de trois cartes chacun.

Lorsqu'elle eut formé un demi-cercle avec une vingtaine de cartes, prenant la dame de cœur pour Laure, elle commença à compter jusqu'à sept.

Les détails de l'opération nous entraîneraient trop loin, résumons simplement la prédiction de Carabitche.

— Ennui d'argent ! (un seul trèfle était sorti) arrivée d'un homme sérieux.

— Tête- de-Veau ? interrompit-on.

— Jalousie, dispute et grand triomphe à la fin.

Ces prédictions ne satisfirent nullement Laure qui, brouillant tout à fait le jeu, s'écria :

— Assez, Carabitche, tu as bu trop de champagne ce matin et tu ne dis que des bêtises.

— Oui vraiment, vous me dites toujours cela,

Mlle Laure, quand les cartes ne sont pas bonnes, ça n'est pas de ma faute.

— A Mme Laroche, fit Hortense à Carabitche.

— Je suis à vous, *Madameque*, dit cette dernière à Diane, et elle recommença pour elle la même opération que celle qu'elle venait d'exécuter pour la protégée de Tête-de-Veau.

Les cartes de la petite baronne n'étaient pas meilleures que celles de Mlle Laure.

Si les trèfles ne s'y voyaient pas, en revanche les piques y figuraient jusqu'au complet, le neuf en tête, accompagnés de quatre dames sans un seul as.

— Oüye, oüye, oüye ! s'écria Carabitche avec un accent flamand très prononcé, ce qui équivaut à l'aïe, aïe, aïe français ; ça est mauvais, sais-tu, madame ?

— N'importe, je vous écoute, parlez et ne me cachez rien, reprit Diane, que ce jeu auquel elle assistait pour la première fois amusait beaucoup.

— Pas d'argent, reprit Carabitche, dispute, un monsieur sérieux, blond.

— Tête-de-Veau ! lança une des femmes.

— Un homme brun, mais celui-là est un faux gaillard.

— Nephtali ! ne put s'empêcher de penser la petite baronne.

— Un grand voyage, à la nuit, voyez, le dix de pique, et grande maladie.

Puis changeant de ton :

— Mais, mon Dieu, que de mauvaises cartes !

La cuisine, en sous-sol, où se passait cette scène, était éclairée par deux fenêtres prenant le jour sur la rue, à la moitié de leur hauteur.

Carabitche avait donné un si singulier ton à ses paroles et son air de consternation était si grand, que
tout le monde éclata de rire.

En ce moment, quelqu'un qui traversait dans la rue
le trottoir de la maison se pencha vers l'une des fenêtres du sous-sol pour examiner ce qui s'y passait.

Seule Trinette, qui, debout, avait le nez en l'air,
aperçut le visage du curieux et tout aussitôt elle monta
lestement l'escalier de la cuisine pour aller lui ouvrir.

— Ces cartes-là ne sont pas bonnes, mais les mien-
nes étaient encore plus mauvaises, reprit Mlle Laure.

— Oh non, ça, répliqua la nécromancienne.

Une courte discussion s'engagea.

— Eh ! j'ai raison, affirma Mlle Laure.

— Vous avez toujours raison, ma toute belle, dit
une voix.

Toutes les femmes levèrent la tête.

— Tiens ! Tête..., s'écria Mlle Laure ; mais se reprenant aussitôt : — C'est vous, Édouard ? je ne vous
attendais que demain, mon ami.

Celui qui venait de parler n'était autre que le curieux du trottoir auquel Trinette venait de livrer
l'accès de la cuisine; il portait la cinquantaine avec
assez de verdeur.

D'un blond grisonnant, sans barbe ni moustaches,
le bas du visage allongé, la bouche énorme et les
dents longues, il avait de gros yeux glauques qu'abri-
taient de grandes et lourdes paupières en forme de
coquilles de noix, qui ne se relevaient jamais complètement.

Mis avec une élégance outrée et de mauvais goût
qui sentait le parvenu, la chemise ornée de boutons

de brillants, une chaîne d'or longue et d'une gros-
seur exagérée, s'étalant sur le gilet ouvert, sous une
cravate aux tons criards, le nouveau personnage
qui était celui que toute la maisonnée de Mme Hortense appelait Tête-de-Veau, adressa un gracieux
sourire à celle-ci en lui disant :

— Bonjour, ma chère Hortense, comment vas-
tu ?

— Très bien ! et vous, monsieur Poussiez ?

— Toujours quinze ans, ma chère amie, toujours
quinze ans, répondit M. Édouard Poussiez, riche
banquier de Charleroi, sans enfants, et veuf depuis
trois ou quatre ans, après trente-trois ans de mariage,
ce qui avait fait dire à quelqu'un, à la mort de l'in-
fortunée Joséphine Poussiez, née Panard son épouse :

— Trente-trois, noir, impair et passe !

Il venait faire sauter ses écus deux ou trois fois par
semaine à Bruxelles, avec un tel entrain que les mauvaises langues allaient jusqu'à insinuer que même
l'argent de ses clients prenait part à la danse.

Mlle Laure s'était levée à l'apparition de Tête-de-
Veau, afin de lui offrir un siège ; mais tout d'abord,
entourant de ses deux bras le cou de taureau, et embrassant sa figure bête, elle lui avait dit :

— Ce gros chéri, est-il gentil d'être venu nous
surprendre !

A ces mots, Édouard sourit et ses immenses paupières se fermèrent lentement deux ou trois fois de
suite, ce qui chez Tête-de-Veau, était un signe évident d'une entière béatitude.

Mais tout aussitôt son visage exprima plus encore
la stupeur que le ravissement.

20.

Il venait pour la première fois d'apercevoir Diane, et la beauté de la petite baronne plongeait M. Édouard Poussiez dans une indescriptible admiration.

Repoussant doucement la chaise que lui offrait Laure :

— Ma petite chérie, merci mille fois, dit M. Poussiez, mais je vais me mettre là, près de cette bonne Hortense.

Et s'emparant d'un autre siège, il le posa entre celle-ci et Diane.

Laure fit le tour de la table et, passant derrière M. Édouard, elle le pinça au bras jusqu'au sang.

— Aïe ! s'écria-t-il, Dieu que c'est bête !

— Cela vous apprendra à vous mettre ailleurs qu'à la place que je vous offre, répliqua Mlle Laure ; du reste le déjeuner est fini et nous n'allons pas prendre racine ici, j'imagine.

Diane, qui n'avait pas fait un mouvement, car le banquier n'était parvenu à se mettre à côté d'elle que parce que Mme Hortense s'était empressée de lui faire place, était fort loin de se douter qu'elle était la cause de tout ce qui venait de se passer entre Mlle Laure et son protecteur.

Mais les autres personnes, voire même Trinette, savaient parfaitement à quoi s'en tenir.

— J'arrive, ma bonne amie, laissez-moi respirer un peu, n'allons-nous pas prendre un verre de champagne ? demanda M. Poussiez en cherchant à rencontrer une approbation.

Puis, s'adressant directement à Diane :

— Vous devez aimer le champagne, madame ?

— Oui, monsieur; je viens d'en offrir à tout le monde.

— Ah! c'est différent, reprit le gros Édouard avec dépit.

Mlle Laure s'était placée debout en face de lui, pour mieux l'observer.

— Allons! venez; je pars, lui dit-elle impérieusement. Venez!

Tête-de-Veau jeta son regard glauque sur Mlle Laure.

L'éclat des prunelles de sa maîtresse, la dureté de son regard et certain petit frémissement qui agitait ses lèvres contractées lui demontrèrent qu'un rien pourrait la jeter dans une colère folle; or, comme dans les cas semblables, la casse montait toujours à dix ou quinze louis, M. Poussiez se résigna à obéir.

— Je te suis, mignonne, dit-il.

— C'est ça, répliqua-t-elle, marchez devant.

M. Poussiez se leva, serra la main de Mme Hortense, salua Diane en faisant jouer ses paupières et, poussé violemment par Mlle Laure, disparut.

Dès que la porte de la maison se fut refermée sur eux, on entendit dans la rue la voix de Mlle Laure qui lavait la tête du gros Édouard, comme l'expliqua Anna.

— Le fait-elle marcher, hein, tout de même? ajouta Sylvia.

— Essaie donc, toi, avec Auguste et tu verras.

— La belle malice! les hommes ne marchent jamais que quand ils paient.

La séance fut levée sur cette belle maxime et chacune regagna son appartement.

Diane avait quitté sa chaise l'une des premières.

L'écœurement avait succédé chez elle à la curiosité,
et plus que jamais elle faisait des vœux pour que la
réponse de la duchesse, sa tante, ne se fît pas attendre; afin d'oublier Mme Hortense et ses pensionnaires, dès qu'elle fut rentrée chez elle, elle se mit
au piano et joua aussi longtemps que la vigueur de
ses doigts le lui permit.

Lorsque M. Édouard Poussiez quitta Mlle Laure,
il descendit chez Mme Hortense qu'il trouva dans
son salon du rez-de-chaussée où il l'aborda par ces
mots :

— Ma chère Hortense, j'ai un tas de choses à te
dire.

La conférence entre Tête-de-Veau et la marchande de tout fut longue, car Diane quittait son
piano au moment même où Mme Hortense, qui
avait laissé le banquier dans son salon, rentra dans
l'autre maison pour venir frapper chez la petite
baronne.

— J'accours pour la première fois vous demander
un grand, très-grand service, ma chère Mme Laroche,
dit-elle en entrant.

— Dès que vous parlez ainsi, il me serait bien difficile de vous refuser....

— Et si facile de faire le contraire, ajouta Mme
Hortense.

— Parlez, je vous écoute.

— M. Édouard Poussiez nous invite à dîner aujourd'hui toutes les deux.

— M. Poussiez? répéta interrogativement Diane.

— Oui, mon ami, le banquier que vous avez vu ce matin.

— Ah! oui, Tête-de-Veau, reprit Diane avec une raillerie presque cruelle; mais je ne connais pas ce monsieur.

— C'est bien pour cela que je vous conjure de passer sur certaines convenances et d'accepter son invitation.

Il y eut un silence.

— Vous me rendrez vraiment service, reprit Mme Hortense; je ne saurais trop vous le répéter, car, malgré l'affreux sobriquet dont cette grande bête de Laure l'a gratifié, M. Poussiez, que je connais depuis longtemps, est le plus généreux et le plus obligeant de tous les hommes.

Diane ne répondait pas.

Dire oui, froissait son amour-propre et tous les principes de son éducation, mais, dire non c'était désobliger une femme qui en somme ne lui avait jusqu'alors rendu que des services; puis elle s'ennuyait si fort, maintenant que ni Nephtali ni Francine n'étaient pas là pour la distraire; en outre, deux ou trois jours plus tard, dès qu'elle aurait reçu la réponse de la duchesse, ne quitterait-elle pas pour jamais l'odieux milieu où les plus fatales circonstances l'avaient fait tomber.

— Eh bien? reprit Mme Hortense, avec une sincère anxiété.

— Dites à M. Poussiez que j'accepte pour vous, car nous serons trois, n'est-ce pas?

— Certainement. Ah! que vous êtes bonne et combien je vous remercie! je vais à l'instant porter votre réponse à M. Poussiez, et je remonte afin que nous convenions de tout; il faut ici que personne ne se doute de rien, car Laure nous ferait une vie! toutes les glaces de ma maison y passeraient et cela m'ennuierait fort de devoir faire venir la police pour la mettre à la raison.

Sur cette indulgente pensée, Mme Hortense disparut; et, ainsi qu'elle venait de l'annoncer à Diane, son absence ne fut pas longue.

Tout était arrangé : à six heures précises monsieur Édouard Poussiez attendrait Mme Hortense et Mme Laroche dans un cabinet particulier de chez Dubost, le restaurateur de la rue de la Puterie.

Voilà ce qu'annonça la marchande de tout à Diane, en rentrant chez elle.

En outre, afin d'être bien certaine que Mlle Laure ne se douterait de rien, Mme Hortense donnait rendez-vous à Mme Laroche chez sa couturière, qui habitait petite rue des Bouchers, à deux pas du restaurant en question, et enfin, par surcroît de précaution, M. Poussiez annonçait au moment même à Mlle Laure qu'il était obligé de repartir immédiatement pour Charleroi.

A l'heure dite, Diane qui avait fait une toilette des plus modestes, afin de ne pas trop s'exposer aux galanteries de M. Poussiez, arriva chez la couturière de Mme Hortense.

— Dieu! que vous êtes simplement mise! ma chère Diane, s'écria Mme Hortense, qui, pour la première fois, se permettait de traiter l'ex-reine des cocodettes avec cette familiarité.

— Vous trouvez ?

— Eh! sans doute, ajouta la couturière.

— Jugez donc, madame Martin, nous allons dîner avec M. Poussiez !

— Avec M. Poussiez! répéta Mme Martin, la couturière, avec plus de respects que s'il se fût agi de l'empereur de la Chine lui-même. Vous ne pouvez y aller comme cela, chère madame; c'est impossible.

Diane riait. L'importance que donnaient les deux femmes au gros homme qu'on surnommait Tête-de-Veau, lui semblait d'un comique achevé.

— C'est très fâcheux, dit-elle; mais je ne retournerai certes pas chez moi pour changer de toilette. Si M. Poussiez ne peut se contenter de mon costume, il se passera de ma compagnie.

A cette déclaration Mme Hortense devint blême ;

— Grand Dieu ! s'écria-t-elle, y pensez-vous ?

— Nous allons arranger tout cela pour le mieux ; j'ai votre affaire, reprit Mme Martin.

Et sur ces mots, elle disparut dans la chambre voisine.

Diane ne comprenait pas et ne cherchait même pas à comprendre, mais elle vit bientôt reparaître Mme Martin portant deux corsages, l'un de satin noir sans manches, très décolleté, et l'autre de dessus, complet celui-là, fait de petits velours et de riches dentelles noires.

— Tenez ! vous mettrez ceci ; cela vous ira comme un gant. C'est tout neuf ; je devais les livrer ce soir ; mais, pour vous et M. Poussiez...

Diane résista d'abord, mais les deux femmes la supplièrent avec tant d'insistance qu'elle finit par revêti les deux corsages, qui sans former ce qu'on peut appeler une toilette tapageuse, faisaient valoir les charmes de la petite baronne dans toute la plénitude de leur éclat.

Aussi son succès fut-il complet lorsqu'elle entra dans le cabinet où M. Édouard Poussiez l'attendait, avec une impatience inénarrable.

Splendidement éclairée par autant de bougies qu'il était possible d'en mettre dans un grand lustre suspendu au plafond et dans quatre candélabres posés aux quatre coins de la table, la pièce était littéralement tapissée de fleurs, ce qui lui donnait le plus aimable et le plus riant aspect.

On sait que l'ex-reine des cocodettes adorait le luxe. Dès qu'elle vit les efforts accomplis par M. Poussiez pour la recevoir, un sourire de reconnaissance vint illuminer son gracieux visage, et elle s'avança vers son amphitryon avec cette aisance parfaite qui n'appartient qu'aux natures aristocratiques, quel que soit le monde dans lequel elles vivent.

Nous avons parlé du succès de Diane ; pour le bien faire comprendre, nous devrions avoir en main autre chose qu'une plume ou même un crayon : c'est l'objectif du photographe opérant instantanément qu'il nous faudrait pour montrer l'air ébloui, ravi jusqu'à l'hébétement, de M. Édouard Poussiez à la vue des épaules et des bras de la petite baronne, dont les dentelles noires qui les recouvraient laissaient apercevoir toutes les divines perfections ; aussi tandis que la jeune femme attendait une phrase polie, le banquier restait-il bouche béante devant elle, poussant de petits cris d'admiration intraduisibles et faisant jouer les coquilles de noix qui lui servaient de paupières, dans un clignotement précipité.

— Pardonnez-moi, ma chère madame Laroche ; mais vous me voyez stupéfié par l'admiration, car je vous donne ma parole d'honneur que je n'ai jamais vu de plus jolie femme que vous.

— Vous pourriez même dire d'aussi jolie, appuya Mme Hortense.

— J'aurais dû, j'aurais dû, madame.

Et, saisissant une des mains de Diane, il déposa sur son gant, un galant baiser.

La coquetterie innée de la petite baronne fit que ce début assez ridicule et suffisamment brutal ne la choqua pas trop ; n'en ressortait-il pas que cet homme, qui peut-être, l'ayant rencontrée dans le milieu où il l'avait trouvée, la prenait pour une courtisane, s'inclinait devant sa beauté dans une adoration bien mal exprimée, mais dont la sincérité ne pouvait être suspectée un seul instant par personne ?

— Trêve de compliments, mon cher monsieur Poussiez, reprit Diane, madame Hortense m'a dit que vous étiez son meilleur ami et que je lui ferais un grand chagrin en n'acceptant pas votre brusque invitation, cela m'a décidée, je suis venue.

— Faut-il vous en remercier à genoux, madame ?

— Gardez-vous-en bien, monsieur.

Cela tournait trop au madrigal pour l'estomac de Mme Hortense qu'avaient creusé démesurément la vinaigrette et les artichauts crus du matin.

— A table ! à table ! dit-elle, on ne cause jamais si bien qu'en mangeant.

— Oh ! moi, je mangerai bien peu, dit le banquier,

21

en jetant sur Mme Laroche des regards attendris dont l'expression était si ridicule que celle-ci dut se mordre la lèvre pour ne pas rire au nez de son galant interlocuteur.

Le dîner commença par des huîtres royales d'Ostende, qui étaient le premier article d'un menu sans fin dans lequel Tête-de-Veau, afin d'éblouir Diane par sa munificence, avait fait entrer tout ce qu'il avait été possible de se procurer de meilleur et de plus cher.

Placé entre Mme Hortense et Diane, le banquier s'occupait tellement de celle-ci qu'il oubliait presque complètement la présence de sa vieille amie ; mais Mme Hortense, habituée à jouer souvent le rôle de la cinquième roue d'un carrosse, n'y prenait aucune attention, se contentant de manger comme deux et de boire comme quatre.

M. Édouard Poussiez, dans un ravissement complet, vidait aussi assez fréquemment son verre, et bientôt, sans être ivre, il se trouva dans un état de douce surexcitation qui lui fit voir la vie tellement en rose qu'il se considérait déjà comme l'heureux vainqueur de la belle Diane.

Il en résultait de sa part certaines familiarités qui auraient pu déplaire à la petite baronne au dernier des points si elle n'eût pris un malin plaisir à faire un peu la coquette avec ce gros quinquagénaire, qui semblait se griser bien plus de sa beauté que du vin qu'elle lui versait avec des sourires de bacchante pleins de promesses aux yeux du banquier, tandis qu'ils n'étaient que perfidement railleurs.

On était au dessert et Mme Hortense avait entamé l'histoire du vol dont Diane avait été victime.

M. Poussiez, réellement ému, risqua un : .

— Pauvre mignonne !

Qu'il pallia en ajoutant :

— Belle comme vous l'êtes, tous les diamants de la terre devraient vous appartenir.

Puis se levant tout à coup il saisit son chapeau et dit :

— Je vous demande dix minutes et je suis tout à vous, mesdames.

Et avant que Mme Hortense et que Diane fussent revenues de l'étonnement que leur causa l'action brusque du banquier, celui-ci avait déjà disparu.

— Quel charmant homme ! s'écria Mme Hortense, ah ! si j'étais jeune !

— Que feriez-vous ?

— C'est lui que je choisirais, ajouta la marchande de tout, avec une réelle bravoure.

— Ah ! ah ! ah ! fut la réponse de Diane que cette idée plongea dans une gaieté folle.

— Oui, c'est lui, reprit Mme Hortense ; il y en a de plus beaux...

— Oh ! oui, ah ! ah ! ah ! ah ! interrompit la petite baronne.

— Mais de meilleurs, de plus galants, de plus gé-néreux, ma chère petite Diane, — le vin rendait la marchande de tout complètement familière, — il n'y en a pas !

Cette déclaration, faite avec toute l'autorité que pouvait donner une indiscutable expérience, ne pro-duisit sur Diane qu'un redoublement de gaieté, ce qui fit faire à Mme Hortense certaines réflexions peu agréables sur l'issue de l'aventure qu'elle avait si ha-

bilement préparée entre la jolie Mme Laroche et l'irrésistible Tête-de-Veau.

Le soir pendant lequel le vol des bijoux avait été
commis par le beau Nephtali et sa blonde amoureuse,
Diane, en outre de la montre et de la chaîne qu'elle
avait vendues depuis, portait, pour aller au théâtre des
Galeries Saint-Hubert, des boucles d'oreilles en turquoises fort simples et un bracelet qui valait vingt-cinq
louis tout au plus.

Le restaurant où M. Édouard Poussiez avait invité
les deux femmes est à quelques pas du Marché-aux-
Herbes où se trouvent des joailliers richement appro-
visionnés.

Sous l'empire des craintes parfaitement justifiées
par l'air railleur de la petite baronne, Mme Hortense
s'apprêtait à entamer une éloquente croisade en faveur du gros Édouard, lorsque celui-ci rentra tout
essoufflé dans le cabinet.

— D'où venez-vous donc ? Eh ! on dirait que vous
avez couru.

— Un peu, je l'avoue, répondit le banquier en
s'essuyant le front ruisselant de sueur, avec son mouchoir empesté par le musc.

Puis, s'approchant de Diane :

— Permettez, chère mignonne, lui dit-il en agitant
ses coquilles de noix sur ses regards attendris.

Et prestement il détacha une de ses boucles d'o-
reilles.

— Que faites-vous ?

— L'autre, maintenant, poursuivit M. Poussiez en
passant du second côté pour détacher également la
deuxième boucle d'oreille de Diane, sans tenir

compte de la question qu'elle venait de lui adresser.

— Laissez-vous faire, lança Mme Hortense.

— Là, fit avec une satisfaction marquée le gros homme en déposant sur la nappe la seconde boucle d'oreille à côte de la première, et maintenant reprit-il avec le moins ridicule et le plus sincère de ses sourires, en voici d'autres !

Et tirant un écrin de sa poche, il l'ouvrit et le présenta à Diane.

L'écrin renfermait deux dormeuses que Nepthali Simmern eut évaluées immédiatement dix mille francs au moins.

— Que voulez-vous que je fasse de cela ? demanda la petite baronne.

— Que vous vous en pariez, ma déesse, car ces boucles d'oreilles sont à vous, je vous les offre.

Diane regarda M. Poussiez dans le blanc des yeux.

Un fier sourire, dédaigneux et railleur, arqua ses lèvres roses, et froidement elle dit :

— Et moi, je les refuse.

— Hein ! s'écria le gros Édouard, aussi étonné que si les tours de l'église des saints Michel et Gudule lui fussent tombées sur la tête.

— Y pensez-vous, ma petite ! dit de son côté Mme Hortense avec indignation.

— Gardez vos diamants pour certaine personne que vous connaissez mieux que moi ; je vous prédis qu'elle leur fera un enthousiaste accueil, monsieur.

Et reprenant ses boucles d'oreilles en turquoises, Diane se les rattacha.

Ce refus plongea le gros Édouard dans une stupéfaction indicible.

D'après ce que nous avons dit de l'intérieur de Mme Hortense, en y apercevant la petite baronne pendant le déjeuner qu'avait égayé Carabitche, M. Poussiez s'était d'avance promis des joies encore ignorées, car il avait pris Diane comme une femme de la même catégorie que celles qu'il y rencontrait ordinairement, de beaucoup supérieure aux autres, mais de mœurs également plus que légères, dont l'affolante possession ne pouvait être qu'une question de prix.

Aussi avait-il promptement quitté Mlle Laure, dont il commençait à se lasser, pour faire part immédiatement à sa bonne amie Hortense de l'enthousiasme que lui inspirait la belle Mme Laroche.

— Elle est tout bonnement la plus séduisante créature que l'on puisse rêver, ma chère.

— N'est-ce pas ?

— Oui ; et, dès cet instant, je ne veux plus vivre que pour elle ; tu me comprends, Hortense, et je te jure que je ferai royalement les choses ! Marchander une semblable merveille serait un véritable crime ; mais, pour Dieu ! qu'elle ne me fasse pas languir.

— On fera ce qu'on pourra, mon gros ; mais ce ne sera peut-être pas aussi simple que tu le crois, quoique la petite chatte soit au bout de son rouleau.

— Je te donnerai carte blanche.

— Eh bien ! je vais l'inviter à dîner de ta part, avec moi, aujourd'hui.

— Admirable ! Et je me montrerai d'une générosité telle...

— Oh ! alors... je cours la trouver, et tu seras content.

On doit comprendre après cela l'effet que produisit ce que Diane venait de faire.

Tête-de-Veau jetait à Mme Hortense des regards consternés : celle-ci semblait subir l'influence aussi soudaine qu'inattendue, à laquelle venait se joindre une déception des plus complètes.

La fierté de Diane venait de renverser tous les châteaux en Espagne que la vive imagination de la marchande de tout s'était mise à construire, dès qu'elle avait vu le gros et généreux Édouard s'éprendre follement de la petite Laroche.

Puis refuser des diamants, des dormeuses de dix mille francs au moins, est-ce que c'était probable, possible, est-ce que cela s'était jamais vu ?

Mais alors à quoi bon avoir guetté cette proie affriolante pendant si longtemps ?

A quoi bon, à dater du soir où elle l'avait aperçue au théâtre de la Monnaie, l'avoir épiée, suivie, avoir bravé le singe et réuni tous ses efforts dans un même but : amener Diane à devenir une courtisane sans honte et sans pudeur ?

Cela ne pouvait pas se passer comme cela.

Toutes ces réflexions décevantes, Mme Hortense les fit en quelques secondes.

Roulant effaré ses glauques prunelles, le banquier jetait des regards navrés des dormeuses à Diane et de Diane aux dormeuses. Lui aussi, jamais n'avait vu cela : refuser des diamants !

— J'aime à croire que vous réfléchirez, ma chère Mme Laroche, reprit M. Édouard Poussiez, n'osant plus l'appeler « ma mignonne » ou « ma déesse ».

— Mais sans doute qu'elle réfléchira, appuya

Mme Hortense, faire des manières dans sa position, c'est-il vraiment raisonnable !

Et de sa voix la plus mielleuse elle ajouta :

— Allons, ma petite chère chatte, laissez-vous aimer et prenez, ce n'est que le commencement. N'est-ce pas, Édouard ?

— Mais sans doute, reprit Tête-de-Veau avec conviction.

— Monsieur Poussiez, je crois que vous êtes un brave homme, reprit Diane avec un accent de hauteur rempli de commisération, c'est pourquoi je veux bien vous pardonner de vous être permis de me traiter comme une drôlesse, mais brisons là....

Sur ces mots, la petite baronne, qui s'était levée, agita le cordon de sonnette dont la cheminée était garnie.

Un garçon parut.

— Une voiture à l'instant, lui commanda Diane du ton dont elle donnait des ordres aux laquais qui l'appelaient la baronne Stein-Steiner, rue du Faubourg-Saint-Honoré.

— Nous allons partir? demanda Mme Hortense.

— Restez, madame, je rentrerai seule, je ne veux pas priver votre bon ami Monsieur Poussiez de votre aimable compagnie.

— Mais c'est épouvantable ! vous n'allez pas me quitter ainsi ? s'écria le gros Édouard, avec des larmes dans la voix.

Le garçon reparut.

— La voiture qu'a demandée madame est là, dit-il.

— Au revoir, reprit Diane, avec un aimable sourire.

Tête-de-Veau leva les bras au ciel.

Mme Hortense s'élança :

— Madame Laroche !

— Au revoir, répéta la petite baronne, qui s'éloigna en riant, suivie par le garçon.

Il y eut un morne silence de quelques secondes dans le cabinet.

Mme Hortense cuvait sa colère ; Tête-de-Veau son désespoir.

— Oh ! dit-il enfin, vous m'avez bien trompé et c'est la première fois.

— La pimbêche ! elle me le paiera ! quelle grue ! mais nous aurons raison d'elle, je vous le jure.

— Vous croyez ?

— J'en suis sûre, et sans que vous soyez obligé de faire des folies encore.

Puis, sur un autre ton :

— Demande donc du vin, mon gros, j'ai la pépie.

Et ils se remirent à boire.

21.

XVIII

REPRÉSAILLES

Lorsque Diane s'éveilla vers dix heures le lendemain, son premier soin fut de demander à Trinette si le facteur ne lui avait remis aucune lettre pour elle.

— Non, affirma la Flamande.

La réponse de la duchesse se faisait attendre.

Diane chercha à s'expliquer le motif du retard en accumulant les unes sur les autres toutes les suppositions possibles.

Qu'importait d'ailleurs un jour de plus ou de moins ?

Il n'y avait pas de péril en la demeure ; néanmoins, après ce qui s'était passé la veille, la petite baronne se trouvait mal à l'aise dans la maison de Mme Hortense et n'aspirait qu'au moment de la quitter.

— Attendons à demain, se dit-elle.

Une visite interrompit ses réflexions.

C'était Mme Martin la couturière.

— Bonjour, chère madame, dit-elle le plus gracieusement du monde, je vous apporte ma petite facture.

Et elle tendit un papier à Diane, interdite.

La stupéfaction de celle-ci était parfaitement justifiée par ce qui s'était passé la veille.

On lui avait prêté deux corsages pour quelques heures ; la chose, il est vrai, n'avait pas été positivement expliquée, mais elle résultait des faits eux-mêmes et dès le lendemain, on venait lui en réclamer le prix.

— Cinq cent quatre-vingts francs ? dit Diane, après avoir jeté les yeux sur la facture que lui tendait madame Martin.

— C'est donné, je vous le jure, car la dentelle du corsage de dessus est magnifique.

— Je ne dis pas non, reprit Diane, afin de s'épargner une discussion désagréable et inutile, car elle se voyait prise au piège.

Néanmoins la situation étant critique, faisant un effort pour vaincre sa fierté native, qui depuis vingt-quatre heures avait tant souffert déjà, elle reprit :

— Ne pourrions-nous pas nous arranger autrement, madame ?

— Autrement ? répéta la couturière en se roidissant contre toute proposition de transaction quelconque.

— Oui, je vous avouerai que je ne croyais pas vous avoir acheté ces corsages.

— Comment cela, chère madame ?

— Je croyais que vous me les aviez prêtés...

— Prêtés ! interrompit la couturière ; prêtés ! Ah ça ! pour qui me prenez-vous donc ?

— Pour une très obligeante personne : aussi, tranquillisez-vous ; je me plais à reconnaître qu'ayant porté ces vêtements pendant quelques heures, je vous dois une indemnité. Fixez-la vous-même, et dès demain...

— Est-ce que des vêtements se prêtent, madame ? La baronne ne pouvait en entendre davantage.

— Brisons là, je vous prie, dit-elle ; je vous paierai. C'est bien.

— Quand, je vous prie, madame ? demanda la couturière.

— Mais, le plus tôt possible.

— Ce n'est pas par méfiance, je le jure bien à madame ; mais, comme j'ai eu l'honneur de le lui dire hier, je devais livrer ces deux corsages dans la soirée à une de mes bonnes pratiques, qui m'aurait payée sur l'heure. Je comptais sur cette rentrée. Les affaires sont très dures ; tous les jours les ouvrières deviennent plus exigeantes ; il n'y aura bientôt plus qu'elles qui gagneront de l'argent, et si madame pouvait me solder immédiatement cette facture, quoique son chiffre soit très minime, madame m'obligerait infiniment.

Jamais Diane n'avait entendu de pareil discours. Dans la sphère élégante où s'était écoulée sa vie jusqu'au moment où elle était entrée chez les Simmern, toutes les questions d'argent lui avaient été épargnées, et c'est à peine si elle savait le prix des objets.

Aussi la petite baronne souffrait-elle énormément de ne pouvoir jeter un billet de mille francs à la figure de cette femme, dont l'air mielleux ajoutait encore à l'agacement que ses paroles lui faisaient éprouver.

Elle allait s'abaisser jusqu'à demander un délai de quinze jours, afin d'attendre la réponse de la duchesse, lorsqu'un pas précipité retentit dans l'escalier et que, sans frapper, — selon son habitude, — Trinette entra brusquement, tenant un papier à la main.

Diane ne demandait pas mieux que de pouvoir faire tomber son irritation sur quelqu'un.

— Mademoiselle, dit-elle avec hauteur à la bonne

flamande, je n'aime pas qu'on entre chez moi comme une avalanche. Vous frapperez, à l'avenir.

Avalanche était un mot qui n'avait jamais été prononcé devant Trinette; mais l'expression de la figure de Mme Laroche lui avait fait comprendre que ce qu'elle venait de dire n'était qu'une semonce à son adresse; aussi, peu endurante de sa nature et habituée à traiter d'égale à égale la plupart des pensionnaires de Mme Hortense, répliqua-t-elle :

— Je ne suis pas montée ici pour recevoir des sottises, mais pour recevoir de l'argent, sais-tu, madame. V'là votre note !

— Insolente ! murmura Diane.

— Qu'est-ce que vous dites ? demanda Trinette menaçante, en faisant un pas en avant.

La petite baronne prit la note que Trinette venait de jeter sur la table et vit le total : 393 francs 25 centimes !

Copions textuellement ce curieux document des dettes contractées par Diane vis-à-vis de Mme Hortense :

NOTE DE MADAME LAROCHE

Le 5, prêté un louis.........................	20 fr.	»
Le 7, blanchisseuse.........................	48	25
Le 10, loge et voitures......................	36	»
Le 15, blanchisseuse........................	49	35
Item, prêté deux louis.......................	40	»
Le 23, blanchisseuse........................	47	15
Bougies....................................	37	50
Service pour 25 jours.......................	25	»
Le 24, champagne, 6 bouteilles..............	90	»
Total................	393	25

Sans examiner comment son hôtesse était arrivée à poser ce chiffre élevé auquel elle ne s'attendait nullement, Diane pâlit légèrement, puis :

— Fort bien, mademoiselle, dit-elle, je verrai cela avec madame Hortense.

— Vous verrez tout ce que vous voudrez et avec qui vous voudrez, quand vous aurez payé.

— Mais je n'ai pas d'argent, Mme Hortense le sait bien.

— Madame m'a dit comme ça : Trinette, *tu ne faut* pas redescendre sans mon *l'argent*. Payez alors, d'abord la note est acquittée.

La pâleur de Diane augmenta, elle darda sur la Flamande un regard désespéré, et sentant les larmes inonder ses yeux, jetant la note sur la table, d'un bond elle gagna la chambre à coucher dont elle ferma la porte sur elle, ce qui n'empêcha nullement Trinette et Mme Martin de l'entendre éclater en sanglots.

Sans parler, la couturière fit à la bonne un signe qui signifiait clairement :

— Tout est pour le mieux, laissons-la pleurer.

Puis, frappant un coup discret à la chambre dans laquelle venait de s'enfermer Diane :

— Je reviendrai demain, madame Laroche, dit-elle.

Et elle entraîna Trinette qui, ne se gênant plus, cria, dans l'escalier, de façon à ce que ses paroles arrivassent aux oreilles de l'ex-reine des cocodettes :

— Madame est trop bonne avec cette faiseuse d'embarras; si les autres faisaient des manières comme elle, on ne pourrait plus payer l'boulanger. Moi, je flanquerais tout ça dehors.

La voix se perdit dans la rue, puis dans la maison d'à côté.

Pendant cette scène, la domestique que Diane avait à son service particulier était sortie.

Lorsqu'elle rentra, elle remit une lettre à sa maîtresse.

C'était la première que recevait la petite baronne depuis qu'elle avait quitté Paris.

Ne pleurant plus, car les paroles de Trinette avaient mis au cœur de la petite baronne une colère qui avait séché ses larmes, mais impatiente et fébrile, surtout intriguée par cette missive dont la suscription portait.

MADAME LAROCHE, RUE DU MARCHÉ, etc.

Elle se hâta d'en rompre l'enveloppe et de sauter sur la signature que formait un seul prénom : « Édouard, » sous cette rubrique inusitée : « Votre éternel esclave. »

Une seconde après avoir lu cette ligne et ce nom, Diane jetait au feu les morceaux de l'épître de M. Poussiez qu'elle avait déchiquetée avec rage.

Puis, levant les yeux sur sa servante, qui, immobile, était debout et silencieuse devant elle :

— Que faites-vous là ? Je n'ai pas besoin de vous, lui dit-elle avec une brusquerie qui n'était nullement dans ses habitudes.

— Que madame me pardonne, répondit la servante, petite Liégeoise intelligente et polie, qui servait le monde interlope, par intérêt, sachant qu'il y a là plus de profits souvent que dans d'autres, je ne voudrais pas déplaire à madame, mais madame doit se rappeler une promesse qu'elle a bien voulu me faire hier, au moment de sortir.

— Une promesse ? répéta Diane, trop émue pour pouvoir se remémorer instantanément tous les détails de la veille.

— De me payer ma première quinzaine aujourd'hui, ajouta la Liégeoise, qui disait vrai ; la veille, Mme Laroche s'étant engagée à lui donner les vingt francs représentant la moitié d'un mois de gages.

La lettre de la duchesse ne devait-elle pas arriver le lendemain ? puis, si elle était encore retardée d'un jour, Mme Hortense ne lui prêterait-elle pas un dernier louis avec empressement ?

Telles étaient les illusions sur lesquelles la petite baronne avait fait à sa domestique une promesse qu'elle ne pouvait remplir, car il lui restait cinq ou six francs à peine.

Décidément cette journée était terrible : après la couturière, Mme Hortense avait surgi, puis voilà maintenant que sa propre domestique était en droit de faire sentir à Diane que celle-ci manquait de parole vis-à-vis d'elle.

— Tout à l'heure, dit Mme Laroche, il faut que je sorte, va me chercher une voiture.

En quittant son appartement, la petite baronne se fit conduire à l'Hôtel-de-Ville, où elle entra dans les bureaux de la police.

Le chef la reçut admirablement comme toujours ; mais, hélas ! il n'avait rien de nouveau à lui apprendre ; malgré les recherches les plus actives, on était sans nouvelles de Mlle Francine et on ne pouvait conserver qu'un bien faible espoir de la retrouver un

jour, vu le temps relativement long qui s'était écoulé
depuis que le vol avait été commis.

La petite baronne partit aussi navrée que lorsqu'elle était venue, et de la place de l'Hôtel-de-
Ville se fit conduire aux galeries Saint-Hubert où
elle entra chez le bijoutier qui lui avait acheté sa
montre et sa chaîne, le jour où elle avait quitté
la maison des Simmern pour celle de Mme Hortense.

Les notes réunies de Mme Martin et Hortense,
plus les gages de la Liégeoise rendaient Diane débi-
trice envers ces trois personnes, de neuf cent quatre-
vingt-trois francs vingt-cinq centimes.

Nous savons quelles étaient ses ressources.

Un bracelet et une paire de boucles d'oreilles très
modestes.

Après un long débat, le bijoutier, vraiment attendri par les supplications de la jeune femme, finit par
lui donner cinq cents francs pour les trois objets.

Or, il fallait à la petite baronne presque le double
de cette somme pour éviter les avanies dont était
gros le lendemain.

Comme elle regagnait à pied, par la rue du Marais,
le boulevard Botanique qui mène au faubourg de
Cologne, elle se souvint que huit jours auparavant,
Mme Hortense et elle étaient entrées chez une bro-
canteuse de la rue du Progrès.

Cette rue était le chemin le plus direct que pouvait prendre Diane pour regagner sa demeure.

— Oui, c'est le seul moyen, pensa-t-elle, allons !

Deux heures après, la petite baronne avait onze
cent cinquante francs, y compris les cinq cents du

bijoutier ; mais il ne lui restait plus, de toutes ses riches toilettes, que le strict nécessaire pour se vêtir.

Le facteur du lendemain n'apporta pas plus de nouvelles de la duchesse à Diane qu'il ne l'avait fait la veille.

Le silence de Mme de la Roche-Carignan devenait inquiétant ; mais la petite baronne n'eut pas le temps de songer beaucoup à cela, car cette journée devait être pour elle beaucoup plus terrible encore que celle qui l'avait précédée.

Celle qui parut la première fut Mme Martin.

— Voilà votre argent, lui dit Diane, et comme la mielleuse couturière voulait entamer un long discours, rempli de protestations de dévouement et de plates excuses appuyées sur la rigueur des temps et le marasme des affaires, elle l'interrompi en lui disant :

— Bien, madame, finissons, je suis pressée.

— A l'instant, chère madame Laroche, je me recommande pour une autre fois, osa dire cette femme en sortant.

Une heure après, Trinette surgit.

— Est-ce que c'est pour aujourd'hui, comme l'a dit madame ?

Telle fut l'entrée de la Flamande.

Lorsqu'elle eut en mains les trois cent quatre-vingt-treize francs vingt-cinq centimes contre la quittance de la marchande de tout, que la petite baronne n'avait même pas vérifiée, elle jeta une lettre sur la table en disant :

— V'là pour vous, madame Laroche.

Diane eut une espérance : cette lettre n'était-elle pas celle qu'elle attendait avec tant d'anxiété ?

Hélas! non; la poste était étrangère à l'arrivée de cette lettre; donc, elle venait de la ville. Un commissionnaire l'avait apportée, sans doute, et quoique l'écriture fût inconnue de Diane, elle ne pouvait fonder aucune espérance sur cette missive.

Diane en brisa l'enveloppe, et voici ce qu'elle lut:

« Madame Laroche,

» Ayant appris que vous avez vendu hier la plus grande partie de vos toilettes à Mme Van Huybroeck, je vous préviens que je vous ferai présenter dès demain la quittance de trois cents francs, montant du loyer de l'appartement que vous occupez dans ma maison, échéant, par anticipation le 30 de ce mois.

» Je vous préviens aussi que si vous ne vous mettiez pas en mesure pour me satisfaire, mon gage n'étant plus suffisant par la vente en question, je serai, à mon grand regret, forcée d'agir de rigueur envers vous.

» Agréez, madame, mes civilités.

» HORTENSE. »

— Cette femme est folle, pensa Diane; je ne lui devrai de l'argent que le 30; d'ici là qu'a-t-elle à me dire? Rien!

— Eh bien! demanda Trinette; la réponse?

— Vous direz qu'il n'y en a pas.

Quelques instants après, l'heure du déjeuner étant arrivée, le sous-sol fut envahi par les pensionnaires, et la voix de Mme Hortense se fit entendre dans le vestibule assez haut pour que les paroles qu'elle prononçait arrivassent jusqu'au premier.

—Ah! il n'y en a pas! Comment! je suis polie avec cette péronnelle; je lui écris une lettre convenable, trop convenable même, et elle ose! Attends! attends! mon petit lapin, nous allons rire. Je ne te dis que ça! Est-ce qu'elle compte, par hasard, pouvoir déménager à la ficelle, maintenant qu'elle n'a plus de nippes et peut porter tout son bazar sur elle, comme un escargot? Il ne manquerait plus que cela! Mais, halte-là! nous avons bon pied et bon œil, et nous ne nous laisserons pas flouer. Elle me doit tout un mois de loyer encore, puisqu'elle ne m'a pas donné congé quinze jours d'avance. Un appartement que je lui ai cédé presque gratis, parce que cette bonne à rien disait qu'on lui avait volé ses diamants. Je suis même allée avec elle à la police raconter ce mensonge-là; mais je n'ai pas besoin de vous dire qu'on n'a rien trouvé du tout: ni voleur ni diamants; et, maintenant, voilà qu'elle voudrait filer. Minute, ma petite chatte; bouge et je te fais flanquer pour dettes aux Petits-Carmes; pour dettes, comme étrangère. Oui! aux Petits-Carmes!

Puis, élevant encore la voix :

— La prison de la ville, où on devrait envoyer pourrir toutes les intrigantes de ton espèce; entends-tu bien, madame *Pas-de-Réponse?* Et sur ce, mes petites chattes, allons déjeuner !

Des rires nombreux accueillirent la fin de ces menaces exagérées, que Diane, pâle et tremblante, avait écoutées l'oreille collée contre la porte de sa chambre avec une indignation qui bientôt s'était travestie en un effroi aussi grand que s'il se fût agi de son arrêt de mort.

Son imagination lui retraçait la scène de l'escalier, lui montrant Hortense menaçante et le bras levé au milieu des femmes, heureuses d'écouter les invectives que lui adressait la mégère.

C'était une sorte d'enfer séparé d'elle par quelques marches seulement, d'où les railleries, les fureurs jalouses, la colère et la soif de vengeance montaient à elle, terribles, accablantes commes ces vapeurs délétères qui sortent d'un volcan, précédant son éruption.

Et pourquoi tout cela ? Pourquoi parlait-on de la mettre en prison comme une aventurière, comme une voleuse presque, elle, la baronne Karl Stein-Steiner, née marquise Diane de la Roche-Carignan, parce qu'elle repoussait l'amour immonde de M. Édouard Poussiez, dit Tête-de-Veau !

C'était foudroyant et par cela même presque comique, si tant est qu'un élément drôle peut entrer dans une tragédie.

Ces deux mots bourdonnaient aux oreilles de Diane à lui briser le tympan:

— La prison! les Petits-Carmes!

Il lui restait en tout et pour tout près de huit louis et elle en devait quinze à ce qu'on prétendait; et, si elle ne payait pas, cette horrible femme, pour se venger de ses dédains vis-à-vis du gros Édouard, ne parlait de rien moins que de la traiter comme une misérable.

Une idée subite vint à Diane, idée qu'elle regarda comme vraiment lumineuse dans son profond désespoir, car cette idée, bien simple et qui consistait tout bonnement à envoyer une dépêche à la duchesse de la Roche-Carignan, venait seulement d'éclore dans son esprit.

Elle s'habilla et quitta la maison sans que personne s'en doutât : mais que de terreurs lorsqu'il s'agit de descendre l'escalier et d'ouvrir la porte de la rue pour aller au télégraphe !

A chaque marche sur laquelle se posait son pied, elle croyait voir tout à coup bondir Mme Hortense, lui barrant le passage.

Ces craintes étaient complètement chimériques, car, eût-elle même entendu descendre Mme Laroche, que la marchande de tout ne se fût nullement opposée à sa sortie pour toutes sortes de raisons, dont les principales étaient qu'elle n'en avait ni le droit ni l'envie, car au fond la fine mouche savait bien que sa locataire n'était pas femme à fuir dans les conditions où elle se trouvait.

Un quart d'heure après Diane remettait au guichet du bureau télégraphique de la station du Nord, la dépêche suivante :

Duchesse la Roche-Carignan, château la Roche, près Limoges, France.

Ne puis plus attendre un jour, recevrai-je ce que j'ai demandé demain? Répondez-moi immédiatement par télégramme.

Diane.

— Payez-vous la réponse, madame? demanda l'employé.

— Oui, monsieur, répondit-elle, croyant qu'en agissant ainsi, son message arriverait encore plus sûrement.

D'après ses calculs, la réponse de la duchesse devait lui parvenir vers cinq heures au plus tard.

C'était six heures d'attente environ.

Dieu! qu'elles parurent longues à Diane, qui, constamment l'oreille tendue, compta les minutes pendant toute cette éternelle après-midi ; enfin, vers cinq heures, un pas d'homme retentit dans l'escalier et s'arrêta devant la porte.

Ne doutant nullement qu'elle allait se trouver en face du facteur du télégraphe, la petite baronne s'élança et sans laisser le temps au visiteur de frapper, ouvrit la porte brusquement.

Devant elle, pommadé, frisé, et tiré à quatre épingles, se trouvait M. Édouard Poussiez, un gros bouquet à la main.

A la vue de Diane, les coquilles de noix se mirent immédiatement en mouvement avec la fébrilité qui accompagnait toutes les émotions ressenties par leur propriétaire, et, le chapeau d'une main, le bouquet de l'autre, celui-ci s'avança en s'inclinant, le sourire sur ses grosses lèvres dont sortirent ces mots:

— Cruelle et belle dame, permettez-moi de vous offrir...

Et sans achever la phrase, le gros Édouard resta le bras tendu et les yeux baissés dans une attitude humble et comique qui fit diversion avec la déception mêlée de désagréable surprise qu'avait éprouvée Diane en voyant Tête-de-Veau à la place du facteur du télégraphe si impatiemment attendu.

Néanmoins Mme Laroche eut pitié de lui. Somme toute, M. Poussiez ne lui avait fait que des politesses, et pourvu qu'il restât dans les bornes des plus

strictes convenances, elle n'avait aucun motif pour
manquer d'égards envers lui.

— Merci, dit-elle ; le beau bouquet !

— Ce sont vos sœurs ! ne put s'empêcher de dire
Tête-de-Veau, en montrant sa bêtise et les fleurs du
bouquet tout à la fois, ce que Diane ne daigna pas
même constater, tellement le bouquet et le banquier
lui étaient indifférents.

Après avoir mis le bouquet de M. Poussiez dans
un vase, la jeune femme s'assit, les yeux fixés sur les
aiguilles de la pendule qui allait sonner cinq heures.

— Ma dépêche est arrivée à Limoges à midi, à deux
heures elle était au château ; la réponse doit être à
Bruxelles à cette heure-ci, c'est positif, se disait-
elle.

Elle attendit un second coup de sonnette suivi
d'un pas d'homme lui annonçant l'arrivée du précieux
message.

Pendant qu'elle suivait le cours de ces anxieuses
préoccupations, le gros Édouard, qui avait relevé ses
coquilles de noix pour darder à la dérobée sur la petite baronne des regards de convoitise légèrement attendris par l'effet que produisait sur lui son incomparable beauté, reprit la parole en ces termes :

— Vous me trouvez sans doute fort indiscret de
m'être présenté chez vous comme je le fais, cruelle
et belle dame ; mais j'habite la province, et je vous sais
une trop honnête personne pour venir chez un garçon
même de mon âge, je me suis dit que le seul moyen de
vous offrir l'occasion de satisfaire aux lois de la politesse, ce dont vous devez être très friande, était de me
rendre ici.

— Bien, monsieur, répondit Diane, qui n'avait pas écouté ; puis, changeant brusquement de ton :

— Quelle heure est-il ? demanda-t-elle.

Le gros Édouard tira de son gousset un chronomètre très luxueux et qui avait dû lui coûter fort cher.

— Il est cinq heures, dix minutes, trente et une secondes, cruelle et belle dame, dit-il avec un certain orgueil.

— Mon Dieu ! ne me répondrait-on pas ? pensa tout haut la petite baronne, qui, ouvrant le balcon, y alla sonder du regard le côté de la rue que devait parcourir l'employé du télégraphe pour arriver jusqu'à elle.

Hélas ! elle n'aperçut aucun passant ressemblant à celui qu'elle attendait et que son uniforme rendait facile à reconnaître.

Le découragement prit la petite baronne.

Sentant qu'elle allait pleurer, elle traversa le salon et alla se réfugier dans sa chambre, pour pouvoir donner un libre cours à son chagrin, loin du regard du gros Édouard.

Celui-ci ne comprenait rien du tout à ce qui se passait.

Il attendit, mais la chambre à coucher restait fermée et rien n'indiquant à quel moment on daignerait la rouvrir, la situation pouvait ainsi se prolonger indéfiniment.

M. Poussiez, sous l'empire d'une timidité momentanée qui lui vint tout à coup par l'isolement dans lequel Diane l'avait laissé, gagna la porte.

Au moment où il l'ouvrait afin de se retirer discrètement, Mme Laroche reparut :

22

— M. Poussiez, dit-elle.

A cette voix si chère, le gros Édouard fit un bond.

— Vous me rappelez, belle dame ?

— Voulez-vous me rendre un service ?

— Un, deux, dix, cent, mille services ; commandez, ordonnez, ne suis-je pas votre esclave ? s'écria le gros banquier en livrant ses coquilles de noix au plus violent exercice que puissent se permettre des paupières humaines.

— Oh ! le service que j'attends de vous est des plus simples, reprit Diane. Voulez-vous bien m'offrir votre bras jusqu'au bureau du télégraphe ?

— Mon bras ! répéta le gros Édouard, mes bras, mes jambes, tout mon être est à vous.

— Merci.

Lorsque Mme Hortense, qui, n'ignorant pas la présence de son ami Tête-de-Veau chez Mme Laroche, guettait sa sortie, vit passer devant ses croisées, la petite baronne au bras de M. Poussiez :

— Victoire ! s'écria-t-elle.

Et dans une joie d'autant plus grande qu'elle ne s'attendait nullement à constater ce qui lui semblait devoir être l'assurance du prochain triomphe du banquier, elle se mit à rire et à danser, au grand ébahissement de Trinette qui s'écria :

— Mon Dieu, madame, est-ce que tu veux aller à Gheel [1] ?

---

1. Gheel ou Geel est une petite ville de la province d'Anvers dont les habitants des environs prennent des aliénés pour pensionnaires.

On a dû comprendre que si elle avait eu recours à M. Poussiez, c'est que depuis les menaces proférées par Mme Hortense au bas de l'escalier, le matin, Mme Laroche n'osait pas sortir seule et qu'elle avait parfaitement compris qu'au bras du gros Édouard, elle n'avait à craindre ni invectives, ni violence de la part de sa cupide propriétaire.

Tête-de-Veau marchait dans l'ivresse du triomphe, réglant son pas lourd sur celui plein de grâce et de distinction de l'ex-reine des cocodettes, orgueilleux au possible de se montrer, guidant une aussi ravissante personne et sentant l'espoir renaître en son cœur en augurant de la nouvelle attitude qu'avait prise la jeune femme, les plus enivrants résultats pour lui. A la porte du bureau du télégraphe, Diane, qui avait pressé le pas et qui n'avait pas adressé trois paroles à M. Poussiez, lui dit :

— Veuillez m'attendre un instant, je vous prie, je reviens.

Et elle pénétra dans le bureau :

— Monsieur, dit-elle à l'employé qui le matin avait enregistré le télégramme rédigé par elle, aujourd'hui, vers onze heures et demie, vous avez expédié pour moi une dépêche à Mme la duchesse de la Roche-Carignan au château de la Roche, près de Limoges, réponse payée.

— En effet, madame, répondit-il, je m'en souviens parfaitement.

— C'est que la réponse ne m'est pas encore parvenue.

— Ni à nous non plus, madame.

— Je vous demande pardon de mon insistance, monsieur, mais en êtes-vous bien sûr ?

— Absolument sûr, madame, affirma l'employé, avec cette patience et cette politesse qu'on rencontre généralement en Belgique dans tous les bureaux de l'administration.

— Merci, monsieur, dit Diane en se retirant atterrée et tellement plongée dans les plus sombres pensées, qu'oubliant le gros Édouard qui lui tournait le dos au moment où elle sortit, elle gagna une voiture dans laquelle elle prit place sans qu'il la vît.

Aussitôt que la petite baronne eût dit au cocher où elle désirait être conduite, la vigilante se mit à gravir le boulevard Botanique, dont la montée rapide oblige les chevaux à aller au pas.

Blottie dans un coin de la voiture, Diane suivait le cours de ses amères pensées.

— Pourquoi ce silence, et qu'est-il arrivé à la Roche ? Si ma tante ne m'a pas répondu, elle ne me répondra jamais. Que vais-je devenir ? Et quelle humiliation que cette démarche suprême que je tente en ce moment ! Il est capable de me chasser. Mais non ; je saurai le prendre ; ce n'est pas un don que j'implorerai de lui, mais un prêt à gros intérêts ; puis il s'agit d'une si faible somme ! à qui, du reste, m'adresser si ce n'est à lui ! Mon Dieu, faites que je réussisse !

La voiture s'arrêta.

Diane leva les yeux ; elle était place de l'Industrie devant la maison de Simmern, mais à son grand étonnement toutes les persiennes en étaient fermées.

Elle mit pied à terre et jeta au travers des croisées un regard dans le sous-sol.

Non seulement la vieille juive n'y était point assise

à sa place accoutumée, mais encore tous les objets qui garnissaient la cuisine en avaient été enlevés.

Néanmoins la petite baronne sonna.

Rien... personne... le silence complet qui régnait dans l'intérieur de la maison ne fut pas interrompu par le moindre bruit.

Le fait était indéniable; malgré cela, Diane ne voulait pas l'admettre.

Allait-elle encore se heurter contre rien ?... elle écrivait, elle télégraphiait, on ne répondait pas ; elle sonnait maintenant, malgré l'amour-propre qui lui criait :

— Malheureuse, que viens-tu faire là ?

Et alors qu'elle avait été assez forte pour dominer son orgueil, on n'accourait pas à son appel.

Elle sonna encore, fébrilement cette fois : toute la maison fut pleine de la voix de la petite cloche.

En ce moment un voisin sortit de chez lui.

— Il n'y a plus personne dans cette maison, madame.

— Que dites-vous là, monsieur ? Mais depuis quand ?

— Depuis plus d'une semaine le mobilier a été vendu, et la mère est allée rejoindre son fils en Angleterre, paraît-il, car M. Nephtali est parti il y a quelque temps.

Diane en savait assez.

Le sort lui épargnait l'humiliation de demander à son ancien amant de lui venir en aide; mais il la laissait sans ressource, en proie à toute la haine de Mme Hortense.

— Je vous remercie, monsieur, dit la petite baronne au voisin.

22.

Et se sentant presque défaillir, elle remonta dans la voiture en donnant au cocher l'ordre de la conduire rue du Marché.

Lorsqu'elle rouvrit la porte de son salon, elle se trouva en face de Mme Hortense et du gros Édouard,

Alors seulement elle se souvint qu'elle l'avait laissé à la porte du bureau du télégraphe.

Sans regarder Mme Hortense, Diane, s'adressant à M. Poussiez, lui dit :

— Oh! mon Dieu, que d'excuses ne vous dois-je pas? Mais j'étais si préoccupée que je vous ai oublié.

— C'est joli! lança Mme Hortense.

L'audace des peureux a des éclairs d'héroïsme.

Regardant Mme Hortense bien en face, avec toute la hauteur de sa fierté native, la petite baronne lui demanda :

— Que faites-vous chez moi, madame?

A cette question agressive, la marchande de tout pâlit légèrement, un méchant sourire contracta sa bouche aux lèvres sèches, et elle répliqua :

— Chez vous? elle est bonne, celle-là!

— Oui, chez moi.

— Je viens réclamer mon dû.

— Je n'ai pas d'argent, madame, vous le savez; j'ai tout donné, votre couturière m'a dévalisée; il faut attendre...

— Qu'on retrouve vos diamants, sans doute, n'est-ce pas, ma petite?

Le gros Édouard voulut s'interposer.

— De grâce, ma chère Hortense, et vous, cruelle et belle dame...

— Laissez donc, mon cher, je sais bien ce que je dis, et madame *Pas-de-Réponse* le sait aussi bien que moi. Si ça ne fait pas pitié !

— Épargnez-moi vos insultes, madame ; je n'ai rien fait pour les mériter.

La marchande de tout tenait à conserver l'avantage en criant fort et en brutalisant le plus possible madame Laroche, pour laquelle la vile créature n'avait plus qu'une sorte de mépris qui lui faisait considérer comme un idiotisme révoltant le refus formel de la jeune femme d'encourager en rien les tentatives galantes de l'homme aux écailles de noix ; aussi répliqua-t-elle :

— Pour le coup, c'est trop fort : vous ne faites que des sottises à tout le monde. Voilà ce pauvre monsieur Poussiez qui vient, grâce à vous, de faire le pied de grue pendant plus d'une heure sur le trottoir, par le froid qu'il fait. Il en tousse, le cher homme. N'est-ce pas, Édouard, que vous toussez, mon pauvre ami ? Et quand tout ça n'arrive uniquement que par votre faute, vous vous étonnez qu'on ne vous flanque pas dans de la ouate et qu'on ne vous appelle pas : mon petit lapin ! J'ai été moi-même, pour elle, d'une bonté presque bête tellement elle était grande ; et, au lieu de m'en récompenser, madame, qui est ma locataire, madame, à qui j'ai loué cet appartement presque pour rien, vend en cachette toutes ses nippes, qui sont mon unique gage, ma seule garantie, et quand poliment on lui fait de justes reproches, cette sainte nitouche a l'aplomb de vous dire : Épargnez-moi vos insultes... Canaille ! va !

Sur ces mots, Mme Hortense, qui s'était montée

en parlant, fit un pas en avant vers Diane, en lui adressant un geste de menace.

— Hortense, ma chère Hortense, s'écria le gros Édouard très ému, tandis que tremblante d'indignation et de colère, puisant dans son désespoir même une énergie qu'elle ne soupçonnait pas posséder, la petite baronne, s'avançant également avec un air de défi vers l'agressive créature, lui dit :

— Tuez-moi ! vous me rendrez service.

Mme Hortense haussa les épaules.

— Me prenez-vous pour une criminelle ? Payez-moi ; c'est tout ce que je vous demande, et ne jouez pas la comédie : c'est inutile.

— Voyons ! du calme ! je vous en conjure, ma chère Hortense. Que vous doit madame ?

— Trois cents francs.

— Mais les voici.

Et le gros Édouard tira de son porte-monnaie quinze louis qu'il tendit à Mme Hortense.

—Ah ! mon pauvre ami, vous êtes bien bête ! reprit la marchande de tout, en s'empressant d'empocher la somme.

Puis s'adressant à Diane :

— Vraiment, ma petite, vous avez plus de chance que vous n'en méritez.

Et Mme Hortense sortit majestueusement, laissant en tête-à-tête la petite baronne et M. Édouard Poussiez.

Dès que Mme Hortense eut disparu :

— Vous êtes bon, monsieur, dit Diane, car vous venez de me rendre un immense service dont la grandeur même m'excuse de l'avoir accepté ; mais rassurez-vous, demain je quitterai Bruxelles et sous peu de jours vous recevrez la somme que vous avez bien voulu me prêter.

A ce mot, le gros Édouard se redressa.

— Prêtée, répéta-t-il, non pas, chère et cruelle sirène, je ne prête pas d'argent aux jolies femmes, je leur en donne, car je sais ce que vaut la beauté mieux que personne au monde.

Et les yeux glauques du gros Édouard brillèrent d'une concupiscence de satyre.

— Et moi, monsieur, reprit Diane avec effort, moi, qui n'ai jamais emprunté d'argent jusqu'ici, je veux vous renvoyer ces quinze louis ; veuillez me donner votre adresse.

— Chère et cruelle mignonne, répliqua M. Poussiez, en s'emparant d'une des mains de la petite baronne, cette adresse vous est complètement inutile, car il ne peut s'agir d'un remboursement de vous à moi.

— Pardon !

— Non, vous dis-je ; d'ailleurs, me croyez-vous assez sot pour vous laisser partir ?

— Entendez-vous employer la force pour me retenir à Bruxelles, par hasard ?

— Oh ! non, certes ; mais la persuasion.

Puis, d'un ton suppliant :

— Voyons, ma belle Diane, ne soyez pas impitoyable ! Je suis riche, très riche, et mon vœu le plus cher est de mettre ma fortune à vos pieds Ma générosité, mon dévouement seront sans bornes ; je vous le jure sur votre merveilleuse beauté, ange ou démon d'amour, car mon sort, ma vie sont entre vos mains, et si je dois renoncer à jamais à vous, nulle torture ne sera comparable à celle que j'endurerai désormais.

Tout en parlant, il avait lentement enlacé la jeune femme de son bras droit, et doucement il cherchait à l'attirer à lui.

Son souffle brûlant passa comme une buée fétide sur le front de la petite baronne, qui, se dégageant brusquement, s'écria :

— Que faites-vous ? Non, non, je ne vous aime pas.

Tête-de-Veau poussa un soupir digne d'un soufflet de forge, et d'une voix dolente et attendrie, reprit :

— Hélas ! à mon âge, on n'est plus aimé ; mais, continua-t-il, parfaitement résolu à pousser Diane dans ses derniers retranchements, on est souffert !

Et une larme de crocodile vint perler au bord de l'une des écailles de noix du gros Édouard.

— Monsieur Poussiez, reprit Diane avec calme et dignité, je ne puis être que votre amie ; comptez sur ma profonde reconnaissance, mais perdez un espoir irréalisable ; me trouvant dans le hideux milieu dans lequel la fatalité plus encore que l'inexpérience m'a conduite, vous vous êtes mépris sur moi. Je vous le pardonne de grand cœur, mais à la condition que vous redeviendrez raisonnable, tout à fait raisonnable.

Tête-de-Veau soufflait comme un bœuf pendant que Diane parlait ainsi.

Il avait déjà trop savouré d'avance toutes les ivresses que devait renfermer la possession d'une aussi adorable créature que la petite baronne, pour pouvoir se résigner à faire entrer dans sa conviction le mot le plus cruel de toutes les déceptions : Jamais !

Comprenant, cependant que toute insistance serait inutile en ce moment, il parut accepter sa situation.

— Cruelle ! cruelle ! murmura-t-il.

— Ne m'en veuillez pas, je vous en conjure, reprit Diane avec une effusion très sincère.

— Vous en vouloir, moi ! s'écria le gros Édouard en saisissant la main de la jeune femme sur laquelle il se mit à promener ses lèvres avec une insistance si prolongée qu'elle fut contrainte de finir par la retirer brusquement.

— Soyez donc raisonnable.

— Mon Dieu, mon Dieu ! Au revoir, cruelle et belle dame !

XIX

CHATIMENT

Vers deux heures du matin, la porte de la maison qu'habitait Mme Hortense s'ouvrit lentement et une ombre qui en sortit disparut presque aussitôt dans la maison voisine.

Diane qui avait passé toute la soirée à réfléchir à ce qui lui restait à faire venait d'entrer dans ce demi-sommeil qui précède toujours le repos complet.

Dans la profonde obscurité qui l'environnait, car la nuit était noire, elle crut rêver.

Son rêve la laissait à l'endroit qu'elle occupait ; mais il tournait au cauchemar, en ce qu'il faisait croire à la belle dormeuse qu'un pas étouffé, lent et craintif, glissait sur chacune des marches de l'escalier de la maison.

Puis il sembla à Diane que ce pas franchissait les portes, ouvertes sans bruit par une main prudente, et se rapprochait lentement de son lit.

Elle voulut ouvrir les yeux, ce fut en vain, le sommeil déjà l'avait trop gagnée, et elle frissonnait, car le pas mystérieux s'avançait toujours.

Tout à coup un souffle fortement alcoolisé effleura sa chevelure ; des lèvres baveuses cherchèrent ses lèvres, tandis que son sein frémissait sous la caresse impudique d'une main avide et moite.

— Ah! fit-elle.

Et d'un bond elle fut sur pied.

— Ne craignez rien, c'est moi, moi qui vous aime, cruelle et belle Diane, murmura le gros Édouard d'une voix avinée, moi qui vous aime et veux me ruiner pour vous !

La petite baronne avait fui dans le salon.

— Où es-tu, où es-tu, ange de ma vie? demandait le banquier sur un ton indéfinissable. Oh! je te retrouverai bien et tu ne pourras pas me résister, ma belle, ma splendide amie ! Hortense a raison après tout, tu n'es pas Jeanne d'Arc et je vaux bien le fils de la mère Simmern, quand le diable y serait!

Pendant que, les bras en avant, il sondait le vide, Diane rassemblait ses vêtements épars et commençait à s'en revêtir.

— Où es-tu? redemanda le gros Édouard en venant vers elle.

Mais à peine eut-il renouvelé cette question que le bruit de la chute d'un meuble et celle d'un corps très lourd se fit entendre suivi d'un :

— Ah, mon Dieu! douloureusement prononcé, auquel succéda immédiatement un complet silence.

Diane se douta immédiatement de ce qui venait d'arriver, et se mit à tâtons à chercher des allumettes, car le souffle pénible qu'exhalait le banquier lui avait appris qu'il n'était plus à redouter.

Dès que la petite baronne eut allumé une bougie, le plus affreux spectacle s'offrit à ses yeux.

Près du poêle, les pieds contre une chaise renversée qui, lui ayant barré le passage, devait avoir causé sa chute, M. Poussiez était étendu évanoui et sanglant, car sa tête avait porté sur l'angle de fonte du bas du poêle et il s'était ouvert le crâne d'où s'échappait un filet pourpre qui formait, autour de sa tête, sur le fond blanc du tapis, une large tache amaranthe.

Lorsqu'elle vit cela, la petite baronne faillit s'évanouir.

— Grand Dieu ! il s'est tué ! fut la première pensée qui lui vint à l'esprit; mais la respiration bruyante de M. Poussiez lui apprit qu'il vivait; néanmoins, la terreur de Diane était indicible.

Qu'allait-elle faire, elle qu'on menaçait déjà de la prison le matin même ?

Un sentiment de pitié bien naturel lui fit considérer comme un devoir de prodiguer d'abord ses soins au blessé.

Avec de l'eau fraîche elle lava son front, puis elle imbiba ses tempes de vinaigre.

Ces soins rappelèrent le gros Édouard à lui, il soupira plus bruyamment encore et Diane, qui s'était agenouillée à son côté, vit ses coquilles de noix se rouvrir lentement.

M. Poussiez était beaucoup trop gris pour pouvoir se rendre compte de la situation, il ignorait même qu'il fût blessé, aussi dès qu'il aperçut Diane s'écria-t-il:

— O mon amour !

Et, l'enlaçant vigoureusement, il l'attira à lui.

Alors une lutte épouvantable commença entre le blessé et la jeune femme, à qui le sentiment du danger donnait une énergie plus grande, lui cherchant à la paralyser complètement, elle faisant de prodigieux efforts pour se dégager afin d'échapper au contact écœurant des lèvres ensanglantées du banquier.

— Euh! je t'aime, soupirait odieusement le gros hommè.

La petite baronne luttait, pâle et muette.

Ils glissèrent par leurs mutuels efforts, jusque sous la table contre un des pieds de laquelle M. Poussiez finit par se heurter si violemment le front qu'après un : Ah! de douleur, il lâcha prise et s'évanouit de nouveau.

Dès que Diane fut debout, après s'être assurée que son agresseur avait complètement perdu connaissance, elle lui noua une serviette autour de la tête pour arrêter l'effusion du sang et acheva entièrement sa toilette, afin de se trouver prête à tout événement.

Cela fait, bien décidée à fuir, si le gros Édouard sortait de sa torpeur, elle voulut s'assurer si la porte de la rue n'était pas fermée à double tour, mais elle s'aperçut alors que la porte même de l'appartement avait été close par l'ivrogne qui en avait enlevé la clef.

Tâcher de reprendre cette clef à M. Poussiez, c'était peut-être le faire revenir à lui, c'est-à-dire recommencer cette lutte horrible qui faisait encore trembler la petite baronne de tous ses membres, aussi adopta-t-elle instantanément tout un autre plan. Prenant un des draps qui garnissaient son lit, elle ouvrit doucement la fenêtre et attacha ce drap au balcon, qui n'était guère élevé de plus de quatre mètres du pavé de la rue.

Il n'y avait pas assez longtemps que Diane avait quitté le pensionnat de Limoges, où elle avait été élevée, pour ne pas, grâce aux leçons de gymnastique qu'elle y avait reçues, pouvoir se laisser glisser dans la rue le long d'un drap, sans rien risquer.

Ces préparatifs étant achevés, après avoir éteint la bougie, Mme Laroche s'étendit sur sa chaise longue et là, elle attendit, luttant courageusement et victorieusement contre la fatigue qui l'invitait à un sommeil rempli de dangers pour elle.

Dieu ! la longue nuit et l'affreux silence dans lequel on n'entendait que le tic-tac de la pendule et le souffle rauque du gros Édouard qui diminuait et se ralentissait petit à petit !

Six heures sonnèrent.

Trois, quatre, cinq, six !... puis une petite clarté blafarde éclaira légèrement les stores blancs qui garnissaient les fenêtres du salon.

C'étaient les premières lueurs du jour.

Il sembla alors à Diane que le souffle de M. Poussiez s'était complètement arrêté.

Frémissante de terreur, elle ralluma la bougie et se pencha de nouveau sur le gros Édouard, mais prête à échapper à son étreinte si, par impossible, il renouvelait sa brutale tentative.

M. Poussiez était pâle, la serviette qui lui serrait le front avait été presque complètement teinte par son sang, ses lourdes coquilles de noix hermétiquement closes gardaient une immobilité de cadavre ; enfin, des lèvres pâles du blessé ne s'échappait qu'un souffle si faible qu'il semblait devoir s'arrêter brusquement d'un moment à l'autre.

La nuit, la lutte, l'état du blessé, les menaces de Mme Hortense, l'horreur du milieu dans lequel elle se trouvait, inspirèrent alors à Diane une terreur folle.

Elle n'eut plus qu'une pensée : fuir, fuir à l'instant sans perdre une minute, une seconde !

Cette résolution une fois prise, Diane n'eut pas de peine à réunir ce qu'il lui fallait, et, se laissant glisser le long du drap elle fut bientôt dans la rue.

Pendant l'évanouissement de M. Poussiez, elle avait réfléchi et son plan était arrêté d'avance, car il pouvait s'agir de dépister au besoin les recherches de la police, surtout après l'événement de la nuit.

Diane arriva vers sept heures rue de Ligne, près de l'église des Saints Michel et Gudule, où se trouvait un loueur de voitures aux services duquel elle avait eu recours assez souvent, alors qu'elle habitait place de l'Industrie.

— Je désirerais partir pour Mons immédiatement, dit-elle. Une voiture pourrait-elle m'y conduire et que me coûtera-t-elle ?

— Certainement, madame ; mais il faut deux heures et demie au moins pour y aller, et nous n'aurions pas une grande avance sur le train de neuf heures....

— Pardonnez-moi, répliqua Diane, il s'agit d'un mourant ; je viens de recevoir une dépêche, les minutes sont comptées.

— Je comprends. Cela vous coûtera cinquante francs, sans le pourboire.

— C'est bien ; qu'on attelle, monsieur.

Un quart d'heure après, au moment où le gros Édouard, complètement dégrisé, était rappelé à lui par le froid que laissait pénétrer dans l'appartement la croisée du balcon que Diane n'avait pu fermer du dehors, la voiture louée par celle-ci, pour la conduire à Mons, gagnait, par la place de Louvain, la rue Royale, la place du Palais, les boulevards, et enfin la porte de Hal par laquelle la petite baronne quittait Bruxelles pour n'y jamais revenir, emportant de cette ville hospitalière et dont la population, comme celle de toute la Belgique, est essentiellement honnête et probe, la plus déplorable opinion, grâce aux milieux exceptionnels qu'elle y avait traversés.

Si Diane s'était décidée à supporter la dépense, considérable pour elle, de cette voiture, c'est qu'elle s'était dit que si on devait la poursuivre, on ferait surveiller les gares de chemins de fer à Bruxelles; or, ne la voyant paraître dans aucune d'elles, on s'imaginerait qu'elle n'avait pas encore quitté la ville, et par conséquent, elle ne serait nullement inquiétée, lorsqu'elle prendrait, à Mons, le train express pour Paris.

Toutes ces précautions étaient fort inutiles, car la petite baronne n'avait rien à craindre.

La blessure de M. Poussiez n'était pas grave; il se releva très affaibli par la perte de son sang, mais la tête dégagée et dans un état assez satisfaisant, lorsqu'il eut vaincu l'affreux effroi que lui inspira tout d'abord le premier coup d'œil qu'il jeta dans une glace.

Arrachant la serviette, le gros Édouard, qui s'imaginait s'être complètement fendu le crâne, à en juger par la teinte pourpre du linge et l'étendue des taches sanglantes dont il était maculé, constata avec une visible satisfaction qu'il ne s'était fait qu'une entaille moyenne, assez profonde, mais que des caillots rouges commençaient déjà à fermer.

Il rappela alors ses souvenirs, se reporta au moment où, excité par les mauvais conseils de la marchande de tout, il s'était introduit chez Diane et avait voulu lui faire violence.

Qu'allait-il lui dire, car il ignorait encore la fuite de l'incomparable Mme Laroche?

Dès qu'il eut franchi le seuil de la chambre à coucher, la vérité lui apparut, et ayant découvert quelques instants après le drap de lit qui pendait au balcon, il comprit tout et se laissa aller au plus profond chagrin, car la fuite de Diane ruinait tous ses projets séducteurs en lui faisant comprendre que la belle et cruelle sirène était partie pour toujours.

— Pas de veine! dit-il, c'était la plus charmante, la plus séduisante de toutes, et je la perds sans doute à jamais!

Laissons M. Poussiez à son désespoir, dont il ne mourut pas, et rejoignons la petite baronne au moment où elle arrivait à Paris.

Le train pour Limoges partant de la gare d'Orléans à sept heures quarante-cinq, Diane s'y fit conduire immédiatement, afin de pouvoir dîner au buffet avant de se mettre en route.

Grâce à sa jeunesse, son appétit avait résisté à toutes les émotions qu'elle avait traversées depuis vingt-quatre heures; néanmoins, plus intriguée que jamais par le silence obstiné de la duchesse, qu'elle ne pouvait favorablement interpréter, au fur et à mesure qu'elle se rapprochait du seul endroit où elle devait espérer encore trouver un refuge, elle voyait avec terreur s'augmenter le nombre des sombres pressentiments qui traversaient sa pensée.

Lorsqu'elle fut installée au buffet de la gare d'Orléans, sur son ordre, on lui servit immédiatement à dîner.

Le garçon, plein de prévenance pour une jeune, élégante et très jolie femme, dont le front pâle semblait chargé de soucis, déposa un journal sur la table de la dîneuse.

Machinalement la petite baronne s'en empara et ses yeux le parcouraient distraitement, lorsque tout à coup le nom de Nephtali Simmern attira son attention, au milieu d'un fait divers que nous copions textuellement :

« On lit dans la *Gazette de Cologne :*

» Hier, un drame épouvantable a mis en émoi toute notre ville et particulièrement le quartier des Juifs. Depuis quelque temps un marchand israélite, du nom de Nathaniel Simmern, avait admis chez lui sa belle-sœur, Judith Simmern, âgée de soixante-huit ans, son fils Nephtali, jeune homme d'une rare beauté ainsi que la fiancée de ce dernier, petite blonde très-agréable, follement éprise du jeune homme.

» Tout sembla aller pour le mieux dans les commencements, et la noce semblait devoir être prochaine lorsque, pour des causes encore ignorées, le mariage, fut retardé sept à huit fois.

» Le vif chagrin qu'en éprouva la fiancée se transforma bientôt en une sourde irritation qui devait lui inspirer les plus criminelles pensées.

» A tort ou à raison, s'imaginant que la mère du beau Nephtali n'était point étrangère aux remises continuelles apportées par celui-ci dans l'accomplissement de l'engagement qu'il avait pris vis-à-vis de la jeune fille de l'épouser dans un bref délai, ayant eu recours sans succès aux prières, aux larmes, la dédaignée en vint aux menaces, et, hier, elle les mit à exécution.

» Désespérant de jamais fléchir Nephtali, qui la battait depuis quelque temps et la forçait à le servir comme si elle eût été une simple domestique, sa fiancée, s'armant, pendant la nuit, d'un long couteau de cuisine, pénétra sans bruit dans la chambre de Judith Simmern et le lui enfonça dans le cœur avec tant d'énergie et de précision que la vieille juive, dont la mort dut être instantanée, expira sans proférer la moindre plainte.

» Ce crime une fois accompli, la misérable se rendit dans la chambre de son amant, d'où bientôt partirent des cris terribles.

» Lorsque M. Nathaniel Simmern, le frère de la première victime, s'y précipita, le plus épouvantable spectacle qu'on puisse imaginer s'offrit à yeux.

» Debout, hurlant, Nathaniel, un couteau à la main, tout sanglant encore, s'écria :

» — Ah! que je souffre, la misérable! tenez, mon oncle, je suis vengé, et j'ai vengé ma mère !

» Et, du geste il montrait sa fiancée étendue sans vie sur le parquet, la poitrine labourée de coups de couteau, la tête presque entièrement séparée du tronc par une large entaille.

» L'enquête a démontré les faits suivants :

» D'après le dire du fils Simmern, il aurait été brusquement éveillé par sa fiancée au milieu de la nuit :

» — C'est ton infâme mère qui voulait nous séparer, je le sais ; ne le nie pas, eh bien ! ta mère est morte : tiens ! je viens de la frapper avec ce couteau ! lui dit-elle brusquement.

23.

» En entendant cette révélation épouvantable, Nephtali bondit de son lit.

» — Oui elle est morte ; et voici pour toi ! reprit la jeune femme, véritablement folle de rage.

» Et, sur ces mots, elle brandit son arme en menaçant son amant.

» Alors, paraît-il, ivre de douleur et de haine, Nephtali Simmern se précipita sur la jeune femme, lui arracha le couteau des mains et s'en servit pour lui faire dix blessures dont cinq étaient mortelles.

» Nephtali Simmern a été arrêté. On présume qu'il ne sera condamné qu'à une peine relativement peu grave, mais il est à jamais défiguré, car, en se défendant, sa victime lui a crevé un œil avec ses ongles.

» La mère et la fiancée seront enterrées demain dans le cimetière des Juifs de Cologne.

» Nephtali et Judith Simmern avaient habité Bruxelles pendant de longues années.

» Un journal de ce matin prétend que la fiancée du jeune homme était Belge.

» Des informations particulières que nous avons recueillies nous permettent d'affirmer qu'elle était Française et s'appelait Francine Michelin. »

On doit facilement comprendre avec quelle avidité fébrile Diane dévora, ligne par ligne, ce récit dramatique.

Lorsqu'elle eut terminé sa lecture, la vérité lui apparut dans toute son entière hideur.

Le beau Nephtali, ce séduisant jeune homme qu'elle avait daigné élever jusqu'à elle, n'était qu'un voleur vulgaire, infidèle et rapace ; c'est lui qui, sans doute, avait fait tout le mal ou tout au moins avait donné à Francine l'infernale pensée de le commettre, car aucun doute ne pouvait rester dans l'esprit de Diane, Francine Michelin étant le nom exact de son ancienne camériste, ce qui prouvait évidemment la connivence qui avait dû exister, dès la fuite de Mlle Francine, entre elle et le bel israélite.

Cette découverte plongea Diane dans de tristes pensées, que le temps qu'il faisait au dehors n'était pas fait pour modifier.

La neige tombait en abondance, chassée en tourbillons par le vent du nord, qui, depuis quelques heures, refroidissait considérablement l'atmosphère.

Malgré la chaleur répandue dans le restaurant, dont toutes les issues étaient soigneusement closes, le froid y pénétrait par les nombreuses fissures que crée toujours le jeu des portes et des fenêtres, quelle que soit la perfection qu'on ait apportée dans leur fabrication.

Le bruit de la neige qui fouettait les vitres accompagnait lugubrement celui des plaintes de la bise glacée, s'engouffrant dans les vastes salles et les galeries couvertes de la gare en poussant de longs et lamentables soupirs.

L'heure du départ arriva enfin.

Diane prit place dans un compartiment ; le signal se fit entendre et la machine se mit en marche.

Aucun incident digne d'être relaté n'arriva, jusqu'à Limoges, à l'ex-reine des cocodettes.

Sans couverture de voyage, elle eut bien froid, voilà ce qu'il importe seulement de dire ; et lorsque le train, à trois heures trente du matin, s'arrêta en gare de Limoges, Diane en descendit glacée.

Aussitôt elle se dirigea d'un pas rapide, par l'avenue de la Gare, vers cet hôtel de l'Aigle-d'Or, où était descendu, quelques années auparavant, le baron Stein-Steiner, alors qu'il briguait l'honneur de devenir l'époux de la dernière des la Roche-Carignan.

Là, la petite baronne connaissait tout le monde et tout le monde l'avait suivie enfant, jeune fille et femme, en lui donnant successivement un nom différent pendant chacune des trois étapes de sa jeunesse : Didi, Mademoiselle Diane, Madame la baronne.

La neige ne tombait plus ; il gelait très fort. La petite baronne qui, par la conversation de deux voyageurs, avait appris qu'on patinait depuis deux jours dans tous les environs, marchait sur la neige durcie d'un pas ferme et hâtif, allant droit devant elle, guidée, dans ces rues qu'elle connaissait si bien, par la lune, que le vent du nord avait, dans une large éclaircie, dépouillée des nuages qui la voilaient quelques instants auparavant.

Enfin, elle arriva et fit retentir la grosse cloche de l'hôtel : puis, grelottant, elle attendit.

Un bruit de porte qu'on ouvrit dans la cour se fit bientôt entendre, puis un choc de sabots, tandis que, par le dessous de la porte, filtrait, entre elle et le pavé une ligne lumineuse.

On venait.

— Qui est-là ? demanda une voix du dedans, car on n'ouvrait pas à tout le monde à cette heure, à l'hôtel de l'Aigle-d'Or.

Moi, Diane, mon bon Bruno, répondit la petite

baronne en reconnaissant la voix de son interlocuteur, moi qui retourne à la Roche.

— Quoi ! vous, mademoiselle Diane, c'est-à-dire
madame la baronne ? Attendez, je vous ouvre.

Et, immédiatement, Bruno tira les verrous et fit
tourner dans ses gonds la porte de l'hôtel.

Depuis des années, le vieux Bruno était de garde
la nuit dans les écuries de l'Aigle-d'Or.

C'était un vieillard très vert encore, qui avait toujours professé pour la duchesse de la Roche-Carignan, le marquis et Diane un profond respect, rempli
d'attachement.

— Je suis gelée et ai hâte de me coucher, dit
Diane, tu m'éveilleras à huit heures et tu me conduiras
dans le cabriolet à la Roche.

— Demain ? demanda Bruno.

— Mais oui, demain, je ne veux pas rester à
Limoges.

— Oh ! ce n'est pas cela, c'est que demain vous
arriverez trop tard, les dernières nouvelles que nous
a données le médecin qui retournait à la Roche à dix
heures ce soir, sont effrayantes.

— Que veux-tu dire ?

— La brave dame lutte depuis longtemps, le chagrin l'a minée, c'est comme qui dirait une lampe dans
laquelle l'huile viendrait à manquer, il n'y a pas à
dire, il faut qu'elle s'éteigne.

— Grand Dieu, ma tante, la duchesse !

— Ne verra plus sans doute le soleil se lever, continua Bruno.

— Oh ! mon Dieu ! s'écria Diane en chancelant.

— Ciel, madame la baronne !

Et Bruno prit Diane dans ses bras pour la soutenir.

— Voilà donc la cause de son silence, la maladie terrible, mais non inexorable ; il faut la sauver, Bruno ; attelle le cabriolet tout de suite, nous allons partir à l'instant pour la Roche... Ma pauvre tante !

A l'altération de la voix de la petite baronne, dont le visage était dans l'ombre, le vieillard comprit que Diane pleurait.

— Vous ne saviez donc rien ? demanda-t-il avec étonnement.

— Rien, en effet, mon bon Bruno ; hâte-toi, je t'en conjure.

— Entrez dans la cuisine, madame la baronne ; il y doit encore faire chaud ; je vais me dépêcher de mettre la grise au cabriolet ; mais il faudra ne pas trop la presser, car elle a bien travaillé aujourd'hui, la bonne bête.

— Va donc ! va donc ! reprit vivement Diane, en entrant dans la cuisine de l'hôtel, où, en effet régnait une douce température.

Restée seule, la petite baronne donna un libre cours à son chagrin, car elle aimait réellement la duchesse et se disait, sous l'empire d'un affreux pressentiment, que le drame de la rue du Faubourg-Saint-Honoré et sa disparition n'étaient peut-être pas complètement étrangers au mal auquel la pauvre femme allait, dit-on, succomber le nuit même.

Elle avait eu à peine le temps de dominer un peu son émotion et d'essuyer ses yeux, dont les larmes s'étaient échappées avec abondance pendant quelques instants, lorsque Bruno vint l'avertir que le cabriolet était prêt.

Quelques minutes après, la grise entraînait Diane et son conducteur sur la route du château de la Roche, que nous connaissons déjà.

Le froid avait encore augmenté. La petite baronne, que Bruno avait paternellement enveloppée dans une grosse couverture de cheval, se tenait blottie, muette et songeuse, au fond du cabriolet, qui cheminait aussi vite que le permettait l'allure de la vieille jument.

— Hue ! la grise ! disait Bruno. Va ! ma fille ; c'est madame la baronne que nous conduisons au château.

Et il terminait sa phrase en faisant claquer sa langue contre son palais pour stimuler l'ardeur de la bête fatiguée.

— Arriverons-nous encore à temps, mon bon Bruno ?

— Oh ! pour ça, c'est certain. Souvent, les médecins se trompent ; nous savons ça, madame la baronne ; madame la duchesse est plus solide qu'ils ne croient : c'est mon idée. Puis, tant qu'on n'est pas mort, la santé peut revenir : plus d'un héritier s'en est plaint souvent. Et, tenez ! pas plus tard qu'il y a quatre mois, près de chez nous...

Diane l'interrompit, redoutant justement une interminable et fort peu intéressante histoire.

— Depuis quand ma tante est-elle malade ?

— Ma foi ! ça date de l'hiver dernier. Un jour, elle n'est pas descendue au salon ; vainement monsieur le marquis l'a fait appeler ; madame la duchesse désirait être seule, à ce qu'on prétend, et, depuis ce moment-là, elle s'est affaiblie tous les jours à ce qu'expliquait le docteur.

Il y eut un long silence.

Très émue d'abord par ces détails, Diane sentit le froid l'engourdir légèrement et, en même temps, la fatigue lui fit fermer les yeux.

Lorsque Bruno voulut réentamer la conversation, il s'aperçut que la jeune baronne dormait profondément.

Ils avaient franchi plus de la moitié de la distance qui sépare le château de la Roche de Limoges.

De gros nuages, ramenés par des rafales glacées, avaient de nouveau envahi tout le ciel.

La route se déroulait comme un blanc linceul tranchant sur l'horizon noir.

Tout à coup deux petites lueurs mobiles brillèrent au loin. Bruno, dès qu'il les vit, devina sans peine qu'elles devaient être produites par les lanternes d'une voiture.

Une seule personne devait vraisemblablement revenir de la Roche à cette heure de la nuit: le médecin.

— Ou ça va beaucoup mieux, ou la pauvre dame n'est plus de ce monde, pensa Bruno.

Et tout haut, afin de sortir au plus tôt de ce doute horrible :

— Hue ! la grise ! lança-t-il.

Les petites lueurs grandissaient ; le bruit des roues faisant craquer la neige durcie sur laquelle résonnaient les fers des sabots du cheval de la voiture qui s'approchait, arriva jusqu'aux oreilles de Bruno, et la grise dressait la tête comme si elle eût été fort surprise de rencontrer un de ses semblables à cette heure, dans ce chemin triste et désert.

La voiture s'approcha et allait croiser le cabriolet, lorsque Bruno héla son conducteur.

— Monsieur Joseph ?

— Hein ! fit le cocher du médecin, en ralentissant légèrement l'allure de son cheval.

— Quoi de nouveau à la Roche ?

— C'est fini, la dame est morte ! Bonsoir ! père Bruno.

Diane n'avait pas fait un seul mouvement, elle dormait toujours.

— Pauvre madame la duchesse, dit Bruno dont les doigts engourdis laissaient flotter les rênes beaucoup plus que de raison pour pouvoir préserver la grise d'une chute, si ses sabots venaient à glisser.

Un quart d'heure après, Diane fut réveillée par une secousse terrible qui la jeta sur le chemin.

La grise, n'en pouvant plus, venait de tomber, entraînant avec elle le cabriolet qui s'était renversé sur le côté, lançant la jeune baronne sur la neige, ce qui amortit le choc.

— Mille tonnerres ! vous êtes-vous fait mal, madame la baronne ?

Diane était déjà debout.

— Non, Bruno ; mais qu'est-il arrivé ?

— Qu'est-ce que vous voulez, elle était trop fatiguée, cette bête, elle a glissé, et v'lan ! répondit le vieillard en parvenant à sortir du cabriolet, à son tour.

Puis, ayant pris en main la lanterne de gauche qui s'était trouvée en l'air, tandis que l'autre se brisait sur la route, il examina l'état de la voiture et du cheval.

— Nom de nom ! s'écria-t-il au bout de quelques secondes, voilà le brancard cassé et la roue brisée, impossible d'aller plus avant !

— Nous ne devons plus être bien loin du château, dit Diane.

— A vingt minutes de marche, tout au plus.

— Eh bien ! ne t'inquiète pas de moi, je vais marcher jusque-là.

Bruno était dans un embarras extrême ; la proposition de Diane le diminuait considérablement.

— Vous n'aurez pas peur, madame la baronne ? demanda-t-il néanmoins.

— Peur ! ici... près de la Roche ? Non, certes, Bruno.

— Oh ! je sais bien qu'il n'y a rien à craindre ; grâce à Dieu, le pays est sûr ; mais les dames souvent ont comme cela des idées....

— Adieu, Bruno ; aussitôt arrivée, je tâcherai de t'envoyer quelqu'un pour t'aider, dit Diane en donnant un louis — le dernier — au vieillard.

— Que Dieu vous bénisse, mais c'est pas la peine, madame la baronne ; tenez, voilà déjà le cabriolet debout ; dès que j'aurai dégagé la grise, nous irons au pas jusque chez le forgeron de la Roche, afin qu'il m'arrange ça le mieux possible pour pouvoir m'en retourner à Limoges ?

— Adieu, Bruno, reprit Diane.

Et elle poursuivit sa route.

Depuis quelques instants le vent avait changé de direction et les gros nuages noirs se transformaient en une neige abondante et serrée qui tombait dru.

Diane, exténuée, marchait aussi vite que le lui

permettaient ses forces et le déluge de flocons dont
elle était entourée.

Enfin, le château apparut comme un grand fantôme
gris dont la neige, en s'amoncelant, marquait les sail-
lies de sa blancheur si vive qu'elle tranchait sur les
ténèbres.

Jamais le vieux manoir n'avait eu un aspect aussi
sinistre que celui dont il était empreint dans cette
froide nuit.

Seules les croisées du premier étaient éclairées.

On veillait chez la duchesse et chez le marquis.

Diane fit résonner la cloche, après avoir tenté vainement de faire tourner sur ses gonds la grille de la
porte ogivale.

La fenêtre de la chambre du marquis s'ouvrit et sa
silhouette se dessina dans l'encadrement lumineux.

— Qui vient à cette heure ?

— C'est moi, mon père, moi, Diane, votre fille.

— Ma fille ?

— Oui, votre fille qui n'a plus que vous au monde,
votre fille qui vous aime et qui se repent.

— Ma fille est morte et je ne vous connais pas ?

— Ah ! grâce, pitié ! non, votre fille vit pour vous
aimer et vous bénir, mon père.

— Ma fille !.. répéta encore une fois le marquis. J'en
avais une, en effet, elle s'appelait Diane ; adultère,
elle a fait tuer le fils de mon meilleur ami ; l'homme
loyal qu'elle trompait, l'infâme ! n'a pu vaincre son
chagrin, parce qu'il aimait toujours la perfide, et ma
pauvre belle-sœur minée par le désespoir que lui avait
causé l'ignoble conduite de sa nièce, est morte il y
a une heure.

— Mon Dieu ! s'écria Diane.

— Je n'ai plus de fille ! répéta le marquis qui referma la croisée.

— Ah ! mais ! c'est horrible !

Et Diane, en proie à un indescriptible émoi, foudroyée par les terribles paroles que venait de prononcer le marquis, se roula sur la neige après avoir vainement essayé une seconde fois d'ébranler les barreaux de la lourde grille du château.

Diane connaissait trop le caractère implacable de M. de la Roche-Carignan pour tenter encore de l'émouvoir par ses cris et ses prières, du moins cette nuit-là.

— La douleur l'égare, pensa-t-elle ; si je pouvais pénétrer dans le château, il faudrait bien qu'il finît par me rouvrir ses bras ; si tout est inutile, eh bien ! je prendrai un parti quelconque ; mais cette nuit je ne puis rester là, sous cette neige glacée, je veux, je dois aller auprès de ma pauvre tante, prier pour elle et pour moi ! Comment faire ?

Elle se souvint alors qu'une des croisées du rez-de-chaussée restait ordinairement ouverte, en toutes saisons. Cette croisée donnait dans une pièce dallée communiquant avec les cuisines ; on y enfermait les provisions sur lesquelles, par l'ouverture constante de la croisée, on établissait un courant d'air conservateur.

Grâce à la glace qui recouvrait les fossés du château, gagner cette fenêtre et pénétrer dans l'intérieur était chose facile, afin d'éviter de ne pas mourir de froid sous un amas de neige pendant le reste de la nuit.

Diane se laissa glisser le long du talus qui bordait les fossés et bientôt ses pieds touchèrent l'eau durcie.

Vingt pas à faire et elle tenait la fenêtre.

Si elle était ouverte, c'était le salut assuré, la vie, et, en comprenant cela, Diane se disait qu'elle ne voulait pas mourir.

Elle s'avança.

A l'angle du mur contre lequel elle s'appuyait pour ne pas tomber, elle vit la croisée et fut prête à pousser un cri de joie en constatant qu'elle n'était pas fermée.

Elle touchait au but ; le marquis se laisserait fléchir, elle se ferait repentante, humble et bonne pour reconquérir sa tendresse et lui faire oublier ses fautes ; elle y parviendrait sûrement à la longue, maintenant que, comme elle, le vieillard était seul au monde ; oui, oui, c'était certain, indubitable ; l'avenir pouvait être encore autre chose qu'un enfer; après toutes les épreuves pénibles qu'elle venait de traverser, la rigueur de M. de la Roche-Carignan était la dernière, un pas encore et...

Diane se disait tout cela en s'avançant, presque complètement aveuglée par les flocons abondants lancés par les rafales, qui semblaient, en tombant, être la réunion de plusieurs essaims d'abeilles alertes et blanches se détachant dans leur vol agité sur le fond noir de l'horizon.

Tout à coup, un cri terrible, déchirant, interrompu brusquement, s'éleva dans le morne et profond silence qui régnait autour de l'antique domaine de la Roche-Carignan.

Ce cri alla droit au cœur du vieillard qui, après

avoir refermé sa croisée, était venu s'agenouiller
du lit sur lequel était étendu le cadavre de la du
chesse ; il regagna aussitôt son appartement, et so
l'empire d'une pitié soudaine, rouvrant sa fenê
sonda le parc du regard.

Il était désert, car Diane ne devait plus se trouv
du côté que pouvait embrasser la vue du marquis
l'endroit où il était placé.

M. de la Roche-Carignan descendit, ouvrit la gril
et malgré le froid et la neige, fit le tour du châtea
en appelant :

— Diane, Diane !

Mais personne ne répondit à cet appel d'un pèr
qui venait de céder malgré lui à la clémence, telle
ment la voix de son enfant lui avait semblé être na
vrante et désolée.

— Où donc est-elle ? se dit M. de la Roche-Cari
gnan. Aurais-je rêvé dans ma douleur, que ma fill
était là ?

. . . .

Ainsi que Bruno l'avait raconté à la petite baronne
la maladie de la duchesse datait de la fin de l'hive
précédent, peu de temps après le procès du baro
Karl Stein-Steiner.

Le désespoir causé à la duchesse par l'inconduit
de sa nièce l'avait, dès le début, mortellement frappé

Le marquis ne s'y était pas trompé un seul instant
et dès l'origine du mal, il fut convaincu que la mor
seule pouvait en être le fatal dénouement.

Aussi, afin de pallier le plus possible la douleur de
la duchesse, confirma-t-il les ordres sévères qu'il avai

déjà donnés afin que le nom de Diane ne fût plus jamais prononcé au château dont il fit disparaître, petit à petit, tous les objets qui pouvaient y rappeler la petite baronne.

Lorsque les lettres de Diane arrivèrent, M. de la Roche-Carignan les déchira sans les lire.

Quant à la dépêche, elle n'était même pas parvenue jusqu'au marquis, égarée dans le mouvement qu'avaient donné à tout le château les soins que réclamait sa sœur à ses derniers moments, car son agonie n'avait pas duré moins de vingt-quatre heures.

. . . .

Quinze jours après l'enterrement de la duchesse de la Roche-Carignan, le dégel commença. D'abord la neige fondit; puis la glace, dissoute par une pluie relativement chaude, ainsi que par les rayons du soleil dans lesquels soufflait le vent du midi, se changea en eau, celle du chemin du parc de la Roche d'abord, puis, bientôt après, la couche qui fermait les fossés; des glaçons disjoints flottèrent, une sorte de débâcle, provoquée par le courant qu'une rivière voisine établissait, eut lieu, et, un matin que le marquis sortait du château, vieux et courbé, pour se rendre à la chapelle, il s'arrêta, terrifié, sur le pont.

Flottant à fleur d'eau, au milieu des glaçons des fossés, apparaissait le cadavre livide de l'ex-reine des cocodettes !

A cette vue, le marquis se mit à trembler comme un enfant et sous l'empire d'une émotion indescriptible, il répéta:

— Ma fille est morte ! ma fille est morte !

Puis il tomba évanoui.

Le bruit se répandit bientôt dans le pays que le marquis de la Roche-Carignan était devenu fou.

Il errait courbé dans le parc et dans le château de la Roche, sans adresser jamais la parole à personne, cherchant la solitude ou venant passer de longues heures sur le pont, à l'endroit où il avait aperçu la noyée, et il pleurait en silence.

Immobile, il demeurait là par tous les temps ; souvent la pluie trempait ses vêtements, ruisselant dans sa chevelure blanche, inondant son visage, dans les rides sombres et profondes duquel, aux grosses larmes, venait se mêler l'eau du ciel.

Puis, quand on l'arrachait à sa douloureuse rêverie, il se laissait faire comme un enfant docile, avec un rire noyé de pleurs, plus déchirant que des cris de désespoir, et quelques mots, les seuls qu'il disait, qu'il répétait sans cesse, s'échappaient lentement de ses lèvres :

— Ma fille est morte ! ma fille est morte !

Les fous ne souffrent pas autant.

FIN DES COCOTTES DU GRAND MONDE.

L'épisode qui suit, dans lequel est racontée la fin tragique du baron Stein-Steiner, est intitulé :

LE PENDU DE LA FORÊT NOIRE.

TABLE DES CHAPITRES

Châteauroux. — Typog. et Stéréotyp. A. Nuret et fils.